丛书主编　吴相洲

北京市“十一五”社科规划项目和市教委重点项目
“乐府诗构成要素研究”（SZ200710028009）成果
主持人吴相洲
本书出版受到首都师范大学文学院211建设经费资助
教育部人文社科规划基金项目
“乐府诗体式音素与音乐的相关性研究”（13YJA751071）资助

乐府诗体式研究

Yuefu Shi Tishi Yanjiu

周仕慧 著

北京大学出版社

图书在版编目(CIP)数据

乐府诗体式研究/周仕慧著.—北京:北京大学出版社,2013.8

(京华学术文库)

ISBN 978-7-301-22984-2

Ⅰ.①乐… Ⅱ.①周… Ⅲ.①乐府诗-诗歌研究-中国-古代

Ⅳ.①I207.22

中国版本图书馆 CIP 数据核字(2013)第 182591 号

书　　　名:乐府诗体式研究

著作责任者:周仕慧　著

丛 书 主 编:吴相洲

责 任 编 辑:徐丹丽　徐　迈

标 准 书 号:ISBN 978-7-301-22984-2/I·2666

出 版 发 行:北京大学出版社

地　　　址:北京市海淀区成府路 205 号　100871

网　　　址:http://www.pup.cn　新浪官方微博:@北京大学出版社

电 子 信 箱:pkuwsz@126.com

电　　　话:邮购部 62752015　发行部 62750672　出版部 62754962
编辑部 62767315

印　刷　者:三河市北燕印装有限公司

经　销　者:新华书店

965mm×1300mm　16 开本　20 印张　270 千字

2013 年 8 月第 1 版　2013 年 8 月第 1 次印刷

定　　　价:40.00 元

总　序

吴相洲

呈现在大家面前的是我主持的北京市“十一五”社科规划项目和北京市教委重点项目“乐府诗构成要素研究”(2007—2009)成果。成果本该有五本,因项目论证时“风格研究”未找到合适承担者,所以只有四本著作。“乐府诗构成要素”是乐府学核心概念,是指一首乐府诗的五个构成元素,包括题名、本事、曲调、体式、风格。这“五个要素”与“三个层面”(文献、音乐、文学)一起构成了乐府学研究的基本内容。这些要素使乐府诗具有区别于其他诗体的根本特性,约束该作品创作时回归和保持自身传统。分析五个要素,是解读一首乐府诗的基本方法。因为要素分析旨在弄清其内在结构,这既是对乐府诗体认识的深化,也是对具体作品认识的深化。由于是一个全新课题,这里有必要对课题设想略微做些交代。

第一节　题　名

词有词牌,曲有曲牌,乐府也有固定名称。这些名称我们姑且称之为“题名”。题名是乐府诗第一要素,是一首乐府诗的标志,总领其他要素。题名研究主要考察题名由来、含义、类属、演变等情况。

一、所依之据

乐府诗题据何命名?这是考察题名由来和命名方式首先需要弄清

的问题。分析开来,依据不外乎以下几种:

1. 音乐。根据音乐命名是常见命名方式。如“相和歌辞”以表演方式命名,“舞曲歌辞”以乐类命名,“鼓吹曲辞”、“横吹曲辞”、“琴曲歌辞”以乐器命名。从这些题名中可以看到乐府诗部分或整体音乐特点。

2. 歌辞。根据歌辞命名是最常见命名方式。有些题名是对整首歌辞内容的概括,如魏鼓吹曲辞《楚之平》、《战荥阳》等。有对歌辞部分内容的提示,如相和歌辞《乌生》,写乌鸦、白鹿、鲤鱼自由自在地生活,却无端受到人的伤害,题目《乌生》揭示三件事中的一件。有些题名只取歌辞前两字或几个字,如《江南》、《鸡鸣》等。有些题名是取歌辞中的核心意象,如《西洲曲》。

3. 功能。按功能命名也是乐府诗常见的命名方式。如“郊庙歌辞”、“燕射歌辞”等就以功能命名。晋郊祀歌《夕牲歌》、《迎送神歌》、《飨神歌》等题名,以祭祀活动命名,而这些活动是祭祀的具体环节,承载功能不同,因此取名也不同。

4. 即事。很多乐府即事名篇,从题名中看不出音乐、功能等信息,尤其是新乐府辞,或是诗人为乐府所作新歌,如白居易为翰林学士时所作《小曲新辞二首》;或是诗人意欲被乐府选诗入乐,如白居易《新乐府五十首》,从题名上看不出有何依据。

二、所含之义

弄清题名含义为何是题名研究核心目标,这一工作困难最多,研究方法和工作路径的选择尤为重要。

1. 困难分析。元稹《乐府古题序》列举了他所见《乐录》收录乐府共有十七个题名:诗、行、咏、吟、题、怨、叹、章、篇、操、引、谣、讴、歌、曲、词、调。这些题名与郭茂倩《乐府诗集》所收乐府题名基本一致。这些题名看似不难理解,若深究其确切含义,就难免语焉不详了。原因有三:第一,许多题名根据音乐特性命名,而音乐特性因年代久远无法考证，难以弄清其确切含义。第二，有些题名辞源意义和后来用于题名含义不一致，例如“行”，从字面上看难以和乐府题名联系起来。第三，有些题名之间存在隶属关系，如《秋胡行》全部标出其名应是《相和歌辞·平调曲·秋胡行》，其间复杂关系难以弄清。

2．研究方法。面对这些复杂问题，应该采用以下工作方法和工作路径：第一，采用辞源调查法，弄清这些题名本来含义，再对其作为乐府题名含义进行分析。第二，采用归纳法，从众多题名中归纳该作有何特点，看其间有无关联。第三，采用多重印证法，运用相关知识印证已有判断。第四，采用历史分析法，弄清众多题名历史流变情况。

三、所属之类

乐府作为宫廷表演曲目，管理者和表演者都会根据需要对其进行分类。分类依据多种多样，音乐来源、音乐特点、表演特点、表演功能、使用乐器等，都有可能成为分类依据。分类不仅包含音乐特点，而且包含音乐来源、功能作用、运行机制等众多信息。弄清某个乐府题名所属类别，相当于在化学元素周期表中找到其所在位置。因此弄清众多题名所属之类是应有之义。题名类属可以分为乐类、调类、曲类三个层次。

1．乐类。乐类是音乐作品大的分类。往往根据音乐作品功能和来源划分，有时二者兼而有之，雅乐、俗乐、胡乐之分就是如此。汉明帝时乐分四品，隋唐有九部乐、十部乐，盛唐有坐部伎、立部伎。《乐府诗集》将作品分为十二类，就是综合了前人乐府分类成果。在考察乐类时应该注意两个方面：第一，弄清各类乐曲形成过程和原因，给具体题名以准确定位。第二，有些大类中还包含小类，小类中所含具体信息需要仔细追寻。

2．调类。弄清题名所属乐类后，还要弄清题名所属调类。如相和歌辞“平调曲”、“清调曲”、“瑟调曲”、“楚调曲”就是按曲调划分。有些题名解题中注明了所属曲调。考察中注意两个方面：第一，努力追求题名所属调类。音乐作品都有相对固定的曲调,但将题名所属曲调完整标示出来,到散曲中才成为惯例。如关汉卿《南吕·一枝花·不服老》,马致远《越调·天净沙·秋思》等。乐府时代这方面还没有成为惯例,有时标示,有时不标示,不标示者应该借助其他材料追寻。第二,仔细分析调类含义。如"平调曲"、"清调曲",是按曲调命名,而"相和六引"、"相和曲"、"吟叹曲"、"四弦曲"、"瑟调曲"、"楚调曲"等,不一定按曲调分类。

3. 曲类。绝大多数乐府诗题名都要缀以行、吟、题、怨、叹、章、篇、操、引、弄、谣、讴、歌、曲、词、调等类名,这些名称从文学研究角度看好像没有什么差别,然而作为音乐作品,其间差别巨大而严格,应该仔细区分。考察时应注意三个方面:第一,发掘这些名称承载的音乐信息。如"操"、"引"、"弄"主要出现在琴曲当中,"谣"、"讴"则强调其初始歌唱状态和地方特点。第二,考察一个题名连用两个曲名的情况。例如《长歌行》、《短歌行》、《缓歌行》、《满歌行》等。这些题名是"歌",还是"行",需要仔细分析。第三,注意考察各类之间的关系。

4. 用类。乐府作为宫廷音乐机构表演曲目,往往承载了礼乐功能,因此很多题名以功用来命名。如郊庙歌辞中的《郊祀歌》、《明堂歌》、《登歌》、《雩祭乐歌》、《祀圜丘歌》、《宗庙歌》、《太庙乐歌》等,燕射歌辞中的《正旦大会行礼歌》、《上寿酒歌》、《食举乐东西厢歌》、《宗亲会歌》、《元会大飨歌》等,都清楚标明了该曲功能。

5. 情类。有些乐府根据所歌情感类型命名,如《伤歌行》、《伤哉行》、《悲歌行》、《悲哉行》、《懊侬歌》、《无愁果有愁曲》、《独处愁》、《卒妻悲》等。而以"怨"、"叹"命题的题名,本身就带有情感标记。

题名所属类别还可以作更多区分,目标是便于人们从总体上把握这些乐府题名,也便于给题名以准确定位。

四、所历之变

变化是乐府活动常态,也自然会反映到题名当中,考察题名变化过

程是题名研究应有之义。主要考察以下几种情况:

1. 变异。题名发生变异很常见。如《想夫怜》从《相府莲》变异而来。再如《渭城曲》,又名《阳关曲》、《阳关三叠》。考察题名演变情况应注意两个方面:第一,弄清变化原因。第二,弄清变化过程。

2. 衍生。题名有时还会衍生出新的题名。如《古别离》之后有《生别离》、《长别离》、《远别离》、《久别离》、《新别离》、《今别离》、《暗别离》、《潜别离》、《别离曲》等。衍生保留了原来题名核心概念,只是略有变化而已。考察应注意两个方面:第一,题名之间是否确实存在衍生关系。第二,各个曲目之间衍生原因和规律。

3. 再造。乐府在流传过程中难免会消失,后人出于某种需要,会对其进行再造。研究再造注意区分以下几种情形:第一,有意再造,用固有题名。第二,有意再造,新创题名。后人欲补前代乐歌,但原有题名已不可考,只好依古意自创新题。第三,无意再造,与旧题偶合。

第二节 本 事

本事是与某个乐府诗相关的故事。本事包含本作品信息最多,或记题名由来,或记该曲曲调,或记该曲传播,或记该曲演变,从中可以看到该曲人物、题材、主题、曲调、体式、风格等许多信息,值得特别考察。

一、本事的内容

中国人自古以来就有重视历史经验的传统,乐府诗作为宫廷礼乐组成部分,历来为史学家所关注,与乐府诗相关故事被人们记录下来,这就是乐府诗本事的由来。本事所含内容十分丰富,其范围和类型值得仔细分析。

1. 范围。本事包含内容很广,但不是所有题解都是本事。本事一定要有个故事,尽管故事记录可能不够完整,甚至只有只言片语。故事包括本源故事和原型故事:本源故事直接记述某个曲调产生,如《公无渡河》本事;原型故事是某一曲调歌咏的故事,如《秋胡行》所咏秋胡戏妻故事。

2. 类型。本事按不同标准可以分出很多类型。例如根据发生发展过程,可以分成创调本事、流传本事、接受本事。

二、本事的生成

本事,先秦著作主要用以指“本业”,汉代以后才用以指事情原本情况。按说所有乐府曲调产生都有其具体情境,而把这些具体情境记录下来成为该曲调本事,有赖于人们的自觉记录。可以从发生角度分析本事形成情况。

1. 故事由来。艺术源于生活,即所谓“感于哀乐,缘事而发”。这些“事”主要有三类:第一,生活习俗。如《采莲曲》与江南水乡劳动生活有关。第二,历史事件。如《董逃行》就与董卓之乱有关。第三,历史人物。很多曲调产生和流传都与某一历史人物有关。如杂歌谣辞大都是对某一人物的讴歌、感叹和讽刺。

2. 文本由来。文本记录是故事固化为曲调本事的必要手段。这些文本记录大致源于以下四种情况:第一,诗歌序言。有些诗作序言交代该作品创作原委,从而成为本事最直接最准确的记录,如《焦仲卿妻序》。有些诗注释文字也可能成为本事记录,例如《何满子》本事白居易诗注就曾提到。第二,历史记录。很多曲调产生和流传都与重要历史人物和事件有关,史家在记录历史时涉及这些曲调。第三,后人整理。很多曲调本事都是后人根据相关史料整理而成,其中以晋代崔豹《古今注》对汉代相和歌本事注释最为典型。第四,据辞追索。在记录文字缺失情况下,乐府始辞或较早出现的歌辞便承担起了记录本事的功能,后人可以根据这些歌辞追索其本事。

3. 本事流变。本事有时会发生变化,需要仔细考察。变化大致有四种类型:第一,异说。有些本事存在不同说法。第二,讹传。本事记录过程中会出现失误,甚至以讹传讹。第三,累积。有些本事在流传过程中不断被人加入新内容。第四,衍生。一个乐府曲调在后人不断拟作中衍生出新的本事。

三、本事的作用

本事作为背景故事,在乐府创作传播过程中发挥着重要作用,主要有两个方面:

1. 维护传统。乐府创作内容基本不离原有题材和主题,这一点与词、曲有很大不同,偏离了本事会被视为不正常。作者如果没有按本事写作,有时会特别交代。如南齐永明年间沈约、谢朓等人作鼓吹曲辞,因没有按古辞本事,所以特意标明"赋鼓吹题名"。

2. 方便接受。乐府艺术呈现是当下的,乐府承载信息却是历史的。每一篇乐府背后都有一个动人故事,这些故事早已埋藏在欣赏者心中。当人们接受到作品有限信息时,可以联想到其历史故事。这种联想会使欣赏者产生一种期待,并重温这一故事给他带来的喜怒哀乐。

四、本事的价值

乐府诗本事有其独特价值,可以从创作和研究两个方面进行分析:

1. 创作价值。乐府诗本事对非乐府诗创作也有重要影响。诗歌自不必说,连戏剧也受此影响,很多乐府故事成为后来戏剧搬演的故事,如《王昭君》被马致远编成《汉宫秋》。一些乐府故事还成为小说演绎的故事。如曹操《短歌行》被罗贯中写入《三国演义》。再如影视。当代影视文学中也经常撷取乐府本事为题材,最典型的就是美国迪斯尼公司出品的动画片《花木兰》。

2. 研究价值。本事研究价值不言而喻,主要有两个方面:第一,有助于文本解读。很多曲辞只有联系本事方能得到确解。如《丁督护歌》,仅从字面上看,以为是女子思念征夫,丈夫官职为"督护",其实并非如此。第二,有助于认识其他要素。本事含有其他要素信息,是了解其他要素的重要依据。例如《杨白花》本事就清楚地交代了题名的由来和风格特征。

第三节　曲　调

曲调是一首乐府或一类乐府的核心要素，也是乐府诗音乐形态的核心内容，与作品题材、主题、风格密切相关。研究主要考察曲调含义和价值。

一、标注方式

曲调是音乐作品的根本特征。有些作品以曲调命名，有些作品不以曲调命名，应该分四种情况考察：

1. 以曲调命名大类的作品。古人习惯按曲调对乐府进行分类。如《旧唐书·音乐志》云："时太常旧相传有宫、商、角、徵、羽《宴乐》五调歌词各一卷。"考察这些以曲调命名大类，要作更多辨析工作。例如清商曲是否以曲调命名就是个问题。需要辨析两点：第一，"清商"含义为何？如果是调式，那么是清调，还是商调，还是清商调？第二，哪些作品属清商曲？

2. 以曲调命名小类的作品。乐府有时还以曲调标示类属，有些虽然不以曲调标示类属，实际也是有固定曲调的一类作品。考察时应作如下区分：第一，以曲调命名的小类。如相和歌中的"平调曲"、"清调曲"、"瑟调曲"。其他各类是否以曲调命名需要进一步考察。第二，不以曲调命名的小类。如梁武帝、沈约等人所作《江南弄》不以曲调命名，但这组作品都叫《江南弄》，应属于同一曲调。"吴声歌"、"西曲歌"均属清商曲，但不是一组作品，使用同一曲调可能性不大。

3. 以曲调命名的个别作品。乐府诗中有以曲调命名的作品。如燕射歌辞中庾信的《周五声调曲》：《宫调曲五首》、《变宫调曲二首》、《商调曲四首》、《角调曲二首》、《徵调曲六首》、《羽调曲五首》，相和歌辞中沈约的《宫引》、《商引》、《角引》、《徵引》、《羽引》。这些曲调含义明确,易于把握,而近代曲辞《水调》、《清平调》、《道调凉州》等作品属于何种调式,就需要进一步考证了。

4. 不以曲调命名的个别作品。有些乐府诗不以曲调命名,但通过其他资料可以获知属于何种曲调。如陆机《饮酒乐》,《乐府诗集》解题引《乐苑》曰:“《饮酒乐》,商调曲也。”薛道衡《昔昔盐》,《乐府诗集》解题引《乐苑》曰:“《昔昔盐》,羽调曲,唐亦为舞曲。”

二、考察依据

考察乐府曲调主要依靠三类文献:

1. 乐书类。礼乐关乎治国大事,一直受人重视,记录音乐活动情况文献留存众多。历代正史经籍志、艺文志中都有乐书著录。正史乐志和政书音乐部分有时也记录乐府曲调,这些都可以作为考察作品曲调的直接依据。相关文献《乐府诗集》中多有引用,如《蔡氏五弄》解题就引《琴集》曰:“《五弄》,《游春》、《渌水》、《幽居》、《坐愁》、《秋思》,并宫调,蔡邕所作也。”

2. 乐器类。乐器是记录曲调的重要载体,古人常常靠乐器记录音高。如方响、古琴、钟磬等。《晋书·裴頠传》曾记载了荀勖以古尺定律事:“荀勖之修律度也,检得古尺,短世所用四分有余。”说明乐器在制定律吕时有重要作用,而乐律与曲调密切相关。

3. 诗文类。诗文中经常描述乐曲演奏情况,可以用来考证作品曲调。如王建《宫词百首》有句云:“求守管弦声款逐,侧商调里唱伊州。”高骈《赠歌者二首》其二有句云:“公子邀欢月满楼,双成揭调唱伊州。”这些诗句就可以作为考察《伊州歌》的资料。

三、作用分析

乐府诗作为音乐作品,歌辞与曲调互相配合,研究曲调是深入认识这些作品的重要视角。可以从三个方面进行分析:

1. 内容。古代礼乐文化中含有浓厚的阴阳五行思想,曲调作为五音，与季节、方位、色彩相配合，在祭祀庆典等场合尤其讲究这些内容。曲调与歌辞内容，曲调与人在仪式中的具体活动，都有直接关系，研究曲调有助于认识这些歌辞和活动。

2. 形式。曲调与诗歌形式大有关联，这主要表现在诗歌声律和音乐旋律的配合上。永明体的核心精神就是“以文章之音韵，同弦管之声曲”。沈约认为四声和五音之间存在确定性关联，可见研究乐府曲调是认识诗歌声律的重要途径。

3. 风格。曲调本身就有特定风格。《晋书·乐志》云：“闻其宫声，使人温良而宽大；闻其商声，使人方廉而好义；闻其角声，使人恻隐而仁爱；闻其徵声，使人乐养而好施；闻其羽声，使人恭俭而好礼。”从曲调入手把握作品风格特征是有效路径。

第四节 体 式

体式与“形式”、“体裁”等文学概念有关系，但也有很大不同：从文本角度来看，体式是体裁特征；从音乐作品角度看，体式是音乐特征。所以这里所谓体式是指一首乐府诗音乐特点在文本上的显现，考察乐府诗体式要回到其具体音乐形态当中。主要关注以下六个方面：

一、剧语

具有音乐形态的乐府诗是舞台表演艺术，不仅有歌有舞，有时还带有科、白等多种戏剧表演元素，有的就是戏剧表演脚本。面对这些乐府诗，只有把它当作剧本才能解读明白，如《巾舞歌辞》。一些体式特征是对白、对唱、科范等戏剧语言在诗中的留存，这里姑且称为“剧语”。

1. 对白。对话的有无是戏剧与歌舞的区别所在。很多乐府诗都有对话。《陌上桑》、《焦仲卿妻》、《木兰诗》等较长作品有，《东门行》、《妇病行》、《孤儿行》等短篇也有。考察剧语应注意考察对白类型，注意区分对白与对唱。

2. 对唱。对唱是戏剧表演中的常见形式,也是歌舞表演中的常见形式。分析句与句之间的对唱关系和首与首之间的对唱关系,对于认识这些诗歌形式很有帮助。例如吴声歌曲,一个曲调下有几十首歌辞,如果不分析这些歌辞之间的对唱关系,很容易把这些歌辞当作一首首独立的歌辞。再如一些长篇乐府诗经常换韵,如《西洲曲》由多首绝句组成,每首绝句都重新起韵,这种形式很可能与对唱有关。研究时首先要找到实在对唱关系,进而分析各种对唱类型。

3. 动作。交代动作是舞台脚本区别于其他歌辞的重要特征。很多乐府诗中都清楚地交代了人物动作。例如《东门行》中的"拔剑出门去,儿女牵衣啼",《妇病行》中的"探怀中钱持授,交入门,见孤儿啼索其母抱,徘徊空舍中",《焦仲卿妻》中的"阿母得闻之,槌床便大怒",这些动作的交代充分体现了作品作为表演脚本的特点。

4. 场景。作为戏剧表演脚本,乐府诗中经常交代场景。如《战城南》中写死者与祭者对话,但对话中间加入了场景交代。如云:"战城南,死郭北,野死不葬乌可食。……水深激激,蒲苇冥冥。枭骑战斗死,驽马徘徊鸣。"这里交代场景既是剧情发展的需要,也渲染了恐怖悲戚的舞台氛围。

二、乐语

作为音乐作品,乐府文本有时会带有音乐痕迹,从而形成了乐府诗独特的体式特征。这些痕迹有声辞、结构两种。

1. 声辞。乐府诗有些作品难以解读,如汉铙歌中的《石留》、舞曲歌辞中的《巾舞歌》、《宋鼓吹铙歌》中的《上邪曲》等。这是乐府诗体式上的一个特殊现象,也是中国古代诗歌研究中的难题,长期以来很多学者尝试用各种方法解读这些作品。造成这些作品难以解读的原因,除了传抄过程中出现错简以外,主要是记录时未能有效区分歌、白、科、声、辞等内容。作为歌舞或戏剧脚本,应该包含歌辞、对白、动作、音乐等文字。但传抄时或因艺人识字有限,以其他文字代替本字,或是抄录者不懂舞台艺术，未注意区分这些内容，从而造成了文字混乱。这些都需要运用多种方法，使用多种资料，才能仔细解读。

2. 结构。音乐作品都有其结构。如相和歌中就有解、趋、艳、乱、和声、送声等。这些结构有时也会呈现在文本上，成为乐府诗独有的体式特征。学界对这些结构做了大量研究，但众说纷纭，结论各异。研究时首先应该真正弄清这些结构术语的本义。这些术语古人也有解释，但各有其角度，难以窥见其完整含义，应该对这些结构进行归纳、比对，找一些规律性认识。

三、套语

乐府艺术表演具有程式化特点，从而形成了一系列固定套语。这些套语有的出自演员与观众互动，有的出于表演方便，有的是音乐结构留存，含有大量表演信息。作品开头、中间、结尾都可能有套语出现，作用各不相同。

1. 开头。作为娱乐性表演，有时需要演员与观众进行互动。例如开场时加入一些提示话语，可以起到提醒观众注意、拉近彼此距离的效果。有时还可以作为开场时的自我介绍。如言："四坐且莫喧，听我堂上歌。"（鲍照《堂上歌行》）"请君留楚调，听我吟燕歌。"（陶翰《燕歌行》）这些开场套语多采用"请"、"听"的句式。

2. 中间。乐府诗还有一些套语，或在开头出现，或在中间出现，或使用一次，或使用两次，不是自我介绍，而是作为言说定式，起到提示观众、开启话头的作用。最典型的是以"君不见"三字开头的套语。如云："君不见柏梁台，今日丘墟生草莱。君不见阿房宫，寒云泽雉栖其中。"（鲍照《行路难》）"君不见朝歌屠叟辞棘津，八十西来钓渭滨……君不见高阳酒徒起草中，长揖山东隆准公。"（李白《梁甫吟》）"君不见黄河之水天上来……君不见高堂明镜悲白发……"（李白《将进酒》）

3. 结尾。歌场表演为了取悦观众，常常在结尾出现一些表达愉悦、祈愿、劝诫、慰留意思的套语。表示愉悦，如言"今日乐，不可忘，乐未央”(魏文帝《大墙上蒿行》);表达祈愿,如言“今日乐相乐,延年寿千秋”(《塘上行》);表示劝诫,如言“多谢后世人,戒之慎勿忘”(《焦仲卿妻》古辞);表示慰留,如言“丈人且安坐,调丝方未央”(《相逢行》)。这些结尾套语多用“今日”、“欲”、“愿”、“多谢”、“寄言”、“传语”、“传告”、“且”等标志性词汇。

四、构件

音乐舞蹈表演往往由一些构建组装而成,表现在文本上就是趋同化人物名称、讲述顺序和言说方式。

1. 固定名称。乐府人物有高度趋同特点,言女子,就名“罗敷”、“莫愁”;言神仙,则名王子乔、鬼谷子。这些类型化人物如何形成,其原型为何,都是人们争论较多的话题。如莫愁,《乐府诗集》解题云:“《唐书·乐志》曰:‘《莫愁乐》者,出于《石城乐》。石城有女子名莫愁,善歌谣。《石城乐》和中复有忘愁声,因有此歌。’《古今乐录》曰:‘《莫愁乐》亦云《蛮乐》,旧舞十六人,梁八人。’《乐府解题》曰:‘古歌亦有莫愁,洛阳女,与此不同。’”可见莫愁为何地人,《莫愁乐》从何而来,唐人看法就很不一致。类似人物都需要深入研究。

2. 固定顺序。乐府诗经常按固定顺序讲述故事或描述人物场景。部位、年龄、方位、次数、次序、时间都可能成为言说顺序。按部位描述如云:“头上倭堕髻,耳中明月珠。缃绮为下裙,紫绮为上襦。”(《陌上桑》)按年龄讲述如云:“十三能织素,十四学裁衣。十五弹箜篌,十六诵诗书。十七为君妇。”(《焦仲卿妻》古辞)按方位言说如云:“东市买骏马,西市买鞍鞯,南市买辔头,北市买长鞭。”(《木兰诗二首》其一)按次数言说如云:“一顾倾人城,再顾倾人国。”(《李延年歌》)按次序言说如云:“爷娘闻女来,出郭相扶将。阿姊闻妹来,当户理红妆。小弟闻姊来,磨刀霍霍向猪羊。”(《木兰诗二首》其一)按时间言说如云:“五月不可触,猿鸣天上哀……八月胡蝶来,双飞西园草。”(李白《长干行》)这种固定顺序值得分析总结。

3. 固定方式。乐府诗有些固定言说方式。第一,"问答式"。如云:"问女何所思,问女何所忆,女亦无所思,女亦无所忆。"(《木兰诗二首》其一)自问自答,引起他人注意。第二,"重复式"。如云:"旦辞爷娘去,暮宿黄河边。不闻爷娘唤女声,但闻黄河流水鸣溅溅。旦辞黄河去,暮至黑山头。不闻爷娘唤女声,但闻燕山胡骑鸣啾啾。"(《木兰诗二首》其一)这种方式多用"辘轳体"。第三,"链接式"。如云:"日暮伯劳飞,风吹乌臼树。树下即门前,门中露翠钿。开门郎不至,出门采红莲。采莲南塘秋,莲花过人头。低头弄莲子,莲子青如水。"(《西洲曲》古辞)多用"顶针格",首尾重复,无限链接。

固定人物名称、言说顺序、言说方式,会形成言说的程式化。程式化减轻了表演者台词记忆压力,便于在舞台上随机发挥,将构件临时组装,演绎新作。构件也是观众喜闻乐见的,因为构件给了他们心理预知:由部分预知到整体,从而期待欣赏整体。

五、句度

句度是指乐府诗句式特征。元稹《乐府古题序》云:"在音声者,因声以度词,审调以节唱,句度短长之数,声韵平上之差,莫不由之准度。"句度与音乐关系密切。诗歌与音乐虽然可以各自独立存在,但二者结合自然会存在相互规定关系。音乐与句度相互规定性应该从两个方面来认识:

1. 音乐的规定性。音乐对句度有决定作用,主要出现在"因声以度词"的时候。音乐在先,后人作辞必须符合原有音乐长短。文句长短不齐是演唱实际情况,后人既然沿用旧曲,歌辞自然要按原有句式写作,否则歌唱时会有困难。这些困难尽管艺人可以克服,但如果以高标准来衡量,就可能达不到要求。乐府诗创作尽管以"选词入乐"方式为主,但也有一些乐府诗是按照"因声度词"的方式写作的。考察众多乐府诗以哪种创作方式写作,是一项很有意义的工作。

2. 句度的独立性。与后来词曲创的作方式不同,大多数乐府都是以选词配乐方式创作出来的。“选”是“检选”的意思，是歌者选取诗歌、唱诗入某一曲调。如唐代歌者刘采春善唱《啰唝曲》，专门选取当时著名诗人作品。既然是写后被歌者选取，作者就可以只管作诗，不必考虑实际演唱时句式变成什么样子。从乐府作品本文留传来看，多数乐府诗句度具有独立性，与非乐府诗区别不大。一般情况是，“因声度词”的诗以杂言为主，“选词入乐”的诗以齐言为主，齐言、杂言之别是考察乐府诗创作方式的重要线索。

六、声律

声律是乐府诗体式的一项重要内容，与乐府诗音乐形态密切相关。理论根据就是诗、乐在形式上有必然联系：音乐讲究旋律，诗歌讲究韵律，诗律和乐律之间有一致性，诗的四声与乐的五音有着对应关系，字的声母、韵母、声调也必须错开才能便于歌唱。研究乐府之声律需要弄清两个问题：

1. 揭示诗体的发生过程。汉唐是中国诗歌体裁形成的重要时期，许多诗体在乐府诗写作中形成，从音乐对诗歌声律需求角度考察这些诗体发生过程，探寻发生原因，是一项重要工作。例如近体诗的出现从发生、发展到完善的整个过程，都是在乐府创作中完成的。近体诗发端于永明体，而永明体就受到了吴声、西曲的影响。在晋宋齐流行的吴声和西曲中，字声运用已经非常讲究。沈约等人受此启发，试验“以文章之音韵，同弦管之声曲”，从而总结出一套新的作诗方法。经过后代诗人不断增减，到初唐“沈宋”手里，最后将这一乐府体式变成了普通诗歌体裁。

2. 揭示诗作的声律特点。通过考察具体诗作的声律特点，解决诗歌史或音乐史上的问题。例如李白大力倡导古乐府，鄙薄近体诗律，待诏翰林期间为后宫所作歌辞又采用近体，那么其古乐府声律到底如何？是否因不同乐类而有所区别？再如王维是盛唐乐府诗写作大家，也是典型的宫廷诗人，作为“沈宋”正宗继承者，其乐府诗声律有何特点？

像《老将行》这样的古体乐府，为何大量使用律句？使用律句对其诗歌风格产生了哪些影响？这些都是以往人们关注不多的问题。

总之，乐府诗体式特征都来自其音乐形态，回到其音乐形态探索这些体式特征的形成过程和原因，是非常有意义的工作。

第五节 风 格

乐府诗风格是其他各项要素的综合体现。考察乐府诗风格是很有难度也很重要的工作。

一、风格与其他要素关系分析

弄清风格与其他各要素关系，既是对乐府诗风格的认识，也是对乐府诗风格成因的考察。

1. 与题名的关系。乐府诗题名在命名时或多或少都反映了该作品内容或形式上的一些特征，因此或直接或间接揭示了该作品的一些风格特征。例如乐府类名，因属于不同音乐种类，本身就具有各自风格。如鼓吹、横吹、相和、清商等等，风格各不相同。那些直接以风格命名的作品，题名直接揭示了作品风格。要注意考察题名所属乐类、调类、曲类的音乐风格，进而把握其文学风格。有些题名直接反映了作品情感特征，可以直接判断作品风格。有些题名包含地域色彩，有些题名含有对作品音乐和情感特征的描述，这些都可以作为判定作品风格的依据。

2. 与本事的关系。本事所言故事涉及作品题材、主题、意象、人物等，这些内容都是影响风格形成的元素，值得特别考察。第一，注意从创调本事所言人物情感特征判断作品风格。如《薤露行》、《蒿里行》讲田横门人为悼念田横自杀事，《公无渡河》讲妻子眼看丈夫渡河而死事，《项王歌》为项羽垓下被困事，情绪均悲凉感伤，其风格必然以感伤为基调。第二，从传播本事描述作品的表演效果来判定作品风格。如李德裕《次柳氏旧闻》所记唐玄宗听唱《水调》故事:“上(玄宗)欲迁幸,复登楼,置酒,四顾凄怆……从者三人,使其中一人歌《水调》……歌曰:‘富贵荣华能几时,山川满目泪沾衣。不见只今汾水上,唯有年年秋雁飞。’上闻之,为之潸然出涕。”少年所歌《水调》能让玄宗“潸然出涕”,可见作品感伤风格。

3. 与曲调的关系。曲调最能体现一首作品的音乐特点,是考察作品文学风格的重要视角。考察可以从两方面进行:第一,从曲调固有风格把握作品风格。只要弄清作品所属调式,就可以判定作品风格。第二,根据他人对曲调特征的描述判定作品风格。古人诗文经常描写欣赏乐府表演的情况,可以作为判定乐府风格的依据。如唐王適《古别离》:“苦调琴先觉,愁容镜独知。”刘长卿《王明君》:“琵琶弦中苦调多,萧萧羌笛声相和。可怜一曲传乐府,能使千秋伤绮罗。”从中可见《古别离》、《王明君》风格都属哀苦一类。

4. 与体式的关系。体式是作品形式要素,同样会作用于风格。可以从三个方面进行考察:第一,剧语与风格。对话是乐府诗体式特征,是乐府区别其他诗体的重要特点,凡有对话插入就会令人想起乐府,可以从对话入手考察作品风格。第二,构件与风格。乐府诗有些构件,尤其是固定言说方式,是构成乐府诗风格的重要因素。如言“问女何所思,问女何所忆,女亦无所思,女亦无所忆”,可以使人立刻感受到乐府诗的叙述风调。而“欢”、“侬”、“郎”等固定称呼,也可以使人立刻想到吴声歌曲。第三,声律与风格。声律作为体式的重要内涵,对风格有重要影响。例如绮靡风格就是指诗歌因讲究声律带来的特点。

二、风格作用分析

风格作为乐府作品的总体特征,在乐府诗流传过程中一直发挥着重要作用,主要有两个方面:

1. 维护自身传统。风格综合了其他各要素,带有该作品全息特征,在维护自身传统上有重要作用。薛道衡《昔昔盐》共二十句,唐人赵嘏以每一句为题作一首新诗,每首诗都保留了薛诗风格。其情形如同单细胞繁殖,每个细胞都包含整个遗传信息。由于风格含有全息特点,当某个曲调失去其要素后,风格便成了该曲调存在的最后依据。例如初唐杨师道有一首阙题诗作,没有题目,没有曲调,但很像一首乐府诗。读者有这种直觉,根据的就是风格。

2. 影响其他创作。乐府诗有其特殊风调,后人多有模仿。这些拟作有乐府,有非乐府,于是诗中就有了“歌行”一体。歌行含义复杂,含义之一就是指具有乐府风调。这种模仿虽然仅限于文学层面,不依傍任何曲调,与以往任何一首乐府作品题名、本事、曲调都没有关系,却仍然有可能具有乐府风格。因为风格既抽象又具体,优秀的乐府作品无时无刻不在显示其风格的存在,即使不以“歌”、“行”命题,仍然带有乐府风味。如盛唐崔颢《王家少妇》:“十五嫁王昌,盈盈入画堂。自矜年最少,复倚婿为郎。舞爱前谿绿,歌怜子夜长。闲来斗百草,度日不成妆。”题目不是乐府,但有乐府诗风调,幸福、天真、活泼的女子形象,立刻可以使人想到《陌上桑》中的罗敷,想到《长安有狭斜行》中的小妇。

三、认识途径分析

认识风格途径有很多,主要途径有两个:

1. 音乐途径。乐府作为音乐作品,其音乐风格与文学风格是一致的,起码不能相背,弄清其音乐风格,也就基本弄清了其文学风格。例如《竹枝词》,刘禹锡《竹枝词序》云:“聆其音,中黄钟之吕,卒章激讦如吴声。虽伧伫不可分,而含思婉转,有《淇澳》之艳音。”清楚地记述了《竹枝词》调式为“黄钟之吕”,演唱风格为“含思婉转”。而记录作品音乐特点的文献有很多,如《乐府诗集》中经常引用的《乐苑》就有对众多作品曲调的记录。长安古乐谱中也有大量乐府曲谱留存,这些都可以作为判定作品风格的依据。

2. 文学途径。乐府风格还可以从文学作品中得到印证。因为有些文献虽然没有直接记录作品曲调,但同样有对其音乐特点的描述,同样可以用来印证这些作品的风格。例如李颀对董庭兰弹奏蔡琰《胡笳十八拍》情境的描写，就可以印证《胡笳十八拍》的风格。再以《竹枝词》为例，白居易《忆梦得》诗题下自注云："梦得能唱《竹枝》，听者愁绝。"所作《竹枝词四首》其一云："瞿塘峡口冷烟低，白帝城头月向西。唱到竹枝声咽处，寒猿晴鸟一时啼。"也印证了《竹枝词》的愁苦风格。弄清众多作品风格特征对于正确解读这些作品是必不可少的工作。

上述课题设想，有些是最初设计的，有些是在研究过程中与作者讨论形成的。具体研究时，有些按照这些设想进行，有些是作者独立发挥，内容和结论与这些设想不尽一致。这是课题研究过程中常有之事。需要说明的是，乐府诗构成要素研究是个大课题，目前所作还只是一个开头，还带有概述性质，众多具体作品要素分析才是研究任务的主体。现有研究从设计到执行，一定有许多不尽如人意甚至错误之处，敬请广大读者批评指正！

感谢北大出版社！自从我读博士时起，连同这次有6种书在北大出版社出版。感谢徐丹丽博士！没有她对乐府学的深刻理解和对书稿的细心编辑，四本著作不会这样快出版。作者同门韩宁、马婧、陈利辉帮忙校改，也是一桩义举。

目　录

绪　论

体式是乐府诗的五个重要构成要素(题名、本事、曲调、体式、风格)之一,因受内在音乐的制约,其形成和演变有相对稳定性,是一首乐府诗的重要标志。系统地考察乐府诗的体式,研究众多乐府诗体式的特点、功能及其形成原因,不仅是乐府学的一项必不可少的工作,也是文体学的一项重要工作,更是传统诗学的一项重要工作。本书将通过对乐府诗体式现象的系统考察,试图揭示乐府诗语言形式与音乐表演艺术之间的关系,以求对乐府诗文体的形成、功能及意义作出更深入的解释。

一、乐府诗体式研究评述

乐府诗体式与乐府体制以及音乐曲调有着密切的关系。学界多从传统诗学的角度看待乐府诗,对乐府诗体式的认识比较模糊,虽然对个别问题做了一些探索,但不成体系,下面从语体、结构、句度、声律等方面对目前乐府诗研究中涉及体式现象的一些情况做简单的评述。

(一)乐府诗中的语体研究

在中国古代诗歌体类中,乐府诗因与音乐密切相关,其语体有很大的特殊性。从传统诗学来看乐府这一文体的性质和功能,认识上就有很大分歧。当代文学史著作一般认为汉乐府以叙事见长。如游国恩等编写的《中国文学史》云:"汉乐府民歌最大、最基本的艺术特色是它的叙事性。这一特色是由它'缘事而发'的内容决定的。"[①]而有人则认为乐府诗的本质是抒情的。如葛晓音在《论汉乐府叙事诗的发展原因和表现艺术》[②]中指出,汉乐府没有纯客观的叙事诗,只有内容客观、语调抒情的叙事体,其艺术特点决定了这种叙事诗的实质仍然是抒情的。其实这种叙事还是抒情的判断不能完全解释乐府诗的语体特征,作为音乐表演文本的乐府歌诗的最大特点是表演性。相对于其他诗歌而言,它具有叙事表演功能;相对于小说而言,它具有明显的抒情色彩,是融合叙事艺术和抒情艺术的文学样式。正如赵敏俐在《汉乐府歌诗演唱与语言形式之关系》中指出的:"由于这些歌诗(乐府诗)有比较复杂的表演手段,可以承载更多的生活内容。因此它不再是简单的抒情艺术,是表演艺术。从这一角度讲,汉乐府的许多叙事歌诗,更近似于后世的说唱文本。"[③]可见乐府诗的语体性质实际上与乐府诗的演艺形式相关。

因此,从乐舞歌辞的角度解读乐府诗成为乐府诗研究发展的必然趋势。如萧亢达以文献资料和文物资料相结合的方式,运用考古成果,把汉乐府置于汉代歌舞百戏的艺术体系中,对汉代的歌舞艺术进行了非常详细的研究。[④] 这对我们全面认识汉代诗乐的演唱状况及其发展有着重要参考价值。钱志熙主张:"想尽可能地将汉魏乐府诗放在当时的社会文化背景和乐府艺术的整体中去考察,突破将乐府诗作为一种纯粹的诗艺、一种单独的诗体或是作为一宗可以借之考察社会的史料等研究上的局限。"[⑤]吴相洲在《关于建构乐府学的思考》中指出:"乐府学的核心问题是诗乐关系问题。乐府学的主要思想是基于乐府诗、乐、舞密不可分的特点,将乐府看作是一种综合的艺术,进而对这种

---

① 游国恩等主编:《中国文学史》,第 192 页,北京:人民文学出版社,1964。

② 《社会科学》1984 年第 12 期。

③ 《文学评论》2005 年第 5 期。

④ 参见萧亢达《汉代乐舞百戏艺术研究》,北京:文物出版社,1991。

⑤ 钱志熙:《汉魏乐府的音乐与诗》,第 8 页,郑州:大象出版社,2000。

综合的艺术形态进行‘还原’性研究。例如体式是乐府诗的一个重要特点,而这一特点的形成,就可以到与之相关的音乐活动中去寻找原因。”[①]这些探索都旨在引导人们力图还原乐府诗作为歌唱文本或表演底本的特性。

有些研究者还具体揭示了乐府诗与表演艺术之间的关系,如闻一多在《乐府诗笺》中就《陌上桑》末尾“坐中数千人,皆言夫婿殊”一句,指出“乐府歌辞本多系歌舞剧,此曰‘坐中数千人’,斥观众而言也”[②],说明乐府诗《陌上桑》具有公众表演的性质,诗歌语言涉及观演双方。杨公骥《汉巾舞歌辞句读及研究》指出:“巾舞是我们今天所能见到的我国最早的一出有角色、有情节、有科白的歌舞剧。尽管剧情比较简单,但它却是我国戏剧的祖型。在中国戏曲发展史上,它具有重要的价值。”[③]在此基础上,姚小鸥对乐府辞歌舞剧的文辞尤其是舞蹈动作进行了更为详细的考证,发表了一系列文章,如《〈公莫巾舞歌行〉考》[④]、《〈公莫舞〉与王国维中国戏剧成因外来说》[⑤]、《〈巾舞歌辞〉与中国早期戏剧的剧本形态》[⑥]等。以上的研究主要探讨了乐府诗和戏剧艺术的关系。

1975年湖北云梦睡虎地秦墓发现了大批竹简,其中有《为吏之道》一篇,后面附有八首韵文,格式与荀子《成相》篇相同。谭家健把这种体式与汉乐府相和歌古辞《平陵东》进行了类比,指出这种首尾相接的顶真格和富于顿挫感的句式源于当时的民间说唱文学。[⑦] 廖群《厅堂说唱与汉乐府艺术特质探析——兼论古代文学传播方式对文本的制约

---

① 《北京大学学报》2006年第3期。

② 闻一多:《诗选与校笺》,第129页,北京:古籍出版社,1956。

③ 《光明日报》1950年7月19日。

④ 《历史研究》1998年第6期。

⑤ 《文艺研究》1998年第6期。

⑥ 《淮阴师范学院学报》2001年第2期。

⑦ 褚斌杰、谭家健主编:《先秦文学史》,北京:人民文学出版社,1998。

和影响》认为从汉画像石和有关文献材料来看,厅堂说唱是汉乐府重要的传播方式,这导致了诗歌由抒情言志向娱宾乐主功能的转化。[①]以上的研究主要探讨了乐府诗和说唱艺术的关系。

研究乐府诗语言形式与音乐表演之间的关系,为更好地解读乐府诗提供了广阔的思路。但以上研究都侧重于选取乐府诗极个别的作品来探讨乐府诗与音乐表演艺术的关系,对大量乐府诗本身呈现的内部规律以及音乐演艺机制对语言模式的影响等方面的研究较少。不同于前者,赵敏俐《汉乐府歌诗演唱与语言形式之关系》[②]从汉乐府歌诗的一般表演方式入手,探讨了表演戏剧化对叙事性歌诗体裁形式的影响,以及歌唱艺术的程式化与汉乐府歌诗的语言结构等问题。他把乐府歌诗定义为以音乐和歌舞为主的"表演的艺术",语言只是这一艺术的有机组成部分,而且是服从表演的。可以说,其研究视点尽可能地照顾到了乐府诗产生的原生态。不过就目前的研究来说,从音乐表演的角度系统地揭示乐府诗的语体特征及成因还有很多工作要做。

(二)乐府诗的结构研究

作为歌辞,乐府诗是一种简练而富于音乐性的文学形式。因为受到各个不同曲调的制约,所以尤其讲究结构精密,诗歌的语句、段落的结构依附音乐的结构。在音乐表演中,乐曲形式也必须服从歌诗体式及其辞章结构。目前人们对乐府诗结构的关注主要集中于汉乐府中由"解"、"趋"、"艳"等标识的音乐结构,吴声西曲中"和、送"声的位置,套语程式以及声辞合写等现象。这些也都是乐府诗体式研究中的重要问题,以下分三个方面论述:

第一,"解"、"趋"、"艳"、"乱"等音乐结构在乐府诗中留下的文本痕迹及其诗体意义。在乐府诗研究中,"解"、"趋"、"艳"、"乱"等标识

---

① 《文史哲》2005 年第 3 期。

② 《文学评论》2005 年第 5 期。

乐曲结构的音乐单位受到人们的关注。齐天举《由〈饮马长城窟行〉说到相和三调的解、艳和趋》[①]、《古乐府艳歌之演变》[②]、安海名《试论汉魏乐府诗之艳、趋、乱》[③]、王同《相和大曲结构形态考释》[④]等论文都是对乐府诗中音乐术语的专门研究。但是人们对这些术语的含义理解并不一致。

对"解"的理解。逯钦立认为:"部与解是弦曲上相通的名字。"[⑤]王运熙认为:"相和歌辞的'解'与清商曲辞的'首'或'曲'在音乐上的地位是相等的。"[⑥]张永鑫认为:"所谓'解',它是中国古典音乐单音旋律的时序中呈现多变特点的体现。"又如:"汉乐府的'解'是一种音乐情调性的处理,它是塑造人物、深化诗旨(乐歌)的重要手段。"[⑦]而音乐研究者杨荫浏则认为:"汉代的《大曲》已是歌舞曲;它有歌唱部分,所以有歌词,但它又有不须歌唱而只须用器乐演奏或器乐伴奏着进行跳舞的部分,那就是'解'——'一解'就是第一次奏乐或跳舞,'二解'是第二次奏乐或跳舞,余类推。"[⑧]从乐府诗表演的角度,赵敏俐提出,"解"在汉乐府歌辞中除了有章节的意义和音乐舞蹈的意义外,可能还有近似于古代戏剧的"场"与"折"的提示作用。[⑨]

对"艳"的理解。杨荫浏认为"艳往往是抒情比较宛转"的部分,大

---

① 《文学评论丛刊》第 31 期。

② 《阴山学刊》1989 年第 1 期。

③ 《青海民族学院学报》1991 年第 1 期。

④ 《中国音乐学》(季刊)2006 年第 3 期。

⑤ 逯钦立:《相和歌曲调考》,《汉魏六朝文学论集》,第 115 页,西安:陕西人民出版社,1984。

⑥ 王运熙:《吴声西曲的渊源》,《六朝乐府与民歌》,第 37 页,北京:古典文学出版社,1957。

⑦ 张永鑫:《汉乐府研究》,第 106、108 页,南京:江苏古籍出版社,1992。

⑧ 杨荫浏:《中国古代音乐史稿》,第 116 页,北京:人民音乐出版社,1981。

⑨ 《文学评论》2005 年第 5 期。

多时候用在一曲的开始，偶然也有用在一曲中间的。[①] 邱琼荪认为："艳，此为序曲，殆即'师挚之始'之'始'。始，似为但曲，有音乐而不歌。艳有歌亦有不歌，惟不歌者较少。"[②]齐天举认为："艳歌的作用，是放在正歌之前，以组织听众情绪。艳歌在演奏过程中歌辞不断增加，结构逐渐扩展，完善，最后脱离正歌，由附庸蔚为大国，于是游离正歌而单行。"[③]张永鑫认为："所谓'艳'，大多置于乐曲之前，起到概括和提示乐歌内容的作用，宛如乐曲的引子或序曲。同时'艳'是一种音乐、舞蹈。"[④]

由于"趋"和"乱"大多置于乐曲末尾的缘故，有的研究者认为"趋"与"乱"同。如杨荫浏说："'乱'在大曲中比较少见；它可能是'趋'的另一种名称——对歌曲的同一部分，可以从歌舞音乐的角度称之为'趋'，以可以从一般歌唱的角度称之为'乱'。"[⑤]但邱琼荪认为二者存在差别："趋，此犹唐大曲中之彻。有音乐，有歌，且合舞，一如正曲。惟歌舞进行时，较正曲为快速……乱，此犹北曲中之煞尾。惟此有音乐，合舞而多不歌，歌者甚少。"[⑥]在文学研究中，人们对"乱"的理解就存在许多猜测，郭沫若在《屈原的艺术与思潮》一文中："'乱'字，事实上，本就是辞字，是汉朝的人读错了的。"[⑦]可是从先秦文献情况来看，"乱"与"辞"并没有通假可能。人们同时注意到了与"乱"相关的"乱曰"现象，张永鑫指出："从周代的《大武》及《诗经》来看，一般只提及'乱'，而不及'乱曰'，'乱'似乎主要是指音乐性而言的；南方的《楚辞》一般只提及'乱曰'而不及'乱'，'乱曰'似乎主要是就文学性而言

---

① 杨荫浏：《中国古代音乐史稿》，第 115 页。

② 邱琼荪：《历代乐志律志校释》第 2 分册，第 230 页，北京：人民音乐出版社，1999。

③ 齐天举：《古乐府艳歌之演变》，《阴山学刊》1989 年第 1 期。

④ 张永鑫：《汉乐府研究》，第 110 页。

⑤ 杨荫浏：《中国古代音乐史稿》，第 119 页。

⑥ 邱琼荪：《历代乐志律志校释》第 2 分册，第 231 页。

⑦ 郭沫若：《郭沫若古典文学论文集》，第 278 页，上海：上海古籍出版社，1985。

的。正因为一偏重于音乐性、一偏重于文学性，所以作为乐歌的《诗》与《骚》，正如人们现在所看到的那样，'乱'便常常失载，而'乱曰'的'乱辞'却绝大部分存留。"[①]黄震云、孙娟《"乱曰"的乐舞功能与诗文艺术特征》[②]即是对乱辞的专门研究。

关于和送声，任半塘认为"和声以声为主，和声原本在曲调之内，而不在曲调之外"，"和声非衬字之声"，"诗调有和声可考者，不过十余曲，无从想象为凡诗调皆赖和声以成曲"。[③] 而杨荫浏在论述清商乐中的南方民歌时说："在曲式上，在一曲中每节的前面有时加一个歌唱的引子，在每节的末尾有时又加上一个歌唱的尾声引子和尾声或称为'和'或称为'送'没有一定。"[④]则从音乐曲式的角度肯定了和、送声在歌辞中的意义，但认为和、送声在曲体性质没有什么区别。同样是对清商乐的研究，王运熙指出，送声有两类，一是原歌的结尾，一是借用别的曲子，其性质与大曲中的"趋"和"乱"相似，和声则为一人唱，多人和，以增强音调的强度，其性质与作为歌辞之开篇的大曲的"艳"绝不相同；大部分清商曲的调名都是根据送声得来的，其变曲大约也是基于和、送声的变调。[⑤] 明确区分和、送声的位置和作用。可见由于所讨论的音乐乐辞不同，对于和、送声的看法并不一样。任先生的和、送声研究侧重于唐声诗，后两位研究者则侧重于研究六朝"清商曲辞"中的和、送声。

第二，乐府诗中的套语。乐府诗中经常用到一些非关正文文意的套语，从而形成一定的程式结构。胡应麟《诗薮・古体杂言》云：

> 《郊祀》、《铙歌》诸作，凡结语，率以延益算为言。盖主祝颂君上，荫庇神休，体故当尔……乐府尾句，多用"今日乐相乐"等语，

---

① 张永鑫：《汉乐府研究》，第 125 页。

② 《文艺研究》2006 年第 7 期。

③ 任半塘：《唐声诗》上编，第 82—89 页，上海：上海古籍出版社，1982。

④ 杨荫浏：《中国古代音乐史稿》，第 146 页。

⑤ 王运熙：《论六朝清商曲中的和送声》，《乐府诗述论》，上海：上海古籍出版社，1996。

至有与题意及上文略不相蒙者，旧亦疑之。盖汉、魏诗皆以被之弦歌，必燕会间用之。尾句如此，率为听乐者设，即《郊祀》延年意也。[①]

胡氏从听乐者的角度指出了音乐对歌辞起结程式所起的作用，可见乐府诗中套语的安排和相应的音乐处理有着娱神与娱人的功用。乐府诗体的基本结构受到歌舞艺术程式化的影响。

西方学者在对口头文学研究过程中提出的套语理论同样适用于对中国诗歌的研究。王靖献《钟与鼓——〈诗经〉的套语及其创作方式》序文中指出："套语即陈陈相因的习语与习惯表达方式，是古典诗歌中广泛存在的一种现象，例如在古希腊的《伊利亚特》与《奥德赛》中，套语就比比皆是。而在中国的《诗经》、《楚辞》以及汉代乐府民歌中，套语也是一种司空见惯的现象。同样的诗句，或同样结构的句式，反复出现在不同的诗篇之中。"[②]赵敏俐在《汉乐府歌诗演唱与语言形式之关系》中也注意到汉乐府歌诗中出现许多相同或相近的诗句，他指出："这种套语的使用在后世看来也许是个缺点，但是在当时却有重要的积极意义。这应该是汉代说唱文学与先秦说唱文学相比的一个进步，尤其是在音乐发展方面的一个进步。歌舞艺人们只要对乐调熟悉，就可以按照固定的乐调即兴演唱，并随口加入一些套语，使所表演的诗歌符合乐调。这显然大大地加强了汉乐府歌诗的创造活力。"[③]可见全面分析乐府诗中的套语现象进一步说明乐府诗的表演性和口传性，对正确认识和评价乐府诗结构有着积极的意义。不过目前直接针对乐府诗中套语现象研究的文章很少。

---

① （明）胡应麟：《诗薮》内编卷一，第 19 页，上海：上海古籍出版社，1979。

② 王靖献，谢谦译：《钟与鼓——诗经的套语及其创作方式》，第 3 页，成都：四川人民出版社，1990。

③ 《文学评论》2005 年第 5 期。

第三,乐府诗中的声辞。乐府诗中常常用到一些有声无义的表声词,据《乐府诗集》卷二六:"诸调曲皆有辞、有声……辞者其歌诗也,声者若'羊吾夷'、'伊那何'之类也。"[①]可见句中衬字和句末余韵即是"声",它们都是由于配乐演唱的需要而被添加进正文的,从而形成乐府诗中"声辞合写"的现象。《乐府诗集》卷一九《宋鼓吹铙歌》题解引《古今乐录》:"凡古乐录,皆大字是辞,细字是声,声辞合写,故致然尔。"[②]这就是说,在最初歌辞记录时,乐工可能同时把表义的文字和表声的文字同时记录下来了,这在当时是有所区别的,但在以后的流传中,二者变得混淆不清,从而使得这些乐府诗难以解读。

前人对乐府诗中"声辞合写"现象的研究有孙楷第原书:《宋书乐志今鼓吹铙歌词考》、《宋书乐志铎舞歌诗二篇考》。[③] 文章对前述声辞杂写、不可通读的古代曲辞进行了考释,揭示了这些曲辞的本来面目及其不可通读的原因。杨公骥《汉〈巾舞歌辞〉句读及研究》[④]对《巾舞歌辞》进行了校点。校本证实,《巾舞歌辞》是由唱词(包括主要唱词、复唱及衬字)、角色标识字和指示舞蹈动作等的科范字组成的戏剧科仪本。姚小鸥的《公莫巾舞歌行考》[⑤]、《〈汉鼓吹铙歌十八曲〉的文本类型与解读方法》[⑥]、《关于刘宋"今鼓吹铙歌"〈上邪曲〉的研究》[⑦]等一系列文章通过对《巾舞歌》(《公莫舞》)、《石留》、《朱鹭》、《远如期》、《上邪曲》等乐府诗的解读,总结和验证了孙楷第、杨公骥等解读汉魏六朝乐府曲唱文本的基本方法。可见人们逐渐重视从乐府诗音乐表演性的角度来考释乐府诗语辞意义,这对正确解释乐府诗中"声辞合写"现象

---

① (宋)郭茂倩:《乐府诗集》二六,第376页,北京:中华书局,1998。

② 《乐府诗集》卷一九,第285页。

③ 见孙楷第《沧州集》,北京:中华书局,1965。

④ 《光明日报》1950年7月19日。

⑤ 《历史研究》1998年第6期。

⑥ 《复旦学报》2005年第1期。

⑦ 《北方论丛》2005年第1期。

和有效的文本解读有着重大的意义。

上述所举对乐府诗中标识结构的音乐术语以及套语、声辞现象的研究，要么偏向于诗歌的语言结构，要么偏向于曲调的音乐结构，而未能把二者联系起来思考。正因为如此，对于乐府诗体式结构中存在的语言现象未能从音乐曲调结构的角度作出合理的解释。如乐府诗中经常出现乐辞前后文意不相属的情况。逯钦立认为乐府古辞多拼合各章而成一曲，曹魏乐章颇有其例，然杂凑之曲，最早见于汉《郊祀歌》十九章中，其重音律而不问文义必出时伶工之手。[①] 又如余冠英《乐府歌辞的"拼凑"与"分割"》一文专门讨论乐府歌辞的拼凑和分割现象。他指出乐府诗的拼凑方式有八类：本为两辞合为一章，比如汉郊祀歌"天马"，乃由"太乙况"和"天马徕"二首合成；并合两篇联以短章，比如相和歌辞瑟调曲"饮马长城窟行"古辞中，"青青河边草"八句和"客从远方来"八句各为一首，其义两无所属；一篇之中插入他篇，比如《宋书·乐志》所载相和瑟调"艳歌何尝行"，《玉台新咏》作"双白鹄"，辞稍不同，两篇都当有改动之处；其他有分割甲辞入乙辞者，有节取他篇入本辞者，有联合数篇各有删节者，有以甲辞尾声为乙辞起兴者，有套语之运用者。[②] 那么，乐府诗中所谓"拼凑与分割"现象产生的原因与乐府诗所从属的曲调音乐结构之间有没有关系？李济阻《乐府音乐中的"解"与歌辞中的"拼凑分割"》[③]即试图从乐府音乐中"解"的使用来说明这一现象。这是一个很好的思路。但笔者认为所谓乐府诗的拼凑、分割并不仅仅局限于"解"。实际上，"趋"、"艳"、和送声等音乐形式同样能造成乐府诗中可以自由组合的音乐单元结构。同时这些音乐术语表明乐府歌诗不是徒歌，其表演是由乐队、歌者、舞者等多人参与的演艺活动。了解这些音乐形式，对于分析乐府诗体式，比如套语、声辞

---

① 逯钦立：《汉魏六朝文学论集》，第 91—95 页。

② 余冠英：《古代文学杂论》，第 148—157 页，北京：中华书局，1987。

③ 《天水师范学院学报》1985 年第 1 期。

合写等从本质上来说从属于音乐表演的语言现象都有着重要的意义。

总之,从目前的研究来看,对于以上有关乐府诗体式结构中出现的语言现象,仍然有待于结合大量乐府诗文本系统地归纳总结其内部规律,并从音乐体系的角度探索其生成机制,从而重新评判其艺术价值。

(三) 乐府诗的句度研究

乐府诗的句数和字数似乎无所不包,乐府诗与各种诗体似乎都有联系。如胡应麟《诗薮·内编》卷一云:

> 世以乐府为诗之一体,余历考汉魏六朝唐人诗,有三言、四言、五言、六言、七言、杂言、近体、排律、绝句,乐府皆备有之。《练时日》、《雷震震》等篇,五言也;《乌生》、《雁门》等篇,杂言也;《妾薄命》等篇,六言也;《燕歌行》等篇,七言也;《紫骝》、《枯鱼》等篇,五言绝也:皆汉魏作也。《挟瑟歌》等篇,五言绝也;《折杨柳》、《梅花落》等篇,五言律也:皆齐梁人作也。虞世南《从军行》、耿湋《出塞曲》,五言排律也;沈佺期"卢家少妇"、王摩诘"居延城外",七言律也:皆唐人所作。五言长篇则《孔雀东南飞》,七言长篇则《木兰歌》。是乐府于诸体无不备有也。①

这段话谈到了乐府诗体随时代而演变发展,汉魏作品由四言体发展到以五言为主,并有六言、七言、杂言等,齐梁以来出现五言绝句,唐代以后有五言排律和七言律。由于乐府诗的字数和句数由简趋繁的发展过程在某种程度上接近于诗歌其他体类,在诗体研究中,人们往往认为乐府诗是各类诗体的起源。如萧涤非《汉魏六朝乐府文学史》明确指出:"世多谓乐府为诗之一体,实则一切诗体皆由乐府生也。汉乐府多杂言及五言,四言甚少,至六言七言,则更绝无其作。魏则诸体毕备,吾国

---

① (明)胡应麟:《诗薮》内编卷一,第12—13页。

千年来之诗歌，虽古近不同，律绝或异，要其大体，盖莫不导源于此时矣。”[①]王运熙《七言诗形式的发展和完成》从诗体角度在汉魏晋南北朝乐府作品中寻找七言诗起源的轨迹。[②] 这些研究从诗学角度看到了诗歌表面形式上的相同相近之处。重在主文，不兼主声。实际上，乐府诗调名既繁，章法亦多变化。其“句度短长之数”虽与古代诗歌体裁发展有相同之处，但仍然存在本质的区别。

学界从辞乐关系、演艺形式的角度研讨诗歌句度的发展和演变的相关成果有：任半塘的《唐声诗》从“辞、乐、歌、舞”四个方面研究唐及五代的五言、六言、七言等齐言歌辞，认为歌辞的体式是由音乐和表演方式决定的，唐代燕乐歌辞并非一字一声，也非一句一拍。其目的是破除关于长短句是由近体诗演变而来的传统谬说。葛晓音《从古乐谱看乐调和曲辞的关系》[③]、《关于古乐谱解读的若干问题》[④]等文章，在中日学者关于词乐关系和古谱译解研究的基础上，结合保存在日本的雅乐和唐代乐谱等资料，对唐代齐言曲辞和杂言曲辞与乐调的关系进行了探讨，从声辞配合的规则、齐言和杂言曲辞的音乐根源、同调异体的成因三大问题提出自己的见解。崔炼农《相和唱奏方式与辞乐关系——乐府唱奏方式研究之一》[⑤]、《歌弦唱奏方式与辞乐关系——乐府唱奏方式研究之二》[⑥]等文章则重点探讨乐府唱奏方式对辞乐关系的影响。以上这些研究为我们重新思考乐府诗句数、字数问题提供了新的思路。在乐府诗句度研究中，乐府诗具体的节奏形式与音乐曲调之间的关系则还有待进一步深化。

---

① 萧涤非：《汉魏六朝乐府文学史》，第 126 页，北京：人民文学出版社，1984。

② 见王运熙《乐府诗述论》。

③ 《社会科学战线》1994 年第 4 期。

④ 《燕京学报》第 5 期，北京：北京大学出版社，1998。

⑤ 《西南民族大学学报》2004 年第 1 期。

⑥ 同上第 3 期。

（四）乐府诗的声律研究

乐府诗的声律研究主要关注的是永明声律论提出来以后，文人在乐府音乐歌诗创作中对声律理论的实践情况。胡应麟《诗薮》内编卷四云：

> 五言律体，兆自梁陈。唐初四子，靡缛相矜，时或拗涩，未堪正始。神龙以还，卓然成调。沈宋苏李，合轨于前；王孟高岑，并驰于后，新制迭出，古体攸分，实词章改变之大机，气运推迁之一会。[①]

可见从永明到初唐，诗歌发展的趋势是声律化的程度越来越高。以往人们在分析唐代律体诗声律理论的主要构成因素时，主要关注的是永明声律说。一般认为声律体制的建立是诗乐分离的结果，如渊实《中国诗乐之迁变与戏曲发展之关系》[②]，朱光潜《中国诗何以走上律的路》[③]，郭绍虞的《永明声病说》、《从永明体到律体》、《声律说考辨》[④]等文章都认为诗律与音律是相分离的。杨生枝《乐府诗史》虽认识到"音乐的发展孕育着声律的形成"，但依然认为"声律却是在脱离开音乐的条件下产生和最后形成的"。[⑤] 从常理来讲，声律理论的确定必然伴随着实践才能得以最终完成。以上所列举的研究论文对近体诗形成过程中声律理论在诗歌作品，尤其是入乐歌诗作品中的实践情况均有所忽视。

实际上，促使永明新体诗到唐代近体诗演变的因素很多，在声律理论的实践过程中，我们并没有理由排除入乐歌唱对诗歌声律体式的影

---

① （明）胡应麟：《诗薮》内编卷四，第 58 页。

② 《新民丛报》1906 年 77 号。

③ 见《朱光潜美学文集》卷二，上海：上海文艺出版社，1982。

④ 见《照隅室古典文学论集》，上海：上海古籍出版社，1983。

⑤ 杨生枝：《乐府诗史》，第 322 页，西宁：青海人民出版社，1985。

响。从永明到初唐之间乐府诗的可歌性以及这些诗歌的格律化趋势及其进程表明,律体的形成与音乐有着不容忽视的关系。如胡应麟论乐府体的流变时,指出声律和对偶促成了乐府体的演变:

> 乐府之体,古今凡三变:汉魏古辞,一变也;唐人绝句,一变也。宋元词曲,一变也。六朝声偶,变唐之渐乎? 五季诗余,变宋之渐乎?①

乐府诗发展到六朝体制为之大变:体式短小,有"绝句"之称,讲求四声协律、对偶精确。不仅如此,这一时期民间的流行音乐对文人乐府诗创作产生了深刻的影响,如葛晓音指出:"南北朝乐府民歌创造了抒情小诗的新体裁,成为五七言绝句的源头。齐代诗人谢朓的新体诗就是学习南朝乐府民歌的产物……到了盛唐,乐府绝句发展成为最有特色的诗歌形式,李白学习清商小乐府尤有独到的成就。"②她在《论初盛唐绝句的发展——兼论绝句的起源和形成》中进一步谈到乐府诗律化的问题,认为单纯从声律来看,南朝清商乐府也是古绝,只是部分乐府与非乐府的律化都是从永明体开始的,与五言八句体的律化是同步的。③在此基础上,吴相洲《永明体与音乐关系研究》通过对《子夜歌》、《子夜四时歌》、《懊侬歌》、《读曲歌》、《石城乐》、《乌夜啼》、《估客乐》、《杨叛儿》、《西乌夜飞》等226首作品四声情况的具体考察,发现其中除了犯平头的比例略高以外,70%—80%的歌辞是能够避免上尾、蜂腰、鹤膝三种声病的。这说明,在晋宋齐流行的吴声和西曲当中人们已经注意到了字声的运用。吴先生进一步指出永明以来新体诗的写作与乐府诗的创作相关:"齐梁以来,那些热衷于新体诗写作的人都有大量

① (明)胡应麟:《诗薮》内编卷一,第14页。

② 葛晓音:《八代诗史》,第182页,西安:陕西人民出版社,1989。

③ 见葛晓音《诗国高潮与盛唐文化》,北京:北京大学出版社,1998。

的乐府诗的创作。而且这些乐府诗除了那些郊庙歌词以外,基本上是采取五言的形式,五言八句是其中最主要的一种形式。这一现象表明,新体诗的形式与乐府诗有着某种特殊的关联:即永明诸家新体诗的是在歌词写作中完成的,有相当数量的新体诗本身就是歌词。虽然这些歌词未必都入乐歌唱,但绝大部分是入乐歌唱的,且是广泛流行的。"①

以上两位研究者分别从理论和实践两个方面说明:诗人将其从乐府歌词里得来的声调与训练应用到新体诗创作中去,进而形成了唐代近体诗的声律规范,这种声律规范的形成无疑与音乐有着密切关系。同样,文人在乐府诗创作中自觉运用声律规范并不是诗乐分离的结果。目前乐府诗声律研究对于永明体产生之后文人乐府诗的入乐情况以及格律化的趋势没有作清晰的描述和具体的分析。所以有关六朝新体乐府诗向唐代近体诗的演变过程中声律理论的实践情况仍然存在着诸多问题,如永明体声律论在哪些方面影响了唐代近体诗的声律规范,声律理论在歌辞写作中的实践中又做出了怎样的调整,这样的调整与入乐歌唱之间的关系如何等,这些问题有待进一步的研究。

二、乐府诗的界定与本文的研究方法

乐府诗是一种特殊的文体,它和音乐有着密切的关系,属于音乐文学。乐府诗的体式是由其入乐形式和表演功用所决定的。在展开正文之前,我们很有必要在诗体性质上对"乐府诗"做一界定。《文心雕龙·乐府》建立了"乐府"一体在传统诗学的地位,自此而下,《文选》、《文苑英华》、《全唐诗》等诗文集中都专门列出"乐府"类作品。明徐师曾《文体明辨》、吴讷《文章辨体》等诗文评论中都有"乐府"一体。作为诗体之一种的乐府诗,一般指自汉迄隋以来的"乐府"制作和采录的入乐诗歌歌辞以及唐人仿乐府古题之作,其主要作品收录于宋郭茂

① 吴相洲:《永明体与音乐关系研究》,第85页,北京:北京大学出版社,2006。

倩所编的《乐府诗集》中。从艺术方面讲,汉魏时期的乐府还有着歌舞表演的本义。乐府机关的任务包括搜集民歌、制定乐谱、训练乐工以及制作歌辞等。在一定的历史时期,它集中了一批作者、演员对搜集到的各地民歌加以排练,同时也包括对外域音乐的吸收和改制,形成了丰富的歌唱表演艺术,成为社会各阶层的娱乐节目。《乐府诗集》中所著录的大部分乐府诗即是由乐府机构所掌的乐歌以及社会上与它性质相同的流行乐歌组成。所谓"乐府歌诗",就是那些可以演唱的诗,也就是在当时入乐入舞的诗。唐代以降所使用的"乐府"一词,亦多代指演唱或戏曲等表演艺术。如唐代段安节《乐府杂录》即是记述当时戏曲、乐舞的论著。至元、明、清时,更习用"乐府"指剧曲、散曲,如元代的《朝野新声太平乐府》、《乐府群玉》、《酸甜乐府》,明代的《雍熙乐府》、《乐府菁华》,清代的《太平乐府》、《今乐府选》等。这种用法,较单纯以"乐府"作为"诗体的一种"更符合汉魏乐府属于表演艺术的本质,同时也说明乐府诗的生成机制不同于传统诗歌,它们与歌舞音乐有着不解之缘。

作为与中国古代音乐有着密切关系的乐府歌诗,其生成机制与娱乐表演功能以及诗歌、音乐、舞蹈和戏剧等各种演艺体制密切相关,这些在本质上决定了乐府诗的体式。如明代徐师曾在《文体明辨序说》中提及与音乐表演相关的"乐语":

> 按乐语者,优伶献技之词,亦名致语。古者天子、诸侯、卿大夫,朝觐聘问,皆有宴飨,以恰上下之情,而燕必奏乐,若《诗·小雅》所载《鹿鸣》、《四牡》、《鱼丽》、《嘉鱼》诸篇,皆当时之乐歌也。夫乐曰雅乐,诗曰雅诗,则虽备其声容,娱其耳目,要归于正而已矣。古道亏缺,正音兴起,汉成帝时,其弊为甚,黄门名倡,富显于世。魏晋以还,声伎寖盛……宋制,正旦、春秋、兴龙、坤成诸节,皆设大宴,仍用声伎,于是命词臣撰致语以畀教坊,习而颂之,而吏民

宴会,虽无杂戏,亦有首章,皆谓之乐语。①

可见自古以来的音乐歌舞及诸戏演出中都使用到乐语,它们与诗歌的演艺体制有着密切的关系。从《诗经》时代开始,官方的宴会中即有歌唱表演这样的娱乐节目,所谓“朝觐聘问,皆有宴飨”。主人可以请外交宴会上来的使臣或者客人点歌,点一篇或者几篇诗,让乐工来演奏。当然他们点的内容要偏于雅正,比如向主人表示感谢,表示某种祈愿,表示祝福,《诗经》中即有这样作品。汉魏以来相类似的音乐活动更加盛行,《乐府诗集》中著录了大量乐府古辞以及为魏、晋乐所奏的乐辞即是明证。由于诉诸娱乐表演,在乐府诗中不仅有与歌、舞相关的“歌词”、“舞词”,而且还有与表演相关的“剧语”。乐府诗中的歌者致语在表演过程中起到了颂赞、祝颂,沟通观演双方,串联节目,组织并参与音乐演出等音乐功能。如鲍照《代东武吟》中的“主人且勿喧,贱子歌一言”即是演唱者在宴会中开门见山,引导音乐演出所致的导乐之辞。《相逢行》中的“丈人且安坐,调丝方未央”即是演唱者在结束一篇演唱时,嘱咐观演者安坐稍等的现场组织之辞。《前缓声歌》最后两句是:“长笛续短笛,欲今皇帝陛下三千万。”李因笃《汉诗音注》指出:“末则离调,用致祝于君。”②即是演出结束时,演唱者对观演者的祝颂之辞。这种乐语一般具有固定成套的仪式性、应用性,在宋代仍然有专门的词臣撰词。

朱自清在《诗言志辨》中进一步指出乐语用于在人们生活中的各个方面:“以乐歌相语,该是初民的生活方式之一。那时结恩情,做恋爱用乐歌,这种情形现在还能常常看见;那时有所讽颂,有所祈求,总之有所表示,也多用乐歌。人们生活在乐歌中。乐歌就是‘乐语’;日常

---

① (明)徐师曾著,于北山、罗根泽校点:《文体明辨序说》,第169—170页,北京:人民文学出版社,1998。

② (清)李因笃:《汉诗音注》,清光绪五年(1879)刻本。

生活的语言是太平凡了，不够郑重，不够强调的。明白了这种'乐语'，才能明白献诗和赋诗。这时人们都还能歌，乐歌还是生活里的重要节目。献诗和赋诗正是从生活的必要和自然的需求而来，说它只是周代重文的表现，不免是隔靴搔痒的解释。"[①]由此可见乐歌的演唱传统决定了中国入乐诗歌的生产和消费，同时也深刻地影响了这些诗歌的主题和语言形式。

乐府歌诗是演唱的艺术，歌辞与音乐密不可分，在乐府诗的文本解读中尤其要注意这一点。宋长白《柳亭诗话》云："夫乐之义理，诗词是也，声歌犹后世之腔调也。两者俱谐，乃为大成。汉古乐府，如《朱鹭》、《君马黄》、《雉子斑》等曲。其辞皆存而不可读，想当时自有节拍，短长高下，故可合于律吕。后来拟作者，但咏其名物，词虽有伦，恐非乐府之全也。"[②]可见要研究乐府诗的体式特征，我们必须从乐府诗入乐入舞以及诸戏表演的音乐形式入手进行探讨。然而音乐和舞蹈是属于以流动的形态为表象的时间艺术和表演艺术，是随着表演和表演者的消失而消失的。记录乐府诗音乐的曲谱和舞谱今天所存无多，乐府诗的实际演出我们已经不可能耳闻目睹。这无疑造成我们研究的极大困难。

但是，这不等于说，我们无法从音乐艺术的角度考察诗歌的语言形式。事实上，它们之间有许多因素都是共通的。音乐语言的组成要素主要有音、音调、乐汇、乐句、乐段、乐章等，诗歌语言的组成要素主要有字、字调、语汇、句子、段落、章节等。在入乐歌诗中，它们之间有着密切的联系。依据音乐，歌辞字数、句数之多少，字音之高低音皆有定数，从而使得音乐的结构应和诗歌的语句、段落的结构。汉语字调中平仄、四声包含着音高曲线运动之美，五声性旋律与语言声调调值相吻合，乐曲旋律基本上是唱词字调的音高曲线走向。诗歌中由单音节数量与停顿组成的句读形式以及句尾叶韵的音节都蕴涵着对乐句节奏进行的一种

① 朱自清：《诗言志辨》，第9页，北京：古籍出版社，1956。

② （清）宋长白：《柳亭诗话》卷二一，第463页，上海：上海杂志公司，1936。

大致上的要求,从而使得歌辞的字的声、韵应和乐曲的音调、旋律。可以说,诗歌的语体、结构、句度、声韵等与音乐的曲体、曲式、节奏、旋律等有着紧密的关联。任半塘《教坊记笺订》指出音乐与诗歌的这种结合:"乃词章之字句、平仄、叶韵、感情等,与音乐之抑扬、曲折、节拍、感情等,契合为一体,构成一曲调,共戴一名称。"[①]能够在这些方面建立二者的关系,从演艺体制的角度解释乐府诗的语言模式,从音乐作品的生成机制来考察乐府诗的体式特征等,无疑都将破除以往将乐府诗视作一种单独的诗体在研究上的局限。

通过以上分析,我们知道乐府诗的生成机制不同于纯粹的诗歌,所以不能纯粹从诗学的范畴来理解其语言形式。为此本文主要采用还原的方法,力图在歌舞表演的情境中考察乐府诗体式形成的原因。探讨歌舞娱乐属性、歌唱表演传统对文体功能的影响以及对乐府诗体式的决定作用。在具体操作中,笔者以《乐府诗集》中存录的乐府诗为研究对象,对乐府众多体式特征展开系统的考察。从语体、结构、句度、声律等四个方面入手,以乐府诗在这些层面上表现出来的对话、对唱、套语、声辞合写、三字节奏、五言四句体、声律等一系列体式特点为中心。本书就以上每一个体式特征做全面的数据统计和分析,把乐府诗中出现的体式现象分成不同的类型进行客观的描述,并结合文献、考古、民俗等各方面材料尽可能地阐释其形成原因,从而进行对乐府诗体式现象的描述与生成机制的探讨相结合的综合性研究,同时也关注其体式特点在文学史上的影响,从而探索乐府诗在中国古代诗歌发展中的意义和作用。

本书最大创新之处就是对乐府诗的体式进行系统的考察,将乐府诗作为一个兼有文学性与音乐性的综合性艺术形态来研究。乐府诗的意义是由文本和语境共同创造的,因此本书力图在歌舞表演的具体情境中考察乐府诗体式形成的原因,而不是简单在文本层面上归纳分析

---

① 任半塘:《教坊记笺订》,第1页,北京:中华书局,1962。

或从表现内容上作猜测。总之,本书在吸取前人有价值的研究成果的基础上,对乐府诗的艺术体系作出一个尽可能完整的阐释,借以把握乐府诗体式的基本特征以及其演艺体制的基础构架。希望有关乐府诗体式的研究不仅可以推动文体分类研究的进程,亦可以完善古代诗歌研究的结构体系。

第一章　乐府诗的语体研究

乐府诗的语体研究主要关注的是乐府诗的语言形式，考察乐府诗作为古代诗歌体类在文本体制、语言风格、抒情特性、叙事方式等各个层面中所蕴涵的文学性能、音乐特征以及文化功用。乐府诗从本质上看是一个集聚并且融合着诗歌、音乐、舞蹈和戏剧萌芽等各种艺术样式的综合性艺术体系。在诗体演变过程中，音乐歌舞表演在其中起着主导作用，诗歌语言是服从于音乐歌舞表演的。在乐府诗中不仅有与歌、舞相关的“歌词”、“舞词”，而且还有与表演相关的“剧语”。正确认识乐府诗的语体在于突破传统诗学的观念，从乐府诗所从属的音乐表演的艺术特性上阐释其语言文学特征。为了进一步探索乐府诗体式特征及其生成机制，本章重点研究乐府诗中的“对话体”和“对唱体”等两种语体现象，它们都是由乐府诗用作为戏剧脚本或者演唱底本而形成的特殊的用语方式。

第一节　乐府诗中的对话体

徐祯卿注意到了“乐府往往叙事，故与《诗》殊”①的特点，而对话体的使用是叙事文学中最常见的手段，也是后世曲艺作品中叙述故事与模拟人物相结合的表现手法的先声。《乐府诗集》中包含对话的作

---

①　(明)徐祯卿:《谈艺录》,(清)何文焕辑《历代诗话》,第 769 页,北京:中华书局,1981。

品有很多,“鼓吹曲辞”中的《上邪》、《有所思》、《战城南》;“横吹曲辞”中的“梁鼓角横吹曲”有《木兰诗》、《紫骝马歌辞》;“相和歌辞”中的“楚调曲”有《白头吟》、鲍照《东武吟行》,“吟叹曲”有石崇《王明君》,“瑟调曲”有《孤儿行》、《东门行》、《妇病行》、《陌上桑》、《公无渡河》、陈琳《饮马长城窟行》,“清调曲”有《董逃行》(古辞)、《相逢行》,“相和曲”有《鸡鸣》、《平陵东》、《艳歌行》(古辞)、傅玄《艳歌行》;“杂曲歌辞”中的《焦仲卿妻》、《董娇饶》、辛延年《羽林郎》、阮瑀《驾出北郭门行》、左延年《秦女休行》、傅玄《秦女休行》、陆机《吴趋行》、谢灵运《会吟行》;“新乐府辞”中的杜甫《兵车行》,白居易《新丰折臂翁》、《井底引银瓶》。这些乐府诗大多是入乐表演的歌曲,“鼓吹曲辞”、“相和歌辞”、“横吹曲辞”、“杂曲歌辞”等都是汉魏以来流行于民间的乐曲。本章主要通过对乐府诗中对话体的主要类型、叙事特点以及演艺体制等问题的研究,揭示乐府歌诗属于歌舞表演艺术的实质。

一、乐府诗中对话体的主要类型

对话体在戏剧中主要有独白、对白两种。与此类似,乐府诗中的对话体也有独语、对话之分。但由于乐府诗中对话一般都是多层次、多向度的,形式则显得更加复杂。因而为了叙述的方便,我们先从不同的角度划分乐府诗中对话体的主要类型,以求对其体式特点有深入的了解。

(一)根据构成要素划分的对话体类型

对话体的基本构成要素是发话者和受话者,我们根据乐府诗中二者所指的不同情况,可以分为:

1. 人物独白。歌辞中出现一个人物,且这个人是发话者,歌辞展现的是人物内心主客体对话。如:“鼓吹曲辞”《上邪》(古辞):

上邪!我欲与君相知,长命无绝衰。山无陵,江水为竭,冬雷震震，夏雨雪，天地合，乃敢与君绝。[1]

又如“鼓吹曲辞”《有所思》（古辞）：

有所思，乃在大海南。何用问遗君？双珠玳瑁簪，用玉绍缭之。闻君有他心，拉杂摧烧之。摧烧之，当风扬其灰。从今以往，勿复相思。相思与君绝！鸡鸣狗吠，兄嫂当知之。秋风肃肃晨风飔，东方须臾高知之。

又如“相和歌辞”《箜篌引》（《公无渡河》）（古辞）：

公无渡河，公竟渡河，堕河而死，将奈公何！

又如“琴曲歌辞”《琴歌》：

百里奚，五羊皮。忆别时，烹伏雌，炊扊扅，今日富贵忘我为？

以上乐府歌辞都是由故事中的主人公对既定对象说的，如《上邪》中“我欲与君相知”，《有所思》中“闻君有他心”的主语“我”实际上是故事主人公，“君”即是他（她）诉说的对象。而《公无渡河》中“公”既可以看成是剧中人物，也可以看成发话者倾诉的对象。在这些歌辞中登场的人物只有一人，并且没有作为旁白的作者（讴者）的影子，整篇辞就是一个人的独白，有爱情的海誓山盟，有情变的痛彻心扉，有对丈夫富贵而忘本的嗔怪怨怒，也有对公渡河而溺水的哀惋叹息。但与单纯的抒情诗不同的是，它们一般都有一个主题故事作为背景，更多地表现为故事中人物的抒情而不是作者（讴者）的内心感受，同时歌辞内容构

---

① 本书所引乐府歌辞均见《乐府诗集》，不一一出注。

成故事情节的重要组成部分。

2. 人物与观演者的对话。歌辞中出现一个人物，且这个人物是发话者，受话者是观众（听众）。歌辞皆由第一人称叙述，自悲自叹，性质约同于近代戏曲剧中的"自报家门"，如"琴曲歌辞"《昭君怨》（古辞）：

> 秋木萋萋，其叶萎黄……我独伊何，改往变常……父兮母兮。高山峨峨，河水泱泱。父兮母兮，道里悠长。呜呼哀哉，忧心恻伤。

又如"杂曲歌辞"《乌孙公主歌》（古辞）：

> 吾家嫁我兮天一方，远托异国兮乌孙王。穹庐为室兮旃为墙，以肉为食兮酪为浆。居常土思兮心内伤，愿为黄鹄兮归故乡。

这些歌辞通篇都是以剧中人物的口吻歌唱，如《昭君怨》中"我独伊何"，《乌孙公主歌》中"吾家嫁我兮天一方"。在表演形式上，我们都可以把这些歌辞看成表演者以第一人称身份扮演或模拟剧中的人物直接向观众（听众）倾诉，介绍亲身经历，抒发一己之怀。在艺术形式上，有同于抒情歌曲，相当于后世戏剧中角色上场时所用的引子和自我表白。乐府诗中还有如《豫章行》（白杨初生时）、《艳歌行》（南山石嵬嵬）等篇，分别以白杨和松树的口吻，向人们诉说遭砍伐的经历。《蛱蝶行》（古辞）则以蛱蝶自述的口吻，讲述遭燕子衔哺的不幸，也皆有以虚拟人物面对观演者讲他人事的表演性质。

3. 人物之间的对话。歌辞完全展现的是人物角色之间的场景对话，没有讲述者的旁观叙述，通过人物的直接对话展示故事情景。如《上山采蘼芜》：

> 上山采蘼芜，下山逢故夫。长跪问故夫："新人复何如？""新人虽言好，未若故人姝。颜色类相似，手爪不相如。""新人从门

入，故人从阁去。”“故人工织素。织缣日一匹，织素五丈余。将缣来比素，新人不如故。”

全诗写的是弃妇从山上下来遇着故夫时的谈话，张玉穀说：“此弃妇与故夫问答之辞，大为弃妇吐气”，“通章问答成章，乐府中有此一体，古诗中仅见斯篇”。[①] 有问有答是乐府诗对话体中常见的一种类型。如“横吹曲辞”中《高阳乐人歌》：

“何处舌茉觞来？两颊色如火。”“自有桃花容，莫言人劝我。”

这是丈夫痛饮归家后与妻子的对话，前两句是妻子的问话，不满揶揄之意显然，但嗔怪中蕴有体贴关怀之情。丈夫的答语更妙，全然回避“何处”饮酒的提问，反说自己生来脸色红润，一口否认有人请喝酒。一问一答，结构别致，情趣横生。又如“杂曲歌辞”中《乐府》（古辞）：

“行胡从何方，列国持何来？”“氍毹毾㲪五木香，迷迭艾蒳及都梁。”

这是行胡与问者的对话，前两句是问话，向胡人打听他来自何方，都带来了什么东西。后两句是行者告诉问话人，他带的各种香料及药材的名称。

以上乐府诗完全是由人物对话构成的。我们可以看到在这样的乐府诗中，叙事是以谈话为骨干的。长篇叙事作品中人物在对话中所占

① （清）张玉穀著，许逸民点校：《古诗赏析》卷四，第95—96页，上海：上海古籍出版社，2000。按：《上山采蘼芜》，《乐府诗集》未收，初录于《玉台新咏》，题作“古诗”。《太平御览》卷五二一引作“古乐府诗”。张玉穀认为该诗是古诗，实际上，《上山采蘼芜》也称乐府。

的分量，与诗中人物的重要性成正比，主要人物的形象都靠对话表现。最为典型的如《焦仲卿诗》中焦仲卿与母亲的对话、仲卿夫妻俩的对话、兰芝与母亲、阿兄的对话等等皆是如此。沈德潜评此诗："杂述十数人口中语，而各肖其声口性情，真化工笔也。"[①]可见以人物之间的对话构成故事性和情节性，从而展现人物之间的交往和冲突是乐府诗具有戏剧、表演性的重要因素。乐府诗中以展现人物之间对话为主的还有《东门行》、《平林东》、《董逃行》等古辞，由于它们在文本性质上涉及更多的演艺形式，故在后文中另作分析。

（二）根据表演形式划分的对话体类型

乐府诗中对话体的表演形式可以分为歌者的单独演唱、歌者和说者的共同组合以及多人分角色的表演，[②]即可分为：

1. 歌者与演者为一人，以歌者与观演者之间的对话为主。叙述者以歌者的身份拟代故事中的主人公向观演者讲述人物的自身经历，其演艺形式表现为歌唱。如"相和歌辞"《王明君》（古辞）：

> 我本汉家子，将适单于庭。辞诀未及终，前驱已抗旌……朝华不足嘉，甘与秋草并。传语后世人，远嫁难为情。

"相和歌辞"《白头吟》（古辞）：

> 皑如山上雪，皎若云间月。闻君有两意，故来相决绝……愿得一心人，白头不相离……男儿欲相知，何用钱刀为……今日相对

---

① （清）沈德潜：《说诗晬语》，第200页，北京：人民文学出版社，1979。

② 按：此类型中"演者之间的对话"即相当于前文所讲的"人物之间的对话"，故在此主要叙述歌者、演者等共同表演对话的情况。

乐，延年万岁期。[1]

“相和歌辞”鲍照《东武吟行》：

主人且勿喧，贱子歌一言。仆本寒乡士，出身蒙汉恩……弃席思君幄，疲马恋君轩。愿垂晋主惠，不愧田子魂。

“杂曲歌辞”陆机《吴趋行》：

楚妃且勿叹，齐娥且莫讴。四坐并清听，听我歌吴趋……礼让何济济，流化自滂沱。淑美难穷纪，商榷为此歌。

“杂曲歌辞”谢灵运《会吟行》：

六引缓清唱，三调伫繁音。列筵皆静寂，咸共聆会吟……东方就旅逸，梁鸿去桑梓。牵缀书土风，辞殚意未已。

“新乐府辞”白居易《井底引银瓶》：

井底引银瓶，银瓶欲上丝绳绝。石上磨玉簪，玉簪欲成中央折。瓶沉簪折知奈何，似妾今朝与君别。忆昔在家为女时，人言举动有殊姿……寄言痴小人家女，慎勿将身轻许人。

在抒情方式上，这些歌辞都以第一人称的口吻自述生平遭际，大体上同于第一种分类中的人物独白。有所不同的是，我们发现在这些曲辞中都明显存在一个特定的故事叙述者。如《王明君》，歌者托昭君自述口

---

① 按：《乐府诗集》中本辞和乐奏辞同时著录，此为乐奏辞。

吻叙述其远嫁的心事，讲述昭君入匈奴后的遭遇和对故国的思念。鲍照《东武吟行》，歌者托为汉朝一位老军人的自白，代有功于国却老而被弃的战士呼吁，讽谏当时的君主。在诗体特征上，这些曲辞开头或结尾大多使用歌者程式性语言。如鲍照《东武吟行》："主人且勿喧，贱子歌一言。"陆机《吴趋行》："四坐并清听，听我歌吴趋。"谢灵运《会吟行》："列筵皆静寂，咸共聆会吟。"这些都是歌者针对观演者所说的话。在表演形式上，有可能是歌者的开场白，类似于在古代戏曲表演中介绍剧中人物出身履历的表演程式——念脚色。如孟称舜《娇红记》五出："（二净上）四座诸宾请勿喧，听我两人念脚色。"[①]同时在歌辞结尾部分出现歌者与观演者的对话，如《白头吟》："今日相对乐，延年万岁期。"石崇《王明君》："传语后世人，远嫁难为情。"白居易《井底引银瓶》："寄言痴小人家女，慎勿将身轻许人。"鲍照《东武吟行》："愿垂晋主惠，不愧田子魂。"有规劝或讽谏之意，类似于在古代戏曲表演中的尾声。如柯丹邱《荆钗记》第四十八出："〔尾〕移宫换羽虽非巧，仿古依今教尔曹，奉劝诸君行孝道。"[②]

2. 歌者与说者的共同组合，以歌者、说者二人与观演者之间的对话为主。其演艺形式表现为说唱，即通过说者与歌者的语言和歌唱共同对观演者叙述故事。说者的讲述包括人物形象介绍、场景描绘及主要情节、动作语言等内容的描述，表现出相对完整的主题思想，具有故事性和戏剧性。歌者则在叙事前后歌唱主题警语和歌场套语。[③] 如"相和歌辞·相和曲"《鸡鸣》（古辞）：

> （歌者）：鸡鸣高树巅，狗吠深宫中。荡子何所之，天下方太平。刑法非有贷，柔协正乱名。

---

① （明）孟称舜著，欧阳光注：《娇红记》卷上，第24页，上海：上海古籍出版社，1988。

② （元）柯丹邱：《荆钗记》，光绪三十四年（1908）刻本。

③ 按：以下诗歌括号内角色、动作、主题、场景等提示语皆为笔者根据文义所加，下同。

（说者）：黄金为君门，璧玉为轩堂。上有双樽酒，作使邯郸倡。刘王碧青甓，后出郭门王。舍后有方池，池中双鸳鸯。鸳鸯七十二，罗列自成行。鸣声何啾啾，闻我殿东厢。兄弟四五人，皆为侍中郎。五日一时来，观者满路傍。黄金络马头，颎颎何煌煌。

（歌者）：桃生露井上，李树生桃傍。虫来齧桃根，李树代桃僵。树木身相代，兄弟还相忘。

此诗分为三段，彼此缺乏连贯。明冯惟讷《诗纪》卷一六评："此曲前后辞不相属，盖采诗入乐合而成章耶？抑有错简紊误也。"[①]他怀疑是乐工将三段不相干的文字拼凑成章。《乐府诗集》中标注此诗："右一曲魏乐所奏。"可见此乃当时用于演奏的乐章歌诗。在诗歌结构上，此诗开头即歌者警语告诫荡子不可以轻犯法网，一上场就亮主题，非常鲜明，渲染戏剧气氛。从音乐表演角度来看，凡演剧性乐辞的第一句都表明主题情感基调，相当于序曲。这不单纯是一个表现手法问题，同时是它的演出效果问题。一上场就亮主题，非常鲜明。吸引观众的注意力，同时唤起观者急于了解后事如何的迫切愿望。在接下来的歌辞中出现两部分语言，一部分是对剧中人事的叙述，表现"荡子"得势时，骄纵奢侈情形。受话者是观众，由说者讲出。另一部分是对剧中人物和事件的直接评论，表达对"荡子"遭祸时，兄弟推诿倾轧的讥嘲，受话者是剧中人物，由歌者唱出，形成了歌辞夹叙夹评的体式结构。虽然各章解之间诗意跳跃极大，但在音乐表演过程中各段之间彼此联系，歌者与说者不同的乐辞具有不同的表演功能，表现为不同场景的切换。

又如"相和歌辞·瑟调曲"《孤儿行》（古辞）：

---

① （明）冯惟讷：《诗纪》，明万历年间刻本。

（歌者）：孤儿生，孤子遇生，命独当苦！

（说者）：父母在时，乘坚车，驾驷马。父母已去，兄嫂令我行贾。南到九江，东到齐与鲁。腊月来归，不敢自言苦。

（歌者）：头多虮虱，面目多尘。

（对话）：大兄言："办饭"，大嫂言："视马"。

（歌者）：上高堂，行取殿下堂。孤儿泪下如雨。

（说者）："使我朝行汲，暮得水来归。手为错，足下无菲。怆怆履霜，中多蒺藜。拔断蒺藜，肠肉中怆欲悲。"

（歌者）：泪下渫渫，清涕累累。

（说者）："冬无复襦，夏无单衣。居生不乐，不如早去，下从地下黄泉。""春气动，草萌芽。三月蚕桑六月收瓜。将是瓜车，来到还家。瓜车反覆，助我者少，啗瓜者多。"

（对话）："愿还我蒂，兄与嫂严，独且急归。当兴校计。"

（歌者）：乱曰："里中一何浇浇，愿欲寄尺书，将与地下父母，兄嫂难与久居。"

本篇一名《孤子生行》，一名《放歌行》。清朱乾《乐府正义》云："放歌者，不平之歌也，孤儿兄嫂恶薄，诗人伤之，所以为放歌也。"[①]认为这是一首兄嫂虐使孤儿，代为诉苦之诗，全诗用第一人称讲述。然而我们看到讲述者的话题中心比较分散，一会儿写不堪兄嫂使唤，一会儿写其体貌龌龊，衣饰不完。一会儿又写"上高堂，行取殿下堂"。沈德潜曰："极琐碎，极古奥，断续无端，起落无迹，泪痕血点，结撰而成，乐府中有此一种笔墨。"[②]实际上就是说此篇在结构上彼此之间缺乏联系。沈德

① （清）朱乾：《乐府正义》，乾隆五十四年（1789）刻本。

② （清）沈德潜：《古诗源》卷三，第69页，北京：中华书局，1963。

潜还指出歌辞中有些句子不在韵内，显得突兀："始用‘虞’韵，次用‘支、微、齐’韵，次用‘歌、麻’韵，次用‘霁’韵，末用‘鱼’韵。惟中间有双句不在韵内者，如‘头多虮虱，面目多尘’，‘上高堂，行取殿下堂’等句，故摇曳其词，令读者不能骤领耳。‘黄泉’句乃一韵住处，今不归入韵内，岂中间或有脱落耶？至‘多’与‘瓜’，本后一韵，下‘蒂’字，乃另换韵也。"[①]认为歌辞内容不连贯，其间有拼合或脱落的痕迹。

其实不妨把这样的歌辞看成是包括歌者感叹之语和说者叙述之语的组合，歌辞随着换韵，叙述立场有着明显变化。也就是说，沈德潜所指出歌辞中换韵的地方正是二者语气转换的地方。虽然歌辞中歌者与说者的话语之间并没有作交代，但人物语言与叙述语言有着明显的区别。歌者的语言集中在抒情，如以"孤儿生，孤子遇生，命独当苦"总领全篇，对下面的歌辞具有引发和铺垫的作用，类似于后代戏曲表演中的一个引子或者楔子。说者的语言则主要集中在代孤儿叙述远贾晚归之苦、远汲手错足伤之苦、收瓜覆车、兄嫂较计之苦等内容。歌辞结构上表现为"行贾"一韵、"行汲"一韵、"收瓜"一韵，故可以看成三个分单元的长篇叙述。其中"上高堂，行取殿下堂"，"头多虮虱，面目多尘"等句不在韵内，是因为它们都是表示人物动作神态的语言，在叙述语气上已经不同于唱辞，很可能是歌者间或插入的叙述之语。此外，歌辞结尾的"乱曰"具有语气转换的结构意义，它是乐曲的最后一段即尾声，带有议论总结和长言咏叹的意味。全篇结构叙唱结合。

在以说唱为演艺形式的乐府诗中形成了一定的叙事模式，其中比较常见的是问答体，如"相和歌辞·清调曲"《相逢行》（古辞）：

（场景）：相逢狭路间，道隘不容车。

（ 问 ）：不知何年少，夹毂问君家。

（ 答 ）：君家诚易知，易知复难忘。黄金为君门，白玉为君

---

① 《古诗源》卷三，第69页。

堂……大妇织绮罗，中妇织流黄。小妇无所为，挟瑟上高堂。

（歌者）：丈人且安坐，调丝方未央。

又如"横吹曲辞·梁鼓角横吹曲"《木兰诗》（古辞）：

（场景）：木兰抱杼嗟。

（ 问 ）：借问"复为谁"？

（ 答 ）："欲闻所慽慽，感激强其颜。老父隶兵籍，气力日衰耗。岂足万里行，有子复尚少。胡沙没马足，朔风裂人肤。老父旧羸病，何以强自扶。"

（叙述）：木兰代父去，秣马备戎行……本结兄弟交，死战誓不渝。今也见木兰，言声虽是颜貌殊。惊愕不敢前，叹重徒嘻吁。

（歌者）：世有臣子心，能如木兰节。忠孝两不渝，千古之名焉可灭！

又如"相和歌辞·楚调曲"曹植《怨诗行》：

（场景）：明月照高楼，流光正徘徊。上有愁思妇，悲叹有余哀。

（ 问 ）：借问"叹者谁"？

（ 答 ）：自云客子妻。夫行逾十载，贱妾常独栖……恩情中道绝，流止任东西。

（歌者）：我欲竟此曲，此曲悲且长。今日乐相乐，别后莫相忘。

又如"相和歌辞·瑟调曲"李白《上留田行》：

（场景）：行至上留田，孤坟何峥嵘。积此万古恨，春草不复生。悲风四边来，肠断白杨声。

（　问　）：借问“谁家地，埋没蒿里茔”？

（　答　）：古老向余言，言是上留田……交柯之木本同形，东枝憔悴西枝荣。无心之物尚如此，参商胡乃寻天兵。

（歌者）：孤竹延陵，让国扬名。高风缅邈，颓波激清。尺布之谣，塞耳不能听。

又如“新乐府辞”白居易《新丰折臂翁》：

（场景）：新丰老翁八十八，头鬓眉须皆似雪。玄孙扶向店前行，左臂凭肩右臂折。

（　问　）：问翁臂折来几年？兼问致折何因缘？

（　答　）：翁云贯属新丰县，生逢圣代无征战……痛不眠，终不悔，且喜老身今独在。不然当时泸水头，身死魂飞骨不收。应作云南望乡鬼，万人冢上哭呦呦。

（歌者）：老人言，君听取。君不闻开元宰相宋开府，不赏边功防黩武。又不闻天宝宰相杨国忠，欲求恩幸立边功。边功未立生人怨，请问新丰折臂翁。

以上歌辞都用到“借问”，即向人打听情况时所用的敬辞，犹言请问，以下引出问话对象的长篇答语。形成了在特定场景中由答辞叙述人物经历的叙事模式。歌辞的结构大致都可以分为故事场景的叙述、问辞和答辞以及歌者的结束语。其中歌场套语包括对事件的总结和感叹，如“世有臣子心，能如木兰节。忠孝两不渝，千古之名焉可灭”。歌场套语，如“丈人且安坐，调丝方未央”，“我欲竟此曲，此曲悲且长”等。对观演者的劝诫，如“老人言，君听取”等。

总之，这些乐府诗一篇之中语气数次变换，观演者很有可能需要通过歌者和说者的共同表演来区分。如果说唱者为一个人的话,他也必须通过一人演"多角戏",化身为不同人物来完成。叙述语言和人物语言同时存在的文本形式表明乐府诗已经具备后期说唱音乐中的一些元素了,其演艺形式很有可能是歌唱和说话结合而成。正如杨荫浏指出:"中国的说唱音乐,其内容是讲故事,其形式是由歌唱和说话两者交错组成,有时也用器乐为伴奏——其歌唱部分常是一种叙事歌曲,其说话部分,或用散文,或用四六文体,或用语体文,依着时代而不同。我们知道,中国民间叙事诗的发展,在汉代至南北朝的一段时间中,已达相当成熟的地步。这是后来说唱音乐中歌唱部分的基础。散文和四六体,六朝以来,久已通行。这是后来说唱音乐中说话部分的基础。"①

结合上文的分析,我们看到许多乐府歌诗的体式结构实际上非常符合说唱音乐的演艺形式。从这个角度来看乐府诗,则不难理解同一首曲辞章解之间跳跃性较大,很有可能是因为杂采了多种演艺形式。无论是歌唱,还是说话,或者说曲辞中间的奏乐、舞蹈等表演单元等等,实际上它们还是共同服从于一个完整的音乐主题,我们仍然可以从中获得一种整体的审美感受。

3. 歌者与演者为不同的人,以演者之间分角色的对话为主。其演艺形式表现为表演。歌辞基本上以记录不同角色的言行为主,是人物角色在演故事。这些歌辞的结尾一般没有歌者的结束语,其故事叙述和情感抒发全都表现在人物的对话语言中。如"鼓吹曲辞"《战城南》:

(　歌者　):战城南,死郭北,野死不葬乌可食。

(死者灵魂):"为我谓乌,且为客豪,野死谅不葬,腐肉安能去子逃?"

(　歌者　):水深激激,蒲苇冥冥。枭骑战斗死,驽马徘徊鸣。

① 杨荫浏:《中国古代音乐史稿》,第202—203页。

（　主祭者　）："梁筑室，何以南梁何北，禾黍而获君何食？"[1]

（死者灵魂）："愿为忠臣安可得？"

（　主祭者　）："思子良臣，良臣诚可思，朝行出攻，暮不夜归。"

顾茂伦《乐府英华》卷三："腐肉作人语，妙。'可'字、'谅'字、'安能'字，极尖极冷。'水深激激，蒲苇冥冥'八字，浑如一幅古战场。"[2]歌辞主要表现死者灵魂和镇抚他们的祭祀者之间的对话。首先，是歌者唱出主题，表现对出战不归，抚尸荒野的悲泣。接着是死者灵魂告语歌者请求飞禽为他们哀悼号哭，"为我谓乌"中的"我"即战死者自称，"腐肉安能去子逃"中的"子"即指乌鸦。"野死谅不葬，腐肉安能去子逃"正与上面"野死不葬乌可食"相呼应。接下来"水深激激"句，歌者再一次唱出战败时的阴惨气象，与第一句相同都属于客观立场的描述。然后是主祭者对战死者灵魂的召唤："梁筑室，何以南梁何北，禾黍而获君何食？"意即已经为你们修好了房屋，你们为何还要往南去往北走，谷物已经收获完了，这里有丰富的事物可以供奉给你，尽管如此，你为什么还要游走别处，你究竟要吃什么呢？"死者灵魂在得到这些允诺之后，他们还希望被认定为忠臣："愿为忠臣安可得？"于是，最后主祭者唱出："你们确实是良臣，我们都思念你们，早上奉命征战而夜晚无归的勇士们啊！"[3]可见这首乐府诗在演艺形式上需要复数的表演者来吟唱作品，从文本上来看歌辞具有一定的戏剧结构。

再看"相和歌辞·瑟调曲"《东门行》（古辞）：

（歌者）：出东门，不顾归。来入门，怅欲悲。

---

① 按：《古诗纪》"梁何北"作"何以北"，"而"作"不"。

② （清）顾茂伦：《乐府英华》卷三，第25页，康熙三年（1664）刻本。

③ 参见户仓英美《汉铙歌〈战城南〉考——并论汉铙歌与后代鼓吹曲的关系》，《乐府学》第2辑，北京：学苑出版社，2007。

(夫):盎中无斗储,还视桁上无悬衣。(一解)

(动作):拔剑出门去,儿女牵衣啼。

(妻):"他家但愿富贵,贱妾与君共铺糜。"(二解)

(歌者):"共铺糜,上用仓浪天故,下为黄口小儿。"

(妻):"今时清廉,难犯教言,君复自爱莫为非。"(三解)

(歌者):"今时清廉,难犯教言,君复自爱莫为非。"

(夫):"行! 吾去为迟。"

(妻):"平慎行,望君归。"(四解)

《乐府诗集》中《东门行》有两篇,此处所录是为晋乐所奏的乐辞。"共铺糜"、"今时清廉"等语句的重复,表明乐曲中运用了歌者唱和的手法。曲辞把不必要的言语交代都给省略了,让出场人物通过他们扮演角色的对话完成这些介绍性的功能,突出了歌诗表演的特征。全诗以人物的对话语言来提示每一解的中心内容,作为整个故事表演的注解。如"他家但愿富贵,贱妾与君共铺糜"是妻子对丈夫的劝阻,"行! 吾去为迟"是丈夫回答妻子的话,表现他在盎中无米、架上无衣的情况下毅然出走。这样才有前面儿女牵衣哭劝,和后面妻子无可奈何的嘱托:"平慎行,望君归。"这些对话语言都是对主人公不顾一切行动的戏剧性烘托。同时曲辞也把故事的叙述性语言尽量省略,让位于出场人物的行动表演,如"出东门"、"来入门"、"还视"、"拔剑"等,如闻其声如见其人。

总之,虽然以上歌辞也是在叙述故事,但都不是作者(歌者)到舞台上去直接向观演者讲话,或者叙述人向观演者描述人物性格,讲述故事,而是让人物角色(演员)以台词和行动展示其性格,表演故事。

(三) 根据场景结构划分的对话体类型

现代意义上的戏剧按场景的多寡可以分为独幕剧和多幕剧,同样,乐府诗中对话体的情景也有单一场景和多个场景之分。一般来说,我们能够根据曲辞的对话内容或上下文的提示语分出：

1. 主题场景对话。此类乐府辞往往采取开头交待事件的主题场景，结尾处通过歌者的叹息和规劝直接表明作者的创作意图的语言模式。人物对话发生在特定的主题场景中，并且一直没有变化。歌辞从开始的主题场景渲染到中间的人物情节对话以及最后的歌唱套语都服从于一个完整主题，如《艳歌行》（古辞）：

（主题）：翩翩堂前燕，冬藏夏来见。兄弟两三人，流宕在他县。

（场景）：故衣谁当补？新衣谁当绽？

（游子）："赖得贤主人，览取为吾组。"

（动作）：夫婿从门来，斜柯西北眄。

（游子）："语卿且勿眄，水清石自见。"

（歌者）："石见何累累，远行不如归。"

诗中出现了三个人物：女主人（"贤主人"）和她的丈夫（"夫婿"）以及在异乡流荡的旅子。女主人热心地为游子缝补衣衫，遭到了其夫的怀疑。"语卿且勿眄，水清石自见"这是游子对女主人丈夫说的。歌辞中虽没有出现答语，但从诗意上明显可以看到这是游子与女主人丈夫之间的对话。"石见何累累，远行不如归"是歌者的叹息，意谓心迹虽然弄明白了，但是在外面受的这些闲气，还是不如回家的好啊！由此表达歌者对事件主人公境遇的理解。

又如"杂曲歌辞"宋子侯《董娇饶》：

（主题）：洛阳城东路，桃李生路傍。花花自相对，叶叶自相当。春风东北起，花叶正低昂。

（场景）：不知谁家子，提笼行采桑。纤手折其枝，花落何飘飏。

（ 花 ）：“请谢彼姝子，何为见损伤？”

（女子）：“高秋八九月，白露变为霜。终年会飘堕，安得久馨香。”

（ 花 ）：“秋时自零落，春月复芬芳。何时盛年去，欢爱永相忘。”

（歌者）：“吾欲竟此曲，此曲愁人肠。归来酌美酒，挟瑟上高堂。”

沈用济《汉诗说》曰：“请谢彼姝子二句，是问词。高秋八九月四句，是姝子答词。秋时自零落四句，又是答姝子之词。正意全在吾欲竟此曲数语。”①曲辞开篇以洛阳路旁春日丽景的欢乐为主题情感基调，并展现年轻貌美的女子手折春花的场景。“请谢彼姝子”是花向折花女子的发问，言我为什么要受到损伤啊？女子说秋天来了以后你反正是要飘落的，哪能永久保持馨香。言外之意是说现在小小的损伤又何足道？接下来花告女子，言拿我的命运和你的比较，花落还能重开，不像你盛年一去就不再被人喜爱了。歌辞末尾以歌者口吻，言歌中所说盛年欢爱不能再来，破愁之法只有及时行乐，是乐工曲毕后面向观演者的祝颂语。

又如《艳歌何尝行》（古辞）：

（主题）：飞来双白鹄，乃从西北来。十十五五，罗列成行。（一解）

（场景）：妻卒被病，行不能相随。五里一反顾，六里一徘徊。（二解）

（ 雄 ）：吾欲衔汝去，口噤不能开；吾欲负汝去，毛羽何摧颓。（三解）

---

① （清）沈用济：《汉诗说》，清康熙年间刻本。

乐哉新相知，忧来生别离，躇蹰顾群侣，泪下不自知。（四解）

（　雌　）：念与君离别，气结不能言，各各重自爱，远道归还难。（趋）

妾当守空房，闭门下重关。若生当相见，亡者会黄泉。

（歌者）：今日乐相乐，延年万岁期。

我们看到歌辞最初两解是故事主题和场景提示，这个场景到最后也没有转变。主要展现了白鹄双飞，雌鹄中途抱病，雄雌白鹄别离时的对话。"趋"的部分，"念与"以上是夫谓妻之辞，以下是妻答夫之辞。末尾"今日乐相乐，延年万岁期"是当时曲末套语，与正文内容没有必然的联系，是曲终歌者面对观演者的祝颂语。从曲调音乐形式来说，《乐府诗集》将其收入相和歌辞瑟调曲，并引《古今乐录》曰："王僧虔《技录》云：《艳歌何尝行》，歌文帝《何尝》、《古白鹄》二篇。"①可见这是一首魏晋时期入乐演唱的曲辞。此篇亦载于《宋书·乐志·大曲》，沈约云："念与下为趋。曲前有艳。"可见这支相和大曲的结构形式为"艳—曲—趋"三部分，是一首具有以器乐曲、歌曲、舞曲的顺序组合为特征的大型音乐作品。《宋书·乐志》把它记作"古词四解"，表明乐歌由以"解"为表演单位四个段落组成。这些富有层次的音乐结构表明曲辞可以容纳一定的故事情节、戏剧冲突和角色变换等表演元素。

总之，虽然以上两首乐府诗在具体故事情节上有所不同，但它们的叙述模式非常相似，歌辞的结构形式都是由首句标明主题，接着描绘场景，中间是人物行动及对话，末尾是歌者对观众（听众）的劝诫和祝颂，属于歌场套语。这种并不同于一般叙事诗的曲辞体裁很有可能是由曲调的音乐性质所决定的，都属于特定主题场景中的歌唱表演。

---

① 《乐府诗集》卷三九，第 576 页。

2. 多个场景中的对话。此类乐府辞往往由多个段落组成，随着故事情节的发展，可以看到明显的场景转化，歌辞文本中往往也出现语言提示或对话主体的变换，每场表演展现全剧故事中一个片段里的人物对话。如“相和歌辞·瑟调曲”《妇病行》（古辞）：

（场景1）：妇病连年累岁，传呼丈人前一言。
（动作）：当言未及得言，不知泪下一何翩翩。
（妇）：“属累君两三孤子，莫我儿饥且寒，有过慎莫笪笞，行当折摇，思复念之。”乱曰：“抱时无衣，襦复无里。”
（场景2）：闭门塞牖，舍孤儿到市，道逢亲交。
（动作）：泣坐不能起。从乞求与孤买饵，对交啼泣泪不可止。
（夫）：“我欲不伤悲不能已。”
（动作）：探怀中，钱持授交。
（场景3）：入门，见孤儿啼索其母抱。
（动作）：徘徊空舍中。
（歌者）：“行复尔耳，弃置勿复道！”

此诗分为正曲和“乱曰”（即尾声）两部分。正曲为一个场景，展现病妇临终嘱托丈夫的言行，对话的主体为夫妇俩人。“乱曰”以下为一个场景，展现病妇死后，孩子饥寒交迫，父亲舍儿上市，路遇亲交，乞友买饵的情形，对话的主体为孤儿的父亲和亲交。“入门”以下为一个场景，战士回家后，儿啼屋空，父亲疾首徘徊的情形。中间出现的音乐术语“乱曰”具有结构意义，起到提示诗歌场景变换和主体转化的作用，表示不同的时空场景。又如陈琳《饮马长城窟行》：

（场景1）：饮马长城窟，水寒伤马骨。

（ 卒 ）：往谓长城吏，“慎莫稽留太原卒。”

（ 吏 ）：“官作自有程，举筑谐汝声。”

（ 卒 ）：“男儿宁当格斗死，何能怫郁筑长城。”

（场景2）：长城何连连，连连三千里。边城多健少，内舍多寡妇。

（ 夫 ）：作书与内舍：“便嫁莫留住。善事新姑嫜，时时念我故夫子。”

（ 妻 ）：报书往边地：“君今出语一何鄙！”

（ 夫 ）：“身在祸难中，何为稽留他家子。生男慎莫举，生女哺用脯。君独不见长城下，死人骸骨相撑拄。”

（ 妻 ）：“结发行事君，慊慊心意关。明知边地苦，贱妾何能久自全。”

本篇《乐府诗集》收入相和歌辞瑟调曲，诗歌主要分为两个场景，诗前半部分展现修长城时戍卒与长城吏的对话。卒往告吏求归：“恳请您一定不要滞留从太原郡征发来的兵卒啊！他们的徭役已经过了限期，应该放还。”吏惟饬卒急筑：“官府工程自有期限，快点随着夯歌举起木杵吧，别说废话。”卒再与吏析辨往复：“男儿宁当格斗死，何能怫郁筑长城。”曲辞中间“长城何连连”四句，是承前启后的转折，引出诗后半部分戍卒与内舍的书信往来。张玉穀《古诗赏析》云：“第一番书信寄答，俱用明点，而去书但嘱‘便嫁’，来书但责‘何鄙’，以不忍斥言必死边地也。‘善待’二语，就嘱妻中并含父母意。‘身在’至末十句，第二番书信寄答，俱用暗递。‘寄辞’六句，以在祸难，点清所以不忍稽留之故，复借彼之生男不如生女，跌醒己之必死边城，语本汉诗，神理恰合。答辞四句，表白己之亦当从死，而彼死终不忍言，只以‘苦’字代之，又得体。”[①]可见全诗几乎将人物对话和两地书中的话语缀连成章，沈德

① (清)张玉穀著，许逸民点校：《古诗赏析》卷九，第215—216页。

潜《古诗源》:"无问答之痕,而神理井然。"[①]歌辞中间发生了场景的变化,人物对话的主体也随之不同。

总之,多个场景的故事叙述在长篇乐府诗中较为常见,如《陌上桑》中罗敷采桑为一个场景,罗敷与使君对话又是一个场景。《木兰诗》中也展现了木兰决心代父从军。做好准备工作,赶往战地。凯旋受赏,辞官回乡等多个场景。而《焦仲卿妻》中则有兰芝请归、焦母逼儿、夫妻离别、阿兄逼嫁、兰芝投水、仲卿自缢等多个戏剧场面。展现多个不同的场景中不同人物的对话,表明乐府诗在文本形式具有类似于后世多幕戏曲的元素。

(四)根据记录情况划分的对话体

作为歌舞表演媒介的乐府诗对于其中"对话"的记录情况并不是一致的,有的完整地记录了对话的全过程,有的只是截取了其中某个片段,有的采用"全知"的叙事角度和语言模式,不回避叙述者的存在,用第三人称的"纯叙事",表现为"讲述"(telling)。有的则采用分角色的叙事角度和语言模式。尽量隐去叙述者的存在,以故事中某个人物身份的视角叙述,表现为"展示"(showing),有陈述和表演的意思。从文本形式上来看,有的只能看成是第三者的记录本,有的则可以看成是用作演出时的脚本。如"相和歌辞·相和曲"《平陵东》(古辞):

(主题):平陵东,松柏桐,不知何人劫义公。
(场景):劫义公,在高堂下。
(官吏):"交钱百万,两走马。"
(义公):"两走马,亦诚难。"
(动作):顾见追吏,心中恻。心中恻,血出漉。
(义公):"归告我家卖黄犊。"

---

① 《古诗源》卷六,第111页。

《乐府诗集》卷二八引崔豹《古今注》曰:“《平陵东》,汉翟义门人所作也。”《乐府解题》曰:“义,丞相方进之少子,字文仲,为东郡太守。以王莽方篡汉,举兵诛之,不克,见害。门人作歌以怨之也。”[①]可见这篇歌辞是故事发生后,有人将故事编成歌辞进行表演的。《乐府诗集》中《焦仲卿诗》诗前小序也称“时人伤之而为此辞也”[②],同样属于这种情况。所不同的是《平陵东》并没有像《焦仲卿诗》那样完整地叙述故事的经过和结果。而是仅仅选取了义公被劫,官吏逼迫其交钱百万以赎时的言行和心理活动。

在这些世俗化故事的叙述中,歌辞语言一般都是用全知的视角,客观地讲述故事。人物对话只是被作者当作故事情节的一个部分或完全或部分地记录下来,成为反映整个事件的组成部分,作者和作品中的人物是明显分离的。而在有些乐府诗中作者参与了与人物的对话,以故事中某个人物身份的视角叙述。如“杂曲歌辞”阮瑀《驾出北郭门行》:

(场景):驾出北郭门,马樊不肯驰。下车步踟蹰,仰折枯杨枝。顾闻丘林中,嗷嗷有悲啼。

(　问　):借问“啼者谁?何为乃如斯?”

(　答　):“亲母舍我殁,后母憎孤儿……弃我于此间,穷厄岂有赀。”

(歌者):传告后代人,以此为明规。

是作者驾车出城,见一骨瘦如柴的小孩匐伏在坟头痛哭。在诗人询问之下,孩子的对答,直接控诉其被后母虐待的悲苦生活。歌辞末尾仍然是歌者对观演者的劝诫。歌辞中不仅有作者与孤儿直接对话,也有作者(歌者)与观演者的直接对话。而在有些歌辞中,作者虽然没有参与

① 《乐府诗集》卷二八,第409页。

② 同上书,卷七三,第1034页。

人物对话,但是他作为旁观者记录了人物对话。如"新乐府辞"杜甫《兵车行》:

(场景):车辚辚,马萧萧,行人弓箭各在腰。
(道旁过者):道傍过者问行人。
(　行人　):行人但云"点行频。或从十五北防河,便至四十西营田。去时里正与裹头,归来头白还戍边"。
(道旁过者):"边亭流血成海水,武皇开边意未已。君不闻汉家山东二百州,千村万落生荆杞。纵有健妇把锄犁,禾生陇亩无东西。况复秦兵耐苦战,被驱不异犬与鸡。"
(　行人　):"长者虽有问,役夫敢申恨。且如今年冬,未休关西卒。县官急索租,租税从何出。"
(道旁过者):"信知生男恶,反是生女好。生女犹是嫁比邻,生男埋没随百草。君不见青海头,古来白骨无人收。新鬼烦冤旧鬼哭,天阴雨湿声啾啾。"

这首乐府诗显然属于第三者的记录文本,歌辞的主体部分记录了"道旁过者"与"行人"之间的对话,故事的主要内容也由道旁过者的询问、行人的诉说以及道旁过者的感叹构成。虽然歌辞也是完全由角色对话来叙事,作者并没有直接参与对话,但他是事件的旁观者,记录了人物对话,由此构成了叙事视角之间的转换。"道旁过者"即是诗人从第三人称叙事视角巧妙转换为当事者("行人")叙事视角的中介,不一定就是指作者自己。因而此篇在叙事角度和语言模式上并不同于前面两首歌辞。

以上这些情况表明乐府诗中对话体的记录情况并不是一致的,因而其体式有所不同。然而在对话体形式中最大的区别仍然在于乐府诗文本性质的不同,也就是记录本和脚本的区别。杨公骥《汉巾舞歌辞句读及研究》指出《巾舞歌辞》是汉代歌舞剧《公莫舞》的科仪本："巾舞是我们今天所能见到的我国最早的一出有角色、有情节、有科白的歌舞剧。"[①]姚小鸥在杨公骥工作的基础上完成《巾舞歌辞》校点本，从乐府歌辞的文本形态进一步证明了《巾舞歌辞》具有演唱脚本的性质。[②]其中即有母子分离时的对话：

母：何吾！复车[转]轮意何零！

子：以邪！相哺转轮，吾来婴转。

母：何吾！使君去时意何零！

子：以邪！使君去时。使来婴去时，

母：何吾！思君去时意何零！

子：以邪！思君去时，思来婴吾去时。

母：何何吾吾！

整理本中按照古乐录"大字是辞，细字是声"的惯例，将主要唱辞与叹词、衬字等区别开来。可见这首歌辞中的对话是以唱词，主要包括歌辞如"使君去时意何零"和语助词如"以邪"、"何吾"。角色标识字如"母""子"。指示伴奏、伴唱及舞蹈和其他表演动作的舞台提示字如"相"、"哺"、"转轮"等诸多具有明显演剧性的语言构成。[③] 除此以外，我们看到有些乐府歌辞也完全是由人物分角色对话、表演动作、歌者祝颂语等语言构成。如"相和歌辞"《董逃行》（古辞）：

（主题）：吾欲上谒从高山，山头危险大难。遥望五岳端，黄金

---

① 杨公骥：《汉巾舞歌辞句读及研究》，《光明日报》1950 年 7 月 19 日。

② 姚小鸥：《〈公莫舞〉与王国维中国戏剧成因外来说》，《文艺研究》1998 年第 6 期。

③ 按："相"为乐器名，又名"节"，这里指用这种乐器伴奏。在演奏中，它的作用是控制节奏。"哺"是"哺声"的省略。它们示意《公莫舞》演出过程中伴唱加入的时机。参见姚小鸥：《〈公莫舞〉与王国维中国戏剧成因外来说》，《文艺研究》1998 年第 6 期。

为阙班璘。但见芝草叶落纷纷。(一解)

(场景):百鸟集,来如烟。山兽纷纶麟辟邪。其端鹍鸡声鸣。

但见山兽援戏相拘攀。(二解)

(动作):小复前行玉堂,未心怀流还。传教出门。

(仙吏):"来！门外人何求所言?"

(凡吏):"欲从圣道求一得命延!"(三解)

(动作):教敕凡吏受言。

(仙吏):"采取神药若木端。白兔长跪捣药虾蟆丸。奉上陛

下一玉柈,服此药可得神仙。"(四解)

(凡吏):"服尔神药,莫不欢喜。"

(歌者):陛下长生老寿!

(动作):四面肃肃稽首,天神拥护左右,

(歌者):陛下长与天相保守!(五解)

人们认为此诗虽文意错落,却调协金石。李子德曰:"幻想直写,朴淡参差,而音节殊遒,乐府之本也。"范大士曰:"短长错综间,真鸣金石而叶宫商。"①钱志熙在《汉代乐府与戏剧》中指出:"似是皇帝御前的方士叙上五岳访天仙求得长生成仙之药的经历。或者也是一出御前搬演的'仙戏',有布景、简单的情节和对话。"②"教敕凡吏受言"即舞台提示语,表明仙吏和凡吏的对话,闻一多云:"教敕犹古语也。凡吏对仙吏言。后世仙凡对举,据此则汉时已然。"③歌辞中人物对话直接相连,如"来！门外人何求所言?""欲从圣道求一得命延!"没有中间的叙述语言。"陛下长生老寿"、"陛下长与天相保守"等为歌者的祝颂语,是面对观演者讲的,即以仙人奉药的场景来为人祝寿。歌唱表演不仅诉

① 转引自萧涤非《汉魏六朝乐府文学史》,第69页。

② 《北京大学学报》2007年第4期。

③ 闻一多:《诗选与校笺》,第129页,北京:古籍出版社,1956。

诸听觉，且诉诸视觉，如“四面肃肃稽首，天神拥护左右”即为人物表演动作。以上这些情况表明这首歌辞有着很强的戏剧表演性。

从这个角度来看，我们前文所讲的《战城南》(古辞)、《东门行》(古辞)等皆是由人物语言、动作直接构成的口语文本，这种体式结构与它们作为舞台表演的脚本有着直接关系，不是叙述故事，而是表演故事。如闻一多《乐府诗笺》就《陌上桑》末尾“坐中数千人，皆言夫婿殊”一句，指出：“乐府歌辞本多系歌舞剧，此曰‘坐中数千人’，斥观众而言也。”①赵敏俐在《汉乐府歌诗演唱与语言形式之关系》中也曾指出：“应该把这类诗篇称之表演唱，是介于短篇叙事诗和折子戏脚本之间的歌唱文学，是一种特殊的歌诗体裁。”②

二、乐府诗中对话体的叙事特点

我们看到有对话内容的乐府诗一般都有故事情节，它们主题大多是叙述风俗故事，对话是表现故事内容的重要手段。通过以上乐府诗中对话体主要类型的分析，我们看到乐府诗体现了作为表演艺术不同于书面文学的因素，它们通过对话和歌唱来叙事，具有服务于歌唱表演需要的叙事特点。

(一) 一人多角

即由一个演员“跳进”、“跳出”说唱，时而以叙述人的身份，时而又换成角色，所谓“一人一台戏”，采用“多角分唱”的表现方式。廖群《厅堂说唱与汉乐府艺术特质探析——兼论古代文学传播方式对文本的制约和影响》指出：“在厅堂上用说唱来叙事，来模仿生活，就像把生活搬到舞台上，势必要出现人物之间的交往和冲突，这样，说唱人就要一个人演‘多角戏’，要化身为不同的人物，让他们之间展开对话，发生冲

① 闻一多:《诗选与校笺》，第121页。

② 《文学评论》2005年第5期。

突。汉乐府艺术方面的最大特点就是大量使用对话体,人物对话在歌诗中成为不可缺少的重要部分。几乎每一首富于故事性、情节性和描述性的诗篇都是由两个以上的人物以及他们之间的对话构成的。”①

通过上文分析,我们看到如《艳歌何尝行》、《鸡鸣》、《孤儿行》等作品的体式结构都是由先以第一人称叙述或表白,然后转入剧中人物的对话,最后由歌者表示对观演者的劝诫和祝颂。从叙事角度上来看,这种体式结构具有“一人多角,跳进跳出”的特点。从文本形式上来看,其演艺形式需要表演者同时充当歌者、说者和演者等多重角色。在表演中,我们一般可以看到两种人物形象,一种是演员本人的形象,另一种是演员演示角色的形象。在按角色演唱时,间或也用“一人多角”的表现手段,如上文我们提到的《孤儿行》这段表演中讲述者、孤儿、兄嫂等几个角色界限分明,如果全剧由一人完成的话,表演时就需要借助说唱者的语气变换,模仿人物“说话”来分出彼此。按乐府诗《孤儿行》的文本结构,我们看到其中既有讲述者的现身,如“孤儿生,孤子遇生,命独当苦”即讴者的开场白,对观演者介绍故事人物和主要情节。又有讲述中角色的现身,如“父母在时,乘坚车,驾驷马。父母已去,兄嫂令我行贾”即是讴者以孤儿的口吻叙述故事。而“大兄言:‘办饭’,大嫂言:‘视马’”则需要说者模仿兄嫂的语气对孤儿进行吆喝。“愿还我蒂,兄与嫂严,独且急归。当兴校计”则需要讴者拟代孤儿对啗瓜者进行哀求。可见表演者除了现身说法地模仿了故事主人公,而且还模拟了与之发生联系的其他几个人物。故事情节讲述与人物形象展示交替使用,人物角色性格鲜明、神情毕现,体现了说唱表演的艺术特色。

周贻白谈到民间歌谣俗调对戏剧的影响时就说:“汉代诗歌中,如《陌上桑》、《王昭君》、《孤儿行》、《妇病行》之类,或叙述,或代言,皆明著故事,而着意于故事中人物的描述,或竟仿其声口而致以咏叹。事实上,中国戏剧的文词之成为半叙述半代言的体制,应当和这类故事诗具

① 《文史哲》2005年第3期。

有相当的关系。”[①]正是指出了乐府诗这种“一人多角”体式特征对后世戏剧文体的影响。

（二）歌者致语

在上文对话体形式的分析中，我们经常看到许多乐府诗的末尾出现歌场套语。如《王明君》：“传语后世人，远嫁难为情。”《白头吟》：“今日相对乐，延年万岁期。”《相逢行》：“丈人且安坐，调丝方未央。”宋子侯《董娇饶》：“吾欲竟此曲，此曲愁人肠。归来酌美酒，挟瑟上高堂。”《艳歌何尝行》：“今日乐相乐，延年万岁期。”《孔雀东南飞》：“多谢后世人，戒之慎勿忘。”这些都是歌者在整个故事唱完之后，歌者从故事中跳出来，直接向观演者致语。歌者致语一般都是两句，或为祝颂，或为寒暄，或为说教，与整首诗歌内容并无关系。顾颉刚认为乐府诗这种语言形式与曲艺表演之间有着非常相似的地方，他指出：

> 纳兰性德《渌水亭杂识》（卷四）说：“《焦仲卿妻》，又是乐府中之别体。意者如后世之《数落山坡羊》，一人弹唱者乎？”这句话很可信。我们看《焦仲卿妻》一诗中，如“物物各自异，种种在其中”，如“纤纤作细步，精妙世无双”，和“云有第三郎，窈窕世无双”，其辞气均与现在的大鼓书和弹词相同。而县君先来，太守继至，视历开书，吉日就在三日之内，以及聘物车马的盛况，亦均富于唱词中的故事性。末云：“多谢后世人，戒之慎勿忘”，这是唱罢时对于听众的叮咛的口气，与今大鼓书中《单刀赴会》的结尾说“这就是五月十三圣贤爷单刀会，留下了仁义二字万古传”，《吕蒙正教书》的结尾说“明公听了这个段，凡事要忍心莫要高”是很相象的。[②]

---

① 周贻白：《中国戏曲发展史纲要》，第8页，上海：上海古籍出版社，1979。

② 顾颉刚：《论诗经中所录全为乐歌》，《古史辨》第3册，第640页，上海：上海古籍出版社，1982。

乐府诗《焦仲卿妻》中有以第三人称角度展开叙述的语言，其演艺形式接近“一人弹唱”。其末尾语气非常符合说唱者口吻，是表演结束后对听众的交待，属于歌者的下场语。可见乐府诗中不仅有与歌、舞相关的“歌词”、“舞词”，而且还有与演唱相关的“剧语”，它们都属于音乐歌舞表演中的“乐句”。明代徐师曾在《文体明辨序说》中曾对乐语给予界定：“按乐语者，优伶献技之词，亦名致语。”[①]我们看到乐府诗中的歌者致语在表演过程中起到了颂赞、祝颂，沟通观演双方以及串联节目，组织并参与音乐演出等音乐功能，它们一般具有固定成套的仪式性、应用性。如鲍照《代东武吟》中的“主人且勿喧，贱子歌一言”即是演唱者在宴会中开门见山，引导音乐演出所致的导乐之辞。《相逢行》中的“丈人且安坐，调丝方未央”即是演唱者在结束一篇演唱时，嘱咐观演者安坐稍等的现场组织之辞。《前缓声歌》最后两句是：“长笛续短笛，欲令皇帝陛下三千万。”李因笃《汉诗音注》指出：“末则离调，用致祝于君。”[②]即是演出结束时，演唱者对观演者的祝颂之辞。

费秉勤在《汉乐府杂考》中指出乐府诗中歌者致语产生的原因：“汉武立乐府后，俗乐主要被宫廷贵族用于精神娱乐。俗乐乐员们开始还只演唱抒情诗，后来他们慢慢发现从民间收集来的叙事诗更能吸引听众，也更适于演唱，于是便自觉地来采集编唱叙事诗。这便是汉乐府相和歌中多叙事诗的一个原因。这些叙事诗经弹起琴瑟带上感情一演唱，就很像如今的弹词了，哀帝罢乐府以后，这些演唱者被遣放民间，他们或因不忘旧业，或因生活所迫，便在诸侯和贵族之家演唱起他们的拿手好戏来，这样，哀帝的做法适得其反，使这种类似今天弹词的艺术在民间普及开来。演唱者的致语正是在这种演唱活动中形成的程式。”[③]这种推测很有道理。乐府诗体式特征中常见的歌者致语与其娱

---

① （明）徐师曾著，罗根泽校点：《文体明辨序说》，第169—170页。

② （清）李因笃：《汉诗音注》，清光绪五年（1879）刻本。

③ 《西南师范学院学报》1985年第1期。

乐功能、演艺形式都有着密切的关系。

（三）口语叙事

乐府歌辞多数来自民间的街陌讴谣，往往采用口头语言，说唱叙事。在上文所例举的对话体有的使用五言流调，口语词汇。如：《有所思》："何用问遗君？双珠玳瑁簪。""闻君有他心，拉杂摧烧之。"《上山采蘼芜》："长跪问故夫，新人复何如？""将缣来比素，新人不如故。"《陌上桑》："罗敷年几何？""二十尚不足，十五颇有余。"使君谢罗敷："宁可共载不？"罗敷前置辞："使君一何愚！使君自有妇，罗敷自有夫。"有的则使用散行单句，明白流畅。如《琴歌》："烹伏雌，炊扊扅，今日富贵忘我为？"《妇病行》："我欲不伤悲不能已！"《东门行》："他家但愿富贵，贱妾与君共铺糜。""咄！行！吾去为迟！""行复尔耳，弃置勿复道！"《平陵东》："归告我家卖黄犊。"《董逃行》："来！门外人何求所言？"可见在乐府诗的歌唱表演中口语占很大比重。宋长白《柳亭诗话》："病妇、孤儿行二首，虽参错不齐，而情与境会，口语心计之状，活现笔端，每读一过，觉有悲风刺人毛骨。后贤遇此种题，虽竭力描邈，读之正如嚼蜡，泪亦不能为之堕，心亦不能为之哀也。"[①]又如胡应麟说："汉乐府歌谣，采摭闾阎，非由润色；然而质而不俚，浅而能深，近而能远，天下至文，靡以过之！"[②]正说明了这一语言的特色。

乐府诗中以口语叙事的原因与其消费群体、演艺形式等因素相关。汉代以来的乐府歌曲是一个集聚并且融合着诗歌、音乐、舞蹈和戏剧等各种艺术样式的综合性艺术体系，其文字记录便是今日所谓的乐府诗。乐府诗的文体功能其实主要为了娱乐。从汉武帝到魏文帝约三个半世纪的时间内，社会各阶层的娱乐生活，即社会群体对于"乐"的需求，就

---

① （清）宋长白：《柳亭诗话》卷一〇，第210页。

② （明）胡应麟：《诗薮》内编卷一，第3页。

是由乐府艺术来提供的。[1] 以娱乐化为主的两汉诗歌生产的特征之一是叙事诗内容的大众化和享乐化。正是在这种娱乐消费观念的影响下,民间流传的故事成为社会民众的消闲娱乐的方式。[2]

《汉书·艺文志》收录了汉武帝立乐府,从全国各地收集来的"赵、代、秦、楚之讴"。有吴楚汝南歌诗、燕代讴雁门云中陇西歌诗、邯郸河间歌诗、齐郑歌诗、淮南歌诗、左冯翊秦歌诗、京兆尹秦歌诗、河东蒲反歌诗、洛阳歌诗、河南周歌诗、周谣歌诗、南郡歌诗等,可见乐府歌诗在汉代民间广泛盛行。由于在漫长的历史时期中,广大民众专业艺人或半专业艺人,被排斥在文字使用之外,因此他们的文学创作,一般只能用口头语言,甚至还用地方土语方言去构思、表现(包括演出)和传播。

同样,故事、歌谣等能够在民众口头上流传,也必须基本上采用他们所熟悉的语言形式。在乐府诗演艺中,歌辞是对音乐和表演的备忘录,而不是书诸竹帛供人阅读欣赏的。为了不影响观演者对音乐和表演的欣赏,歌辞一定要简单明了,让人一听就懂。换句话说,歌诗讲究通俗性,忌晦涩。歌曲脱口而出,听者需不待目见其行文脉络即可明白歌辞的意义和情感。正因为如此,我们看到乐府诗中的对话体往往采用口语,通俗易懂,易诵易记,容易成为配合音乐演唱的歌辞。它们与唐代民间出现的"说话"、"变文"等口头讲述故事的艺术形式有着相似之处。口语叙事并不是对诗歌的必然要求,而与戏剧对宾白的要求相吻合,这种叙事方式在乐府诗中大量出现表明它们具有一定戏剧表演性。

(四)动作演事,也可以说是歌舞演事

我们看到在乐府诗对话体中,不仅有故事情节的叙述还有人物动

---

① 参见钱志熙《汉魏乐府的音乐与诗》,第1页。

② 参见赵敏俐等《中国古代歌诗研究——从〈诗经〉到元曲的艺术生产史》,第229—230页,北京:北京大学出版社,2005。

作的表演。比如《病妇行》中"探怀中,钱持授交","徘徊空舍中"。《孤儿行》:"上高堂,行取殿下堂。孤儿泪下如雨。""泪下渫渫,清涕累累。"《东门行》:"拔剑出门去,儿女牵衣啼。"《董逃行》:"小复前行玉堂,未心怀流还。传教出门。""教敕凡吏受言。"这些语言出现在人物对话之间,都是服务于演员动作和行动的。它们需要表演者在说唱中做个样子给人看,服务于叙事的模拟,即且讲且演。正如格罗塞《艺术的起源》中所说:"原始部落,某人打死一头野牛,回来他向族人叙述他是怎样杀死野牛的,叙述中便会做出他与野牛搏斗的样子给人看。这个歌者不仅讲述他们的冒险,而且是用模拟的状态来表现他们的冒险,这样我们就会得到一个戏剧景象……可以看出这也是戏曲的一个来源。"①

乐府诗中不仅有在借助表演动作,而且也加入了一定的身手技艺表演。如上文提到的《巾舞歌辞》文本中就包含着不少以肢体运动为特色的舞蹈动作,由此形成载歌载舞的表演形式。如"转轮",即双人对舞,手持长巾、满台走动。舞容类似今天戏曲中的"跑圆场"。"针[振]缩",即舞者将脚抬起,然后用力向下顿,下顿时以脚掌着地,着地时有略向后蹴的动作,着地后不马上抬起,而稍作稽留,由此身体的重心有所下降。剧中以此表现母亲因儿子即将离去而产生的悲伤与无奈。"钱[践]健步",即踏快速有力的前进舞步。今名"跑场"。剧中以之表示母亲"求儿"之迫切和心意的焦躁。"推排",即汉代常用语,推推挤挤的意思。剧中两名角色进进退退互相推移,以表现儿子启程离家时母子拉来推去难舍难分的情景。② 可见乐府诗中这些舞台提示字分别指示了一系列舞蹈和其他表演动作,相当于戏剧中的科仪语。

---

① 〔德〕格罗塞:《艺术的起源》,蔡慕晖译,第202页,北京:商务印书馆,1984。

② 参见姚小鸥《〈公莫舞〉与王国维中国戏剧成因外来说》,《文艺研究》1998年第6期。

（五）叙唱结合

即由演员叙述着歌唱、歌唱着叙述的演艺形式。在歌诗体式上表现为抒情与叙事相结合。《乐府诗集》卷二六引王僧虔启云:“古曰章,今曰解,解有多少。当时先诗而后声,诗叙事,声成文,必使志尽于诗,音尽于曲。”[①]这实际上认为乐府诗属于曲唱文本,具有叙唱相结合的体式结构。根据当时的演唱习惯,一般先创作诗歌,然后被之管弦。由歌辞叙事,然后即是曲唱抒情,所谓“先诗而后声”。可见通过不同音乐形式的组合造成了乐府诗叙事与抒情相结合的语言模式。我们看到上文列举许多乐府诗如《陌上桑》、《艳歌何尝行》、《东门行》、《董逃行》等都有“解”把歌诗分成数量不等的段落,《陌上桑》三解,《东门行》四解即“解有多少”。所谓“解”是音乐上的术语,指乐段而言,杨荫浏认为:“汉代的《大曲》已是歌舞曲;它有歌唱部分,所以有歌词,但它又有不须歌唱而只须用器乐演奏或器乐伴奏着进行跳舞的部分,那就是‘解’——‘一解’就是第一次奏乐或跳舞,‘二解’是第二次奏乐或跳舞,余类推。”[②]这就是说在乐府诗演艺过程中,根据表演的需要如故事场景的转化、情节的转折往往会加入音乐内容的转化。这有点像后世戏曲中的折子戏,一解相当于一场或者一折。这种音乐结构无疑非常符合叙唱结合的演艺形式。从唐代的讲经、转变到弹词、宝卷等韵散交替的表演形式也都是且说且唱的,可以说其演艺形式影响深远,形成了我国戏曲、曲艺中有道白、有唱词的表演传统。实际上,我们至今仍然能够看到许多音乐曲种的唱腔富于说唱的叙事性,有的唱中带说,有的说中带唱,有的说唱兼备,一些具有抒情性或戏剧性的唱腔,也多是通过叙事手段来表现内容的,常常糅合着叙事功能。

总而言之,通过以上乐府诗中对话体的叙事特点以及其生成机制

---

① 《乐府诗集》卷二六,第 376 页。

② 杨荫浏:《中国古代音乐史稿》,第 116 页。

的分析，我们看到乐府诗歌诗不同于纯粹的文人徒诗，是音乐、歌舞、说唱、表演等多种演艺形式相结合的综合性艺术体系，歌场演艺体制直接决定了其语言叙事的特点。

三、乐府诗中对话体的演艺体制

乐府诗语言形式服从于音乐歌舞表演体制，要研究乐府诗中的对话体，必须从歌诗的演艺体制入手。尽管许多乐府歌诗实际演出的情况今天难以再次呈现，但从相关的出土文献，尤其是汉代画像石、画像砖、说唱俑等文献文物资料中还是可以找到一些与之相关的艺术表演形式，如：

（一）歌曲

汉代民间歌曲的主要表演形式有徒歌、但歌、琴歌、相和歌等。所谓“徒歌”即是无器乐伴奏的歌唱，《尔雅·释乐》：“徒歌谓之谣。”[①]《初学记》卷一五《尔雅注》：“谓无丝竹之类，独歌之。”[②]犹如今日的清唱。徒歌在汉代非常流行，《晋书·乐志》称：“汉世街陌歌谣”，“始皆徒歌”。

“但歌”是在清唱的基础上加入和声。《宋书·乐志》曰：“但歌四曲，出自汉世。无弦节，作伎最先，一人倡，三人和。”[③]即主唱者唱一段，伴唱者和一段，以提高艺术表现力和感染力。张衡《西京赋》“纵棹歌，发引和”李善注云：“发引和，言一人唱，余人和也。”[④]说的便是这种演唱方式。其中也包括由多人参与的，如司马相如《上林赋》“千人唱，万人和”。《乐府诗集》中收录的《上留田》、《董逃行》等歌诗

---

① 《尔雅注疏》，第2602页，《十三经注疏》，上海：上海古籍出版社，1997。

② （唐）徐坚等：《初学记》一五，第376页，北京：中华书局，2004。

③ （南朝梁）沈约：《宋书》卷二一，第603页，北京：中华书局，1974。

④ （南朝梁）萧统辑，（唐）李善注：《文选》卷二，第252页，北京：中华书局，1977。

中即有“上留田”、“董逃”的和声结构形式，这正是与和声的演唱艺术相关。

给“徒歌”配以弹弦乐器和管乐器伴奏的歌曲，其中有以琴为伴唱形式的琴歌，许多汉墓出土的弹琴俑表明弹琴常常与歌唱相结合，如浙江海宁东汉画像石墓出土有抚琴俑，四川绵阳有出土汉代弹琴俑，四川资阳有出土汉代弹琴歌唱俑等。

图 1-1 汉代操琴陶俑

图 1-2 汉弹琴唱歌俑

这些弹琴俑都嘴微张，表情丰富，演艺者很有可能就是在自弹自唱。《乐府诗集》引《风俗通》叙述《琴歌》本事曰：“百里奚为秦相，堂上乐作，所赁浣妇自言知音，因援琴抚弦而歌。问之，乃其故妻。”[①]可见其演艺形式即是百里奚妻自己边弹琴，边演唱。

“相和歌”是由一个人手里拿着一种叫做“节”的乐器，一面拊节打着节拍，一面唱歌，而且加入了笙、箫、丝、竹等管弦乐器伴奏。《宋书·乐志》曰：“相和，汉旧歌也。丝竹更相和，执节者歌。”[②]相和歌是汉代最为主要的音乐艺术，《乐府诗集》卷二六引《晋书·乐志》曰：“凡乐章古辞存者，并汉世街陌讴谣，《江南可采莲》、《乌生十五子》、《白头

① 《乐府诗集》卷三〇，第 880 页。

② 《宋书》卷二一，第 603 页。

吟》之属。其后渐被于弦管，即相和诸曲是也。”①前文我们讲到许多具有对话体的乐府诗都属于“相和歌辞”，它们的音乐性质即是相和歌。

汉画像石乐舞百戏图来中确实就有这种以丝竹管弦乐器为伴奏的表演，它们是集歌、舞、乐器于一体的艺术表演形式，常常在厅堂中欢宴嘉宾时演出。如山东沂南东汉末年（或魏晋）画像石中的乐舞图：

图 1-3　山东沂南东汉末年（或魏晋）画像石中的乐舞图

① 《乐府诗集》卷二六，第 376 页。

我们看到,在乐舞百戏表演的摹本中有三排乐人席地而坐。第一排是手拊节鼓的女乐,共五人。自二排有四人吹排箫,最左一人似执槌击铎。第三排最左一人弹五弦的筝瑟类乐器,第二人两手放在口旁,似在吹埙。第三人为讴员(唱歌者),最右一人吹竽。又如河南南阳军帐营出土的东汉墓“相和歌”演唱画像石:

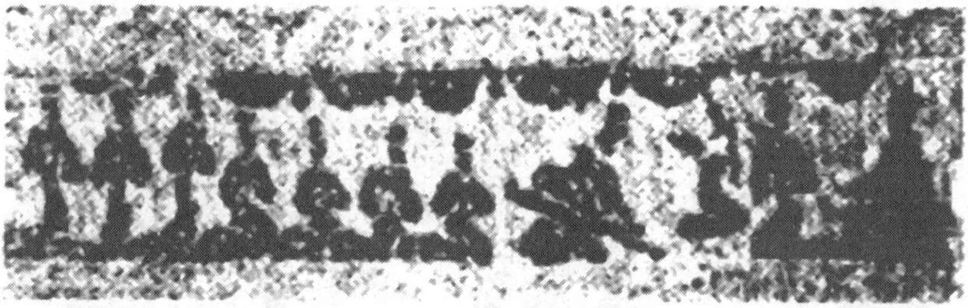

图 1-4　河南南阳军帐营出土的东汉墓“相和歌”演唱画像石

图中共有十二人,右起第一人抚琴,第二人吹埙,第三人吹笙,第四人鼓瑟,另有四人跽坐似吹排箫,左起三人站姿歌唱。在以上这些演唱场面中即有一人独唱,众人伴奏或多人合唱,其他人伴乐或伴唱等相和歌的演唱形式,这种演唱艺术逐渐发展成为集器乐伴奏合歌舞于一体的相和大曲。

《乐府诗集》卷二六“相和歌辞”题序说:“凡诸调歌词,并以一章为一解……诸调曲皆有辞、有声,而大曲又有艳,有趋、有乱……艳在曲之前,趋与乱在曲之后。”①可见相和歌尤其是相和大曲表演手段丰富,“解”、“艳”、“趋”、“乱”等音乐曲式结构表明,它们并不是单纯徒歌或者是自弹自唱,而是乐队、歌者以及舞者等的综合艺术表演。相和歌中不同的音乐结构以及伴奏伴唱等音乐形式能够达到或渲染舞台戏剧气氛,或揭示人物内心世界,或表达歌者对剧中人物、事件直接评价等多重功用,从而使得歌曲能够容纳一定的故事内容,成为一种唱讲故事的艺术形式。

---

① 《乐府诗集》卷二六,第 376 页。

可见以上各种歌唱形式大部分都能在乐府所收的音乐中间找到例子，其演唱形式在发展过程中被戏曲艺术广泛吸收并传承下来，逐渐成为戏曲中的独唱、帮腔、对唱和一唱众和等多种演唱形式。这些表演形式与诗歌文本之间也有着密切的联系。

（二）歌舞

中国古代诗乐舞三位一体，上古时期就有所谓“三人操牛尾，投足以歌八阕”①的说法。汉代舞蹈艺术大体分为雅舞和杂舞两种，雅舞用之郊庙、朝飨，杂舞用之宴会。《乐府诗集》卷五三：“杂舞者，《公莫》、《巴渝》、《盘舞》、《鞞舞》、《铎舞》、《拂舞》、《白纻》之类是也。始皆出自方俗，后浸陈于殿庭。盖自周有缦乐散乐，秦汉因之增广，宴会所奏，率非雅舞。汉、魏已后，并以鞞、铎、巾、拂四舞，用之宴飨。”②可见舞蹈的表演形式丰富多样。在迄今所见汉画像石、壁画宴饮乐舞图中就有巾舞、鼓舞等图像。如四川成都扬子山汉墓出土画像砖。

图 1-5　四川成都扬子山汉墓出土乐舞画像砖

---

① 王利器：《吕氏春秋注疏》，第 536 页，成都：巴蜀书社，2002。

② 《乐府诗集》卷五三，第 766 页。

图中有一女舞者，头梳双髻，双手执长巾舞蹈，长巾横飘于空中，舞姿优美，似今日民间的红绸舞。其身旁有一男舞者，半蹲而行。左侧有两人吹排箫伴奏。左上方有两人在鼓瑟吹箫，右上方两人双手执桴，边跳舞边击鼓。又如山东滕县出土汉乐舞画像石：

图 1-6　山东滕县出土汉乐舞画像石

图中有左侧有男女表演者长袖对舞。上方一人弹瑟，一人吹笙或竽，两人吹埙(?)伴奏。右侧有两人击建鼓，上方有一人拱双手于胸前，似为歌者。从以上这些手持巾而舞的资料来看，伴奏乐队以鼓为主，并有拊掌歌者。说明它们是比较注重节奏，而且是有歌辞可供演唱的舞蹈。孙楷第《宋书乐志铎舞歌诗二篇考》即指出《圣人制礼乐》是六朝"铎舞歌"《云门篇》的曲唱文本。[①] 还有前文提到杨公骥、姚小鸥等认为乐府诗《巾舞歌诗》即是"巾舞歌"《公莫舞》的演出脚本。

① 孙楷第：《宋书乐志铎舞歌诗二篇考》，《沧州集》。

不仅如此，许多学者则认为在这些乐舞表演中实际上已经具备了后世戏剧戏曲的因子。刘师培《原戏》中根据古代乐舞多有妆扮人物之事实，说："戏曲者，导源于古代乐舞者也……则固与后世戏曲相近者也。"[①]杨荫浏《中国古代音乐史稿》："自汉代以来，将歌曲与舞蹈相结合，以描写故事；在歌舞的发展中间，或多或少，已露出了前期戏剧音乐的萌芽。"[②]王克芬也指出魏晋以来就有以歌舞演故事的舞蹈艺术：

> 晋朝注明舞人绿珠表演的《明君舞》，内容是昭君出塞和亲的故事，目前尚未见到关于这个舞蹈故事歌情舞态的详细描绘，但从石崇专为宠妓绿珠所制歌词分析，舞者是妆扮成昭君表演的。因为歌词的第一句，就是以第一人称写的："我本汉家子，将适单于庭。"下面又有"哀郁伤五内，泣泪沾朱缨……延伫于穹庐，加我阏氏名"等句。可见舞者是以昭君的身份在歌舞，以代言体的形式在唱述昭君的遭遇和心情。《明君舞》首演者绿珠，它与起于北齐，盛行于唐代的《兰陵王》一样，是扮演一个特定人物的歌舞节目。它们不同于只表现某种情绪的"纯舞蹈"，也不同于以歌舞形式表现故事、情节、人物的歌舞戏或戏曲艺术。它们是两者之间发展过程中的一种形式。但是，它们并不因戏曲的高度发展，舞剧的创作而消灭，相反，这种形式至今仍然"活"在许多民间舞和新创作的舞蹈节目中。[③]

《乐府诗集》卷二九中收录了石崇《王明君》"我本汉家子"辞，并明确认定其为"晋乐所奏"。结合以上的分析这首乐府诗很有可能就是演

---

① 刘师培：《原戏》，北京师范大学库本。

② 《中国古代音乐史稿》，第152页。

③ 王克芬：《中国舞蹈发展史》，第160—161页，上海：上海人民出版社，1991。

述昭君出塞故事的音乐歌舞，其表演形式就是王克芬所讲的《明君舞》，与唐代《兰陵王》一样都是有故事情节的民间歌舞，可以说是后世歌舞剧的雏形。

同样，我们在乐府诗中也能够看到歌舞表演形式对诗歌体式的影响。上文我们提到汉乐府有的作品分“解”，而且前有“艳”，后有“趋”或“乱”。比如《陌上桑》三解，又名《艳歌罗敷行》。《宋书·乐志》著录时称：“前有艳词曲，后有趋。”杨荫浏《中国古代音乐史稿》指出汉魏时候的相和大曲无一例外都是歌舞曲。其中的“艳”与“趋”，从字义来看，可能与歌舞形象和动作有着联系；歌音婉转抒情部分配合着“艳”丽的舞姿；而歌者紧张的部分则配合着快速的舞步——“趋”。[①] 又如左思《吴都赋》中有“荆艳楚舞”之说。《初学记》卷一五引梁元帝《纂要》曰：“楚歌曰‘艳’”，“古艳曲有《北里》、《靡靡》、《激楚》、《结风》、《阳阿》之曲”。[②] 可知，“艳”之名由楚地歌舞之称演化而来。那么在主曲前安排的“艳”除了可以是器乐演奏，还可以是歌曲或舞蹈。乐府诗文本中既然有这些音乐提示术语，表明它们的演艺形式应该与之相关。

（三）说唱

说唱音乐是讲唱故事的歌曲，其形式主要由歌唱和说话两者交错组成，有时也用乐器为伴奏。说唱，有时亦称为“说书”。“说书”，最早见于《墨子·耕柱篇》：“能谈辩者谈辩，能说书者说书。”[③]《汉书·艺文志》载“小说十五家”，谓：“小说家者流，盖出于稗官；街谈巷语，道听涂说者之所造也。”[④]古代的“小说”，是要“说”的；所谓“小说”，无异于

---

① 《中国古代音乐史稿》，第118—119页。
② 《初学记》卷一五，第372页。
③ 《诸子集成》，第4册，卷一二，第257页，上海：上海书店，1986。
④ 《汉书》卷三〇，第1745页，北京：中华书局，1962。

今天说唱的本子。荀子《成相篇》即是一种当众说唱的艺术形式，可以看成说唱音乐的远祖。在性质上，它不是讲故事，而是讲道理；在形式上，它是用一种叫做“相”的击乐器打着节奏而同时歌唱的一种诗篇，可能同今天的《快板》和《莲花落》等说唱音乐差不多。①

说唱在汉代已是相当流行的一种民间艺术。汉代画像石乐舞百戏图中经常可以看见一些身材粗胖、丑陋，表情滑稽可笑，动作夸张生动，具有强烈的诙谐气息的表演者，他们中有的擅长讲唱民间故事。如前文我们提到的四川成都扬子山汉墓出土画像砖中上身赤膊的粗胖男子。汉墓中也不乏此类形象的陶俑出土，如成都天回山说唱乐舞俑，短胖身材，头上着帻，戴笄，上身袒裸，两肩高耸，乳肌下垂，大腹如鼓——一副活泼诙谐憨厚之态。乐舞俑左臂环抱小鼓，右手翘举，张口微笑，恣意调谑，表现出一位神采飞扬的说书人的滑稽形象。这个说唱俑的表演仿佛已经进入了高潮，他得意忘形，表情夸张，竟不自觉地手舞足蹈起来。又如四川郫县宋家林说唱俑：

图 1-7　成都天回山说唱乐舞俑

图 1-8　四川郫县宋家林说唱俑

此说唱俑，短胖身材，头上椎笄，歪嘴龇牙，舌头外伸，上身袒裸，两肩高耸，胸肌下垂并有花饰，大腹丰凸，臂部后翘，双腿偻屈而立，长裤欲落，

① 参见《中国古代音乐史稿》，第 56 页。

赤足显露，左手抱小鼓于下腰，右手握槌欲击。神态滑稽丑陋，似正说唱到精彩动人之处。①

这类形象的乐人就是古代称为“优”、“俳”、“倡俳”、“倡优”、“俳优”的乐人。俳优戏是一种有角色扮演，以说唱代乐舞的形式，内容以滑稽调笑为主的表演艺术。《汉书·枚乘传》：“诙笑类俳倡，为赋颂，好嫚戏，以故得媟黩贵幸。”②《说文解字》：“优，一曰倡也。”“倡，乐也。”“俳，戏也。”段注认为：“以其戏言之，谓之俳。以其音乐言之，谓之倡。亦谓之优。其实一物也。”③俳优的表演形式多样，或边鼓边说，或边舞边唱。《汉书·霍光传》中云：“大行在前殿，发乐府乐器，引内昌邑乐人，击鼓歌吹作俳倡。”④《旧唐书·音乐志》载：“俳优歌舞杂奏。”⑤因此汪景寿指出：“‘俳优’是集舞蹈、歌唱、表演为一身，其实就是古代的说唱艺术。”⑥其表演大概有歌有辞，《乐府诗集》卷五六保存有《俳歌辞》一首，并指出：“《俳歌辞》一曰《侏儒导》，自古有之，盖倡优戏也。”⑦从所载的《俳歌辞》来看，皆属调侃之辞。

说唱主要是通过语言和歌唱为媒介的叙事，我们看到汉代以来乐府民歌中叙事诗的发展，成为说唱音乐中歌唱部分的基础。胡士莹云：

> 汉代说故事虽无直接材料，然灵帝时待制鸿门下许多诸生，却“喜陈方俗闾里小事”，似乎是社会新闻一类的东西，它必然是采用民间口头语言来演述的，所以蔡邕攻击诸生所写的辞赋说：“下则连偶俗语，有类俳优。”至于民间乐府中涉及故事的就更多。

① 参见王子初：《中国音乐考古学》，第333—334页，福州：福建教育出版社，2003。
② 《汉书》卷五一，第2366页。
③ （汉）许慎撰，（清）段玉裁注：《说文解字注》，第380页，杭州：浙江古籍出版社，2006。
④ 《汉书》卷六八，第2940页。
⑤ 《旧唐书》卷二九，第1072页，北京：中华书局，1975。
⑥ 汪景寿：《中国曲艺艺术论》，第21页，北京：北京大学出版社，1994。
⑦ 《乐府诗集》卷五六，第819页。

（注：横吹曲的《刘生》、《洛阳公子行》，相和曲的《王昭君》、《秋胡行》，清商曲的《莫愁》、《子夜》、《杨叛儿》等。）象罗敷采桑，昭君出塞，更为后来小说常用的题材。亦可以从侧面窥知汉代说故事是相当普遍的。[①]

汉乐府以歌曲讲故事的形式演唱时恐怕同一般歌曲又有不同，而接近于后世之说唱文学。王夫之曰："彼庐江小吏诸篇，自是古人里巷所唱盲词白话，正如今市井间刊行《何文秀》、《玉堂春》一类耳。"[②]杨荫浏也认为《陌上桑》、《焦仲卿妻》等长篇叙事故事的歌曲，从内容、艺术形式和演唱效果看来，这类歌曲可能已不是一般的歌曲而是一种说唱音乐了。[③] 这些汉乐府诗当时究竟如何歌唱，史乏记载，已难遽定。但联系到说唱在汉代已是一种颇为流行的民间艺术，此推测也不是毫无道理的。

（四）演剧

所谓演剧即是以扮演、动作等戏剧因素表演故事。通过以上演艺形式的分析，我们看到在汉代的作乐，常常是音乐歌舞与戏的表演相杂，《后汉书》卷一〇有"设戏作乐"的说法。除了歌曲、舞蹈、说唱等形式以外，可以说汉代的表演艺术非常丰富，有"百戏"之称，它里面包含着许多与武术相关的花样，如比力、举重、爬竿、弄丸、弄剑、走绳索、翻筋斗等；也包含着鸟兽虫鱼的扮演，人物故事的扮演等；有音乐、有歌、有舞、有动作，有时还应用着活动的布景，与戏剧相仿佛。[④] 如山东沂南汉石刻画像：

---

① 胡士莹：《话本小说概论》（上），第 7 页，北京：中华书局，1982。

② （明）王夫之评选，张国星校点：《古诗评选》，第 25 页，北京：文化艺术出版社，1997。

③ 《中国古代音乐史稿》，第 124 页。

④ 同上。

图 1-9 山东沂南汉石刻画像中的百戏

图中右边是戏车乐队。共七人。车上有建鼓，其下有一小鼓，即鼙鼓，由两人敲击。还有一人吹排箫，一人吹箫。戏车后面有三人手持长梃击小鼓。左侧为绳技伴奏的乐队。绳技，又称履索或高絙之戏。绳上有三人表演，绳下立插刀剑，显得尤为惊险，上方右侧有伴奏乐队，一人欢箫，一人击掌高歌，一人袖手端坐，也为讴员（唱歌者）。另外在鱼龙曼衍等戏中还有五人各执一鼗鼓，在鱼、龙之间戏耍。这幅石刻画像反映了在庞大乐队伴奏下，百戏杂陈的盛况。[①]

在百戏表演之中，有一种运用技艺的戏剧化表演，这就是角抵戏。角抵原是两个人角力以强弱定胜负的技艺表演，后世的相扑、摔跤即源于此。它是一种化装表演，以象征和写实结合的手法，利用竞技搏斗的动作，表演故事情节。内容以历史故事为主，有着很好的观赏性和娱乐性。当时艺人还力图用角抵的技艺去表现生活故事，这就促使角抵向戏剧转化，成为角抵戏。如《东海黄公》即是汉代角抵戏的一个节目，它集乔装动物、人物戏和幻术表演于一体，《西京杂记》中这样记述：

① 参见中国艺术研究院音乐研究所编《中国音乐史图鉴》，第 32 页，北京：人民音乐出版社，1988。

有东海人黄公，少时为术，能制蛇御虎，佩赤金刀，以绛缯束发，立兴云雾，坐成山河。及衰老，气力羸惫，饮酒过度，不能复行其术。秦末，有白虎见于东海，黄公乃以赤刀往厌之，术既不行，遂为虎所杀。三辅人俗用以为戏，汉帝亦取以为角抵之戏焉。①

汉代把黄公与白虎相斗，气力不敌，终被猛虎所伤的一段情节变成了“角抵之戏”来表演。我们在《搜神记》卷二、张衡《西京赋》中都可以看到对这个角抵戏的记载，可见该故事可能流传很广。在许多汉画像石、砖所刻画的图像中也可以找到和此戏故事情节相似的演出场面，如图1-10：

图1-10　《东海黄公》人与虎形相斗的汉代南阳画像拓片图

图中一老公佩赤巾刀，头束绸带，与虎相搏，白虎正张牙舞爪地向老公扑去。从文字记述和形象遗存的两方面看，这都是一个有人物情节，又有某种寓意的节目。表演中有人虎相斗、人被虎杀的固定完整的故事情节。表演中的两个人，都有与扮演对象相适应的装扮：黄公必须是头裹红绸、身佩赤金刀；白虎则是人装成的虎形。演出按照预定的情节发展，最后黄公老年时为“虎”所杀。可见《东海黄公》这个故事在表

① (汉)刘歆撰，(晋)葛洪辑，向新阳、刘克任校注：《西京杂记校注》，第115页，上海：上海古籍出版社，1991。

演中人物、情节、冲突、结局，都是排定了的，这显然已不属于两两相角、以力的强弱裁定胜负的角抵竞技，而是衍化为表演既定的故事内容的戏剧表演。故周贻白云："假令戏剧的必备条件，必须是从故事内容出发，然后构成剧本，再通过演员们所扮人物的艺术形象而表演出来，这才可以称为戏剧的话，那么，《东海黄公》这项角抵戏，便应当成为中国戏剧形成一项独立艺术的开端。"①这种说法还是有一定道理的。

此外，汉画像石、砖所刻画的图像中还有《秋胡戏妻》、《二桃杀三士》、《聂政刺韩王》等故事情节的演出场面：

图 1-11　四川梓植县东汉墓出土秋胡戏妻画像砖拓本

图 1-12　河南南阳汉代二桃杀三士画像石刻

① 周贻白：《中国戏曲发展史纲要》，第 11 页。

图 1-13　汉武梁祠聂政刺韩王画像石拓片

这些戏虽然不能和后世的戏剧等同,但已经具有代表人物性格的角色扮演,而且用化装、语言、动作、歌唱表演故事情节,所呈现的表演形式已具备了与后来戏曲相似的一些艺术基本要素,达到了一定的艺术效果。王国维《宋元戏曲史》虽认为:"论真正之戏曲,不能不从元杂剧始也。"[①]但他在《戏曲考源》中指出:"戏曲者,谓之歌舞演故事也。"[②]我们拿这个标准来比照乐府诗,可以发现有一些乐府诗不仅仅是以一人说唱的表演形式出现,而是以两人或两人以上的戏剧表演形式出现的。并且,在表演中有人物扮演、舞蹈动作等戏剧因素的存在,可以说这些乐府诗很可能是当时戏剧演出的脚本。

综上所述,我们可以看到与乐府歌诗相关的演艺形式实际上是多样的。从乐府诗的应用范围而言,有用于歌唱音乐的,有用于歌舞音乐的,有用于说唱音乐的,也有用于扮演戏弄的,它们不仅仅是单纯的民歌,只是用于清唱而已。就歌辞体式而言,对话体语言叙事中"一人多角"、"歌者致语"、"口语叙事"、"动作演事"、"叙唱结合"等特点很有可能正是由于乐府诗为了适应歌唱、舞蹈、说唱、演剧等不同演艺形式的需要或者说由于这些表演艺术的风行而逐渐形成的。由此,我们有

---

① 王国维:《宋元戏曲史》,第 78 页,上海:华东师范大学出版社,1995。

② 《王国维文集》卷一,第 425 页,北京:中国文史出版社,1997。

理由相信有许多原生态的乐府诗实际上已经具备相当的故事性、表演性,它们有一定的人物、情节,并且是诗、乐、舞相配的表演艺术。如果说综合性、抒情性、叙事性是中国古代戏曲的文体特征,那么从这个角度来说,有相当一部分乐府诗配乐演唱、供人欣赏,在一定程度上早已经具备了戏曲文学的基本元素。

第二节 乐府诗中的对唱体

以往文学史在描述乐府文学现象时,注意到了乐府中的对唱形式,如云:"南朝民歌……有的则是男女对唱,如《那呵滩》:'闻欢下扬州,相送江津湾。愿得篙橹析,交郎到头还!''篙折当更觅,橹析当更安。各自是官人,那得到头还!'前一首为女子所唱,后一首是男子的回答。"[①]据余冠英进一步研究发现:"这种赠答在西曲里很希罕……但在《吴声歌曲》里这类诗却不少见",他认为:"《子夜歌》原来都是男女赠答之词。"[②]据《南齐书·良政传序》:"永明之世,十许年中,百姓无鸡鸣犬吠之警,都邑之盛,士女富逸,歌声舞节,袨服华妆,桃花绿水之间,秋月春风之下,盖以百数。"[③]可见江南城市富庶的经济、繁华的生活所提供的物质与文化孕育了情歌的产生。歌儿舞女所演唱的热烈情歌大量出现在百姓的婚恋、贵族的消遣、商贾的行旅生活之中。《子夜歌》"恃爱如欲进,含羞未肯前。口朱发艳歌,玉指弄娇弦"即是对歌伎唱情歌的描写。对唱是民歌的重要形式,至今在我国西北、西南等地的民间歌谣——花儿、山歌中仍然存在有唱有答这种富于表现力的艺术形式。恋爱过程中男女通过对歌交流感情,从而形成情歌演唱的传统。本节主要分析乐府诗中对唱体的类型及其体式特征,并从演唱功能的

---

① 游国恩等主编:《中国文学史》,第293页。

② 余冠英:《吴声歌曲里的男女赠答》,《古代文学杂论》,第190—197页。

③ 《南齐书》卷五三,第913页,北京:中华书局,1972。

基础上与现存江浙、湖广地区情歌对唱体相比较，力图从演唱传统的角度阐释其体式特征和艺术技巧产生的原因，进而论述乐府诗中对唱体对文人诗的影响。

一、乐府诗中对唱体的类型

乐府民歌中的对唱大多属于男女的情歌赠答，所谓“郎歌妙意曲，侬亦吐芳词”、“与郎对华榻，弦歌秉兰烛”，正是男女对歌的真实写照。但是由于不是所有的赠歌和答歌都被后世文献完整地保留下来，后世文献在编排上也不一定依照对唱原有的次序，同时也有可能又羼杂了文人作品，所以今天对于乐府诗中的对唱体不容易一一区别。尽管如此，现存乐府诗中，具有明显对唱体性质的歌诗作品还是有不少，或是初见的欣喜，或是幽会的爱怜，或是离别的忧伤，或是相思的惆怅，或是遭弃的痛苦，具备了一定的类型特征，某种程度上也反映了男女对唱的主要内容和艺术形式。通常来讲，一个地方的情歌往往与当地的婚姻习俗密切相关，情歌对唱在形式上一般以男女恋情的发展为主轴，它的各个发展阶段分别以恋情发展的相应阶段来划分歌唱程序。由此，我们来看乐府诗中对唱体的几种主要类型。

（一）见面歌

这些歌曲通常是男子通过赞美对方的衣饰或者美貌试探回音，询问是否愿意与自己交往。在对歌中，一般能得到女子的委婉应答或者明确拒绝。《子夜歌》：

> （男）[1]：落日出前门，瞻瞩见子度。冶容多姿鬓，芳香已盈路。
> （女）：芳是香所为，冶容不敢堂。天不夺人愿，故使侬见郎。

---

① 按：本文曲辞中的“男”、“女”均为笔者根据歌辞内容为之区分。下同。

前一首为男赠，称赞女子姿容美丽，芳香袭人；后一首是女答，谦逊地表示自己并不漂亮，而香气皆由香料散播，非我自生，故未足挂齿。三四句向所欢致意，热切地吐露心曲，谓天赐良缘，与男子交往感到无比荣幸。前首说"见子"，后首说"见郎"，两个"见"字，前呼后应；"芳香"一词，前后挽联。形成一唱一和的歌体特征。见面歌是男女双方初识交友的机缘，发歌巧妙，答歌机敏，真可谓关语珠玑。

在试探性的见面歌中也有用旁敲侧击法的，如《读曲歌》：

（男）：花钗芙蓉髻，双须如浮云。春风不知著，好来动罗裙。

（女）：念子情难有，已恶动罗裙，听侬入怀不？

此歌具有明显的挑逗意味，我们不妨把它视为男女双方彼此邀请歌唱。前首中的"罗裙"与第二首中的"罗裙"相呼应，暗指男女之间的亲密交往。

（二）交情歌

是倾心男女之间的一种互相赠答对唱。如《拔蒲》中：

（男）：青蒲衔紫茸，长叶复从风。与君同舟去，拔蒲五湖中。

（女）：朝发桂兰渚，昼息桑榆下。与君同拔蒲，竟日不成把。

写男女拔蒲五湖的美好情景，清新幽美的环境，浪漫多姿的情调，洋溢着一种轻松、和谐的气氛。不禁令人想起《诗经》中"采采卷耳，不盈倾筐。嗟我怀人，置彼周行"的诗句，可谓异曲同工。

铺叙相爱男女之间交情细节的唱答在吴歌西曲中一般以组曲的形式存在。如《读曲歌》：

（男）：娇笑来向侬，一抱不能已。湖燥芙蓉萎，莲汝藕欲死。

（女）：欢心不相怜，慊苦竟何已？芙蓉腹里萎，莲汝从心起。

（女）：侬心常慊慊，欢行由预情。雾露隐芙蓉，见莲讵分明。

（男）：非欢独慊慊，侬意亦驱驱。双灯俱时尽，奈许两无由。

（女）：一夕就郎宿，通夜语不息。黄檗万里路，道苦真无极。

（男）：相怜两乐事，黄作无趣怒。合散无黄连，此事复何苦！

第一组诗写男女之事，诗中各句，两两相对，男说“莲汝藕欲死”，女答“莲汝从心起”，两情相悦，痴心不改。第二组写男女情话，前首女子说我对爱情始终不渝，而你行为犹豫，暧昧不明，教我如何看得清楚，爱得真切。后首男子针对女子说“侬心常慊慊”回答道“非欢独慊慊，侬意亦驱驱”，即是说并不是你一个人忠贞不渝，我的情意也是与你紧紧跟随的呀！可以看做相爱男女之间互表忠贞。第三组写久别重逢之好，前首女子喁喁不休地向情人诉说郁结在心头之苦。男子回答说相爱是彼此快乐的事情，“合散”即配制药散，散乃药名，此二句谐音双关。以上这些曲辞主要以男女交往时的缠绵缱绻为主题，诉说恋爱中或凄婉或欢乐的百般情思。

（三）盟歌

男女定情之后，以歌誓盟，表达他们生死不渝的忠贞爱情。如《前溪歌》：

（女）：忧思出门倚，逢郎前溪度。莫作流水心，引新都舍故。

（男）：前溪沧浪映，通波澄渌清。声弦传不绝，千载寄汝名，永与天地并。

女子赠诗中的“流水”是琴乐曲名，男子答诗中的“声弦”亦指琴乐，在此以琴音长在人心，喻相忆永无断绝。这些情歌往往以物喻理，以景托

情,将心意寓于有关事象情境之中,以感化对方,如《读曲歌》:

(女):上树摘桐花,何悟枝枯燥。迢迢空中落,遂为梧子道。
(男):桐花特可怜,愿天无霜雪,梧子解千年。

(男):红蓝与芙蓉,我色与欢敌。莫案石榴花,历乱听侬摘。
(女):千叶红芙蓉,照灼绿水边。余花任郎摘,慎莫罢侬莲。

(男):种莲长江边,藕生黄檗浦。必得莲子时,流离经辛苦。
(女):人传我不虚,实情明把纳。芙蓉万层生,莲子信重沓。

第一组中女唱以"桐花"自比,以"梧子"谐音"吾子",男答"愿天无霜雪,梧子解千年"即是约定爱情的永恒。第二组以"芙蓉"双关"夫容",以"莲"谐音"怜"。男唱"莫案石榴花,历乱听侬摘",女答"余花任郎摘,慎莫罢侬莲"即是表明爱情的专一。第三组以"黄檗"双关"苦",以"莲子"谐音"怜子"。男唱"流离经辛苦"谓爱情的艰辛,女答"莲子信重沓"即是肯定爱情的忠贞。以上这些对唱中都用常见了芙蓉、莲藕、黄檗做双关,曲辞两两相对,托物寄情,将物象与人事做了完美的结合。这与民俗婚恋过程中,男女在交往时,常常通过对歌的方式,用含蓄的双关语表达海誓山盟的艺术手法非常类似。

(四)离别歌

吴歌西曲中一幕幕离别的场景,一曲曲送别的离曲,唱出了男女双方的依依不舍之情。如《子夜歌》:

(男):崎岖相怨慕,始获风云通。玉林语石阙,悲思两心同。
(女):今夕已欢别,合会在何时?明灯照空局,悠然未有期。

第二首中的"欢"应对第一首中崎岖已度,风云始通,第二首中的"别"

应对第一首中的"悲思两心同"。悠然"谐音"油然"。期,谐音"棋"。"明灯照空局"即是"不见棋","悠然未有期"即是"油然未有棋"之谐音双关语。此曲道出了恋人短暂相聚后又临分手,男女难舍难分之情。类似的还有《读曲歌》:

(男):执手与欢别,合会在何时?明灯照空局,悠然未有期。
(女):百忆却欲噫,两眼常不燥。蕃师五鼓行,离侬何太早!

前首语辞大致同于《子夜歌》,可见"合会在何时?明灯照空局,悠然未有期"这几句很有可能是离别歌中的套语。乐府诗中还有一些情歌是男性为生计所迫而长久出门,离别是难以避免的,如《那呵滩》六首可以看做是一组离别时的男女对歌:

(男):我去只如还,终不在道边。我若在道边,良信寄书还。
(女):沿江引百丈,一濡多一艇。上水郎担篙,何时至江陵。
(男):江陵三千三,何足持作远。书疏数知闻,莫令信使断。
(女):闻欢下扬州,相送江津弯。原得篙橹折,交郎到头还。
(男):篙折当更觅,橹折当更安。各自是官人,那得到头还。
(女):百思缠中心,憔悴为所欢。与子结终始,折约在金兰。

首唱远行的男子向别离的恋人许诺:一旦船行靠岸就会给你写信的。接着送行女子咏唱对男子行程的关心和忧虑:怨恨山高路远,盼望情人来信,算计归来时间。第三首男子再一次劝慰伤别的恋人:我去的地方并不遥远,一定经常跟你保持联络。第四首为女子赠别之作,希望篙断橹折,教郎去不成,半路上又转头回家。第五首是情人的答诗,说我们都是应官差的驾船人,哪能因篙橹折了而倒头回来呢?女子最后无奈地唱出心中的幽怨和对男子忠贞的爱情。难舍难分是离别时当事人的共同感受,不同于抽象的抒情诗,这组对歌表现了男女双方各自的情感态度,如女唱“交郎到头还”,男答“那得到头还”。并由对唱内容的变化展现了道边寄书、江陵水路、渡口相送等富有表现力的场景。这些诗歌的体式特征大概与它们的表演形式相关。

(五)相思歌

相思是情歌对唱中必有的主题,相思之情,缠绵悱恻,真切感人。如《前溪歌》:

(女):逍遥独桑头,北望东武亭。黄瓜被山侧,春风感郎情。

(男):逍遥独桑头,东北无广亲。黄瓜是小草,春风何足叹,忆汝涕交零。

此二首诗,句句针对,诉说相思之情。

情歌中有唱相思催人老的,如《子夜四时歌·冬歌》:

(女):适见三阳日,寒蝉已复鸣。感时为欢叹,白发绿鬓生。

(男):严霜白草木,寒风昼夜起。感时为欢叹,霜鬓不可视。

岁末寒冬、寒风寒蝉,相思人不见,二毛已生。

情歌中有感叹相思之苦的,如《子夜歌》:

(女):自从别郎来,何日不咨嗟。黄檗郁成林,当奈苦心多。

(男):高山种芙蓉,复经黄檗坞。果得一莲时,流离婴辛苦。

女子的唱词中以黄檗味苦双关别绪心苦。男子的答词中以“莲”隐“怜(怜爱)”,黄檗心苦,种荷高山(荷本不应种在高山上),采莲就要从黄檗坞经过,即使真的能够得到莲子,不知经历了多少辗转周折,受了多少辛苦,通过感叹相恋之艰难来慰勉爱人。类似的有《子夜四时歌·春歌》:

(女):自从别欢后,叹音不绝响。黄檗向春生,苦心随日长。

(男):昔别雁集渚,今还燕巢梁。敢辞岁月久,但使逢春阳。

前诗是女子的“道苦”之辞,“苦”字双关黄檗味苦,相思情苦。在男子的答诗中表示劝慰:别离的日子虽不少,能及时归来也就可慰了。情歌中有因相思而无心梳洗、无绪茶饭以至憔悴甚至肝肠寸断的,如《读曲歌》:

(女):縠衫两袖裂,花钗须边低。何处分别归,西上古余啼。

(男):所欢子,不与他人别,啼是忆郎耳。

(女):逋发不可料,憔悴为谁睹?欲知相忆时,但看裙带缓几许。

(男):忆欢不能食,徘徊三路间,因风觅消息。

“啼是忆郎耳”是因相思而哭泣,“裙带缓几许”是因相思而憔悴。情歌中也有化相思之情为动力殷勤备寒衣的。《子夜四时歌·夏歌》:

(男):春倾桑叶尽,夏开蚕务毕。昼夜理机缚,知欲早成匹。

(女):田蚕事已毕,思妇犹苦身。当暑理絺服,持寄与行人。

《子夜四时歌·秋歌》:

(男):风清觉时凉,明月天色高。佳人理寒服,万结砧杵劳。

(女):白露朝夕生,秋风凄长夜。忆郎须寒服,乘月捣白素。

以上两首曲辞都表现了女子制衣送情郎的情形。

（六）情变歌

一般以男女之间感情破裂为主题，如《前溪歌》：

（女）：黄葛生烂熳，谁能断葛根。宁断娇儿乳，不断郎殷勤。
（男）：黄葛结蒙笼，生在洛溪边。花落逐水去，何当顺流还，还亦不复鲜。

第一首是表白不离不弃之情，第二首则表示覆水难收之意，是决绝之辞。情变的原因有恋爱双方被家里的人知道而予以阻止。如《欢闻变歌》：

（男）：金瓦九重墙，玉壁珊瑚柱。中夜来相寻，唤欢闻不顾。
（女）：欢来不徐徐，阳窗都锐户。耶婆尚未眠，肝心如推橹。

前诗歌是男子埋怨责备的口吻：我半夜来找你，叫唤你，你听到了都没有回应。后诗是女子的回答：你来得不是时候，家人都没有睡觉，我生怕他们发现也是心急如焚啊！“耶婆尚未眠”表示他们需要回避着家人交往。试探阶段的感情不一定得到家人的允许，如《华山畿》中有：“未敢便相许，夜闻侬家论，不持侬与汝。”《懊侬歌》中有：“懊恼奈何许，夜闻家中论，不得侬与汝。”即是说男女之间的交往遭到家人的阻止。正因为现实的困难，便有了难成眷属的惆怅，如《子夜歌》：

（男）：见娘喜容媚，愿得结金兰。空织无经纬，求匹理自难。
（女）：始欲识郎时，两心望如一。理丝入残机，何悟不成匹。

前诗中男子爱慕女子美丽的容颜，愿与其缔结金兰之好，然而“空织无经纬”苦于匹配的困难。答诗中女子表示开始时也盼望两心如一，喜结良缘,“理丝”中“丝”谐“情思”的“思”。孰料最终劳燕分飞,未成匹配。“理丝入残机”,意谓将理好的丝安在残破的丝机上,哪知道这是织不成布匹的,暗喻双方不能匹配成夫妇。两情不谐,爱情无望。正如现实中情变一样,也有双方互相猜忌,一方移情别恋,第三者出现等情况,如《子夜歌》:

(女):感欢初殷勤,叹子后辽落。打金侧玳瑁,外艳里怀薄。
(男):初时非不密,其后日不如。回头批栉脱,转觉薄志疏。

是责怨对方情衰,“打金侧玳瑁”是说金箔镶嵌在玳瑁上,“箔”与“薄”同音双关,“外艳里怀薄”表面上是形容金箔,实际上是指责薄情郎。对自己感情的变化直认不讳。“回头批栉脱”隐着“梳”字,“梳”与“疏”同音。人情渐疏与梳篦日久变疏一样不足为奇。类似的还有《读曲歌》:

(女):登店卖三葛,郎来买丈余。合匹与郎去,谁解断粗疏。
(男):君行负怜事,那得厚相于。麻纸语三葛,我薄汝粗疏。

女唱以剪“断”之断双关分手之“断”,以葛布的“粗疏”双关人感情的“粗疏”,暗指质朴的爱情,男答以麻“薄”葛“粗”双关感情的浓与淡,说我首先做了辜负你的事情,哪里还值得你这样情深意重,就好像薄麻与粗葛一样,我寡情,你情重啊!

二、乐府诗中对唱体的体式特征

通过以上分析可见:男女赠答和人们的风俗习惯、生活方式等密切相关,大多数情歌的生产和消费源于人们的日常生活,是人们结恩情、做恋爱所用乐歌。乐府诗中对唱体的运用在演唱功能上有类似现存江浙、湖广地区的情歌对答。它们在诗体特征上也受到这种演唱传统的影响。

(一) 情歌对唱传统的程式化特征

情歌对唱是诉诸表演的艺术形式,在长期的实践中必然形成一定的规范,讲究一定的规则。这些体式特征在一定程度上可以看成是演唱传统中形成的程式。《中国大百科全书》(戏曲曲艺卷)卷上:"立一定之准式以为法,谓之程式。"[①]以下从乐府诗主题、曲调以及语言等方面看情歌演唱传统与对唱体程式化特征的关系。

1.演唱程式的发展同于恋情主题的发展。虽然我国古代的爱情题材诗歌萌芽于原始歌谣时代,表现男女之间的离愁别绪、相思寄远的作品在《诗经》、《古诗十九首》中并不鲜见,然而在乐府诗的情歌对唱体中,我们发现它们并不单纯是泛咏情爱的相悦之曲或极写离情的相思之辞,而经常以某一曲调组曲的形式表现一定情节中男女之间的相互赠答,既有询问和表白,也有抱怨和劝慰等表现感情波动和变化的主题,如《子夜歌》四十二首中"落日出前门,瞻瞩见子度。冶容多姿鬓,芳香已盈路"是初识之喜,"揽枕北窗卧,郎来就侬嬉。小喜多唐突,相怜能几时"是交情之欢,"今夕已欢别,合会在何时?明灯照空局,悠然未有期"是离别之苦,"夜长不得眠,明月何灼灼。想闻散唤声,虚应空中诺"是相思之情,"常虑有贰意,欢今果不齐。枯鱼就浊水,长与清流乖"是情变之怒。可见歌辞往往表现恋情发展的某一阶段,尤其是爱情中的冲突。乐府诗这种不同于他类文学作品的爱情主题可能与其作为表演艺术的性质相关。情变、婚变是社会各色民众都感兴趣的题材,也为音乐文艺如说唱、戏曲等民间俗文学所常见。

洪顺隆《从六朝民歌看原始阿注婚残迹》采用现存风俗与六朝民歌互证的方法认为六朝民歌中的异性求爱还保存有原始阿注婚的残迹,而西南一些民族的婚俗中仍有所表现。[②] 对乐府诗民族婚俗的研

---

① 《中国大百科全书》(戏曲曲艺卷),第21页,北京:中国大百科全书出版社,1983。

② 《许昌师专学报》1998年第3期。

究为我们深入了解情歌对唱体提供了一定的参照。乐府诗中情歌对唱体程式的形成与当地的风俗习惯尤其是婚恋传统有着密切的关系。以歌传情,以歌求偶,这是南方诸多少数民族的传统习俗。南方各民族情歌在创作流行过程中,形成了自己的传统套数,歌者可根据自己当时的处境和心境,选择其中某些作品略作加工后抒发自己的情感。吴歌西曲的产地是扬州和荆州,即是今天的江浙一带,是夏禹的后裔越人(百越)的散布区;荆州,即今湖南省、湖北省及四川省东南部,贵州东北部及广西壮族自治区全县、广东省北部的连县之地,也是夏民族后裔与楚民族的分布区。在六朝时代,扬州以建业、会稽一带为中心,荆州以江陵、襄阳等地为核心,它们都分别是吴歌、西曲的重要产地。汉魏六朝时生活在荆、扬一代的越人,在越人的后裔纳西族人那里,乐歌至今还是他们生活里的重要节目。[①]《南越笔记》引晋人沈怀远《南越志》记载:"越之市名曰圩,多在村场,先期招集客商或歌舞以来之,荆南岭表皆然。"[②]刘锡番《岭表纪蛮》中说:"(壮乡)蛮人无论男女,皆认歌唱为其人生观之切要问题,人而不能歌唱,在社会上即枯寂寡欢,即缺乏恋爱求偶之可能性;即不能号为通经博古,而为一蠢然如豕之顽民。"[③]男女相聚于前溪水滨共乐之时,也少不了像今天仍然看到的壮族歌圩那样,出现"唱歌为戏"、"依歌择配"的情境意境。

民俗歌谣的演唱传统往往能够形成对歌的有序性。在壮族"歌圩"、苗族的"赶坡"、瑶族的"歌堂"、侗族的"踩歌堂"等传统歌谣中都有其规定的演唱程序和约定俗成的演唱内容。如壮族歌圩有着一套从"见面歌"到"对歌"、"交情"、"别离"的歌唱程序和场面。歌圩程式的发展是以男女恋情的发展为主轴,它的各个发展阶段分别以恋情发展

---

① 参见洪顺隆《从六朝民歌看原始阿注婚残迹》,《许昌师专学报》1998 年第 3 期。

② (清)李调元:《南越笔记》卷一,第 7 页,《丛书集成初编》,第 3125 册,北京:中华书局,1985。

③ (清)刘锡番:《岭表纪蛮·歌谣》,第 156 页,上海:商务印书馆,1934。

的相应阶段来划分，共分为八个阶段。双方初次见面，首先唱“见面歌”（又称“初会歌”），以示礼貌，接着相互试探对方的家庭住址、姓名、身份等，互相了解之后便开始第二阶段“求歌”，一般是男方邀请女方正式对歌，女方若被其诚意打动，则开始和歌作答，这是“接歌”阶段；双方一问一答相互盘问以此来考验对方的聪明才智，这是“和歌”之后必经的“盘歌”阶段；若彼此相互倾慕便以歌暗示爱恋互相赞美，如有唱到：“妹你长得好端庄，头上插花十二行；十二行花来比妹，行行逊色又逊香。”这是歌圩发展到第五阶段唱的初恋的“交情”歌。如果双方情投意合，便对唱“定情歌”，互赠信物以为定情，并且海誓山盟：“生不丢来死不丢，除非棉花变石头；除非卵石浮出水，卵石浮水也不丢。”“盟歌”之后歌圩也将要结束，热恋中的男女即将作暂时的分别，依依不舍地抒唱“别歌”千叮咛万嘱咐凄婉动人，歌圩到此也就“闭幕”了。从上述过程可以看出恋情的发展随着歌圩发展的程式步步推进逐渐加深，同时随着恋情的发展又推动程式向前发展，程式与恋情两条线索结合在一起浑然一体，不可分割。这样每一次歌圩从一开始到结束，都贯穿着恋人从相识相知到相恋这一婚恋过程。①

通过前文对乐府诗中对唱体主题类型的分析，虽然我们无法知道乐府诗中的对唱体情歌是否跟歌圩那样，有一套从“见面歌”到“对歌”、“交情”、“别离”的歌唱程序和场面，但情歌对唱体的内容几乎涵盖了男女恋爱的全过程，尤其在《子夜歌》、《读曲歌》等大型组诗中各诗之间仍然能体现恋情发展的程式，这种主题结构一方面可能是受到当时情歌演唱传统的影响，在歌唱程序中不同主题的歌辞有着表现男女恋爱不同阶段的文体功能，另一方面程式化的歌辞本身也可以方便歌者根据不同的场合选取其中某个主题对唱。这是乐府诗受到音乐艺术表演的影响在主题上不同于一般爱情诗歌的地方。

---

① 黄玉淑：《广西歌圩与西北“花儿”会情歌对唱活动之婚恋文化内涵比较》，《中南民族大学学报》2003 年第 2 期。

2. 在情歌对唱体曲调中有一种常见的形式便是以季节变更为主题的乐歌，类似于现存民歌中的《四季相思》。一般来说，这种曲调的谋篇布局存在固定的格式，可以看成曲调定格。如乐府诗《子夜四时歌》中以春、夏、秋、冬的情景模式表达男女之间的相思情意。《春歌》：

(男)：妖冶颜荡骀，景色复多媚。温风入南牖，织妇怀春意。
(女)：明月照桂林，初花锦绣色。谁能不相思，独在机中织。

前诗男子说在春光明媚的季节，织妇的情思应该有些异样了吧？女子的答词回应说正是如此。《夏歌》：

(男)：高堂不作壁，招取四面风。吹欢罗裳开，动侬含笑容。
(女)：反覆华簟上，屏帐了不施。郎君未可前，等我整容仪。

表现了夏日男女两情款洽的暧昧场景，唱词中男子言笑晏晏，答词中女子娇憨可人。"整容仪"对应前诗中的"罗裳开"。《秋歌》：

(男)：开窗秋月光，灭烛解罗裳。合笑帷幌里，举体兰蕙香。
(女)：凉秋开窗寝，斜月垂光照。中宵无人语，罗幌有双笑。

表现了秋夜闺房男女交接时的欢乐。"兰蕙香"是男子对女子的赞美。前诗中"合笑帷幌里"与答诗中"罗幌有双笑"相对。《冬歌》：

(女)：何处结同心，西陵柏树下。晃荡无四壁，严霜冻杀我。
(男)：蹑履步荒林，萧索悲人情。一唱泰始乐，枯草衔花生。

表现了寒冬时节男女在荒郊野岭约会时的情景。女子在唱诗中抱怨天寒地冷，男子在答诗中前诗中尽管寒冬的萧索让人感到悲凉，然而当我们唱起那欢乐的歌谣啊，便会感觉到草长花开的生机。言男女的相会给彼此带来了欢乐和欣慰。“泰始”有万物开始的意思，前句曲名中暗含着下句的意思。前诗中“西陵柏树下”与“荒林”相对。

可见乐府诗中的《子夜四时歌》就是各就四季景物，歌唱情思。这种歌体形式本身非常有利于男女双方反复表达恋爱过程中愁肠百结的情怀。因为春、夏、秋、冬四时从时间上构成了一个循环的整体。民歌中类似的曲调还有“五更调”或者“十二月调”，如乐府诗中有伏知道的《从军五更转》以及西曲歌《月节折杨柳歌十三首》，甚至在唐代讲唱中的《五更转》、《十二时》也都是常见的曲调。一般来说，情歌对唱体中，这样的乐曲都有一定的组织形式，它们都有分时组合的定格，故称分时定格联章，歌诗内容和形式基本与乐调相适应，其整体结构合于乐调的结构。在长久的歌唱实践中，形成了一定的程式规范。

3. 我们经常看到乐府诗中情歌对唱体曲辞有互相借用的例子，如：

暂出白门前，杨柳可藏乌。欢作沉水香，侬作博山炉。

（《读曲歌》）

暂出白门前，杨柳可藏乌。欢作沉水香，侬作博山炉。

（《杨叛儿》）

黄鹄参天飞，半道郁徘徊。腹中车轮转，君知思忆谁。

（《黄鹄曲》）

黄鹄参天飞，中道郁徘徊。腹中车轮转，欢今定怜谁。

（《襄阳乐》）

侬心常慊慊，欢行由预情。雾露隐芙蓉，见莲讵分明。

（《读曲歌》）

我念欢的的，子行由豫情。雾露隐芙蓉，见莲不分明。

（《子夜歌》）

阳春二三月，正是养蚕时。那得不相怨，其再许侬来。

（《孟珠》）

阳春二三月，相将舞翳乐。曲曲随时变，持许艳郎目。

（《翳乐》）

以上这些不同曲调的歌辞或完全相同或非常相似。情歌对唱中类似或重复语言的出现大概源于情歌对唱的音乐套式大致相同，重句实际上是套语的一种特殊形式，指在一套之内反复出现的话语。重句的音乐结构和调式基本相同，因而容易使用相同的歌辞。乐曲中相同或相近语汇的出现与当时的演唱传统相关如：

江陵三千三，西塞陌中央。但问相随否，何计道里长。

（《襄阳乐》）

江陵三千三，何足持作远。书疏数知闻，莫令信使断。

（《那呵滩》）

江陵去扬州，三千三百里。已行一千三，所有二千在。

（《懊侬歌》）

闻欢下扬州，相送楚山头。探手抱腰看，江水断不流。

（《莫愁乐》）

闻欢下扬州，相送江津弯。原得篙橹折，交郎到头还。

（《那呵滩》）

以上这些不同曲调写离别场景都提到“江陵”和“扬州”，并且语言完全相同或相似。据考证，吴歌西曲中的扬州实际上是指南朝的京城建业。建业和江陵是当时扬、荆两州的州治所在地，南朝的富庶地区，首推荆、扬二州。当时许多商贾就沿着长江往返于江陵、建业两大城市间，贸迁有无以致富。[①] 正因为如此，那个时代情歌中男女离别的重要原因就

---

① 参见王运熙《吴声、西曲中的扬州》，《乐府诗述论》，第455—458页。

是男子要前往江陵或扬州做生意,歌辞本身体现了那个时代的商旅风俗。同时我们也有理由相信这种风俗逐渐形成了情歌演唱中的传统,歌辞中类似语言的出现是歌手为了体现离别场景而采取的一种固定套语式的描述方式,并不是说那个时代男女的离别一定是男子前往扬州或江陵。很有可能当时的歌手提到离别场景时,便会固定使用这样的套语来进行歌唱。

歌辞的类似不仅在横向比较中有较多相同相似之处,在不同时代的纵向比较中我们也得出了同样的结果。如流传至今的岭南壮族五言体民歌与乐府诗中的吴歌西曲有着诸多联系:

夜长不得眠,明月何灼灼。想闻欢唤声,虚应空中诺。

(《子夜歌》)

天黑靠窗前,看月伴星星,风吹花草动,我疑是情人。

(壮族民歌)

怜欢敢唤名,念欢不呼字。连唤欢复欢,两誓不相弃。

(《读曲歌》)

夜深坐灶边,拿炭画哥像,哥现在眼前,低头细声喊。

(壮族民歌)①

时代不同的两首歌辞虽有不少变异,但表现的都是同一程式——相爱男女间的相互思念。第一组诗歌都是表现女子在月光如水的夜晚思念情人,前者仿佛听到静谧的夜空中传来某种声音,她以为是情人,还情不自禁地答应了一声。后者看见风吹草响,花影动,便以为是情人的来临。情痴、迷醉之貌二者相似。第二组诗歌中,前者对着情人既不叫名又不称字,只是连声叫“欢”,后者则是对着情人的炭画像细声喊“哥”。

---

①　参见张声震主编《壮族民歌古籍集成》,南宁:广西民族出版社,1997。

情意、神态之状二者雷同。

受到情歌演唱传统的影响，歌辞不仅在情节构思上相似，在体式结构、修辞方式上也有相近的地方，如：

欢相怜，今去何时来？裲裆别去年，不忍见分题。

欢相怜，题心共饮血。梳头入黄泉，分作两死计。

（《读曲歌》）

妹相思，不作风流待几时？只见风吹花落地，不见风吹花上枝。

妹相思，蜘蛛结网恨无丝，花不年年长在树，娘不年年伴女儿。

（《女相思曲》）[①]

两诗组皆首句全同，《读曲歌》为三言加三句五言，《女相思曲》为三言加三句七言，句式结构相似。《读曲歌》第二首中的“题”承接第一首句尾的“题”，《女相思曲》第二首中的“蜘”承接第一首句尾的“枝”。二者读音相同，都类似于民歌中的接麻式。《读曲歌》中的“裲裆”是指一种长度仅至腰而不及于下，且只蔽胸背的上衣。形似今之背心。《释名·释衣服》：“裲裆，其一当胸，其一当背，因以名之也。”[②]歌辞中的“不忍见分题”即是以“题”谐“提”，“分题”即是“分提”，指解开裲裆，暗示分离。《女相思曲》以花喻青春年华，以“丝”谐“思”。在修辞套路上它们之间的承继关系也是非常明显的，朱彝尊《明诗综》卷九六著录《女相思曲》二首王贻上注云“虽侏儒之音与乐府《子夜》、《读曲》相近”[③]正是这个意思。可见程式是情歌演唱过程中长期积累的结果，程式一旦形成，便具有顽强的生命力。语言风格、句式结构、修辞习惯等

① 朱彝尊：《明诗综》卷九六，《景印文渊阁四库全书》本，台北：台湾商务印书馆，1983。

② （汉）刘熙：《释名》卷五，第79页，《丛书集成初编》本。

③ 朱彝尊：《明诗综》卷九六，《景印文渊阁四库全书》本。

方面有着相似性。

（二）与情歌对唱形式相适应的对句结构

对唱的基本形式即互相唱和。《诗经·郑风·萚兮》："萚兮萚兮，风其吹女。叔兮伯兮，倡予和女。"[①]即是对男女唱和形式的描写。《卫风·木瓜》："投我以木瓜，报之以琼琚。匪报也，永以为好也！""投我以木桃，报之以琼瑶。匪报也，永以为好也！"则是倾心男女的一种互相赠答对唱。对唱也是汉代相和歌最初的歌唱形式，《宋书·乐志》曰："但歌四曲，出自汉世。无弦节，作伎最先，一人唱，三人和……相和，汉旧曲也。丝竹更相和，执节者歌。"[②]可见汉代的但歌，也就是不配乐器的徒歌，其演唱形式是由一个人主唱，三个人相和。汉代的相和歌，是由那个手里拿着称之为"节"的乐器的人，一面打着节拍，一面唱歌。其他人在一旁用弹弦乐器或管乐器伴奏。而在以吴声西曲为主的南方情歌中，男女之间的一赠一答则是对唱的基本表现方式。

正因为音乐中的对歌一般来说指两人交替歌唱，所以，多数对唱大体上来讲都是以两首为一个基本单元。在句子安排上，一个内容完整的整句由上、下两个分句组成，对唱的基本单元即语言文本单元的诗学单元与音乐背景之间的关系，这也是汉藏语系许多传统民族歌谣的一个显著特点。曲调为文本的即兴演唱提供了节奏样板。一般来说，诗行是由四行诗句组成一个"诗节"，在一个"诗节"中，每行之间的平行性和相似性在于四行诗的结构当中。每一个"诗节"都可以分为两行一节的两个部分，我们可以看作是对唱的"对句"。在对唱过程中，因为"对句"行的停顿与音乐性结构，歌手们唱至两行旋律时总是伴随着和谐的级进旋律。作为对唱型的诗体是一种具有相对稳定节奏的诗行，每一行都有一定数量的音节。对唱所用曲调，或相同或不同，或用

---

① （清）王先谦：《诗三家义集疏》卷五，第356页，北京：中华书局，1987。

② 《宋书》卷二一，第603页。

问答方式,或用接续方式。以相互配合为原则。由于情歌对唱的形式不同,对唱体曲辞句与句之间,即“对句”之间的关系也不同,以下我们总结对唱体曲辞中常见的几种对句结构:

1. 问答式。如《子夜四时歌 · 冬歌》:

(女):渊冰厚三尺,素雪覆千里。我心如松柏,君情复何似?

(男):涂涩无人行,冒寒往相觅。若不信侬时,但看雪上迹。

第一首是女子的询问之辞,我的心坚贞如岁寒不凋的松柏,你的情意又像什么呢?第二首是男子的表白之辞:天寒地冻,人迹罕至,我冒着严寒,踏雪造访,你若还不信我的心诚意切,可以去看看雪地里我留下的脚印啊!乐府情歌中表示问答的例子很多,如《子夜歌》:“欢从何处来?端然有忧色。”《子夜四时歌 · 冬歌》:“何处结同心?西陵柏树下。”《读曲歌》:“何处分别归?西上古余啼。”《莫愁乐》:“莫愁在何处?莫愁石城西。”《月节折杨柳歌》:“芙蓉始怀莲,何处觅同心?”等等。可见问答体是对唱的句式之一。

2. 唱和式。和声一般来讲是歌曲衬词中由他人应和帮腔的部分。如“贺贺贺”、“何何何”之类的。唐代歌曲中的和声,有和于句中与句尾的,如皇甫松《竹枝词》即以“竹枝”二字和于句中,以“女儿”二字和于句尾。也有隔句变幻和声的,如皇甫松《采莲子》,第一、三句,以“举棹”和于句尾,第二、四句,以“年少”和于句尾。① 吴声、西曲中许多情歌都有和、送声,如《子夜变歌》,《乐府诗集》引《古今乐录》曰:“《子夜变歌》前作‘持子’送,后作‘欢娱我’送。”《欢闻歌》,《乐府诗集》引《古今乐录》曰:“歌毕辄呼‘欢闻不?’以为送声,后因此为曲名。”按照唐代的和声形式,我们可以把吴声、西曲中的和、送声安排在歌辞里,形成帮腔的形式。但有些歌辞的和、送声相对比较长,把它们安排在歌辞

---

① 《中国音乐词典》,第153页,北京:人民音乐出版社,1984。

里很可能就形成对唱的形式，如《西乌夜飞》，《乐府诗集》卷四九引《古今乐录》："《西乌夜飞》者……歌和云：'白日落西山，还去来。'送声云：'折翅乌，飞何处，被弹归。'"[①]又据《乐府诗集》卷二六："吴声、西曲前有和，后有送。"[②]《西乌夜飞》曲辞每首四句，"和声"可以安排在第二句之后，"送声"则安排在尾句之后，这样恰好形成男女二重唱：

唱：日从东方出，团团鸡子黄。
和：白日落西山，还去来。
唱：夫归恩情重，怜欢故在傍。
送：折翅乌，飞何处，被弹归。

不同于以简短词汇为帮腔，这些和、送声本身就是意义完整歌句，它们与歌辞的交替演唱实际上构成了歌曲的对唱形式。正因为如此，我们看到相同形式乐府诗中出现大量和、送声为完整语句的例子，如《三洲歌》，《古今乐录》："歌和云：'三洲断江口，水从窈窕河傍流。欢将乐，共来长相思。'"[③]《襄阳蹋铜蹄》，《古今乐录》："和云：'襄阳白铜蹄，圣德应乾来。'"[④]《那呵滩》，《古今乐录》："其和云：'郎去何当还。'"[⑤]《江南弄》，《古今乐录》曰："《江南弄》三洲韵。和云：'阳春路，娉婷出绮罗。'"[⑥]这种体式现象的出现大概与对唱中的和、送声相关。

3. 重复式。如：

夏口樊城岸，曹公却月戍。但观流水还，识是侬流下。

---

① 《乐府诗集》卷四九，第 722 页。

② 《乐府诗集》卷二六，第 377 页。

③ 《乐府诗集》卷四八，第 707 页。

④ 同上书，第 708 页。

⑤ 《乐府诗集》卷四九，第 713 页。

⑥ 《乐府诗集》卷五〇，第 726 页。

夏口樊城岸，曹公却月楼。观见流水还，识是侬泪流。

（《吴歌》）

阳春二三月，草与水同色。攀条摘香花，言是欢气息。
阳春二三月，草与水同色。道逢游冶郎，恨不早相识。

（《江陵乐》）

碧玉小家女，不敢攀贵德。感郎千金意，惭无倾城色。
碧玉小家女，不敢贵德攀。感郎意气重，遂得结金兰。

（《碧玉歌》）

桃叶复桃叶，渡江不待橹。风波了无常，没命江南渡。
桃叶复桃叶，渡江不明楫。但渡无所苦，我自来迎接。

（《桃叶歌》）

夜相思，投壶不停箭，忆欢作娇时。
夜相思，风吹窗帘动，言是所欢来。

（《华山畿》）

我们看到以上这些乐府诗中在同一曲调中出现大量对唱句式重复：《吴歌》第一句完全重复，第二、第四句除了各由“戍”换“楼”、“但观”变为“观见”、“侬流下”变为“侬泪流”外，其余完全重复。《江陵乐》第一、第二句相同，第三、第四句相对。《碧玉歌》首句重复，第三、四句的前两字“不敢”以及“感郎”相同，后三字“攀贵德”与“贵德攀”、“千金意”与“意气重”相似。《桃叶歌》中首句相同，第二句“渡江不待橹”与“渡江不明楫”相近。《华山畿》中首句重复，第二、第三句互相呼应皆写相思，形成对答。重句联章是歌谣中常见的结构形式，如《情歌唱答》中《举子别妻》：

男：新买葵扇画枝花，嘱妹在屋爱做家！
　　百二两银买丝线，嘱妹在家学做花。

女:新买葵扇画枝花,嘱郎走里爱顾家!
百二两银买管笔,祝郎上京中探花。[①]

此类歌辞的特征是,同一组歌辞中每一首的固定位置都重复着同样的语句。顾颉刚《论诗经所录全为乐歌》(上)认为:“对山歌因问作答,非复沓不可。”[②]钟敬文在研究民歌中的复叠现象时指出:“这种歌(畬歌)的回环复沓,不是一个人自己唱,而是两人以上的和唱。”[③]重复套语的使用不仅有利于记忆、流传,而且便于两个或两个以上的人参加歌唱,从而形成对歌的场面。可见重复体也是对唱的句式之一。

4.联歌式。如《寿阳乐》:

(男):可怜八公山,在寿阳,别后莫相忘。
(女):东台百余尺,凌风云,别后不忘君。

这是男女互诉别情的联章之作。第一首为男子之辞,可爱的八公山哟,在寿阳,分别之后莫要忘记哟!歌辞中暗藏着对八公山情事的甜蜜回忆。第二首为女子之辞,是对上一首的回答:东台高高百余尺,直插风云哟,别后不会忘记你啊!表白自己凭高远望,思念爱人的真诚。又如《华山畿》:

(女):相送劳劳渚,长江不应满,是侬泪成许。
(男):奈何许,天下何人限,慊慊只为汝。

这两首也是一意相承的送别诗,女子先说:我和你送别在劳劳渚,长江

① 丘峻:《情歌对答》,第25页,南京:国立中央大学语言历史学研究所,1928。
② 《北京大学研究所国学门周刊》1927年第10期。
③ 钟敬文:《民间文艺丛话》,第145页,广州:国立中山大学语言历史研究会,1928。

本来没有这么满,都是我的眼泪流成这样的啊！男子回应:为何是这样情深义重呢？天下的人多得很,我只牵挂着你！互相连属。这种对唱形式很容易让人想到后来的“联歌”如刘禹锡《竹枝词序》云:“四方之歌,异音而同乐。岁正月,余来建平(今重庆市巫山)。里中儿联歌竹枝,吹短笛击鼓以赴节,歌者扬袂杂舞,以曲多为贤。”①可见联歌也是对唱的形式之一,有白居易《种柳三咏》:“仍教小楼上,对唱柳枝歌。”②所谓“联歌竹枝”,即用同一“竹枝”调,一个接一个地唱。以不同的变体,将多段即兴编就的歌辞连缀起来,轮转地边歌边舞,以唱得最多为佳。我们发现乐府诗中大量的吴声西曲的歌辞也不是孤立存在的,它们总是相互牵连,形成组歌如《子夜四时歌》、《大子夜歌》。这些作品都是由若干首歌组成一个长大的篇章,这可能受了南方民族传统歌谣的影响,也可能是根据男女对歌的需要化整为零的结果。

(三)情歌对唱技巧的修辞方式

双关谐音是民歌中常用之修辞手法,早在《越人歌》中就已经出现,如“山有木兮木有枝,心悦君兮君不知”,以“枝”言“知”。这种修辞方式在乐府民歌中的大量出现体现了我国歌谣语言的特点,也是民歌中常用的演唱技巧之一。朱自清指出:“‘吴声西曲’的特色是徐中舒先生所谓‘谐音词格’。谐音词格是隐语的一种。(以下采录徐先生语)我国文字属于单音系,一个字只有一个音,所以同音的文字非常的多。因为音同义异的缘故,平常谈话中间,就往往引起人家的误会。此种困难,实是中国文字的缺点。但是在修辞学中,有时也能利用这种同音异义的文字,构成双关的谐音词格。谐音词格的妙处,就是言在此意在彼。这一类的修辞,在诗人的作品里很不多见,而民间的口语里,或

---

① (唐)刘禹锡著,陶敏、陶红雨校注:《刘禹锡全集编年校注》,第317页,长沙:岳麓书社,2003。

② (汉)刘向撰,向宗鲁校证:《说苑校证》卷十一,第279页,北京:中华书局,1987。

方俗文学里，则非常的多。”①借字寓意之法不仅吴地歌曲中如此，在其他民歌中的也大量存在。如李调元《南越笔记》中记载广东歌谣云：

> 其短调踏歌者，不用弦索，往往引物联类，委曲譬喻。多如《子夜》、《竹枝》。如曰“中间日出四边雨，记得有情人在心”，曰“一树石榴全着雨，谁怜粒粒泪珠红”，曰“灯心点着两头火，为娘操尽几多心”，曰“妹相思，不作风流到几时，只见风吹花落地，哪见风吹花上枝”。《蜘蛛曲》曰“天旱蜘蛛结夜网，想晴只在暗中丝”，又曰“蜘蛛结网三江口，水推不断是真丝”，又曰“妹相思，蜘蛛结网恨无丝，花不年年在树上，娘不年年作女儿”。《竹叶歌》曰“竹叶落，竹叶飞，无望翻头再上枝。担伞出门人叫嫂，无望翻头做女时”。《素馨曲》曰“素馨棚下梳横髻，只为贪花不上头，十月大禾未入米，问娘花浪几时收”。②

“借字寓意”即主要采取谐音双关的修辞方式，它在民歌中的使用体现了歌手的演唱技巧，如清人屈大均《广东新语》卷一二《诗语》“粤歌”条中，说：“粤（越）俗好歌，凡有吉庆，必唱歌以为欢乐，以不露题中一字，语多双关，而中有挂折者为善。挂折者，挂一人名于其中，字相连而意不相连者也。其歌也，辞不必全雅，平仄不必全叶，以俚语土音衬贴之，唱一句或延半刻，曼节长声，自回自复，不肯一往而尽，辞必极其艳，情必极其至，使人喜悦悲酸而不能已。”③可见双关修辞在歌唱中的重要意义，成为评判对歌技巧高低的标准之一。在现存的民歌中，谐音双关的修辞方法仍然比较常见。如借字谐音，在纳西语叫中“增居”。这是构成“纳西味”的不可缺少的一个重要特点。它往往同先言他物以

① 朱自清：《中国歌谣》，第79—81页，上海：复旦大学出版社，2004。

② （清）李调元：《南越笔记》卷一，第9页，《丛书集成初编》本。

③ 屈大均：《广东新语》（下），第358页，北京：中华书局，1998。

引起所咏之词的“兴”结合在一起。主句和副句之间,除了内容上有所联系外,比兴句中的某一字的读音与主句中某一字的读音相同而和谐,称为借字谐音,即主句借副句的一个同音字,念起来谐韵。有同字同音的,如:“雉鸡尾巴长,不见久长了。鸽子尾巴圆,相见又圆圆。”第一句中表长度的“长”与第二句表久长的“长”,第三句中的“圆”与第四句中的“圆”。也有异字同音的,如:“竹篾编盒子,心心相合了。阿喜辣子辣,心里多辣疼。”“盒”与“合”,辣味的“辣”与辣疼的“辣”,字义不同,但音同,可以借以和谐。像这样的“增居”越多,诗句越美丽,声韵越和谐,节奏越鲜明,念诵越顺嘴。“增居”用得多不多,美不美,巧妙不巧妙,是衡量纳西歌手高明不高明的重要标志。[①] 乐府诗中大量出现谐音双关很有可能也是与当时人们致力于表现情歌对唱技巧的演唱传统相关。在此,谐音双关在乐府诗情歌对唱体中的使用主要有如下两个适应演唱要求的体式特征:

1. 以当时所见的事物起兴。大多数情歌对唱体句式都采取上句描述一件事或物,下句解释其意,人们称这种表现手法为“吴格”,如谢榛《四溟诗话》指出:“古辞曰:‘黄蘖向春生,苦心随日长。’又曰:‘雾露隐芙蓉,见莲不分明。’又曰:‘石阙生口中,衔碑不得语。’又曰:‘菖蒲花可怜,闻名不相识。’又曰:‘理丝入残机,何悟不成匹。’又曰:‘桐枝不结花,何由得梧子。’又曰:‘杀荷不断藕,莲心已复生。’此皆吴格指物借意。”[②]可见吴歌中最多这种格式,由此,这些民歌中用作起兴的双关事物往往与吴语地区的环境和物产有着密切的关系,用当时所见的事物起兴是乐府诗中情歌对唱的体式特征。陈望道在《修辞学发凡》中指出:“(1)借来做双关的都是歌者当地所见得到的事物,如藩篱、梧

① 参见杨世光《纳西族民间诗歌特点初探》,《少数民族文学论集》,第1集,第86—94页,北京:中国民间文艺出版社,1983。

② (明)谢榛:《四溟诗话》,丁福保辑《历代诗话续编》,第1169页,北京:中华书局,1983。

桐、芙蓉、莲藕、蚕丝、布匹之类;(2)借来做双关的也是歌者当时所见得到的事物,如《子夜秋歌》里说的"梧子解千年"之类,大概最初用这种辞法,都是借物抒情的;谢榛说是'指物借意',实在是非常确切的解说。"[①]朱自清也说道:"至于《吴声歌》里,尤为丰富。最常用的是'芙蓉莲藕'和'蚕丝布匹'两类……谐声词格所用以谐声之字,大抵眼前事物之名,而物名尤多,因为较具体。诸歌既以恋情为主,又多用女子口吻,其所取材自应以有关女子者为众。'芙蓉莲藕'及'蚕丝布匹'两类所以盛行,便是为此。纺织为女子本业,后者之盛,理固易明。前者却须稍稍解释。原来采莲之俗,自古即有(汉乐府《江南》似即咏此事),南朝为盛。"[②]可见由于吴语地区是水网地带,气候适宜于种植水稻棉花,植桑养蚕是很普遍的现象,因此荷、莲、丝、布是人们生活中常见的事物,而在即兴演唱中产生联想,逐渐成为一种固定套式。

2. 以音的类似为主。乐府情歌对唱体中的双关语大致可分两类:一类是同音异字的,如以"藕"双关"偶",以"莲"双关"怜",以"丝"双关"思",以"碑"双关"悲",以"篱"双关"离"等;另一类是同音同字的,如以布匹之"匹"双关匹偶之"匹",以药名或曲名之"散"双关聚散之"散",以关门之"关"双关关念之"关",以黄连之"苦"双关相思之"苦"等。王运熙《论吴声西曲与谐音双关语》:"谐音双关这种修辞格式,其特点既然在利用谐音作手段以一个词语光顾两种不同意义,因此这种修辞现象是属于语言(口头)上的而不是属于文字(书面)上的。从《诗经》的《国风》、汉乐府的《相和歌》,到六朝的吴声、西曲,以至明代的山歌、清代的粤风,谐音双关语一直在民间歌谣中流行发展。这种历史事实告诉我们:谐音双关语是口头文学的一种特殊修辞现象,它同民间语言经常保持着密切的联系,所以总是显得新鲜、活泼、生动、自然,对读

① 陈望道:《修辞学发凡》,第101页,上海:上海教育出版社,1976。

② 朱自清:《中国歌谣》,第81页。

者具有强大的魅力。”[①]不仅如此，利用谐音双关也是许多民歌起兴的一种方式，如顾颉刚《吴歌甲集》指出：

> 数年来，我辑集了些歌谣，忽然在无意中悟出兴诗的意义，今就本集所载的录出九条于下：（一）萤火虫，弹弹开。千金小姐嫁秀才……（七）阳山头上竹叶青，新做媳妇象观音，阳山头上竹叶黄，新做媳妇象夜叉。（八）阳山头上一花小篮，新做媳妇多许难。……在这九条中，我们很可看出起首的一句和承接的一句是没有关系的，例如新做媳妇的好，并不在于阳山顶上的竹叶发青；而新做媳妇的难，也并不在于阳山顶上有一只花小篮。它们所以会这样成无意的联合，只因“青”与“音”是同韵，“篮”与“难”是同韵；若开首就唱“新做媳妇象观音”，觉得太突兀，站不住，不如先唱了一句“阳山头上竹叶青”，于是得了陪衬，有了起势了。[②]

可见谐音双关主要借助于语音能够关涉眼前和心里的两种事物。重心在乎用作双关的语音和那表明主意的语音的等同或类似，因而这类修辞手法经常见于歌谣戏剧之类注重语音的文辞之中。与口传性密切相关，文人的书面创作以文字为媒介，以字形传义；而口头创作，则以声音传义。例如“丝”与“思”从视觉的角度并不相近，但从听觉的角度二者存在着联系。可以说构成双关的语汇主要是声音上的类同而并不是意义上的类似。

总之，乐府诗中的男女赠答表明乐歌的生产和消费来源人们的日常生活，对唱体的运用在演唱功能上有类似现存江浙、湖广地区的情歌对答，它们在诗体特征上也受到这种演唱传统的影响。

---

① 王运熙：《乐府诗述论》，第154页。

② 顾颉刚等辑，王煦华整理：《吴歌·吴歌小史》，第135页，南京：江苏古籍出版社，1999。

三、乐府诗中对唱体对文人创作的影响

通过以上乐府诗中情歌对唱体体式特征的分析,我们知道情歌对唱的演唱传统影响了歌辞的文体功能,而诗歌的文体功能在本质上就决定了诗歌的体式特征。在乐歌长期的流行过程中,文人拟作乐府诗成为普遍风气,尤其是情歌盛行的南朝时期。如宋武帝《丁督护歌》、释宝月《估客乐》、柳恽《江南曲》等,他们有可能就是当时的歌辞作者。韩愈曾批评这一时期大多数诗歌雷同现象:“齐梁及陈隋,众作等蝉噪。”不过正是在此过程中,歌诗的文体特征以及样式转化为文人诗的体式特征。以下例举其中几个重要的方面具体说明乐府诗中情歌对唱体对文人创作的影响:

(一)对唱与唱和诗

男女之间的一赠一答是对唱的重要形式,收录于《万首唐人绝句》中唐代的《维扬少年与孟氏赠答诗》:

> (孟氏赠答少年):谁家少年儿,心中暗自欺。不道终不可,可即恐郎知。
>
> (少年答孟氏):神女配张硕,文君遇长卿。逢时两相得,聊足慰多情。[1]

从这样完整的歌辞记录来看,其形式正好和上文中谈到的乐府中的情歌对唱体完全相同,可见男女赠答的音乐形式不仅盛行于六朝,亦波及唐代。民歌中对答酬唱形式即唱和体,文人的“唱和诗”就是从一唱一和的对唱形式中发展而来。文人写赠答诗的例子很多,有谢灵运《东阳溪中赠答》、吴均《与柳恽相赠答诗》、王叔英妇《赠答一首》、孟浩然

---

① (宋)洪迈辑:《万首唐人绝句》卷二二,第7—8页,北京:文学古籍刊行社,1955。

《同张明府碧溪赠答》、卢仝《萧宅二三子赠答诗二十首》、王氏妇《与李章武赠答诗》等，这些诗在形式和内容上与乐府中的情歌对唱体类似。对唱体中的赠诗和答诗正好形成唱和诗的基本形式，唱和诗即由最初的男女之间的唱和发展为文人之间的唱和，如韩、孟唱和，元、白唱和等，由二人唱和发展到自唱自和，如陶渊明的《形影神》(《形赠影》、《影答形》、《神释》)、白居易的《问鹤》《代鹤答》。循环唱和，如柳宗元《衡阳与梦得分路赠别》、刘禹锡《再授连州至衡阳酬柳柳州赠别》、柳宗元《重别梦得》、刘禹锡《重答柳柳州》、柳宗元《三赠刘员外》、刘禹锡《答柳子厚》等。同时在文人集会中诗歌唱和也是人们游戏娱乐、交往应酬的工具，从而形成多人唱和的情况，如谢朓、江革、王融、王僧孺、谢昊、刘绘、沈约等人的《阳雪连句遥赠和》等。这些在一定程度上都可以看成对唱形式对文人诗歌创作的影响。

（二）对唱与联句诗

除了赠、答以外，联歌也是对唱的一种形式，曲子联章由此产生长篇诗歌，如《西洲曲》全诗长三十二句，连起来看是一篇五言长诗叙述江南少女对江北情郎之间的无限相思。然而我们也可以把它看成是男女对唱的八首五言绝句的组合。

(女)：忆梅下西洲，折梅寄江北。单衫杏子红，双鬓鸦雏色。
(男)：西洲在何处？两桨桥头渡。日暮伯劳飞，风吹乌臼树。
(女)：树下即门前，门中露翠钿。开门郎不至，出门采红莲。
(男)：采莲南塘秋，莲花过人头。低头弄莲子，莲子青如水。
(女)：置莲怀袖中，莲心彻底红。忆郎郎不至，仰首望飞鸿。
(女)：鸿飞满西洲，望郎上青楼。楼高望不见，尽日栏干头。
(男)：栏干十二曲，垂手明如玉。卷帘天自高，海水摇空绿。
(男)：海水梦悠悠，君愁我亦愁。南风知我意，吹梦到西洲。

起唱可以看成是女子的口吻回忆起往日与情郎赏梅西洲，故往西洲，折梅一枝，以寄江北。以下歌辞可分为倚门盼郎、南塘采莲、高楼凝望等三幕场景对唱，彼此之间又语语相承，段段绾合。第二首诗由男子以问答体的形式来追寻他们爱情的发祥地——西洲，由此开始共同回忆他们美好的往事，由于男子提到了门前的乌柏树。第三首诗女子说乌柏树下，即她家门前，盼郎不至，出门采莲。第四首诗为男子想象中女子弄莲的情形，并表达爱慕她清如秋水的性情。第五首女子置莲怀袖，珍爱备至，以彻底赤诚之爱回应男子的深情。由于前首诗提到女子仰望飞鸿，期盼音书。第六首为女子更上青楼遥望情郎，满天鸿雁，郎终不至。第七首为男子想象中女子高楼伫立，双手低垂，仰首盼望的形象。结唱四句是以男子口吻倾诉相思无极，魂梦绕西洲的惆怅。尽管以上分析并不一定确指何句为“男唱”，何句为“女答”，但其形式能够看成不同情景画面的变换和续联。故沈德潜《古诗源》云：“续续相生，连跗接萼，摇曳无穷，情味愈出。似绝句数首，攒簇而成，乐府中又生一体，初唐张若虚、刘希夷七言古发源于此。”[①]沈德潜已经注意到唐代张若虚《春江花月夜》、刘希夷《白头吟》等诗歌，其场景变幻、意绪相连的体式即受到了对唱体联歌的影响，形成曲子联章的长篇，成为有别于吴声西曲的乐府诗体制。同时每句用韵的联句诗在文人创作中常见，如贾充《与妻李夫人联句》，鲍照《荆州与张使君李居士联句》，何逊《送褚都曹联句诗》，简文帝、庾肩吾等《曲水联句诗》，颜真卿、刘全白、裴循等《登岘山观李左相石尊联句》，孟郊、韩愈《城南联句》等。从形式上来说，这些文人的联句诗与对唱中的联歌有相似之处。

（三）对唱与修辞法

对唱是民间乐府中重要的音乐活动，情歌对唱中常用的谐音双关修辞法逐渐成为人们非常熟悉的文学形式，王运熙说：“谐音双关语的

---

① （清）沈德潜：《古诗源》卷一二，第 246 页。

大量使用，是六朝社会的一种风气。”[①]我们在这一时期文人创作的诗歌中不难找到有意运用谐音双关的例子。如梁武帝《织妇》：“良人在万里，谁与共成匹。”江从简《采荷调》：“欲持荷作柱，荷弱不胜梁。欲持荷作镜，荷暗本无光。”[②]晁采《子夜歌》：“何时得成匹，离恨不复牵。金针刺菡萏，夜夜得见莲。”“相逢逐凉候，黄花忽复香。颦眉腊月露，愁杀未成霜。”“含笑对棘实，欢娱须是枣。”“一年一日雨，底事太多晴。”“熊胆磨作墨，书来字字苦。”[③]王僧孺《春闺有怨》：“悲看蛱蝶粉，泣望蜘蛛丝。”[④]

吴声西曲中的谐音双关结合引喻比兴等表现技巧被文人所广泛接受，成为大家熟悉的表达套路，形成了严格的表述形式，被后人称为“吴格”、“风人体”。《沧浪诗话》：“论杂体，则有风人。”注云：“上句述其语，下句释其义，如古《子夜歌》、《读曲歌》之类，则多用此体。”[⑤]曾慥《类说》卷五一引《乐府题解》云：“梁简文风人诗，上句一语，用下句释之成文。围棋烧败袄，著子故然（燃）衣。”洪迈《容斋三笔》“乐府诗引喻”条云：“自齐以来诗人作乐府《子夜四时歌》之类，每以前句比兴引喻，而后句实言引证之，至唐张祐、李商隐、温庭筠、陆龟蒙亦多此体。”[⑥]可见这种修辞手法有着很深的影响力。如刘禹锡《竹枝词》：“杨柳青青江水平，闻郎江上踏歌声，东边日出西边雨，道是无晴却有晴。”[⑦]“无晴”是“无情”的谐音。杜牧《赠别诗》：“蜡烛有心还惜别，替

---

① 王运熙：《乐府诗述论》，第 154 页。

② 按：荷，双关南朝梁宰相何敬容之姓。

③ （清）彭定求等编：《全唐诗》卷八〇〇，第 4036 页，北京：中华书局，1960。

④ （南朝梁）徐陵编，吴兆宜注：《玉台新咏》卷六，第 136 页，北京：中国书店，1986。

⑤ （宋）严羽著，郭绍虞校释：《沧浪诗话校释》，第 100 页，北京：人民文学出版社，1961。

⑥ 此两条转引自《沧浪诗话校释》“诗体”，第 101 页。

⑦ 《全唐诗》卷三六五，第 1861 页，北京：中华书局，1960。

人垂泪到天明。”[①]其中“烛心”即双关“人心”。温庭筠《杨柳枝词》：“合欢桃核终堪恨，里许原来别有仁。”[②]其中“仁”即双关“人”。姜夔《齐天乐词》：“豳诗漫与，笑篱落呼灯，世间儿女。写入琴丝，一声声更苦。”[③]其中“篱”双关“离”；“琴丝”双关“情思”。这些都是文人诗歌创作中使用谐音双关的例子。

由此可见乐府中的情歌对唱体实际上在诸多方面都影响到了文人的诗歌创作，其艺术形式有着强大的生命力，深受人们的青睐。

---

① 《全唐诗》卷五二三，第 2709 页。

② 《全唐诗》卷五八三，第 3041 页。

③ 唐圭璋编：《全宋词》，第 3 册，第 2176 页，北京：中华书局，1956。

第二章　乐府诗的结构研究

乐府诗的结构研究主要关注的是乐府诗篇章结构上的特征。作为歌辞,乐府诗是一种简练而富于音乐性的文学形式,因为受到音乐的制约,所以尤其讲究结构精密,诗歌的语句、段落的结构依附音乐的结构。

《乐府诗集》卷二六引王僧虔启云:"古曰章,今日解,解有多少。当时先诗而后声,诗叙事,声成文,必使志尽于诗,音尽于曲。是以作诗有丰约,制解有多少,犹诗《君子阳阳》两解,《南山有台》五解之类也。"又:"诸调曲皆有辞,有声,而大曲又有艳,有趋,有乱。辞者其歌诗也,声者若羊吾夷伊那何之类也,艳在曲之前,趋与乱在曲之后,亦犹吴声西曲前有和,后有送也。"[①]可见乐府体式结构主要体现在制"解"的多少;"羊"、"吾"、"夷"、"伊"、"那"、"何"等声辞的运用;"艳"、"趋"、"乱"、"和"、"送"等曲体的安排。又如杨慎《升庵诗话》"乐曲名解"指出:

> 《古今乐录》云:"伧歌以一句为一解,中国以一章为一解。"王僧虔启曰:"古曰章,今曰解……亦犹吴声、西曲前有和后有送也。"慎按:艳在曲之前与《吴声》之和,若今之引子;趋与乱在曲之后与《吴声》之送,若今之尾声。羊吾夷、伊那何皆辞之余音嫋嫋,有声无字,虽借字作谱而无义,若今之哩啰嗹唵吽也。知此可以读古乐府矣。齐歌曰讴,吴歌曰歈,楚歌曰些,巴歌曰嫪。[②]

---

① 《乐府诗集》卷二六,第 376 页。

② (明)杨慎著,王仲镛笺证:《升庵诗话笺证》,第 16 页,上海:上海古籍出版社,1987。

杨氏则通过与当时乐歌形式的对比，进一步指出乐府体中的“艳”与《吴声》之“和”，相当于乐曲中的“引子”。“趋”、“乱”与《吴声》之“送”，相当于乐曲中的“尾声”。“羊”、“吾”、“韦”、“伊”、“那”、“何”等“借字作谱而无义”，相当于乐曲中的“哩”、“啰”、“嗹”、“唵”、“吽”等表声辞。

以上这些情况表明，乐府诗的语言结构与乐曲体式有着密切的关联。本章主要研究乐府诗中的套语和声辞现象，它们在文义上大多都与歌辞正文无关，但在音乐表演中具有结构功能意义，属于音乐艺术形式在乐府诗文本上的留存。

第一节　乐府诗中的套语

早期的乐府诗主要采自民间，又作娱乐表演，因而有许多乐府曲辞是歌体结构，属于口头歌谣创作的产物。所谓套语，“就是在相同的韵律条件下被用来表达某一给定的基本意念的一组文字”[①]。是西方对口头文学研究过程中提出的一个重要理论[②]，重在对口头文学创作形式的研究[③]。虽然这一理论的文本根据是《荷马史诗》等民族史诗，但是中国的乐府诗在长期演唱过程中，一些作品也体现了口头传承系统，

---

① 王靖献著，谢谦译：《钟与鼓——〈诗经〉的套语及其创作方式》，第 5 页，成都：四川人民出版社，1990。

② 1928 年，口头—套语创作理论（Oral-Formulaic Composition）的创始者米曼-帕里（Milman Parry）考察了南斯拉夫尚存的口头演唱，通过录音、实验、访问记录各方面，分析了游吟诗人的口头创作之后，指出荷马史诗中名号的使用规律，与南斯拉夫口头诗人运用套语的方法如出一辙。他的学生艾柏·洛德（Albert Lord）1960 年出版了《故事歌手》（*Singer of Tales*）一书，把“口头—套语理论”完整地呈现在世人眼前。参见〔美〕约翰·迈尔斯·弗里著，朝戈金译《口头诗学：帕里—洛德理论》，北京：社会科学文献出版社，2000。

③ 帕里—洛德理论的基本观点认为：“早期诗歌的基本性质是‘口述的’，而口述诗歌总的语言特点则是‘套语化与传统性’。”《钟与鼓——〈诗经〉的套语及其创作方式》，第 16—17 页。

有相当数量的乐府诗因作为说唱表演的脚本而形成了固定的表达方式，在形式创作上体现出“套语”特征，即某些词汇或句子以基本不变的形式反复出现，久而久之形成了一些语言构件。本节主要根据《乐府诗集》文本总结出乐府诗中各种套语现象的类型，并根据它们在诗歌中的排列组合总结其规律，从诗歌表演及传播的角度研究其功能，并探索其产生的原因，从而重新评判其艺术价值。

一、乐府诗中的套语现象

根据套语是反复出现的规律，我们首先对《乐府诗集》进行全文检索，找出重复出现两次以上的词语或者句子，然后对这些语料进行分析，从而总结出乐府诗中套语形式的一些基本类型和特征，初步分为语词套语、句法套语和主题套语等类型。

（一）语词套语

是指不同乐府诗中交叉借用现成词组，这些语词从而形成固定的组合，大致可以分为以下几个方面：

1. 关于人物的语词套语。随着乐府的家弦户诵，乐府诗中除了“文君”、“昭君”、“木兰”等人物专有名称经常被使用之外，还出现了诸如“秦罗敷”、“碧玉”、“莫愁”等并没有具体所指的人物名字。如：

> 日出东南隅，照我秦氏楼。秦氏有好女，自名为罗敷。
>
> （《陌上桑》古辞）
>
> 日出东南隅，照我秦氏楼。秦氏有好女，自字为罗敷。
>
> （傅玄《艳歌行》）
>
> 始出上西门，遥望秦氏庐。秦氏有好女，自名为女休。
>
> （左延年《秦女休行》）
>
> 东家有贤女，自名秦罗敷。
>
> （《焦仲卿妻》古辞）

关东有贤女，自字苏来卿。

（曹植《精微篇》）

朗月出东山，照我绮窗前。

（鲍照《朗月行》）

碧玉破瓜时，郎为情颠倒。

（《碧玉歌》）

碧玉小家女，不敢攀贵德。

（《碧玉歌》）

碧玉捣衣砧，七宝金莲杵。

（《青阳度》）

碧玉小家女，来嫁汝南王。

（梁元帝《采莲曲》）

碧玉好名倡，夫婿侍中郎。

（简文帝《鸡鸣高树巅》）

莫愁在何处，莫愁石城西。

（《莫愁乐》）

复有能留客，莫愁娇态新。

（岑之敬《洛阳道》）

河中之水向东流，洛阳女儿名莫愁。

（梁武帝《河中之水歌》）

《陌上桑》中采桑城南的秦罗敷与《孔雀东南飞》中焦仲卿之母要为儿子再娶的“东家贤女”秦罗敷当然不会是同一个人。可见“秦罗敷”是汉代人对美女的通称。至于嫁给汝南王的“碧玉”和住在石城之西的“莫愁”也都不见得是实际所指，不过是南朝儿女艳歌中极为普遍的女性称谓套语，与清商曲中常见的情人称呼——“欢”、“侬”等一样，有着泛指意义。乐府诗对人物的介绍方式中也有相同之处，如左延年《秦女休行》、傅玄《艳歌行》等介绍人物的语词即是完全套用《陌上桑》："日出东南隅，照我秦氏楼。秦氏有好女，自名为罗敷"。而《焦仲卿妻》、《精微篇》中人物介绍也袭用"自字"、"自名"等用语方式。总之，乐府诗在长期的流传过程中形成了一套为大家所熟悉介绍人物的固定模式，并在文人诗歌中得以延用。

不仅如此，乐府诗对人物相貌、服饰以及携带用具、所乘车马的描述，亦形成了一套现成的语词，为人物"开脸儿"。如：

头上倭堕髻，耳中明月珠。缃绮为下裙，紫绮为上襦。

（《陌上桑》古辞）

首戴金翠饰，耳缀明月珠。白素为下裾，丹霞为上襦。

（傅玄《艳歌行》）

足下蹑丝履，头上玳瑁光。腰若流纨素，耳着明月珰。

（《焦仲卿妻》古辞）

头安金步摇，耳系明月珰。珠环约素腕，翠羽垂鲜光。文袍缀藻黼，玉体映罗裳。

（傅玄《艳歌行有女篇》）

长裾连理带，广袖合欢襦。头上蓝田玉，耳后大秦珠。两鬟何窕窕，一世良所无。

（辛延年《羽林郎》）

攘袖见素手，皓腕约金环。头上三爵钗，腰佩翠琅玕。明珠交玉体，珊瑚间木难。罗衣何飘飘，轻裾随风还。

（曹植《美女篇》）

头上金钗十二行，足下丝履五文章。珊瑚挂镜烂生光，平头奴子擎履箱。

（梁武帝《河中之水歌》）

头上何所有，翠微㔩叶垂鬓唇。背后何所见，珠压腰衱稳称身。

（杜甫《丽人行》）

青丝为笼系,桂枝为笼钩。

(《陌上桑》古辞)

不知谁家子,提笼行采桑。

(宋子侯《董娇饶》)

黄金络马头,颎颎何煌煌。

(《鸡鸣》古辞)

青丝系马尾,黄金络马头。腰中鹿卢剑,可直千万余。

(《陌上桑》古辞)

婀娜随风转,金车玉作轮。踯躅青骢马,流苏金镂鞍。

(《焦仲卿妻》古辞)

使君自南来,驷马立踟蹰。

(傅玄《艳歌行》)

银鞍何煜爚,翠盖空踟蹰。

(辛延年《羽林郎》)

白马饰金羁,连翩西北驰。

(曹植《白马篇》)

骢马金络头,锦带佩吴钩。

(鲍照《结客少年场行》)

赵客缦胡缨,吴钩霜雪明。银鞍照白马,飒沓如流星。

(李白《侠客行》)

以上乐府诗在对人物描写中所用词语有相似之处,有表相貌及服饰的,如“头上”、“足下”等用词一致。而“耳中”之于“耳后”、“耳”、“腰佩”之于“珠压腰衱”等所指相同。可见乐府诗中对人物外貌的描写一般注重其头饰、耳饰、腰饰、衣着。人物头上常见有玉制、玳瑁制以及金制的钗饰,有“蓝田玉”、“三爵钗”、“金钗”、“玳瑁光”、“金步摇”等,耳饰大多为珠或者珰,有“明月珠”、“大秦珠”、“明月珰”等,他们一般腰佩珠玉,足着丝履。也有表携带用具的,如采桑女子一般皆带用竹片编成的盛物的器具——笼，而骑马男子一般佩带宝剑或利器。还有表所乘车马的，如大多以黄金装饰马笼头，而马鞍一般为银制。虽然，以上所举乐府诗中也有文人拟作，但我们看到乐府诗从头到脚、注重佩饰的人物描写方式已经形成了固定套式，形成了一套人物开脸的程式。后代文人诗中出现相同体式则是进一步说明其表达方式在人们的观念里形成了习惯。

2. 关于序列或数字的套语。乐府诗中有以四季变更、时间变化、月份更替等序列为叠数的乐辞，如《子夜四时歌》、伏知道《从军五更转》、《月节折杨柳歌》、李贺《十二月乐辞》等。歌辞按照时间顺序有条理地叙述事物，如：

七月刈禾伤早，九月吃糕正好，十月洗荡饭瓮，十一月出却赵老。

（《北齐后主武平中童谣》）

七月朔方雁心苦，联影翻空落南土。八月江南阴复晴，浮云绕天难夜行。

（鲍溶《鸣雁行》）

这是民间俗文学中常见的曲调形式，如民歌中的“四季调”、“五更调”以及“十二月调”等，佛经讲唱中的“五更转”、“十二时”等。一般来说，这种类型的乐曲都有一定的组织形式，它们都有分时组合的定格，故称分时定格联章，在长久的对唱实践中，形成了一定的程式规范。歌诗内容和形式基本与乐调相适应，其整体结构合于乐调的结构。与此类似的还有数字套语，即是以数字序列组织歌辞语言，如：

一酌岂陶暑，二酌断风飙，三酌意不畅，四酌情无聊，五酌盂易覆，六酌欢欲调，七酌累心去，八酌高志超，九酌忘物我，十酌忽凌霄。

（陈后主《独酌谣》）

第一第二弦索索，秋风拂松疏韵落。第三第四弦泠泠，夜鹤忆子笼中鸣。第五弦声最掩抑，陇水冻咽流不得。五弦并奏君试听，凄凄切切复铮铮。

（白居易《五弦弹》）

这是数字的连贯使用，《独酌谣》从一酌到十酌将“岂陶暑”、“断风飙”、“意不畅”等短句拼成长句，其演唱方式有可能类似于民歌中的“滚句”或者“急口功”。而《五弦弹》则从第一弦到第五弦，通过有次序地描写由音色所形成的场景变换展现古琴音乐的特点，类似于说唱音乐中的铺叙方式。此外，我们看到还有些叙事乐府为了叙述的方便，以自然数目顺序形成铺陈式的重叠，其中常见的是对人物年龄段的描写套式，如：

十三能织素，十四学裁衣。十五弹箜篌，十六诵诗书。十七为君妇。

十三教汝织，十四能裁衣。十五弹箜篌，十六知礼仪。十七遣汝嫁。

（《焦仲卿妻》古辞）

十五府小史，二十朝大夫。三十侍中郎，四十专城居。

（《陌上桑》古辞）

莫愁十三能织绮，十四采桑南陌头，十五嫁为卢郎妇，十六生儿字阿侯。

（梁武帝《河中之水歌》）

五岁名为阿娇女。七岁丰茸好颜色，八岁黠惠能言语。

十三兄弟教诗书，十五青楼学歌舞。

（崔颢《邯郸宫人怨》）

十四为君妇，羞颜尚不开。低头向暗壁，千唤不一回。十五始展眉，愿同尘与灰。

常存抱柱信，岂上望夫台。十六君远行，瞿塘滟预堆。五月不可触，猿鸣天上哀。

（李白《长干行》）

以上这些乐府诗以听众所稔熟的套路来表现同样的题材，我们看到这些乐府诗中人物每一个年龄段的境遇都是近似的，如女子十三大多学纺织，接下来就是学音乐歌舞，一般都在十四、十五就出嫁。从立意到布局到语词均有相似性，从而形成了固定的排列习惯，形式上便于听众接受、记诵。同时乐府中有些表示年龄的数字经常使用，从而被赋予了特殊的意义，如《陌上桑》“罗敷年几何？二十尚不足，十五颇有余”，《东飞伯劳歌》“女儿年几十五六，窈窕无双颜如玉”，左延年《秦女休行》“休年十四五，为宗行报仇”，辛延年《羽林郎》“胡姬年十五，春日独当垆”，李颀《缓歌行》“男儿立身须自强，十五闭户颍水阳”，王维《洛阳女儿行》“洛阳女儿对门居，才可颜容十五余”，王维《老将行》“少年十五二十时，步行夺得胡马骑”，李白《长干行》“自怜十五余，颜色桃花红”，杜甫《兵车行》“或从十五北防河，便至四十西营田”，岑之敬《乌栖曲》“明月二八照花新，当垆十五晚留宾”，王贞白《妾薄命》“秦娥未十五，昨夜事公卿”，白居易《长相思》“十五即相识，今年二十三”等。虽然“十五”正是女子加笄之年，但并不见得以上歌辞中的人物都恰好是十五岁，这只是人们叙述的一种习惯、一种套路罢了。

3. 与音乐或曲调相关的套语。乐歌的文学成分——歌辞与其音乐成分——曲调密不可分。如在音乐结构中的和声或帮腔一般表现为相同语词在曲辞中间隔重复出现。这种语词的重复在乐府诗中也常见。如《西门行》（古辞）中“自非仙人王子乔，计会寿命难与期”重复两遍；魏武帝《秋胡行四解》中“歌以言志”重复四次；《秋胡行五解》中“歌以言志”重复五次；《碣石篇》，包括《观沧海》、《冬十月》、《土不同》、《龟虽寿》等曲调中重复出现“幸甚至哉，歌以言志”，《步出夏门行》中“幸甚至哉，歌以咏志”重复出现四次；魏文帝《上留田行》中“上留田”重复六次，谢灵运《上留田行》中“上留田行”重复出现二十次；李白《蜀道难》中“蜀道之难，难于上青天”重复三次；李白《悲歌行》中“悲来乎，悲来乎”重复出现四次；李白《笑歌行》中“笑矣乎，笑矣乎”重复出现四次；李贺《箜篌引》中“公乎，公乎”重复出现三次。《月节折杨柳歌》十三首中每首重复出现“折杨柳”等。这些语词因其重复使用，与主辞明显有别，应为和声辞。

我们知道，和声最初源于民间的谣曲，是当时歌曲声调的主要构成因素，有稳定歌曲曲调的功能，代表了歌曲最显著的特点。[①] 正是受到这种音乐结构的影响，在一些特殊的乐府诗曲调中出现了用作和声的固定词语，常见的有“行路难”、“君不见”、“长相思”等，如：

行路难，行路难，夜闻南城汉使度，使我流泪忆长安。

（僧宝月《行路难》）

行路难，行路难，多歧路，今安在。

（李白《行路难》）

行路难，行路难，昔少年，今已老。

（顾况《行路难》）

行路难，行路难，君自看。

（僧贯休《行路难》）

行路难，君好看。

（僧齐己《行路难》）

行路难，行路难，歧路几千端。

（骆宾王《军中行路难》）

行路难，难重陈……行路难，难于山，险于水……行路难，不在水，不在山，只在人心反覆间。

---

① 参见王运熙《论六朝清商曲中之和送声》，《乐府诗述论》。

（元稹《太行路》）

君不见，河边草……君不见，城上日……君不见，蕣华不终朝……君不见，枯蜂走阶庭……君不见，亡灵蒙享祀……君不见，少壮从军去……君不见，柏梁台……君不见，阿房宫……君不见，冰上霜……君不见，春鸟初至时。

（鲍照《行路难》）

君不见，黄河之水天上来……君不见，高堂明镜悲白发。

（李白《将进酒》）

君不见，朝歌屠叟辞棘津……君不见，高阳酒徒起草中。

（李白《梁甫吟》）

君不见，淮南少年游侠客。

（李白《少年行》）

君不见，上宫警夜营八屯。

（李益《汉宫少年行》）

君不见，今人交态薄。

（高适《邯郸少年行》）

君不见，天津桥下东流水。

（苏颋《长相思》）

君不见，宜春苑中九华殿。

（王翰《蛾眉怨》）

长相思，久离别，美人之远如雨绝。

（张率《长相思》）

长相思，久相忆，关山征戍何时极。

（陈后主《长相思》）

长相思，久离别，新燕参差条可结。

（萧淳《长相思》）

长相思，久离别，一罢鸳文绮荐绝。

（陆琼《长相思》）

长相思，久离别，两心同忆不相彻。

（王瑳《长相思》）

长相思，久离别，征夫去远芳音灭。

（江总《长相思》）

长相思，久离别。关山阻，风烟绝。

（郎大家宋氏《长相思》）

长相思，在长安。络纬秋啼金井栏。

（李白《长相思》）

《乐府诗集》卷七五引《乐府解题》曰："《行路难》，备言世路艰难及离别悲伤之意，多以'君不见'为首。"[①]可见由"君不见"作套头引发场面描绘，是乐府诗《行路难》的固定模式，这有可能是说话人要从说辞转入唱辞之前，或提示观众观看图画的口语提示。同理，"长相思，久离别"也经常出现在曲调《长相思》中，表示乐调诉相思的基本内容和婉转的音乐风格。总之，使用固定的和声词是这些曲调的特点，并已成为习惯的创作套式。同时，除了《行路难》中用"行路难"、"君不见"之外，其他乐调的乐府诗中也经常出现"行路难"、"君不见"，如元稹《太行路》中出现"行路难"，李白《将进酒》《梁甫吟》《少年行》、苏颋《长相思》、王翰《蛾眉怨》中出现"君不见"。这种现象说明在歌曲的长期流传过程中，后人即使不用"行路难"来写歌辞，但只要诗中表示世道艰难，有"路难"的意思，就会用到"行路难"；只要诗中有用到第一人称表白，景内景外相切换的叙事方式，歌者便习惯用"君不见"起头，从这种意义上来讲，"君不见"的使用体现了乐府诗音乐的说唱技巧和套路。以上即是乐府诗中与音乐或曲调相关的套语创作形式。

① 《乐府诗集》卷七五，第 822 页。

（二）句法套语

是指某些句子依循某种固定的语序或句法规律在不同乐府诗中以基本不变的形式反复出现，反复使用，构成一种固定的表达方式。大多由语词套语扩展而来，使得整句都成为一种固定表达模式。具体情形可以分为以下几种：

1. 同一起句，即一些乐府诗由固定套语作开篇，如：

四坐且莫喧，愿听歌一言，请说铜炉器。

（《古诗》①）

三军且莫喧，听我奏铙歌。

（何承天《朱路篇》）

楚妃且勿叹，齐娥且莫讴。四坐并清听，听我歌吴趋。

（陆机《吴趋行》）

闱中且勿喧，听我《薤露》诗。

（陆机《挽歌》）

四坐且莫喧，听我堂上歌。

（鲍照《堂上歌行》）

主人且勿喧，贱子歌一言。

（鲍照《东武吟行》）

列筵皆静寂，咸共聆会吟。

（谢灵运《会吟行》）

初歌《子夜》曲，改调促鸣筝。四座暂寂静，听我歌《上声》。

（《上声歌》）

请君留楚调，听我吟燕歌。

（陶翰《燕歌行》）

---

① 按：顾颉刚《论诗经中所录全为乐歌》归入乐府。

悲来乎,悲来乎,主人有酒且莫斟,听我一曲悲来吟。

（李白《悲歌行》）

以上这些乐府诗起句大多使用"且莫喧"、"且勿叹"、"且勿喧"等加"听我 XXX"的句法格式,大意都是歌者有请在场的听众或者观众安静下来专心听取自己的歌唱表演。我们看到,陆机《吴趋行》:"四坐并清听,听我歌吴趋。"鲍照《东武吟行》:"主人且勿喧,贱子歌一言。"谢灵运《会吟行》:"列筵皆静寂,咸共聆会吟。"这些诗歌附加套语中提到了"主人"、"四座"、"列筵"等,表明它们是叙述者针对观众（听众）所说的话。这种句法套语大概跟乐府诗曲辞用作歌场表演,以开场白的形式提醒大家注意的艺术功能有着密切的关系。类似于在古代戏曲表演中介绍剧中人物出身履历的表演程式——念脚色。如孟称舜《娇红记》五出:"（二净上）四座诸宾请勿喧,听我两人念脚色。"①

2. 同一结句,即以固定套语为结语,如:

今日乐相乐,延年寿千霜。

（《古歌上金殿》）

今日乐上乐,相从步云衢。

（《艳歌》）

今日相对乐,延年万岁期。

（《白头吟》）

今日乐相乐,延年寿千秋。

（《塘上行》）

今日乐相乐,延年万岁期。

（《艳歌何尝行》）

今日乐,不可忘,乐未央。

---

① （明）孟称舜著,欧阳光注:《娇红记》,卷上,第 24 页。

（魏文帝《大墙上蒿行》）

朝日乐相乐，酣饮不知醉。

（魏文帝《善哉行》）

我欲竟此曲，此曲悲且长。今日乐相乐，别后莫相忘。

（曹植《怨诗行》）

吾欲竟此曲，此曲悲且长。今日乐相乐，别后莫相忘。

（曹植《怨歌行》）

我欲竟此曲，此曲悲且长。弃置勿重陈，重陈令心伤。

（刘琨《扶风歌》）

昔日不为乐，时哉今奈何。

（陶翰《燕歌行》）

丈人且安坐，调丝方未央。

（《相逢行》）

丈夫且徐徐，调弦讵未央。

（《长安有狭斜行》）

丈夫且安坐，调弦讵未央。

（王融《三妇艳诗》）

欲今皇帝陛下三千万。

（《前缓声歌》）

愿令轮转直陵园，三岁一来均苦乐。

（《陵园妾》）

但当欢乐自娱，尽心极所嬉怡。安善养君德性，百年保此期颐。

（《满歌行》）

愿令皇帝陛下三千岁。

（魏文帝《临高台》）

愿垂晋主惠，不愧田子魂。

（鲍照《东武吟行》）

多谢后世人，戒之慎勿忘。

（《焦仲卿妻》古辞）

传告后代人，以此为明规。

（阮瑀《驾出北郭门行》）

传语后世人，远嫁难为情。

（石崇《王明君》）

寄言痴小人家女，慎勿将身轻许人。

（白居易《井底引银瓶》）

以上这些乐府诗在歌辞结尾部分出现歌者与观众（听众）对话，有表示感叹娱乐或欢快的，如《白头吟》："今日相对乐，延年万岁期。"《塘上行》："今日乐相乐，延年寿千秋。"有表示规劝或讽谏的，如《焦仲卿妻》（古辞）："多谢后世人，戒之慎勿忘。"石崇《王明君》："传语后世人，远嫁难为情。"有表示某种祈愿或祝福的，如《前缓声歌》（古辞）："欲今皇帝陛下三千万。"《满歌行》（古辞）："但当欢乐自娱，尽心极所嬉怡。安善养君德性，百年保此期颐。"这些套语与诗歌正文并不完全衔接，其使用大概跟乐府诗的表演目的相关，属于歌场套语。汉代以来，在贵族宴会上一般都有歌唱表演，乐府诗除了承担政治功能外还承担娱乐功能，宴会中主人可以请客人点歌、点一篇或者几篇诗，让乐工来演奏。他们可以通过乐府诗的演唱向主人表示感谢，表示祝福，或者表示某种祈愿等，我们看到以上乐府诗的结尾语正好满足了人们的这个目的。由此，形成了表演的习惯。类似于以后戏曲表演中下场诗似的颂语。如柯丹邱《荆钗记》第四十八出："〔尾〕移宫换羽虽非巧，仿古依今教尔曹，奉劝诸君行孝道。"①

① （元）柯丹邱：《荆钗记》，光绪三十四（1908）年刻本。

3. 歌中套句,即不同曲调中表达相同意思的固定套语,如:

天上何所有,历历种白榆。桂树夹道生,青龙对道隅。

（《陇西行》古辞）

天上何所有,历历种白榆。桂树夹道生,青龙对伏趺。

（《步出夏门行》古辞）

入门时左顾,但见双鸳鸯。鸳鸯七十二,罗列自成行。

（《相逢行》）

舍后有方池,池中双鸳鸯。鸳鸯七十二,罗列自成行。

（《鸡鸣》）

十十五五,罗列成行。

（《艳歌何尝行》）

人生不满百,常怀千岁忧。昼短而夜长,何不秉烛游。

（《西门行》）

人生不满百,常抱千岁忧。早知人命促,秉烛夜行游。

（《同生曲》）

生年不满百,常怀千岁忧,昼短苦夜长,何不秉烛游。

（《古诗十九首》）

行复尔耳,弃置勿复道!

（《妇病行》古辞）

心悲动我神,弃置莫复陈。

（曹植《赠白马王彪诗》）

弃置勿重陈,重陈令心伤。

（刘琨《扶风歌》）

弃置勿重陈,重陈多苦辛。

（骆宾王《从军中行路难》）

君子防未然,不处嫌疑间。瓜田不纳履,李下不正冠。

（《君子行》）

君子防未然，莫近嫌疑边。瓜田不蹑履，李下不正冠。

（《来罗》）

岁月如流迈，行已及素秋。蟋蟀吟堂前，惆怅使侬愁。

（《子夜变歌》）

岁月如流迈，行已及素秋。蟋蟀鸣空堂，感怅令人忧。

（《同生曲》）

执手与欢别，合会在何时？明灯照空局，悠然未有期。

（《读曲歌》）

今夕已欢别，合会在何时？明灯照空局，悠然未有期。

（《子夜歌》）

以上这些乐府诗虽然都属于不同的曲调，但它们的歌辞中都出现了相同或者相近的诗句，如“鸳鸯七十二”、“天上何所有”、“孔雀东南飞”、“人生不满百”、“弃置勿复道”、“君子防未然”、“岁月如流迈”、“明灯照空局”等。从众多相对固定的乐调中时见套语、重复等用语现象来看，其原因就不能仅仅算作歌辞记载上的窜夺讹误。余冠英《乐府歌辞的拼凑与分割》一文把这种诗篇间的随意组合与套语的使用称之为“拼凑”和“分割”，并认为“古乐府歌辞，许多是经过割截拼凑的，方式并无一定，完全为合乐的方便。所谓乐府重声不重辞，可知并非妄说。评点家认为‘章法奇绝’的诗往往就是这类七拼八凑的诗”①。余冠英的观点即是说音乐曲调对乐府诗的影响。正是由于音乐的缘故，一些句子在不同的乐调中经常组合在一起，成为固定的音乐构件，方便入乐。换句话说，这些经常出现的句子都是非常符合其乐调歌唱的。乐歌中出现相同或相近的乐段、乐句在现今的流行歌曲中也不难找到。

① 余冠英：《古代文学杂论》，第148—157页。

从这个意义上说，不同曲调中表达相同意思的固定套语可以称之为乐府诗中的成语或习语。不过，从其被经常使用的情况来看，不能认为它们是七拼八凑的句子，至少我们能感觉到它们是非常顺口，好听的，正如齐天举说它们是“使人美听的歌辞反复演唱，辗转相传，中间经过比较，遴选，集中，加工，最后成为一种典型形式”[①]。总之，不同于文人案头的吟唱，更多地运用当时音乐演唱中的熟语和固定套式是乐府诗的创作特点。

4. 歌辞复迭，即相同曲调中表达相同意思的固定套语，如：

夏口樊城岸，曹公却月戍。但观流水还，识是侬流下。

（《吴歌》）

夏口樊城岸，曹公却月楼。观见流水还，识是侬泪流。

（《吴歌》）

碧玉小家女，不敢攀贵德。感郎千金意，惭无倾城色。

（《碧玉歌》）

碧玉小家女，不敢贵德攀。感郎意气重，遂得结金兰。

（《碧玉歌》）

桃叶复桃叶，渡江不待橹。风波了无常，没命江南渡。

（《桃叶歌》）

桃叶复桃叶，渡江不明楫。但渡无所苦，我自来迎接。

（《桃叶歌》）

阳春二三月，草与水同色。攀条摘香花，言是欢气息。

（《孟珠》）

阳春二三月，草与水同色。道逢游冶郎，恨不早相识。

（《孟珠》）

① 齐天举：《古乐府艳歌之演变》，《阴山学刊》1989 年第 1 期。

阳春二三月，正是养蚕时。那得不相怨，其再许侬来。

（《孟珠》）

阳春二三月，相将蹋百草。逢人驻步看，扬声皆言好。

（《江陵乐》）

阳春二三月，相将舞翳乐。曲曲随时变，持许艳郎目。

（《翳乐》）

阳春二三月，诸花尽芳盛。持底唤欢来，花笑莺歌咏。

（《西乌夜飞》）

阳春二三月，杨柳齐作花。

（《杨白花》）

黄鹄参天飞，半道郁徘徊。腹中车轮转，君知思忆谁。

（《黄鹄曲》）

黄鹄参天飞，半道还哀鸣。三年失群侣，生离伤人情。

（《黄鹄曲》）

黄鹄参天飞，疑翮争风回。高翔入玄阙，时复乘云颓。

（《黄鹄曲》）

黄鹄参天飞，半道还后渚。欲飞复不飞，悲鸣觅群侣。

（《黄鹄曲》）

黄鹄参天飞，中道郁徘徊。腹中车轮转，欢今定怜谁。

（《襄阳乐》）

自从别欢来，奁器了不开。头乱不敢理，粉拂生黄衣。

（《子夜歌》）

自从别郎来，何日不咨嗟。黄檗郁成林，当奈苦心多。

（《子夜歌》）

自从别欢后，叹音不绝响。黄檗向春生，苦心随日长。

（《春歌》）

自从别欢来，何日不相思。常恐秋叶零，无复莲条时。

（《秋歌》）

自从别郎后，卧宿头不举。飞龙落药店，骨出只为汝。

（《读曲歌》）

自从别君来，不复着绫罗。画眉不注口，施朱当奈何。

（《攀杨枝》）

人言孟珠富，信实金满堂。龙头衔九花，玉钗明月珰。

（《孟珠》）

人言春复著，我言未渠央。暂出后湖看，蒲菰如许长。

（《孟珠》）

人言扬州乐，扬州信自乐。总角诸少年，歌舞自相逐。

（《翳乐》）

人言荆江狭，荆江定自阔。五两了无闻，风声那得达。

（《吴歌》）

人言横江好，侬道横江恶。

（李白《横江词》）

夜相思，投壶不停箭，忆欢作娇时。

（《华山畿》）

夜相思，风吹窗帘动，言是所欢来。

（《华山畿》）

夜相思，望不来，人乐我独愁。

（《寿阳乐》）

夜长不得眠，转侧听更鼓。无故欢相逢，使侬肝肠苦。

夜长不得眠，明月何灼灼。想闻散唤声，虚应空中诺。

（《子夜歌》）

欢相怜，今去何时来？裲裆别去年，不忍见分题。

欢相怜，题心共饮血。梳头入黄泉，分作两死计。

（《读曲歌》）

所欢子，莲从胸上度，刺忆庭欲死。

所欢子，不与他人别，啼是忆郎耳。

所欢子，问春花，可怜，摘插裲裆里。

（《读曲歌》）

在以上这些大多数相同乐府诗曲调中出现了首句甚至全辞相同或相近的现象，从而形成重句联章体歌辞套语形式，即同一组歌辞中每一首的固定位置都重复着同样的语句。[1] 任半塘《敦煌歌辞总编》对佛曲歌辞的分类中也有“重句联章”一类。[2] 可见重复是歌曲和说唱中的表演技巧。因为歌唱是时间的艺术，正如同一首交响乐，一支简单的歌都有一个主旋律。这个主旋律一定是重复的，而且这种重复符合人的生理心理的需求。音乐需要重复，为了配合音乐，语言就要重复。重复里面的固定模式即是套语，歌手如果记住这种模式，就可以尽量地变换一些词语，一直唱下去。歌辞复迭的艺术效果即是在熟悉的音乐和语言相配合的情况下，使人记住歌辞中不断重复的乐句，用最简单的方式来打动人。正因为重句是一种有利于记忆、诵读、流传的歌辞形式，它们在民歌、说唱等民间艺术形式中经常被使用。

5. 特殊句式，即不同曲调的曲辞中使用相同或者相近的固定句式，如：

木兰抱杼嗟，借问复为谁？

（《木兰诗》古辞）

借问叹者谁？

（曹植《怨诗行》）

---

① 按：虽然对于举例中少数不同曲调的重复句而言，类似于第3点中讲的歌中套句，但我们在这里把它们看成由于歌辞重叠而形成的套语，故统一归为歌辞重叠。

② 任半塘：《敦煌歌辞总编》，上海：上海古籍出版社，2006。

借问谁家地？

（李白《上留田行》）

问翁臂折来几年？兼问致折何因缘？

（白居易《新丰折臂翁》）

伸腰再拜跪，问客平安不？

（《陇西行》古辞）

恶动罗裙，听侬入怀不？

（《读曲歌》）

借问艑上郎，见侬所欢不？

（释宝月《估客乐》）

宁得建康压额，不能受奚度柏。

（《宋大明中谣》）

宁逢五虎入市，不欲见临贺父子。

（《梁时童谣》）

宁饮建业水，不食武昌鱼。宁还建业死，不止武昌居。

（《吴孙皓初童谣》）

一顾倾人城，再顾倾人国。

（《李延年歌》）

一顾乱人国，再顾乱人家。

（傅玄《美女篇》）

一顾倾朝市，再顾国为虚。

（傅玄《艳歌行》）

归归黄淡思，逐郎还去来。
绿丝何葳蕤，逐郎归去来。

（《黄淡思歌辞》）

城中诸少年，逐欢归去来。

（《梁武帝时谣》）

日西夜乌飞，拔倚梁柱。归去来，归山下。

（《陈初诗谣》）

平陵东，松柏桐，不知何人劫义公。劫义公，在高堂下，交钱百万两走马。两走马，亦诚难，顾见追吏心中恻。心中恻，血出漉，归告我家卖黄犊。

（《平陵东》古辞）

出西门，步念之。今日不作乐，当待何时？夫为乐，为乐当及时。

（《西门行》古辞）

他家但愿富贵，贱妾与君共馎糜。共馎糜，上用仓浪天故，下为黄口小儿。

（《东门行》古辞）

归来见天子，天子坐明堂。出门看火伴，火伴皆惊忙。

（《木兰诗》古辞）

以上这些乐府诗或以“借问”引发叙述，或以“不”用于动词性词组、双音节动词后表示疑问，或用“宁……，不……”表示选择，或以“一……再……”表示递进，或以“来”做语尾，表示感叹，或用顶真续麻的修辞格等等。从举例来看，这些具有口语性、俚俗、浅显的句式在不同曲调的乐府诗中经常出现，从而形成了乐府诗独特的表达习惯。同时我们看到文人拟作也喜欢套用乐府歌诗中的句式，如魏文帝《秋胡行》：“采之遗谁？所思在庭。”即是化用《古诗》：“采之欲遗谁？所思在远道”。王维《洛阳女儿行》：“洛阳女儿对门居，才可颜容十五余。”即是化用《东飞伯劳歌》：“谁家女儿对门居，开颜发艳照里间”。在此，我们都可以把这些语言现象看成是对套语体式的继承，它们在一定程度上也体现了套语程式在诗歌创作中的生命力。

（三）主题套语

是指诗歌中反复出现的情节与描写性的文字，同时也包括故事的基本组织。[①] 因为套语是长期口头歌唱的过程中语言锤炼的产物，是一种包含特定韵律和意义的有审美意义的形式，所以它不仅便于记忆和建构诗行，而且也包含一定的主题因素，使歌者能用比较简洁的语言表现出所歌唱故事的主题。不同于文字文本，口语文本中的主题套语并不单纯只具备内容层面上的意义，它同时包括主题因素对诗歌体式的影响，如语言技巧和叙事模式等。在此我们例举一些乐府诗中重复描写的“主题”。

1.“孔雀东南飞”与别离，如：

> 飞来双白鹄，乃从西北来。十十五五，罗列成行。（一解）妻卒被病，行不能相随。五里一反顾，六里一裴回。（二解）吾欲衔汝去，口噤不能开；吾欲负汝去，毛羽何摧颓。（三解）
>
> （《艳歌何尝行》）

> 鹄欲南游，雌不能随。我欲躬衔汝，口噤不能开；我欲负之，毛衣摧颓。五里一顾，六里徘徊。
>
> （魏文帝《临高台》）

> 孔雀东飞。苦寒无衣。为君作妻。中心恻悲。夜夜织作。不得下机。三日载匹。尚言吾迟。

---

① 帕里—洛德认为主题套语即是口述歌谣创作者用重复的情节和描写性的文字表达一种固定的情绪。如《诗经·小雅·出车》中：“春日迟迟，卉木萋萋。仓庚喈喈，采蘩祁祁”，这个“采蘩”情节多次出现在《诗经》当中，不管它以怎样的顺序出现，都表示出了一种“还归”的主题。而故事范型则是指歌手口头文学中的故事的基本组织。（《钟与鼓——〈诗经〉的套语及其创作方式》，第71页）。在此我们将乐府诗中类似于这两种情况的语言现象统一归为主题套语。

（《古艳歌》）

孔雀东南飞，五里一徘徊……君既为府吏，守节情不移。贱妾留空房，相见常日稀。鸡鸣入机织，夜夜不得息。三日断五匹，大人故嫌迟。

（《焦仲卿妻》古辞）

浮云西北起，孔雀东南飞。

（梁简文帝《中妇织流黄》）

以上这些乐府诗所描写的情节大体上都有相似之处，可以看成同一主题系列。从乐辞间的相互关系来看，《艳歌何尝行》描写的是一对雌雄相随的白鹄的生离死别以譬喻男子不能庇护他心爱的妻子。曹丕《临高台》的一章则是采取此歌的大意，改为长短句。胡适《白话文学史》认为《焦仲卿妻》中的"孔雀东南飞"即是由此产生："而本辞（《艳歌何尝行》）仍旧流传在民间，'双白鹄'已讹成'孔雀'了，但'东南飞'仍保存'从西北来'的原意……民间歌辞靠口唱相传，字句的讹错是免不了的，但'母题'（Motif）依旧保留不变。故从汉乐府到郭茂倩，这歌辞虽有许多改动，而'母题'始终不变。这个'母题'恰合焦仲卿夫妇的故事，故编《孔雀东南飞》的民间诗人遂用这一只歌作引子。"①

这里所说的母题实际上就是指诗歌的主题。朱自清认为："有许多歌谣是大同小异的。大同的地方是他们的本旨，在文学的术语上叫做'母题'（Motif）；小异的地方是随时添上的枝叶细节。"②从这个意义上来说，作为口语文本的乐府诗其主题（Theme or typical scene）与通常作为作品"中心思想"的主题概念不同，它指诗歌中具有特征并处于显著地位的叙事单元，它表现一完整或相对完整的思想内容，为诗歌的核心，亦为其结构与发展的基本要素。有些诗歌往往含有若干主题，而重

---

① 胡适：《白话文学史》，第69页，北京：东方出版社，1996。

② 朱自清：《中国歌谣》，第122页。

复出现的事件、描述性细节或段落和故事的基本组织就构成了主题套语。从上文举例中，我们看到《焦仲卿妻》首段由《古艳歌》中现成的主题套语改编而成。《古艳歌》与《艳歌何尝行》一样也是民间流传以久的歌曲，逯钦立《先秦汉魏晋南北朝诗》案："《古诗为焦仲卿作》即继承此歌"[①]。可见歌唱艺人喜欢采用"艳歌"中的习用套语组织新歌。在此过程中，"孔雀东南飞"成了一种固定套语式描述方式。我们看到，在简文帝《中妇织流黄》中仅用此套语即表达了"夫妻别离"的主题，这正是有赖于长期以来人们对焦仲卿夫妇的故事的熟悉，最后这个故事的主题即凝结在"孔雀东南飞"这个固定的表达中。

2."双飞鸟"与殉情，如：

南山一桂树，上有双鸳鸯。千年长交颈，欢爱不相忘。

（《古绝句》）

东西植松柏，左右种梧桐……中有双飞鸟，自名为鸳鸯。仰头相向鸣，夜夜达五更。

（《焦仲卿妻》古辞）

《焦仲卿妻》结尾句化用《古绝句》套语，皆用松柏梧桐，交枝接叶，鸳鸯相向，日夕和鸣，象征男女主人公的爱情绵绵不绝。在民间流行的有关夫妻殉情的故事中，这种描写方式形成了固定程式，反复运用。如韩凭夫妇故事结尾，其墓间生出相思树，一对鸳鸯恒栖树上，交颈悲鸣，与此相同；梁祝故事结尾殉情化蝶，也与此类似。这些都可以看作是习用套语在民间文学中的使用，比翼鸟、双飞蝶成为象征有情人永恒爱情的符号。

3."问君家"与夸富，如：

---

① 逯钦立：《先秦汉魏晋南北朝诗》，第292页，北京：中华书局，1998。

相逢狭路间，道隘不容车。不知何年少，夹毂问君家。君家诚易知，易知复难忘。黄金为君门，白玉为君堂。堂上置樽酒，作使邯郸倡。中庭生桂树，华灯何煌煌。兄弟两三人，中子为侍郎。五日一来归，道上自生光。黄金络马头，观者盈道傍。入门时左顾，但见双鸳鸯。鸳鸯七十二，罗列自成行。音声何雍雍，鹤鸣东西厢。大妇织绮罗，中妇织流黄。小妇无所为，挟瑟上高堂。丈人且安坐，调丝方未央。

（《相逢行》古辞）

长安有狭斜，狭斜不容车。适逢两少年，挟毂问君家。君家新市傍，易知复难忘。大子二千石，中子孝廉郎。小子无官职，衣冠仕洛阳。三子俱入室，室中自生光。大妇织绮纻，中妇织流黄。小妇无所为，挟琴上高堂。丈夫且徐徐，调弦讵未央。

（《长安有狭斜行》古辞）

黄金为君门，璧玉为轩堂。上有双樽酒，作使邯郸倡。刘王碧青甓，后出郭门王。舍后有方池，池中双鸳鸯。鸳鸯七十二，罗列自成行。鸣声何啾啾，闻我殿东厢。兄弟四五人，皆为侍中郎。五日一时来，观者满路傍。黄金络马头，颎颎何煌煌。

（《鸡鸣》古辞）

以上这些乐府古辞都以相互夸耀家世以争道斗富为主题，皆由人物问答——"问君家"引发对富贵之家气象的展现。《相逢行》与《鸡鸣》中皆以黄金为门，白玉为堂，堂上置酒，作使名倡，鸳鸳成行，鹤鸣雍雍等描绘其富有。其中，"黄金为门，白玉为堂"成为富埒王侯的标志，到《红楼梦》中演变成贾府的"白玉为堂金作马"，也已成为习见的主题套语。

不仅夸其富有，而且夸其尊贵。《相逢行》中"兄弟两三人，中子为侍郎"，《鸡鸣》中"兄弟四五人，皆为侍中郎"，《长安有狭斜行》中"大子二千石，中子孝廉郎。小子无官职，衣冠仕洛阳"，不只是一人居官，而是兄弟几人同时宦达，侍郎是皇宫的禁卫官或天子左右侍从，是皇帝信任的近臣，其特殊地位已经不是普通朝廷官员所能相比。兄弟中不仅有俸禄为四百石的侍郎，还有秩达二千石的高官显宦。当这些权贵同时还乡，更是让人羡慕：《相逢行》中写“五日一来归，道上自生光。黄金络马头，观者盈道傍”，《鸡鸣》中写“五日一时来，观者满路傍。黄金络马头，颎颎何煌煌”。可见这些描写达官贵人的主题意象交相迭现于不同的乐府诗中，已成为习用的表达。

不仅夸其富贵，而且夸其悠闲。所谓富贵人不忙，《相逢行》与《长安有狭斜行》中皆有三妇织绵鼓瑟的段落：“大妇织绮罗，中妇织流黄。小妇无所为，挟瑟上高堂。”齐梁诗人最喜欢仿作此段，或名《中妇织流黄》，或名《相逢狭路间》，或名《三妇艳诗》，或名《三妇绝》，或名《拟三妇》，先后共计有几十首。两妇织绵，小妇调瑟，在古代乐府诗中频繁重复出现，从而成为富贵之家的象征，名为“三妇艳”，并积淀成一种具有特定含义的符号。

这些乐府诗都属于夸耀主人富贵的诗，三首诗的字句也多有重复，最初当是出自同一母题，其叙事模式也基本相同。如《相逢行》与《长安有狭斜行》中使用相同的思路开篇：“相逢狭路间，道隘不容车。不知何年少，夹毂问君家？”“长安有狭斜，狭斜不容车。适逢两少年，挟毂问君家？”但由于歌者面对的主人不同，既有诸侯王室，又有富贵之家。它们很有可能具有口语文本的性质，在当时的表演中多用于祝颂、恭维主人。歌者往往会根据祝颂对象的不同来改变歌辞。也会见景生情，随口编造。所以他们的唱辞往往既切合眼前实事，又符合听乐者身份，从而具有娱宾悦主的作用。

4. 乐府中求爱主题，如：

> 日出东南隅，照我秦氏楼。秦氏有好女，自名为罗敷。罗敷善蚕桑，采桑城南隅。青丝为笼系，桂枝为笼钩。头上倭堕髻，耳中明月珠。缃绮为下裙，紫绮为上襦……使君从南来，五马立踟蹰。

使君遣吏往。问是谁家姝？秦氏有好女，自名为罗敷。罗敷年几何？二十尚不足，二五颇有余。使君谢乐敷，宁可共载不？罗敷前致辞，使君一何愚？使君自有妇，罗敷自有夫……坐中数千人，皆言夫婿殊。

（《陌上桑》古辞）

秋胡纳令室，三日官他乡……百草扬春华，攘腕采柔桑。素手寻繁枝，落叶不盈筐。罗衣翳玉体，回目流采章。君子倦仕归，车马如龙骧。精诚驰万里，既至两相忘。行人悦令颜，情息此树傍。诱以逢卿喻，遂下黄金装。烈烈贞女忿，言辞厉秋霜……彼夫既不淑，此妇亦太刚。

（傅玄《秋胡行》）

昔有霍家奴，姓冯名子都。依倚将军势，调笑酒家胡。胡姬年十五，春日独当垆。长裾连理带，广袖合欢襦。头上兰田玉，耳后大秦珠。两鬟何窕窕，一世良所无。一鬟五百万，两鬟千万馀。不意金吾子，娉婷过我庐。银鞍何煜爚，翠盖空踟蹰。就我求青酒，丝绳提玉壶。就我求珍肴，金盘鲙鲤鱼。贻我青铜镜，结我红罗裙。不惜红罗裂，何论轻贱躯。男儿爱后妇，女子重前夫。人生有新故，贵贱不相逾。多谢金吾子，私爱徒区区。

（辛延年《羽林郎》）

以上三首乐府诗叙述在求爱场景、求爱情节上都具有套式性质，属于同一主题套式。首先，看求爱场景，《陌上桑》、《秋胡行》中都有过路男子向采桑女子求爱，而辛延年的《羽林郎》则是这一母题的变奏，只是诗中女子的身份，已由采桑女变为卖酒女。古代北方盛产桑树，养蚕业也相当发达，采桑之处女子很多。所以，采桑之地也往往成为男女恋爱的场所。《诗经》中所吟咏的“桑间濮上”之地，便是如此。由此，也产生了许多有关采桑女的传说故事。同理，酒馆也是人来人往，熙熙攘攘的热闹场所，饮食服务自古以来就是社会的窗口行业，尤其是酒店的女主人，更是引人注目的对象，许多故事都发生在她们身上。乐府诗里陌生男子向女子的求爱一般发生在采桑之处或酒肆之中。可见桑园、酒店等泛指地点成为乐府诗中叙述求爱场面的典型场景（typical scene），符合当时人们的风俗习惯，也为当时人们所熟悉，从而成为习用套式。

其次，看求爱情节，以上乐府诗的叙事模式都是首先介绍故事发生的时代和人物，以服饰描写为中心叙述女主人公出众的美貌，接着便是路遇权贵豪强的狎昵调笑，最后是女子机智沉着的应对，拒绝男子的求爱。我们知道，角色功能是故事构成的不变的或者说基本要素，故事的功能是由角色和角色的行动构成的。虽说这些乐府诗中人物角色的姓名、身份、属性在变化，可是这些角色的行动及其功能是不变的，如秦罗敷嘲笑斥责使君、秋胡妻痛斥严拒秋胡以及胡姬誓死回绝金吾子等，实际上，每个故事诗中各个角色通过各种方式以实践的行动和实现的功能都是一致的。所以尽管故事的表面形态各不相同但它们的深层结构却是一致的，同属于一种叙事结构模式。正因为如此，有学者认为罗敷在桑间拒绝使君与秋胡戏其妻有着密切的关联，如《朱子语类》："乐府中《罗敷行》，罗敷即使君之妻，使君即罗敷之夫。其曰：'使君自有妇，罗敷自有夫'正相戏之辞。"①高国藩《敦煌本秋胡故事研究》一文中进一步指出："从元代起……秋胡故事与罗敷故事交织在一起，民间常常传说秋胡妻姓罗，或者姓秦。"②

这些现象表明，乐府诗在流传过程中逐渐形成了口头表演艺术传统，虽然从语言结构上看，同时也存在着表演者临场创新和变动的地方，但它们在多个层面上都是程式化了的。换句话说，主题的表现形式可能有所不同，但其基本的组织结构具有相似性。如以上三首乐府诗都是男方企图依靠权势将自己的意愿强加于女方，而遭到女方的拒绝。并且在与主题相关的一系列意象上也有着相似性。如以上在叙述罗敷

① （宋）黎靖德编：《朱子语类》卷八〇，第 2085 页，中华书局，1994。

② 《敦煌研究》1986 年第 1 期。

与胡姬服饰的方式上相同，在描写秋胡妻与罗敷采桑的情境上相同。可见它们属于一个共同的主题套语系统。

5. 乐府中的复仇主题，如：

始出上西门，遥望秦氏庐。秦氏有好女，自名为女休。休年十四五，为宗行报仇。关吏呵问女休，女休前置辞："平生为燕王妇，于今为诏狱囚。平生衣参差，当今无领襦。明知杀人当死，兄言'怏怏'，弟言'无道忧'。女休坚辞为宗报仇，死不疑。"杀人都市中，徼我都巷西。丞卿罗东向坐，女休凄凄曳梏前。两徒夹我，持刀刀五尺馀。刀未下，朣胧击鼓赦书下。

（左延年《秦女休行》）

庞氏有烈妇，义声驰雍凉。父母家有重怨，仇人暴且强。虽有男兄弟，志弱不能当。烈女念此痛，丹心为寸伤。外若无意者，内潜思无方。白日入都市，怨家如平常。匿剑藏白刃，一奋寻身僵。身首为之异处，伏尸列肆旁。肉与土合成泥，洒血溅飞梁。猛气上干云霓，仇党失守为披攘。一市称烈义，观者收泪并慨慷。"百男何当益，不如一女良！"烈女直造县门，云："父不幸遭祸殃。今仇身以分裂，虽死情益扬。杀人当伏法，义不苟活隳旧章。"县令解印绶，"令我伤心不忍听。"刑部垂头塞耳，"令我吏举不能成。"烈著希代之绩，义立无穷之名。夫家同受其祚，子子孙孙咸享其荣。今我弦歌吟咏高风，激扬壮发悲且清。

（傅玄《秦女休行》）

以上乐府诗从本事上来讲左延年《秦女休行》叙述女休复仇与傅玄咏庞娥复仇相类似，属于同题异事。《乐府诗集》题解云："左延年辞，大略言女休为燕王妇，为宗报仇，杀人都市，虽被囚系，终以赦宥，得宽刑戮也。晋傅玄云'庞氏有烈妇'，亦言杀人报怨，以烈义称，与古辞义同而事异。”[①]一方面，女休为宗族报仇杀人的故事确有本事，如曹植《精微篇》中也提到这个故事：“女休逢赦书，白刃几在颈。”萧涤非《汉魏六朝乐府文学史》：“自东汉之末，私人复仇之风特炽，贤士大夫，又往往假以言辞，遂致不可遏抑。”[②]史传中与此相关的记载有皇甫谧《列女传》、《三国志·庞淯传》及裴松之注、《后汉书》皆载庞氏复仇之事。又如《后汉书·申屠蟠传》记载缑氏女玉为父报仇之事，《艺文类聚》卷三三，人部一七，报仇类共辑八十五则《列女传》故事，其中亦载此事。由此可见复仇为当时风俗。

另一方面，同主题本事之间彼此交错。如胡适指出：“这两篇似是同一件故事，然而数十年间，这件故事已经过许多演变了。被关吏呵问的，变成到县门自首了；丞卿罗列讯问，变成了县令解印绶了；临刑刀未下遇赦出，变成了‘烈著希代之绩，义立无穷之名。’”并说：“依此看来，我们可以推想当日有一种秦女休的故事流行在民间。这个故事的民间流行本大概是故事诗。左延年与傅玄所作《秦女休行》的材料都是大致根据于这种民间的传说的。这种传说——故事诗——流传在民间，东添一句，西改一句，‘母题’(Motif)虽未大变，而情节已大变了。左延年所采的是这个故事的前期状态；傅玄所采的已是他的后期状态了，已是‘义声驰雍凉’以后的民间改本了。流传越久，枝叶添的越多，描写的越细碎。故傅玄写烈女杀仇人与自首两点比左延年详细的多。”[③]其实，并没有确凿的证据说明两首乐府诗属于同一本事，但胡适的论述表明它们是彼此交错的。而我们从二者叙述复仇情节的重复和变异中看到，乐府诗在演唱过程中歌手习惯通过改变细节的方式来表现人们熟悉的同一主题，这些恰恰是民间诗歌所具有的特征。

从诗歌语言和结构上来看，以上两首诗的叙述都使用了流行的套

① 《乐府诗集》卷六一，第886页。

② 萧涤非：《汉魏六朝乐府文学史》，第159页。

③ 胡适：《白话文学史》，第59页。

语和程式。如我们将左延年《秦女休行》和《陌上桑》稍加对照，就可以发现汉乐府《陌上桑》开头写道："日出东南隅，照我秦氏楼。秦氏有好女，自名为罗敷。"左延年《秦女休行》则云："始出上西门，遥望秦氏楼。秦氏有好女，自名为女休。""秦氏有好女"只是沿用《陌上桑》的一个套语，目的无非是叹其漂亮，未必真姓秦，李白拟《秦女休行》云："西门秦氏女，秀色如琼花。"《陌上桑》又写道："罗敷前置辞：'东方千余骑，夫婿居上头……'"《秦女休行》则云："女休前置辞：'平生为燕王妇……'"和《陌上桑》中罗敷夸夫一样，左诗"为燕王妇"只不过是自显身份较为高贵而已。这些都是乐府诗中常见的套语。而傅玄《秦女休行》中结尾："烈著希代之绩，义立无穷之名。夫家同受其祚，子子孙孙咸享其荣。今我弦歌吟咏高风，激扬壮发悲且清。"是故事讲述完后末尾的祝颂语，是歌者对观众或者听众说的话，起着点明故事主旨和演唱意义的作用，这也是民间说唱作品中常见的结构模式。

二、乐府诗中套语的形成原因

乐府是一个集聚并且融合着诗歌、音乐、舞蹈和戏剧等各种艺术样式的综合性艺术。据考察，以上所举的大部分诗歌或有入乐记载，或属于乐府古辞，表明它们不同于单纯的文字文本，不是供人案头阅读欣赏的文学作品，而是面对观众（听众）的说唱表演艺术。作为媒介形态的乐府诗属于口语文本，其语言形式与歌舞表演及传播方式有着直接的联系。其中，固定套语的出现与乐府诗用作说唱表演的脚本而形成的特殊用语方式相关，它们在乐府诗演艺体制中的音乐功能及生成机制主要有：

（一）适应于观演者歌场演唱的需要

通过对乐府诗中套语现象的分析可知，大多数乐府诗实际上属于一定场合的歌唱表演。因此诗中经常出现一些专为歌场演唱之需设计的附加套语。如鲍照《东武吟行》:"主人且勿喧,贱子歌一言。"[①]陆机《吴趋行》:"四坐并清听,听我歌吴趋。"[②]谢灵运《会吟行》:"列筵皆静寂,咸共聆会吟。"[③]这些套语中提到了"主人"、"四座"、"列筵"等,表明这些乐府诗是以歌唱的形式面对场上观众(听众)的艺术表演。在作为歌舞表演媒介文本的乐府歌诗中经常出现歌者直接面对堂上听众的口吻套式,如《王子乔》(古辞):"圣主享万年,悲吟皇帝延寿命。"《相逢行》(古辞):"小妇无所为,挟瑟上高堂。丈人且安坐,调丝方未央。"《琅琊王歌辞》:"客行依主人,愿得主人强。"《长歌行》(古辞):"主人服此药,身体日康强。发白复更黑,延年寿命长。"魏武帝《气出唱》:"东西厢,客满堂。主人当行觞,坐者长寿遽何央。长乐甫始宜孙子,常愿主人增年,与天相守。"魏文帝《善哉行》:"四坐皆欢悦。寥寥高堂上……众宾饱满归,主人苦不悉。"元稹《捉捕歌》:"歌此劝主人,主人那不悟。不悟还更歌,谁能恐违忤。"其中"主人"、"丈人"、"圣主"等都是对观众尊称的套语,表明这些歌舞表演都是以特殊观众为中心的。

这一点我们可以从当代人对中国古代剧场的研究中得到印证。据现有的文献记载和出土文物考证,汉魏的歌舞表演主要在三种场合举行,那就是厅堂、殿庭、广场。廖奔指出:

> 当原始拟态表演的功利目的发生了从宗教到艺术、从祀神到娱人的转变以后,就引出了戏剧演出的对象:观众。而当时的特定观众群并不是社会普通民众,只是享有优越社会地位的贵族阶级,因而最初的演剧场所只迁就于观演者的舒适便利,并不十分顾及表演的需求。从今存汉代画像砖、画像石形象来看,当时的百戏演

---

① 《乐府诗集》,卷四一,第 608 页。

② 《乐府诗集》,卷六四,第 934 页。

③ 同上书,第 935 页。

出主要根据观演者的需要,在三种场合里举行,即:一,家室厅堂,也就是在贵族家庭的房屋厅堂里面的演出。二,屋宇殿庭,就是把在屋子里的演出挪到屋外,在堂前阶下的庭院里、或大殿前面的露台上举行。二,广场,即出皇帝或贵族组织的公开演出。①

可见在当时歌舞表演实属帝王贵族家庭、官署的娱乐,所谓的演剧场所并不同于今天我们所讲的正式剧场。无论是厅堂、殿堂还是广场,表演都是以满足观演者需要而举行的。从出土文物中看到,在当时演唱场所中观众具有特殊地位。如河南唐河县针织厂汉墓画像石刻一厅堂,柱头有一斗三升斗拱,厅堂上方有两个对称的望亭。厅堂内,左侧有二主人坐像,右侧为伎人表演掷倒。这是最为明确的厅堂演出形象。

图 2-1 河南唐河县针织厂汉墓画像石

在殿庭式演出中同样如此,如山东出土的汉画像石里常见这样的画面:正面刻出一座堂屋,屋里主人居中端坐,旁边排列宾客侍从,堂屋两旁有两座阙。堂屋前面的庭院中,有伎人在表演乐舞百戏。②

① 廖奔:《中国古代剧场史》,第 27 页,郑州:中州古籍出版社,1997。

② 同上书,第 27—32 页。

图 2-2 山东汉画像石

总之，当时的剧场主要是为了安置特殊的观众，“主人”在演出场所中享有核心的地位，其音乐表演主要为了豪门富户的欣赏娱乐，也就是说乐府诗的其功用在于宾主宴娱，在于弹唱侑酒。乐府诗中有《豫章府君登歌》：“嘉乐在庭，荐祀在堂。”《长安有狭斜行》：“小妇无所为，挟琴上高堂。”《孤儿行》：“上高堂，行取殿下堂，孤儿泪下如雨。”《唐享惠昭太子庙乐章·请神》：“闲歌在堂，万舞在庭。”这些也都表明许多音乐歌舞实际上都是在厅堂、殿庭中演出的。因而我们认为乐府诗中那些常常表示祈愿、祝福、劝诫的套语都和以娱乐宾主为目的的歌舞表演密切相关。胡应麟云：

> 《郊祀》、《铙歌》诸作，凡结语，率以延龄益算为言。盖主祝颂君上，荫庇神休，体故当尔。乐府诸作，亦有然者，意致率同，后学或以为汉人套语，非也。甄后《塘上行》，末言“从军致独乐，延年寿千秋”，本汉诗遗意，而注家以为妇人缠绵忠厚，由不熟东、西京乐府耳。
>
> 乐府尾句，多用“今日乐相乐”等语，至有与题意及上文略不相蒙者，旧亦疑之。盖汉、魏诗皆以被之弦歌，必燕会间用之。尾

句如此,率为听乐者设,即《郊祀》延年意也。[①]

胡氏从听乐者的角度指出了音乐对歌辞起结程式所生的作用,乐府诗中套语的安排和相应的音乐处理有着娱人的用乐目的和功用。正因为如此,我们看到无论叙述什么样的故事,乐府诗末尾常常出现如“今日乐相乐,延年寿千霜”等歌者送给观众或听众的吉辞——劝人尽欢。通俗地讲,也许是在宴饮场合劝人多喝几杯,图个快活。关于这种语言现象,萧涤非《汉魏六朝乐府文学史》中也指出:“汉魏乐府,结尾多作祝颂语,往往与上文略不相属,此盖为当时听乐者设,与古诗不同,不可连上文串讲也。”[②]可见歌场套语是表演艺术的产物,在内容上是外在于唱辞正文的。由于听乐者在当时的歌唱表演中具有特殊的地位,因而我们认为乐府诗中那些凸显观演者地位的套语实际上适应了厅堂等表演场所的需要。歌唱表演的功能由抒怀达意转变为娱乐宾客,在用以取悦主人的歌场表演形式中形成了乐府诗里祝福、恭维主人的固定套语,这些套语的文体功能则是通过演变歌唱艺术的娱乐功能而起作用。

(二)适应于歌者即兴表演的需要

乐府诗作为口头演唱的诗歌,同其他口头作品一样,呈现出高度的程式化,这既源于歌手编创的需要,同时也符合观演者欣赏的要求。套语并非只是词语工具,其本身有助于歌者的即兴表演,在即兴演唱中运用套语两个好处,一是便于记忆,二是便于歌手再加工。节奏化的固定曲调为文本创作提供了一个节奏化的框架。有经验的歌手在多次表演同样的乐章之后,对于乐调的音律节奏与韵律都已经烂熟于心,他们在即兴表演中往往可以选择熟悉的曲调。由于对这些曲调与这些所匹配

① 《诗薮》内编卷一,第19页。

② 《汉魏六朝乐府文学史》,第85—86页。

诗行的节奏、韵律、语调都很熟悉，所以能够熟练地使用词语和安排词语的顺序。在即兴创作的短暂时间里，由于同一节奏型的词汇容易形成某种记忆机制，因而最容易被歌者回忆起来。因而在即兴表演中各种套语的词汇及语调模式只是对号入座。由此看来，表演机会越多的套语，其节奏、韵律以及语调就越容易趋于自动化。同时在即兴表演中，组织语言的基础并非个别的音节，而是整行有着固定曲调和节奏的歌曲形成一个或几个情节套式，因而我们见到套语中的文本并非固着于音节的词语组合而是作为一个整体的单元。这样的套语使用能够自然地满足于乐调，自动地包含着必需数量的音节，比如“今日乐相乐”、“鸳鸯七十二”、“天上何所有”等成句。由于这种情节套式伸缩性往往很强，歌手可以根据当时的情况和时间随意编创和控制，它们在乐府诗中出现的位置并不是固定的，也不一定与乐辞正文联系，具有“拼凑”和“分割”的结构特点。

由于有了套语这样在说唱表演中形成的语言构件，就可以减轻歌者即兴表演中编创的压力。美国口头诗学研究者弗里在《晚近的学科走势》中指出：

> 一个不会书写的诗人，在口头表演中是必定会采用“常备片语”(stock phrases)和“习用场景”(conventional scenes)来调遣词语创编他的诗作，既然当时没有我们认为的理当如此的书写技术，表演者就需要掌握一种预制的诗歌语言，以支撑在表演中的进行创编的压力，方能在即兴演唱中成功地构架长篇叙事诗歌。荷马史诗中循环使用的语言便由此被理解为口头诗人的‘工具箱’，他——以及他之前的许多代诗人——借此以面对口头诗歌创编的挑战。那些被称做 aoidoi 的古希腊歌手，代代相承，就是凭借着学习和使用这种特殊化的语言而使他们的史诗传统得以传承和流布的。[①]

① 《民族文学研究》2000 年第 1 期，第 94 页。

常备片语和习用场景都是歌手预先储备的诗歌语言，它们在即兴演唱中具有重要的意义。据宋代笔记《梦粱录》记载："盖小说者，能讲一朝一代故事，顷刻间捏合，与起令随令相似，各占一事也。"[①]可见说唱表演是一种临场的即兴发挥，所谓"顷刻间捏合"就是指一种一瞬间的临场创作，也就是说唱者在瓦舍的表演时面对在场观众，视他们的反应而作出即场性表演。其中随口即来的套语程式则正是经常被这些瓦舍的说话人作为即兴表演的语言和即兴式的组合。

通过前面对乐府诗文本的分析，我们发现乐府歌诗在长期的表演传统中，也形成了各个层面各种类型的套语程式，为歌诗的编创提供了丰富的"常备片语"和"习用场景"。如"我欲竟此曲，此曲悲且长，今日乐相乐，别后莫相忘"，"生年不满百，常怀千岁忧，昼短苦夜长，何不秉烛游"，"天上何所有，历历种白榆"，"鸳鸯七十二，罗列自成行"等交叉词语或现成词组以及由"问君家"引发对家世的夸耀，由"君不见"作套头进行场面描绘，由"主人且勿喧，贱子歌一言"作导语开场白，由"日出东南隅，照我秦氏楼。秦氏有好女，自名为罗敷"介绍人物等叙事范式和现成思路等，这些语言构件为歌手在即兴表演中对"套路"、"程式"的灵活运用提供了基础。

一方面，重复性的习用套语常常在某一特定的叙事情境下出现，这些套语程式可以说是歌舞艺人和观演者共同认可的"游戏规则"。"程式的游戏因素就是一种文化所采用的手段，这种手段在娱乐的同时又能创造出一种使人接受的模式，帮助人暂时逃避人类生活的严重局限。在程式化的故事中，侦探总能侦破案情，英雄总能实现正义。"[②]同样，我们看到乐府诗《陌上桑》、《羽林郎》中皆以渲染女子的倾国倾城和聪明机警，来满足人们喜爱美丽女子和浪漫故事的心理。《相逢行》、《长

---

① （宋）吴自牧：《梦粱录》，第196页，杭州：浙江人民出版社，1980。

② 〔美〕J. G. 考维尔蒂：《通俗文学研究中的"程式"概念》，周宪等编：《当代西方艺术文化学》，第433页，北京：北京大学出版社，1988。

安有狭斜行》中皆以"夹毂问君家"来炫耀其富贵豪华，以表示歌者对主人的恭维。这些都是符合当时人们审美情趣的故事范型（story pattern），观演者对其表演模式也耳熟能详，已经习惯接受这种模式。因而表演者在演唱中总是有意无意地遵循传统模式，保持作品传统的一贯性，由此同一作品类型的核心情节和基本母题总是被不断被重复讲述。

另一方面套语程式中也有变异。陈祚明认为："古乐府是歌工取佳词合曲，故往往相同，此（《长安有狭行》）即用《相逢行》语。观其异处，亦能生新态。因夹毂，故云两少年；'新市傍'确指其地，肖答语。彼但写中子，此分指三子，见异。彼道上生光，是映带狭路间；此室中生光，乃起下。三妇艳，各自一法。"[①]可见由于曲调的相似性，歌手乐工往往采用相同或者相近的诗歌入乐演唱，但在细节方面具有变异性，口头一套语理论认为："变异的模式包括细节的精雕细刻、删繁就简、某一序列中次序的改变或颠倒、材料的添加或省略、主题的置换更替，以及常常出现的不同的结尾方式等等。"[②]对于这种变异，需要在表演活动中加以把握和认识。我们认为很有可能这些变化是为了"剧情需要"，或与现场表演者在搬演故事的时候面对压力之下的变通有一定的关系。

从这个角度来说，套语的形成与常用的音乐曲调有着密切的关系，套语作为演唱中的歌体一般来说是具有相对稳定节奏的诗行，每一诗行都有一定数量的音节。正因为如此，经常使用的套语一般来说在韵律结构上有着非常相近的地方。由于乐府歌诗的演唱习惯，套语的使用能够比较容易地纳入相应的音乐曲调，从而形成一定的体式规范，在社会上流传开来。它们甚至能够发展成为单独的音乐曲调，如我们看到陆机《日出东南隅行》，孔欣、昭明太子、沈约、刘孺、刘遵、李德林《相

---

① （清）陈祚明：《采菽堂古诗选》，康熙四十五年（1706）刻本。

② 〔美〕约翰·迈尔斯·弗里著，朝戈金译：《口头诗学：帕里—洛德理论》，第101页。

逢狭路间》,江总《今日乐相乐》,简文帝、徐陵、卢询、虞世南《中妇织流黄》,梁武帝《明月照高楼》等乐府诗实际上都是以乐府古辞中的现成套语为题的。这表明在演唱中歌辞是从属于音乐的,套语的节奏和韵律与乐曲音节有着同样的功能。

总而言之,在表演活动中,根据观演者的喜好形成了一些固定的音乐曲调和演唱程式,这些音乐曲调和演唱程式往往决定了诗歌的语言形式。同时,同一主题故事在流传过程中由于人们对重复性和变异性的运用,使得诗歌中的程式结构获得多重形态。对于表演者而言,能够记忆和需要记忆的就是其中稳定的模式。因为套语是长久以来形成的熟练语,对于即兴的表演和即时的情感抒发而言,它便于歌者迅速建构诗行。对于广泛流传的经典歌曲而言,熟练语的运用更便于记忆和传播。歌者只要记得套语的基本形式,就可以按故事情节的需要发挥自己的风格和创意。

(三)适应于歌舞表演程式的需要

程式的本意是法式、规程。《中国大百科全书·戏曲曲艺》卷上:“立一定之准式以为法谓之程式。”[①]即是演唱传统中形成的一定的规范、一定的规则。套语形式在某种程度上等同于口头程式理论中的程式(Formula)。[②] 乐府诗是诉诸歌舞表演的,在长久的实践中,传统的歌唱传播方式都有其规定的演唱程序和约定俗成的演唱内容,舞台艺术的特点和规律逐渐形成了具有一定含义的规范性表演形式。表演的程式化不仅包括器乐伴奏,如据《古今乐录》及《大明三年宴乐技录》等文献记载,相和歌曲中不同调式的乐曲对所用的乐器都有固

---

① 《中国大百科全书》(戏曲曲艺卷),第 21 页。

② 按“套语”一词,又被译成“程式”,按朝戈金的话说,就是“在相同的步格条件下,常常用来表达一个基本概念的词组”。见《口头诗学:帕里—洛德理论》,第 30 页。

定的要求。[①] 而且对于歌曲表演的顺序也有规定，据《乐府诗集》“相和歌辞”题解曰：“大曲又有艳，有趋、有乱。辞者其歌诗也……艳在曲之前，趋与乱在曲之后，亦犹吴声西曲前有和，后有送也。”[②]可见乐府中不同曲调的音乐形成了相对独立的表演体系，歌诗写作的程式化需要适应音乐曲调的表演套路。这些“解”、“艳”、“趋”、“乱”等表演程式和音乐属性对歌辞体式尤其是套语现象起到了不可忽视的影响。

第一，“解”与乐府诗中的套语。《乐府诗集》卷二六：“凡诸调歌词，并以一章为一解。《古今乐录》曰：‘伧歌以一句为一解，中国以一章为一解。’王僧虔启云：‘古曰章，今曰解，解有多少。当时先诗而后声，诗叙事，声成文，必使志尽于诗，音尽于曲。是以作诗有丰约，制解有多少，犹诗《君子阳阳》两解，《南山有台》五解之类也。’”[③]可见“解”是乐歌的音乐单位。由于乐府中的“解”具有组合不同乐章的功用，在实际的音乐表演中歌者可以任意摘取乐曲中某一“解”来歌唱。如《南齐书》卷一一云：“《俳歌》辞……侏儒导舞人自歌之。古辞俳歌八曲，此是前一篇。二十二句，今侏儒所歌，擿取之也。”[④]古辞《俳歌》前一篇共有二十二句，侏儒所歌只有十句，所以称之为“擿取”。又如：“《济济》辞……右一曲，晋《济济舞歌》，六解，此是最后一解。”[⑤]“《独禄》辞……右一曲，晋《独鹿舞歌》，六解，此是前一解。”[⑥]又如《乐府诗集》

---

① 清调有六曲。其器有笙、笛（下声弄、高弄、游弄）、篪、节、琴、瑟、筝、琵琶八种。歌弦四弦。张永《录》曰：“未歌之前，有五部弦，又在弄后。”瑟调曲其器有笙、笛、节、琴、瑟、筝、琵琶七种，歌弦六部。张永《录》云：“未歌之前有七部弦，又在弄后。”楚调曲。其器有笙、笛弄、节、琴、筝、琵琶、瑟七种。张永《录》云：“未歌之前，有一部弦，又在弄后。”大曲十五曲。《古今乐录》曰：“凡诸大曲竟，黄老弹独出舞，无辞。”参见《乐府诗集》第 441、495、534、599、635 页。

② 《乐府诗集》卷二六，第 309—310 页。

③ 同上。

④ 《南齐书》卷一一，第 195 页。

⑤ 同上书，第 193 页。

⑥ 同上。

卷五五云:“晋《白鸠舞歌》七解,齐乐所奏,是最前一解。”①这些文献记载皆表明乐府诗中的“解”具有相对的独立性和完整性,作为曲目中的表演单位能够自由组合。往往乐工通过拼凑和分割使得歌辞服从乐曲的解,以适应乐曲的变化。

既然如此,在表演中很有可能由于某些“解”受到观演者的喜爱在不同的曲调中经常被使用,从而就形成固定的套语形式。如我们把《乐府诗集》中为“晋乐所奏”的乐辞与本辞相比较,发现按《宋书·乐志》的记载《白头吟》古辞中的第五解“齿玄如马啖萁,川上高士嬉。今日相对乐,延年万岁期”以及曹植《怨诗行》第七解“我欲竟此曲,此曲悲且长。今日乐相乐,别后莫相忘”都是本辞中没有的,它们有可能是乐工演奏时插入的“解”。又如《西门行》古辞第四解“人生不满百,常怀千岁忧。昼短而夜长,何不秉烛游”和第六解“人寿非金石,年命安可期。贪财爱惜费,但为后世嗤”分别采用《古诗十九首》“生年不满百”的前四句和后四句。《陇西行》前四句“天上何所有,历历种白榆。桂树夹道生,青龙对道隅”与《步出夏门行》(古辞)后四句“天上何所有,历历种白榆。桂树夹道生,青龙对伏趺”几乎完全相同。以上乐府诗中反复使用的“解”相互之间在语言和结构上具有较多的相似性,多沿袭少创新,实际上都是乐府诗中的套语,由于在歌唱表演中这些习用乐辞间的拼凑和分割,它们逐渐形成了为消费者熟悉的套路。

第二,“艳”与乐府诗中的套语。据《乐府诗集》记载或收录乐府诗中有《艳歌罗敷行》、《艳歌行》、《艳歌何尝行》、《艳歌福钟行》、《艳歌双鸿行》②、《艳歌行有女篇》等名称。在上文中,我们通过讨论《焦仲卿妻》古辞与《古艳歌》以及《艳歌何尝行》的关系了解到乐府艳歌中辞句互用是习见的现象,这表明在艳歌编创中同样使用套语。同时我们

---

① 《乐府诗集》卷五五,第793页。

② 按:《乐府诗集》卷三九《艳歌行》(古辞)题解引《古今乐录》曰:“《艳歌行》非一,有直云‘艳歌’,即《艳歌行》是也。若《罗敷》、《何尝》、《双鸿》、《福钟》等行,亦皆‘艳歌’。”

看到在长期的演唱过程中，在具有序曲性质的"艳"形成了乐曲中基本固定的套式。《乐府诗集》卷二六"艳在曲之前"是说艳是大曲演唱之前的一段序曲。[①] 张永鑫认为："所谓'艳'，大多置于乐曲之前，起到概括和提示乐歌内容的作用，宛如乐曲的引子或序曲。"[②]从歌诗表演的角度来讲，"艳"的演唱机制即是歌者有意设计的一个场景，为了引出后面演唱的正题，有利于观众对故事和歌诗表演情境的欣赏和理解。其作用跟戏剧的开场锣鼓、评弹的开篇、相声的垫话一样，或因观众（听众）尚未到齐，或因观众（听众）虽到齐但是思想还未集中，唱一些跟正文无关的，让听众安静下来，思想集中了，然后转入正题；或者是对所要演唱的内容作简单的交代，让观众（听众）有个大致的了解。正如齐天举所说："艳歌的作用，是放在正歌之前，以组织听众情绪。艳歌在演奏过程中歌辞不断增加，结构逐渐扩展，完善，最后脱离正歌，由附庸蔚为大国，于是游离正歌而单行。"[③]

"艳"的演唱机制影响到歌辞文本的结构，我们看到凡演剧性乐辞的第一句都表明主题情感基调。如《步出夏门行》，魏武帝"碣石"篇艳辞："云行雨步，超越九江之皋，临观异同。心意怀游豫，不知当复何从。经过至我碣石，心惆怅我东海。"实际上总领全篇，对下面的歌辞具有引发和铺垫的作用。不仅如此，我们发现许多乐府诗的第一句话都有提示整个剧情的作用，如《孤儿行》："孤儿生，孤子遇生，命独当苦。"《东门行》："出东门，不顾归。"《相逢行》："相逢狭路间，道隘不容车。"这些起首句的功用在于一上场就亮主题，非常鲜明。吸引观众的注意力，同时唤起观者急于了解后事如何的迫切愿望，类似于后代戏曲表演中的一个引子或者楔子。所以，笔者认为在诗歌结构上其套式相当于序曲，也就是大曲中的"艳"。

---

① 《乐府诗集》卷二六，第376页。

② 张永鑫：《汉乐府研究》，第110页。

③ 齐天举：《古乐府艳歌之演变》，《阴山学刊》1989年第1期。

第三，“趋”、“乱”与乐府诗中的套语。趋辞中使用套语，如《艳歌何尝行》趋辞中用到“今日乐相乐，延年万岁期”同于《白头吟》结尾。又如魏明帝《步出夏门行》趋辞中“乌鹊南飞。绕树三匝，何枝可依”即袭用魏武帝《短歌行》；“月盈则冲，华不再繁。古来有之，嗟我何言”即习用魏文帝《丹霞蔽日行》。与“艳”相似，在表演机制上，“趋”和“乱”对曲辞文本结构产生影响，从而形成固定的程式。《乐府诗集》卷二六：“趋与乱在曲之后。”[①]“趋”和“乱”都是固定在歌曲末尾的结构形式，在歌辞内容上具有归结和引申的作用。如《艳歌何尝行》：“少小相触抵，寒苦常相随……奈何复老心皇皇，独悲谁能知！”《满歌行》：“饮酒歌舞，不乐何须……安善养君德性，百年保此期颐。”《棹歌行》：“将抗旄与钺，耀威于彼方。伐罪以吊民，清我东南疆。”[②]这些乐府诗中的趋辞都有感伤咏叹、总结全文等功能。

与“趋”相似，“乱曰”作为固定的语言结构也放在歌诗末尾，成为重要的艺术形式。黄震云、孙娟《“乱曰”的乐舞功能与诗文艺术特征》中指出：“‘乱曰’的位置在诗歌的结尾……根据汉代乐府的‘乱曰’情况可以看出，汉代乐府诗歌的‘乱曰’继承了《诗经》‘乱曰’的形式特点，因此是具有乐舞功能的符号，只有结构、文体、艺术价值，而没有文学意义。”[③]他们所说有一定道理。这些歌场套语的使用并不一定都与歌辞正文内容相衔接，其功能在于表现歌舞音乐中的场上艺术，主要具有程式结构意义。

总而言之，乐府诗是一种简练而富于音乐性的文学形式，因为受到各个不同曲调的制约，所以尤其讲究结构精密，诗歌的语句、段落的结

---

① 《乐府诗集》卷二六，第376页。

② 按：《宋书·乐志三》古辞《艳歌何尝行》“白鹄”篇，末有小字注云：“‘念与’下为趋。”《步出夏门行》明帝词“夏门”篇末有小字注云：“‘蹙迫’下为趋。”《艳歌何尝行》古词“何尝”篇，末有小字注云：“‘少小’下为趋曲。”《满歌行》古辞“为乐”篇，末有小字注云：“‘饮酒’下为趋。”《棹歌行》明帝词“王者布大化”末有小字注云：“‘将抗’下为趋。”

③ 《文艺研究》2006年第7期。

构依附音乐的结构。乐府诗体的基本结构受到歌舞艺术程式化的影响,"解"、"艳"、"趋"、"乱"等音乐曲式形成了乐府诗中可以自由组合的程式结构。由于表演场景的替换,乐府辞句之间的关系并不是简单意义上的"拼凑与分割"。在歌舞音乐中,它们很可能恰巧是相连的组诗,是乐府诗作为演唱文本的有机组成部分。

三、乐府诗中套语的价值评价

对于套语的价值评价的分歧主要在于从文本形式出发还是从口头演唱出发。按传统的理论,认为套语陈陈相因,并多用重章叠唱的形式,歌者依据固定的模式随口吟唱,其功能基本上是重新组合拼凑,多沿袭而少创新。因此使用套语的乐府诗具有程式化、多变异、章法松散等特点。所谓"陈词滥调"的情况在乐府诗创作中常见,为诗人所诟病。如卢照邻《乐府杂诗序》云:"《落梅》、《芳树》,共体千篇;《陇水》、《巫山》,殊名一意。"①元稹《乐府古题序》云:"沿袭古题,唱和重复于文。或有短长于义,咸为赘剩。"②

但按帕里—洛德的理论认为"口头诗人并不追求我们通常认为是文艺作品的必要属性的所谓'独创性'或是'新颖性',观众也并不作这样的要求。一个经历了若干代民间艺人千锤百炼的口头表演艺术传统,它一定是在多个层面上都高度程序化了的。而且,这种传统,既塑造了表演者,也塑造了观众"③。可见套语的形成与口语文本有着密切关系,《中国曲学大辞典》指出:

> 套语作为一种定型化的语言形式是中国古代戏曲语言中一种特殊的现象,是戏曲中的惯用语,沿用的套语方式有:上场诗"花

① （唐）卢照邻著,祝尚书笺注:《卢照邻集笺注》,第342页,上海:上海古籍出版社,1994。

② （唐）元稹:《元氏长庆集》卷二三,第335页,北京:文学古籍刊行社,1956。

③ 《口头诗学:帕里—洛德理论》,第19页。

> 有重开日，人无再少年”；下场诗：“是非只为多开口，烦恼皆因强出头”；念白中间用：“巧字不姓，姓字不巧”，“识时务者为俊杰”；曲文中间用“莫待临渊失马收缰晚，只恐船到江心补漏迟”等，无论曲白，相沿成习。套语虽被人说是“陈词滥调”，但耳熟能详，流畅不涩，用的恰当，也是简约之法。套语一般来自民间俗语、谚语，也有采用古籍中的名言警句，并与讲唱文学对戏曲的影响也密切相关。①

通过上文乐府诗中套语现象的分析，我们很容易找到其中与表演程序相关的文字记录。许多乐府诗都是为表演而写作的歌辞，它们带有后世戏剧舞台脚本性质的戏词。也就是说，乐府诗中套语程式的使用频率和分布密度越高，它们在诗歌内容表达和形式结构上所起的作用越大，其运用越符合表演者叙述的自然发展和需求，而越少人为的痕迹。套语的使用不仅易于记诵，而且直接构成一种叙述的场景，加上纯粹的口语风格，可以肯定它们不同于文人案头作品，而是与表演密切相关的口语文本。

因此需要从歌诗表演角度评价乐府诗中的套语。如果把乐府诗中的这种语言现象一概称之为“重复句”或者“重复式”，就抹杀了这类习语和套语在口传故事固定为书面文本之前作为现场表演的讲唱特征。它们在用来表示人或事物特征的形容词或形容词短语取决于同熟悉的事物相联结的贴切性，而不在于其新颖性或多样变化。这种措辞几乎成了名称的一部分。同时乐府诗和作为娱乐的社会功用相关联，它需要适应观演者歌场表演的需要，适应歌者即兴表演的需要以及音乐表演程式的需要。因而作为音乐形态的乐府诗经常用到一些虽不关正文文意，但具备结构功能意义的套语。正如赵敏俐在《汉乐府歌诗演唱与语言形式之关系》中指出：“套语的使用在后世看来也许是个缺点，但是在当时却有重要的积极意义。这应该是汉代说唱文学与先秦说唱

① 《中国曲学大辞典》，第704页，“套语”条，杭州：浙江教育出版社，1997。

文学相比的一个进步，尤其是在音乐发展方面的一个进步。歌舞艺人们只要对乐调熟悉，就可以按照固定的乐调即兴演唱，并随口加入一些套语，使所表演的诗歌符合乐调。这显然大大地加强了汉乐府歌诗的创造活力。”①可见全面分析乐府诗中的套语现象能进一步说明乐府诗的表演性和口传性，从而对正确认识和评价乐府诗有着积极的意义。

第二节　乐府诗中的声辞

乐府诗中常常用到一些有声无义的表声词以及具有科、白意义的标识性文字。据《乐府诗集》卷二六：“诸调曲皆有辞、有声……辞者其歌诗也，声者若‘羊吾夷’、‘伊那何’之类也。”②这些声辞可能是句中衬字或句末余韵，都是由于配乐演唱的需要而被添加进正文的，从而形成乐府诗中“声辞合写”的现象。《乐府诗集》卷一九《宋鼓吹饶歌》题解引《古今乐录》说：“凡古乐录，皆大字是辞，细字是声，声辞合写，故致然尔。”③这就是说，在最初歌辞记录时，乐工可能同时把表义的文字——“辞”和表声的文字——“声”同时记录下来了。这在当初字分大小，大字为辞，小字为声，是有所区别的。但在以后的流传中，小大无别，“辞”与“声”二者变得混淆不清，从而使得这些乐府诗难以解读。如《沧浪诗话》：“古词之不可读者，莫如《巾舞歌》，文义漫不可解。又古《将进酒》、《芳树》、《石留》、《豫章行》等篇，皆使人读之茫然。又《朱鹭》、《雉子斑》、《艾如张》、《思悲翁》、《上之回》等，只二三句可解，岂非岁久文字舛讹而然邪？”④陈本礼的《汉诗统笺》、陈沆的《诗比兴笺》、庄述祖的《汉铙歌句解》、王先谦《汉铙歌释文笺正》、闻一多《乐

---

① 《文学评论》2005 年第 5 期。

② 《乐府诗集》卷二六，第 376 页。

③ 《乐府诗集》卷一九，第 285 页。

④ 《沧浪诗话校释》，第 212—213 页。

府诗笺》等都曾致力于这些乐府诗的笺释，但其文本解读仍有不能读通之处。本节主要通过对乐府诗中"声辞合写"现象的深入研究，从而探索这些乐府诗的文体性质和解读方法。

一、乐府诗中的"声辞合写"现象

《宋书·乐志》和《乐府诗集》中通篇是"声辞合写"的共有6首。"舞曲歌辞"中的《巾舞歌》(《公莫舞》)、"铎舞歌诗"《圣人制礼乐篇》，"汉铙歌"中的《石留》以及"今鼓吹铙歌词"中的《上邪曲》、《晚芝曲》、《艾如张曲》等。部分"声辞合写"的则有"汉铙歌"中的《朱鹭》、《思悲翁》、《有所思》、《巫山高》以及"杂曲歌辞"中的《蜨蝶行》等。

前人对乐府诗中"声辞合写"现象的研究有：孙楷第原书：《宋书乐志今鼓吹铙歌词考》、《宋书乐志铎舞歌诗二篇考》。[①] 文中对前述声辞杂写、不可通读的古代曲辞做了考释，揭示了这些曲辞的本来面目以及其不可通读的原因。杨公骥《汉〈巾舞歌辞〉句读及研究》[②]对《巾舞歌辞》进行了校点。校本证实，《巾舞歌辞》是由唱词(包括主要唱词、复唱及衬字)、角色标识字和指示舞蹈动作等的科范字组成的戏剧科仪本。姚小鸥的《公莫巾舞歌行考》[③]、《〈汉鼓吹铙歌十八曲〉的文本类型与解读方法》[④]、《关于刘宋"今鼓吹铙歌"〈上邪曲〉的研究》[⑤]等一系列文章通过对《巾舞歌》(《公莫舞》)、《石留》、《朱鹭》、《远如期》、《上邪曲》等乐府诗的解读，总结和验证了孙楷第、杨公骥等解读汉魏六朝乐府曲唱文本的基本方法。笔者下文根据已有的研究成果及其研究方法，依据"大字是辞，细字是声"的原则，以小字标识出"声辞合写"乐府诗中的"声"字。

---

① 见孙楷第《沧州集》。

② 《光明日报》1950年7月19日。

③ 《历史研究》1998年第6期。

④ 《复旦学报》2005年第1期。

⑤ 《北方论丛》2005年第1期。

汉《巾舞歌》	声辞合写的乐府诗	吾不见公莫时吾何婴公来婴姼时吾哺声何为茂时为来婴当恩吾明月之土转起吾何婴土来婴转去吾哺声何为土转南来婴当去吾城上羊下食草吾何婴下来吾食草吾哺声汝何三年针缩何来婴吾亦老吾平平门淫涕下吾何婴何来婴涕下吾哺声昔结吾马客来婴吾当行吾度四州洛四海吾何婴海何来婴四海吾哺声熇西马头香来婴吾洛道吾治五丈度汲水吾噫邪哺谁当求儿母何意零邪钱健步哺谁当吾求儿母何吾哺声三针一发交时还弩心意何零意弩心遥来婴弩心哺声复相头巾意何零何邪相哺头巾相吾来婴头巾母何何吾复来推排意何零相哺推相来婴推非母何吾复车轮意何零子以邪相哺转轮吾来婴转母何吾使君去时意何零子以邪使君去时使来婴去时母何吾思君去时意何零子以邪思君去时思来婴吾去时母何何吾吾
	杨公骥破译的曲唱文本	吾不见公莫[姼](时)吾何婴,公来婴姼(时)吾〈哺声〉何为茂?(时)为来婴当思吾明日之土〈转起〉吾何婴土来婴〈转〉去吾哺声何为?土〈转南〉来婴当去吾城上羊。下食草吾何婴,下来吾[婴]食草吾哺声,汝何三年针缩何来婴,吾亦老!吾平平门淫[频频扪涕]涕下吾何婴,何来婴涕下吾哺声。昔结吾马。客来婴吾当行吾!度四州。洛[略]四海吾何婴海何来婴海何来婴四海吾哺声,熇[部]西马头[蹄]香来婴吾,洛道五吾五丈度汲[济]水吾噫邪哺。谁当求儿?母:何意零!邪〈钱健步〉,哺,谁当吾求儿?母:何吾,哺声〈三针一发〉〈交〉〈时〉〈还〉〈弩心〉意何零!意〈弩心〉遥[还]来婴〈弩心〉哺声〈复相头巾〉意何零!何邪,相哺头巾相[相头巾],吾来婴,〈头巾〉。母:何何吾!〈复来推排〉意何零!相哺,〈推相[排]〉,来婴,〈推非[排]〉。母:何吾!〈复车[转]轮〉意何零!子:以邪!相哺,〈转轮〉,吾来婴,〈转〉。母:何吾!使君去时意何零!子:以邪!使君去时。使来婴去时,母:何吾!思君去时意何零!子:以邪!思君去时,思来婴吾[君]去时。母:何何吾吾!

《圣人制礼乐篇》	声辞合写的乐府诗	昔皇文武邪弥弥舍善谁吾时吾行许帝道衔来治路万邪治路万邪赫赫意黄运道吾治路万邪善道明邪金邪善道明邪金邪帝邪近帝武武邪邪圣皇八音偶邪尊来圣皇八音及来仪邪同邪乌及来义邪善草供国吾咄等邪乌近帝邪武邪近帝武邪武邪应节合用武邪尊邪应节合用酒期义邪同邪酒期义邪善草国吾咄等邪乌近帝邪武邪近帝武武邪邪下音足木上为鼓义邪应众义邪乐邪供邪延否已邪乌已礼祥咄等邪乌素女有绝其圣乌乌武邪

（续　表）

《圣人制礼乐篇》	对应曲辞	黄云门，唐《咸池》，虞《韶舞》，夏《夏》殷《濩》。列代有五，振铎鸣金，延《大武》。清歌发唱，形为主。声和八音，协律吕。身不虚动，手不徒举。应节合度，周期叙。时奏宫角，杂之以徵羽。下餍众目，上从钟鼓。乐以移风，与德礼相辅，安有失其所。（傅玄《云门篇》）
	孙楷第破译的曲唱文本	昔皇文（黄云）武邪，弥（门）弥舍善，谁吾时吾（虞韶舞），行许帝道，衔来治路万邪，治路万邪，赫赫（夏夏）意黄（殷濩）运道（代）吾（五），治路万邪善道（振铎）明（鸣）邪金（金）邪，善道（振铎）明（鸣）邪金（金）邪帝邪，近（延）帝武（武）武邪邪，圣皇八音（声和八音）偶邪尊来圣皇八音（声和八音），及来仪邪同邪，乌及来义邪善，草供国（奏宫角）吾，咄等邪乌近（延）帝邪武（武）邪近（延）帝武（武）邪武邪应节合用（应节合度）武邪尊邪应节合用（应节合度），酒期（周期）义邪同邪，酒期（周期）义邪善，草宫国（奏宫角）吾咄等邪乌近（延）帝邪武（武）邪，近（延）帝武（武）武邪邪下音足木（下餍众目），上（上）为鼓（鼓）义邪应众（钟）义邪，乐邪供邪延否（乐以移风）已邪乌已礼祥（礼相）咄等邪乌，女有绝其素（安有失其所）圣乌乌武邪。

汉铙歌《石留》	声辞合写的乐府诗	石留凉阳凉石水流为沙锡以微河为香向始冞冷将风阳北逝肯无敢与于扬心邪怀兰志金安薄北方开留离兰。
	姚小鸥破译的曲唱文本	石留（流）凉阳凉，石水流为沙锡以（兮）微河（为何）为香向？始冞（兮）冷，将风阳（扬），北逝肯无？敢与于扬，心邪怀兰志，金（今）安薄北方，开留离兰。

《宋鼓吹铙歌·上邪曲》	声辞合写的乐府诗	大竭夜乌自云何来堂吾来声乌奚姑悟姑尊卢圣子黄尊来餽清婴乌白日为随来郭吾微令吾应龙夜乌由道何来直子为乌奚如悟姑尊卢鸡子听乌虎行为来明吾微令吾诗则夜乌道禄何来黑洛道乌奚悟如尊尔尊卢起黄华乌伯辽为国日忠雨令吾伯辽夜乌若国何来日忠雨乌奚如悟姑尊卢面道康尊录龙永乌赫赫福祚夜音微令吾

（续　表）

《宋鼓吹铙歌·上邪曲》	对应曲辞	大晋承运期，德隆圣皇。时清晏，白日垂光。应箓图，陟帝位，继天正玉衡。化行象神明，至哉道隆虞与唐，元首敷洪化，百寮股肱并忠良。民大康，隆隆赫赫，福祚盈无疆。（傅玄《大晋承运期》）
	孙楷第破译的曲唱文本	大竭（大晋）夜乌自云（承运）何来堂（德）吾来（隆）声（圣）乌奚姑悟姑尊卢（圣）子黄（皇）尊来餭䱯清婴（时清宴）乌白日（白日）为随（垂）来郭（光）吾微令吾（一解）。应龙（应箓）夜乌由道何来直（陟）子为（位）乌奚如悟姑尊卢鸡（继）子听（天）乌虎行为（化行象）来明（明）吾微令吾（二解）诗则（至哉）夜乌道禄（道隆）何来黑洛道乌奚悟如尊尔尊卢起黄华（洪化）乌伯辽（百寮）为国日忠雨（忠良）令吾（三解）伯辽（百寮）夜乌若（为）国何来日忠雨（忠良）乌奚如悟姑尊卢面道康（民大康）尊录龙（隆隆）永乌赫赫（赫赫）福祚夜（福祚盈）音微令吾（四解）

《宋鼓吹铙歌·艾如张曲》	声辞合写的乐府诗	几令吾呼历舍居执来随咄武子邪令乌衔针相风其右其右几令吾呼群议破葫执来随吾咄武子邪令乌今乌今肚入海相风及后几令吾呼无公赫吾执来随吾咄武子邪令乌无公赫吾娓立诸布始布
	对应曲辞	征辽东，敌失据。威灵迈日域，公孙既授首，群逆破胆，咸震怖。朔北响应，海表景附。武功赫赫，德云布。（傅玄《征辽东》）
	孙楷第破译的曲唱文本	几令吾呼历舍居（敌失据）执来随咄武子邪令乌衔针（咸震）相风（附）其右其右（一解）几令吾呼群议破葫（群逆破胆）执来随吾咄武子邪令乌今乌今肚入海相风及后（二解）几令吾呼无公赫吾执来随吾咄武子邪令乌无公赫（武功赫）吾娓立诸布始布（布）（三解）

《宋鼓吹铙歌·晚芝曲》	声辞合写的乐府诗	几令吾几令诸韩乱发正令吾几令吾诸韩从听心令吾若里洛何来韩微令吾尊卢忌卢文卢子路子路为路鸡如文卢炯乌诸祚微令吾几令诸韩或公随令吾几令吾几诸或言随令吾黑洛何来诸韩微令吾尊卢安成随来免路路子为吾路奚如文卢炯乌诸祚微令吾几令吾几诸或言随令吾几令吾诸或言几苦黑洛何来诸韩微令吾尊卢公讲随来免路子子路子为路奚姑文卢炯乌诸祚微令吾

（续 表）

《宋鼓吹饶歌·晚芝曲》	标识“声”字的曲唱文本	几令吾几令诸韩乱发正令吾(一解)几令吾诸韩从听心令吾若里洛何来韩微令吾(一解)尊卢忌卢文卢子路子路为路鸡如文卢炯乌诸祚微令吾(一解)几令诸韩或公随令吾(一解)几令吾几诸或言随令吾黑洛何来诸韩微令吾(一解)尊卢安成随来免路路子为吾路奚如文卢炯乌诸祚微令吾(一解)几令吾几诸或言随令吾(一解)几令吾诸或言几苦黑洛何来诸韩微令吾(一解)尊卢公汫随来免路子子路子为路奚姑文卢炯乌诸祚微令吾。——右九解

以上所举为通篇是“声辞合写”的作品。部分“声辞合写”的，笔者将其中与曲辞有别的表声字均以小字加括号标出：

朱鹭[食]鱼以乌。(路訾)[鹭鹚]邪，鹭何食？食茄下。不之食，不以吐，将以问(诛)[姝]者。

（《朱鹭》）

艾而张罗(夷于何)，行成之，四时和。山出黄雀亦有罗，雀以高飞奈雀何？为此倚欲，谁肯礞室。

（《艾如张》）

有所思，乃在大海南……鸡鸣狗吠，兄嫂当知之。(妃呼豨！)秋风肃肃晨风飔，东方须臾高知之。

（《有所思》）

战城南，死郭北，野死不葬乌可食……(梁)筑室，何以南？(梁)何北？

（《战城南》）

巫山高，高以大；淮水深，难以逝。我欲东归，害(梁)不为。我集无高曳，水何(梁)汤汤回回。临水远望。泣下沾衣，远道之人心思归。谓之何？

（《巫山高》）

临高台以轩，下有清水清且寒。江有香草目以兰，黄鹄高飞离

哉翻。关弓射鹄,令我主寿万年。(收中吾)

(《临高台》)

蜨蝶之遨游东园,奈何卒逢三月养子燕,接我苜蓿间。持之我入紫(此)深宫中,行缠之傅(附)欂栌间。雀来燕,燕子见衔哺来,摇头鼓翼,何轩奴轩。

(《蜨蝶行》(古辞))

二、乐府诗中声字的类型

综合以上乐府诗中存在的"声辞合写"现象,乐府诗中的"声"字大致可以分为两类:第一类为表声字,如"妃呼豨"、"夷于何"、"伊那何"之类。徐祯卿《谈艺录》:"乐府中有'妃呼豨'、'伊那何'诸语,本自亡(无)义,但补乐中之音。"[①]本文所举乐府诗如《巾舞歌》中的"意何零"、"吾何婴",《圣人制礼乐篇》中的"武武邪邪"、"咄等邪乌",《上邪曲》中的"乌奚悟如尊尔尊卢",《艾如张曲》中的"几令吾呼"、"执来随",《晚芝曲》中的"几令吾几"、"微令吾"等。以上这些"声"字在曲辞中不具有表义性,但它们在曲唱文本中具有重要意义,其主要作用是借助于虚声字凑足音节来配合曲调歌唱,以"补乐中之音"。

表声字的使用属于一种汉代诗歌体式现象。陈直在《汉铙歌十八曲新解》中运用了铜镜铭文的出土资料推测铙歌中表声字。他指出:"汉镜铭文也有表声字,如昭明镜云'内而清而以而昭而明而光而象而夫而日而月而口而',此镜铭文见《小校经阁金文》卷十六,四十四页,镜文本为'内清白以昭明,光象夫日月'。中间夹杂十一个'而'字,是表声字,用而字表声,亦无定义。余在西安所见昭明镜,有而字者,不下十余面,著录于其他考古书者,更数见不鲜,上述不过仅举一例。昭明镜皆为西汉中晚期作品,与铙歌十八曲时代正相适合,但在十八曲中表

---

① (明)徐祯卿:《谈艺录》,(清)何文焕辑《历代诗话》,第769页。

声字所见不同,在镜铭中表声字则皆用而字,十八曲偶然见有表声字,镜铭则每字系有表声字,这是相异的一点。"[①]我们发现乐府诗中表声字的使用一般来说分为以下几种情况:

1. 句中衬字。即是指曲辞中出现在文义上不必要,与歌辞之间也并不存在音韵关系的"声"字。如《巾舞歌》中的"吾"、"何来",《上邪曲》中的"夜乌",《战城南》与《巫山高》中的"梁",《蜨蝶行》中的"之"和"奴"等,杨慎《升庵诗话》"乐曲名解"条云:

> 羊、吾、夷、伊、那、何皆辞,这余音嫋嫋,有声无字,虽借字作谱而无义,若今之哩、啰、嗹、唵、吽也……齐歌曰欧,吴歌曰歈,楚歌曰些,巴歌曰嬥。[②]

可见这些"声"字在曲唱文本中并没有什么特定的语言含义,由于乐调曼长,歌辞简短,必须加上衬字才能与乐调合拍。从这种意义上来讲,它们类似于歌辞中的衬字或表语气的字。《汉语大词典》对"衬字"的解释是:"曲词中在曲律规定的字数之外增加的字。常用以补足语气,增加声情色彩。它在歌唱时不占重要拍子,不能用于句末,不能做韵脚。字数不论。一般小令衬字少,套数多,杂剧更多。"[③]在现存民歌中如江苏扬州《杨柳青》:"早(啊)晨(那个)起(啊)来,露(啊)水多(谑)(呵呵衣呵呵)。"[④]几乎每个字之间都夹着衬字,乐曲节奏都很平均,由此字组与节拍相符。它们具有地方语言的特点,如"齐歌曰讴,吴歌曰歈,楚歌曰些,巴歌曰嬥"。现存民歌保留了这一特点,如上海的"啦"、"嘞"、"啰"等;苏皖地区的"嘘"、"呐"等;山东的"嗯"、"啊";华北、东

① 《人文杂志》1959 年第 4 期。

② 《升庵诗话笺证》,第 16 页。

③ 《汉语大词典》卷九,"衬字"条,第 151 页,上海:汉语大词典出版社,1992。

④ 熊露霞:《中国经典民歌选》,第 86 页,北京:人民音乐出版,2010。

北地区的“哎”、“嗨”、“哟”等等。

2. 音符衬字。即是在曲唱文本中代表一定乐音含义的字符，乐工按之歌唱、演奏。如《巾舞歌》中“吾”出现33次，《上邪曲》中“乌”出现12次，“尊”出现7次，“姑”出现4次。《圣人制礼乐篇》中“邪”出现37次。《晚芝曲》中“几”出现10次，“路”出现9次，“卢”出现8次。从出现的频率和位置来看，字声和乐声之间一定有着密切的关联，字谱相当于乐谱。曹道衡在《试论“铙歌”的演变》中说：“现在我们看沈约所记的‘今鼓吹铙歌’，文字虽不可解，但其中多有‘乌’、‘吾’、‘姑’、‘路’、‘卢’、‘几’等音，当即模仿吹奏箫笳等乐器之声，这本是声调，无可训释。”[①]可见这些“声”字应该是以字声记配相同或相近的乐声，它们具有音符和唱名的功能。李斯《谏逐客书》：“夫击瓮叩缶，弹筝搏髀，而歌呼呜呜快耳者，真秦之声也。”[②]杨恽《报孙会宗书》：“奴婢歌者数人，酒后耳热，仰天抚缶而呼呜呜。”[③]刘安《淮南子》：“翟煎对曰：今夫举大木者，前呼邪许，后亦应之。此举重劝力之歌也。”[④]《南史·曹景宗列传》：“为人嗜酒好乐，腊月于宅中，使人作邪呼逐除。”[⑤]可见“呜呜”、“邪许”、“邪呼”等都是是乐谱中常用的音符。在现存民歌中也有一些衬字是模仿乐器或其他音响的拟声词，如“七个隆冬”、“八个隆冬”、“沙拉拉子哟”、“咚咚啰锵等”。

3. 和声衬字。即是指由于音乐表演的需要，在歌辞文本中不同位置重复出现的“声”字现象。如《圣人制礼乐篇》中“咄等邪乌”，《上邪曲》中“乌奚姑悟姑尊卢”，《艾如张曲》中的“几令吾呼”、“执来随”，《晚芝曲》中的“几令吾几”、“微令吾”等，它们以多音节词成组的方式

---

① 《中国社会科学院研究生院学报》1994年第3期。

② 《史记》卷八七，第2541页，北京：中华书局，1959。

③ 《汉书》卷六六，第1897页，北京：中华书局，1962。

④ （汉）刘安等撰，张双棣校释：《淮南子校释》，卷一二，第1211页，北京：北京大学出版社，1997。

⑤ 《南史》卷五五，第1357页，北京：中华书局，1975。

在歌辞的固定位置重复出现，它们在乐段中以重现或再现的形式被有机地编入歌曲完整的艺术形式之中。相当于后世词、曲中作为“和声”的衬词。沈括《梦溪笔谈·乐律一》：“诗之外，又有和声，则所谓曲也。古乐府皆有声有词，连属书之，如曰‘贺贺贺’、‘何何何’之类，皆和声也。今管弦之中缠声亦其遗法也。”①和声在歌曲表演中常属于由他人应和歌唱的部分。

4. 行腔衬字。即加在歌辞某字之下，表明该歌辞的字，在行腔时就用所加的这些字的声韵，比如在歌辞“太”字之下，加上“哎”、“爱”、“哀”等字，意谓在唱“太”字时，行腔时就用“哎”、“爱”、“哀”的韵。这些“声”字与歌辞之间有着声韵关系。乐府诗中的行腔衬字如《石留》中“阳”字在“凉”字下。凉，吕张切，平声，阳韵。阳，与章切，平声，阳韵。二字同声同韵，香，许良切，平声阳韵。向，许亮切，去声漾韵。二字同韵。这就是说，在唱“凉”字时，行腔就用“阳”的韵，在唱“香”字时，行腔用“向”的韵。可见“阳”为“凉”的行腔衬字，“向”为“香”的行腔衬字。

5. 余音衬字。指在演唱中因托腔而产生的曼声余韵。如《石留》中的“锡以”由“兮”拖腔而分为两字，“以”为“锡”字的曼声余韵。② 又如《艾如张》中，歌辞“艾而张罗”后，加声字“夷于何”，“罗”，鲁何切，平声歌韵。“何”，胡歌切，平声歌韵。二字同调，同韵部，可见“夷于何”是唱句中“罗”的余音衬字。类似的情况有《上邪曲》中“盈”字记为“夜音”两字，《圣人制礼乐篇》中“圣”字后的“乌乌武邪”等，这些“声”字都相当于歌唱时的句末尾音，显示出歌曲意犹未尽、余音袅袅的艺术效果。

第二类为记谱用字。乐工以记录口头文学的方式记录歌辞在当时的实际演唱情况，当演出时，乐工依曲而演奏，依曲而唱词，其文字记录

---

① 《元刊梦溪笔谈》卷五，第21—22页，北京：文物出版社，1975。

② 参见姚小鸥《〈汉鼓吹铙歌十八曲〉的文本类型与解读方法》，《复旦学报》2005年第1期。

有着曲谱的意义。乐师是以口传声教的方式将自己演唱或演奏某一首歌曲的方法传给弟子,在传唱记忆中,他们只是注重乐曲声节的教传,并不关心辞章和乐义。沈约《宋书·志序》:"又案今鼓吹铙歌,虽有章曲,乐人传习,口相师祖,所务者声,不先训以义。今乐府铙歌,校汉、魏旧曲,曲名时同,文字永异,寻文求义,无一可了。"①正是由于乐工记谱的缘故,"声辞合写"的曲唱文本的解读成为学术难题。在上文所举的乐府诗"声辞合写"现象中有以下几种乐工记谱用字情况值得注意:

1. 记声谱字。即是指乐工依照当时实际演唱或表演,用音同、音近的字录入的乐工文字。在传抄过程中还存在两字并为一字书写,以及形近讹变字等现象。这类"声"字可总谓之记谱方法用字。② 这主要是乐工记录歌辞时依声录字,不计其义的结果。《汉书·艺文志》:"汉兴,制氏以雅乐声律,世在乐官,颇能纪其铿锵鼓舞,而不能言其义。"③如《石留》中"石留"应作"石流"。《朱鹭》中"诛者"应作"姝者"。《上邪曲》中"圣黄"应作"圣皇","清婴"应作"清宴","应龙"应作"应箓","鸡听"应作"继天","诗则"应作"至哉","道禄"应作"道隆","伯辽"应作"百寮"。《艾如张》中"历舍居"应作"敌失据","衔针"应作"咸震","相风"应作"相附","群议破葫"应作"群逆破胆","无公赫"应作"武功赫"等。在乐府曲唱时,这些记声谱字与歌辞正字之间的实际读音也许相同或相近。

2. 乐工标记语。如《临高台》中的"收中吾"。据清代李调元《雨村诗话》:"《临高台》,军中铙歌题也……末句'收中吾'三字,是乐工标记语,言此《临高台》一阕,其收声之音,则在吾字之中音耳。此句不列

---

① 《宋书》卷一一,第 204 页。

② 叶桂桐《汉魏六朝的珍贵语音资料——"声辞合写"乐府诗》认为:"这时的重要的记谱方法叫做'声曲折',其法为用状如蚯蚓的曲线表乐曲之旋律,并用一些汉字加以辅助。"按:学界对"声曲折"的解释有"乐谱"说、"曲线谱"说、"字符谱"说、"上古七弦琴手法乐符"说、"音韵"说等多种,未知孰是。故暂不采用"声曲折"的说法。

③ 《汉书》卷三〇,第 1712 页。

章内。”[①]《石留》中“开留离兰”，据徐仁甫《古诗别解》卷四：“《石留》之‘开留离兰’亦乐工记语。谓歌者歌‘留’字，当开展其音；歌‘兰’字，当离隔其音。此句亦不列章内，或小写之。如此，则所记之声与辞有别而可分矣。”[②]值得注意的是这类“声”字中还混杂有舞蹈术语，以及器乐使用及其效果用语，如杨公骥指出《巾舞歌诗》中“转起”、“转”与“转南”为一系列舞蹈动作的指示字，“平平门”校为“频频扪”是一个表示擦拭眼泪的舞台指示字。“健步”就是急速快步，舞名“跑场”。“三针一发交时还”是系列舞台指示字的组合。其中“三针一发”、“交”、“还”是一组固一定的舞蹈动作编排。“时”是表示伴奏时机的舞台指示字。“三针一发”意思是重复三次“针缩”的动作，然后向前作一个纵跃的舞步。又如在对《有所思》“妃呼豨”的说法中，除上文所提的表声字以外，闻一多疑系“乐工所记表情动作之旁注”，谓“妃读为悲，呼豨读为歔欷”，“歌者至此当作悲泣之状”[③]。可见这种乐工记字大多具有“科范字”意义，区别于歌辞。

三、从“声辞合写”看乐府诗的文本性质及文本解读

前人通过对“声辞合写”的研究探索乐府诗的文本性质，有孙楷第原书：《宋书乐志今鼓吹铙歌词考》《宋书乐志铎舞歌诗二篇考》，指出《圣人制礼乐》、《上邪曲》等曲辞是六朝“歌诗”《云门篇》、《大晋承运期》的演唱文本。逯钦立结合《道藏》所载玉景山《步虚经步虚吟》三首的记谱方式，认为《公莫舞》、《圣人制礼乐篇》以及《今鼓吹铙歌》三首就是这种诗曲相杂之口头乐谱。杨公骥认为《公莫舞》“是我们今天所能见到的我国最早的一出有角色、有情节、有科白的歌舞剧。尽管剧情

---

① （清）李调元：《雨村诗话》，郭绍虞、富寿荪编《清诗话续编》，第1518—1519页，上海：上海古籍出版社，1983。

② 徐仁甫：《古诗别解》，第119—120页，上海：上海古籍出版社，1984。

③ 闻一多：《诗选与校笺》，第109页。

比较简单，但它却是我国戏剧的祖型。在中国戏曲发展史上，它具有重要的价值”[①]。姚小鸥认为“声辞杂写”的乐府诗是汉魏六朝歌诗曲唱文本，“从文本性质来说，曲唱文本是乐工所用的工作本，这种文本在舞台艺术领域中又称为‘科仪本’。从产生的肌理来说，曲唱文本的产生是乐人记录歌辞时依声录字，不计其义的结果……乐府曲唱文本的产生和流传受到中国古代礼乐制度和艺术传统的制约。”[②]许云和指出今鼓吹饶歌三首为汉代记写的文字谱，其文字即汉鼓吹饶歌《上邪》、《晚芝》、《艾如张》歌辞的曲谱。[③]

“声辞合写”的乐府诗具有乐谱的性质，相当于供演唱或演奏而使用的曲谱。关于汉魏六朝时期乐谱的史料能为大家公认的有《汉书·艺文志》中所载：“《河南周歌诗》七篇。《河南周歌声曲折》七篇。《周谣歌诗》七十五篇。《周谣歌诗声曲折》七十五篇。”[④]黄翔鹏的《乐问》第四十设问：“汉魏声曲折，记谱之术?”[⑤]萧涤非认为汉时乐章“声是声，辞是辞，不相混也”。《汉书·艺文志》的记载即是辞和声的分开记录的明例。由于“后人恐失其声，乃与歌辞合写”，萧先生认为“声曲折”即是文字形态记录的乐谱，“所谓声者，谓用以记声调曲折之文字”。他在《鼓吹饶歌》中提出：“汉人记声之法，是否亦用文字，如《河南周歌诗声曲折》之类，不可得而知。据《宋书·乐志》所载，则六朝以前，似即已用文字，如卷二十二载《今鼓吹饶歌词》三篇，即记声之文字也。”[⑥]刘再生《“声曲折”之我见》[⑦]也认为这种乐谱是用具有声韵曲折

① 杨公骥：《西汉歌舞剧巾舞〈公莫舞〉的句读和研究》，《中华文史论丛》1986年第1辑。

② 姚小鸥：《〈汉鼓吹饶歌十八曲〉的文本类型与解读方法》，《复旦学报》2005年第1期。

③ 许云和：《〈宋书·乐志〉“今鼓吹饶歌三首”研究》，《汉魏六朝文学考论》，第203—229页，上海：上海古籍出版社，2006。

④ 《汉书》卷三〇，第1754—1755页。

⑤ 黄翔鹏：《乐问》，第66页，中国音乐学院学报增刊，2000年。

⑥ 萧涤非：《汉魏六朝乐府文学史》，第51—52页。

⑦ 《中国音乐学》1990年第1期。

之文字来标记歌诗音调之高下。现存琴谱《碣石调·幽兰》谱即系南朝梁代丘明以文字谱记写的传本,其通过规定的琴调(定弦法),用左右手固定的指法标记在一定弦位和徽位上,表示乐曲的音高、节奏,属于"指位谱"体系的乐谱。可见在音乐的传承和发展过程中,乐谱的记写、演唱、演奏属于乐工的专门技能。王国维在研究先秦至汉代"周乐"时曾指出:"古乐家所传诗之次第,本与诗家不同。"[①]在曲唱文本的传抄中,由于乐工只记音声不问乐义,文人但知辞章而不预演出,辞章与章曲别居,造成乐府诗有不可解处。

正因为如此,对"声辞合写"乐府诗的解读方法必须采用"还原"的方法,力图在音乐歌舞表演的情境中考察乐府诗的体式特征以及文本内容。首先,在于判别"声"、"辞"。既然"声""辞"杂写是这些乐府诗难以解读的原因,那么《乐府诗集》卷一九引《古今乐录》:"乐人以音声相传,训诂不可复解。凡古乐录,皆大字是辞,细字是声,声辞合写,故致然尔。"[②]即是我们借以判别"辞"、"声"的主要方法。一般来说作为衬字的表声字,与感叹词、助词相近,主要用在乐句、乐节的顿逗处。这样的"声"字本身并不具备文学表现意义,它们需要和音乐旋律相结合才具有音乐表现意义。以上提到的句中衬字、音符衬字、和声衬字、行腔衬字、余音衬字等都是编唱者由于感情表现、音乐抒咏的要求而使用的。而对于乐府诗在传唱中乐工"依声录字"的记谱现象,我们就应当即音求义,从音训上下功夫,在这些"声"字中寻找音同音近或文字讹误的歌词正文。同时我们应该认识到:一方面,由于历史语音的演变,某些别字的读音与正字之间差距甚远,音训之法有一定的局限性;另一方面,实际的歌唱中,某些字调因适应音调而发生改变。如姚小鸥在分析孙楷第校《上邪曲》中"堂"为"德"的借字时指出:"'堂'为'德'的借字。'堂'属阳部,'德'属职部,从一般的音韵学理论看来,似难通

① 王国维:《汉以后所传周乐考》,《观堂集林》下,北京:中华书局,1959。

② 《乐府诗集》卷一九,第285页。

借，但在曲唱本中却是可能的。孙楷第先生在前举文中曾发现‘今鼓吹铙歌’《艾如张》曲中‘衔针’借为‘咸震’的例子，道理与之相似，即由于演唱者吐字发声时，因牵就曲调而造成发音部位和发音方法的改变。‘德’记为‘堂’是演唱中因拖腔而加入鼻音的结果。上面‘竭’、‘晋’相借，情况与此相似。”①

其次，参考曲辞性质以剥离乐工标记语。在歌唱中可能出现表示歌唱技术的用语，如上文提到《临高台》中的“收中吾”即是乐工标记“拖腔”的音乐术语。在歌唱中某些字往往会用上曼长、婉转的拖腔，歌唱者对于“出字”和“收音”是有讲究的。如明沈宠绥《度曲须知》提出：“凡敷演一字，各有字头、字腹、字尾之音。头尾姑未厘指，而字腹则出字后，势难遽收尾音，中间另有一音，为之过气按脉……由腹转尾，方有归束。”②可见拖腔是歌者运用字音的“头、腹、尾”声韵因素曲折传情达意。在曲艺表演中，可能出现角色的科介用语和舞蹈术语，它们直接与演员的表演动作以及舞台效果相关，这样就需要解读者有一定的戏剧戏曲常识。如杨公骥在解读《巾舞歌辞》时析出角色辨识字“母”、“子”。角色辨识字的存在，证明了《巾舞歌辞》具有戏剧科仪本的必要形态。同样的道理，我们发现乐府诗曲辞中有一些句子和上下文并不衔接。如《远如期》中“谒者引乡殿陈”、《雉子斑》中“雄来蜚从雌，视子趋一雉”、《董逃行》中“教敕凡吏受言”、《孤儿行》中“闭门塞牖，舍孤儿到市”等，这些句子都含有较强的动作性，类似于戏剧“科仪本”中的“科范字”，由于文本性质的不同，它们区别于曲唱文本歌辞。

再次，在于从乐曲的结构来分析曲辞的结构。我们看到“声辞合写”的乐府诗在诗体上大都是杂言体长短句，它们是配合音乐歌唱或

---

① 姚小鸥：《〈汉鼓吹铙歌十八曲〉的文本类型与解读方法》，《复旦学报》2005 年第 1 期。

② (明)沈宠绥：《度曲须知》，第 126 页，《四库全书存目丛书》，集 426，济南：齐鲁书社，1997。

表演的曲辞。因此乐曲的结构决定了曲辞的结构。如《乐府诗集》引《古今乐录》曰："《上邪曲》四解，《晚芝曲》九解……《艾如张》三解。"[①]由此，我们知道《上邪曲》136 字要分四个乐节来演唱，《晚芝曲》106 字要分九个乐节来演唱，《艾如张》80 字要分三个乐节来演唱。通过对曲辞"解"的划分，我们发现这些曲辞各解之间的"声"字呈现出上下对齐重合状。如《上邪曲》各解中间同时出现"乌奚姑悟姑尊卢"各解均以"令乌"终。《晚芝曲》各解都以"令吾"终。1、2、4、5、7、8 解均以"几令吾"起，3、5、9 解均以"尊卢"起。《艾如张》各解均以"几令吾呼"始，中间同时出现"执来随吾咄武子邪令乌"。此现象表明这些曲辞都是乐句完整、结构清晰的乐曲，曲中"声"字的安排具有一定次序和规律，在演唱时应该是用同一乐汇（或节奏型）重复进行。这在现存民歌中有相同的例子如《龙船调》："正月里是新年哪咿呦喂，妹娃我去拜年哪呵喂……金哪银儿索，银哪银儿索。那阳鹊叫啊是捎着莺鸽啊捎着莺阿鸽……啊喂嗟咝啊喂嗟咝，将阿妹推过河呦呵喂。"[②]句尾用到"哪咿呦喂"、"哪呵喂"、"呦呵喂"等衬词，中间穿插"啊喂嗟咝啊喂嗟咝"衬腔。从演唱效果来看，句尾小衬腔往往围绕句尾音作回返式的旋律进行，处于乐句中间连接处的衬腔有利于两个乐句的连接。可见衬腔的使用加强了乐段的稳定功能，是音乐结构中不可缺少的部分，这同时也决定了表声字在曲唱文本中的作用和地位。

除了衬腔的重复以外，乐辞的重复也是曲唱文本中常见的现象。如孙楷第《宋书乐志今鼓吹铙歌词考》在解读《上邪曲》中"伯辽（百寮）为国日忠雨（忠良，按良谐声作两又误作雨）令吾伯辽（百寮）夜乌若（当作为）国何来日忠雨（忠良）"时，指出："'百寮股肱并忠良'《宋书》'今鼓吹铙歌'改作'百寮为国日忠良'。并且，叠此一句。这是不足为怪的，因为文人作的词，唱的时候，往往不叶音律。所以必须改字

① 《乐府诗集》卷一九，第 285 页。

② 熊露霞：《中国经典民歌选》，第 111 页，北京：人民音乐出版，2010。

或重叠其句。”①可见“声辞合写”的乐府诗中“声”字有规律地出现以及乐辞的重叠都是由于适应乐曲结构或音律需要而产生的，因而我们对曲唱文本的解读要有乐曲结构的意识。

对“声辞合写”的研究不仅有利于校读特殊的乐府文本，其对汉魏六朝乐府歌诗解读以及曲唱艺术认识也有着普遍意义。基于上述对乐府诗中“声”字特征的分析，我们发现有相当一部分歌辞把歌中的“声”和“辞”同时记录下来了。如“相和歌辞”《乌生》（古辞）：

> 乌生八九子，端坐秦氏桂树间。唶我！秦氏家有游遨荡子，工用睢阳强，苏合弹，左手持强弹，两丸出入乌东西。唶我！一丸即发中乌身，乌死魂魄飞扬上天。阿母生乌子时，乃在南山岩石间。唶我！人民安知乌子处，蹊径窈窕安从通？白鹿乃在上林西苑中，射工尚复得白鹿脯。唶我！黄鹄摩天极高飞，后宫尚复得烹煮之；鲤鱼乃在洛水深渊中，钓钩尚得鲤鱼口。唶我！人民生各各有寿命，死生何须复道前后。

曲辞中“唶我”五次有规律的间断性反复，“唶”状乌鸦的哀鸣，“我”语助无义，当属曲辞中的“声”。类似的情况出现在“相和歌辞”《董逃歌》中每句后有“董逃”二字，《雉子斑》中三呼：“雉子”二字。《上留田行》中每句后有“上留田”三字。以上曲辞中的“声”字的类型大致相同，都是在篇中较为对称的位置多次复现，当属曲唱文本中的和唱之辞。它们具有一定的音乐功能，在曲辞结构上，使得句法参差变化，各章音乐段落明晰。在歌唱表演中，加强了歌辞音调上的强烈性，突显歌曲主题。《乐府诗集》“杂歌谣辞”《得体歌》、《得宝歌》中曾记载与和唱之声相关的表演形式：

---

① 孙楷第：《沧州集》，第478页。

得体纥那也，纥囊得体耶，潭里船车闹，扬州铜器多。三郎当殿坐，看唱《得体歌》。

得宝弘农野，弘农得宝耶。潭里船车闹，扬州铜器多。三郎当殿坐，看唱《得宝歌》。

“纥那”即踏曲的和声。刘禹锡《纥那曲》：“周郎一回顾，听唱纥那声。”《夔州竹枝词》之二：“今朝北客思归去，回入纥那披绿罗。”据《旧唐书·韦坚传》记载二曲本事：“先是，人间戏唱歌词云：‘得丁纥反体都董反纥那也……看唱《得体歌》。’至开元二十九年，田同秀上言‘见玄元皇帝，云有宝符在陕州桃林县古关令尹喜宅’，发中使求而得之，以为殊祥，改桃林为灵宝县。及此潭成，陕县尉崔成甫以坚为陕郡太守凿成新潭，又致扬州铜器，翻出此词，广集两县官，使妇人唱之，言：‘得宝弘农野……看唱《得宝歌》。’成甫又作歌词十首，自衣缺胯绿衫，锦半臂，偏袒膊，红罗抹额，于第一船作号头唱之。和者妇人一百人，皆鲜服靓妆，齐声接影，鼓笛胡部以应之。余船洽进，至楼下，连樯弥亘数里，观者山积。京城百姓多不识驿马船墙竿，人人骇视。”[1]可见和唱是一种盛行的民间戏唱艺术形式，有号头领唱，有众人合唱，器乐伴奏，场面非常壮观。和唱之声构成了曲子的主要声调，逐渐从民谣演成乐曲，有文人倚曲填词，由此可见其音乐力量之强大。

在抒情歌曲中，也有“声”字的使用，如《乐府诗集》“琴曲歌辞”中：

(引子)呜呼(叹)

洪水滔天，下民愁悲，上帝愈咨。三过吾门不入，父子道衰。(唱)

嗟嗟(叹)

---

① 《旧唐书》卷一〇五，第3223页。

不欲烦下民。(唱)①

(《襄陵操》)

嗟嗟(叹)
纣为无道杀比干。(唱)
(副歌)嗟重复嗟,独奈何!(叹)
漆身为厉,被发以佯狂。(唱)
(副歌)今奈宗庙何!天乎天哉!(叹)
欲负石自投河。(唱)
(副歌)嗟复嗟,奈社稷何!(叹)

(《箕子操》)

雉朝飞兮,　　鸣相和,
雌雄群游于山阿。
我独何命兮,　　未有家。
(尾声)时将暮兮,　　可奈何,(叹)
嗟嗟暮兮,　　可奈何。(叹)

(《雉朝飞操》)

歌辞中"呜呼"、"嗟嗟"、"兮"、"独奈何"、"乎"、"嗟重复嗟"、"于戏嗟嗟"等虚声语汇同于乐歌中表咏叹的音乐乐汇。无论是"长吁浩叹",还是"短歌微吟"都有着无穷无尽的韵味。在演唱过程中,这些"声"字或许是由歌者以外的众多演员或者场面上的伴奏者唱出,与场上演员的唱腔互相应和、衬托,以求更深刻地表现音乐情绪,渲染气氛。这些声辞特点都很容易让我们联系到后代戏曲中帮腔的唱叹形式。我们可以从重复出现的相似性语汇中探寻歌诗演唱时的音乐旋律,声辞的更替出现恰好方便于标识出乐段"引子"、"副歌"、"尾声"等乐段的变换。同时当我们把乐章结构中"唱"和"叹"的曲辞区分开来以后,琴歌

① 按:"唱"、"叹"等提示字为笔者根据文义所加,以供参考,下同。

的意思更为清晰明显，这更能符合流行乐歌通俗易懂的本质。曲唱文本的语言特点体现了琴乐配歌而唱的入乐痕迹。

综上所述，"声辞合写"是乐工记录歌辞的传统方式，主要运用于曲唱文本中。"声辞合写"现象表明某些乐府诗在文本流传中保留了音乐曲调遗声。萧涤非称它们"独存不废者，必有其重要性在"[①]。从以上对"声辞合写"现象的分析中我们发现这些乐府诗中的"声"字往往具有一定的音乐含义和音乐功能，是以文字形式记录乐音的谱字。因此从歌唱或表演的性质出发研究它们对乐府诗解读具有普遍意义。

① 萧涤非：《汉魏六朝乐府文学史》，第58页。

第三章　乐府诗中的句度研究

所谓句度，是指乐府诗因入乐歌唱而在字数、句式上表现出来的特点。乐府诗是和音乐曲调紧密结合的特殊诗歌形式，元稹在《乐府古题序》中谈到乐府诗创作中的两种方式："在音声者，因声以度词，审调以节唱，句度短长之数，声韵平上之差，莫不由之准度……斯皆由乐以定词，非选词以配乐也。由诗而下九名，皆属事而作，虽题号不同，而悉谓之为诗可也。后之审乐者往往采取其词度为歌曲。盖选词以配乐，非由乐以定词也。"[①]一种是先有了曲调，按照每一个调子的节奏填上歌辞，后一种是先有了歌辞，歌者将其唱入自己熟悉的曲调。这两种乐歌创作方式都利用了歌诗句度和音乐节奏之间的联系。

乐府诗的句度研究主要关注的是乐府诗在字数和句式上的特征，探讨乐府诗句子的数目和音乐音节数目之间以及这些音节的音韵或声调搭配规律。杨荫浏指出："我国歌曲的节奏，是为句逗的形式所决定的。"[②]在音乐中，一个音、两个音都可以成为乐逗或短句。乐逗、乐节、乐句等句法的处理和划分可以根据演奏、唱者的语气、语调等具体环境而变化。在诗歌中，一个字、两个字、三个字都能形成诗句中适于停顿的若干小的句逗，其节奏形式也是可以根据声情自由发展的，如配合音乐的诗歌有齐言诗也有长短句。作为与音乐有着密切联系的歌诗体裁，乐府诗在字句结构上和其他诗歌体类有着本质的区别，即乐府诗的

---

① (唐)元稹:《元氏长庆集》,卷二三,第 334 页。

② 杨荫浏等:《语言与音乐》,第 65 页,北京:人民音乐出版社,1983。

字数、句数都要符合乐曲的节奏和旋律。《文心雕龙·乐府》中说："声来被辞，辞繁难节。故陈思称李延年闲于增损古辞，多者则宜减之，明贵约也。"[①]乐辞的句数、字数与乐音的长短多寡相关，文辞繁复则需要音乐多出几个音节才能把它们唱出来，或者通过减省文辞以合于音乐的节奏。据《晋书·乐志》记载：

> （荀勖）以魏氏歌诗或二言，或三言，或四言，或五言，与古诗不类，以问司律中郎将陈颀。颀曰：'被之金石，未必皆当。'故勖造晋歌，皆为四言，唯王公上寿酒一篇为三言五言焉。张华以为：'魏上寿、食举诗及汉氏所施用，其文句长短不齐，未皆合古。盖以依咏弦节，本有因循，而识乐知音，足以制声度曲，法用率非凡近之所能改。二代三京，袭而不变，虽诗章辞异，兴废随时，至其韵逗[留]曲折，皆系于旧，有由然也。是以一皆因就，不敢有所改易。'此则华、勖所明异旨也。[②]

可见乐工们明白句度的短长需要与音乐曲调的节奏相配合。刘禹锡在其《忆江南》二首题下注明："和乐天春词，依《忆江南》曲拍为句。"[③]这是诗人是依照一定曲调的曲拍，制作文辞。总而言之，入乐诗歌语言的句逗需要与其音乐曲调的节奏相适应。本章主要研究乐府诗中三言节奏所反映的辞乐关系以及五言四句体的演变及其原因。

第一节　乐府诗中的三言节奏

在诗歌中，语音虽然随着时代、地域有所变化，但节奏一般不变。

---

① 詹锳：《文心雕龙义证》，第257页，上海：上海古籍，1989。

② 《晋书》卷二二，第685页，北京：中华书局，1974。

③ 《全唐诗》卷三五六，第4009页，北京：中华书局，1960。

乐府诗的字数有三言、四言、五言、六言、七言、杂言，可以说是“诸体无不备有”①。但就节奏类型来说，以三言节奏的兴起和演变最为特殊。学术界对诗歌三言体已有一些研究。如日本学者松浦友久《中国诗歌原理》第五篇“诗与节奏”认为，以三字一句为意义表达单位是过于短小了，在重要的表达功能上缺乏畅达感，这是它没能成为主要诗型的原因。② 在此基础上，葛晓音从表现功能和体式原理两方面指出三言体在汉魏兴衰的原因：“三言体在汉代兴起，是民间口语的发展和骚体节奏自然演变的结果。但是由于这种诗体在节奏和构句上的局限性，导致其难以适应抒情诗对感情表现和节奏变化的多种要求。而在中国诗歌的传统中，不便于抒情的体式终将被淘汰。这是纯粹的三言体生命力不能持久的根本原因。”③他们所说的情况是就整个诗歌创作而言。中国诗歌中纯三言体确实不多，但三言节奏在乐府诗中却有大量存在。三言节奏以和声结构、叠唱手法等乐曲形式还一直延续到词曲当中。同时其反复、对偶、排比、顶针等体式特征可能与音乐结构有着密切关系。本节主要研究自汉魏以来乐府诗中三言节奏的发展及其所反映的辞乐关系。

一、乐府诗中三言节奏的主要类型

在《乐府诗集》所分十二类乐府诗中，几乎每一类都有三言节奏的使用。其中主要存在如下几种类型：1. 连续叠用的三言节奏，包括用于郊庙歌辞、鼓吹曲辞、舞曲歌辞等庙堂颂词和杂歌谣辞等民间歌谣中的纯三言体以及乐府诗中插入成组的三句体。2. 由“兮”字顿逗的三言节奏，主要用于各类曲辞中骚体结构，主要有“三兮三”式。3. 和声词中的三言节奏，主要用于相和曲辞以及清商曲辞中的和、送声。4. 与

---

① 《诗薮》内编卷一，第 13 页。

② 〔日〕松浦友久著，孙昌武、郑天刚译：《中国诗歌原理》，第 118—121 页，沈阳：辽宁教育出版社，1990。

③ 葛晓音：《论汉魏三言体的发展及其与七言的关系》，《上海大学学报》2006 年第3 期。

五、七言组合的三言节奏，主要用于杂曲歌辞、近代曲辞、新乐府辞中的杂言诗，形成了较为固定的三三七式。葛晓音《论汉魏三言体的发展及其与七言的关系》论及其中第1、2项以及第4项。对于第3项，即乐府诗中用作和、送声的三言节奏以及三言在汉魏以后的流变尚未涉及，故下文主要分析各类别乐府诗中三言节奏的类型及其特点，以求对前人研究有所拓展。

（一）连续叠用的三言节奏

除杂歌谣辞系统的童谣、歌谣类以及鼓吹曲辞、郊庙歌辞系统的宫廷乐府类以外①，乐府诗中纯粹的文人三言体诗不多，仅有鲍照《春日行》、陈后主《古曲》。尽管如此，在乐府诗其他类别中经常出现的连续多个三言句的节奏型值得注意，见表3-1：

表3-1　连续叠用三言节奏的乐府歌辞

类别	曲　名	歌辞中连续叠用的三言节奏
相和歌辞	魏武帝《气出唱》	饮玉浆，河水尽，不东流。解愁腹，饮玉浆。奉持行。
	谢灵运《鞠歌行》	叔牙显，夷吾亲。郢既殁，匠寝斤。览古籍，信伊人。
	谢灵运《顺东西门行》	酌芳酤，奏繁弦，惜寸阴，情固然。
	曹植《当来日大难》	日苦短，乐有余。乃置玉樽，办东厨。广情故，心相于。
	元稹《当来日大难》	当来日，大难行。前有阪，后有坑。大梁侧，小梁倾。
	《东门行》	出东门，不顾归。来入门，怅欲悲。
	僧齐己《猛虎行》	磨尔牙，错尔爪，狐莫威，免莫狡。
	僧贯休《上留田行》	父不父，兄不兄，上留田，蝥贼生。徒陟岗，泪峥嵘。

① 《中国诗歌原理》，第120—121页。

（续　表）

类别	曲　名		歌辞中连续叠用的三言节奏
杂曲歌辞	僧齐己《升天行》		身不沈，骨不重。驱青鸾，驾白凤。
	李白《前有一樽酒行》		当垆笑春风。笑春风，舞罗衣，君今不醉欲安归。
	鲍照《北风行》		虑年至，虑颜衰。情易复，恨难追。
	白居易《潜别离》		不得哭，潜别离。不得语，暗相思。
	陶弘景《寒夜怨》		寒日微，寒风紧。愁心绝，愁泪尽。
琴曲歌辞	百里奚妻《琴歌》		百里奚，百里奚，母已死，葬南溪。坟以瓦，覆以柴，春黄黎，搤伏鸡。西入秦，五羖皮。
	石崇《思归引》		登云阁，列姬姜，拊丝竹，叩宫商，宴华池，酌玉觞。
	沈君攸《双燕离》		双入幕，双出帷。秋风去，春风归。幕上危，双燕离。
	沈佺期《霹雳引》		驱千旗，制五兵，截荒虺，斮长鲸。
清商曲辞	梁武帝《上云乐》	《桐柏曲》	桐柏真，升帝宾。戏伊谷，游洛滨。
		《方丈曲》	方丈上，崚层云。挹八玉，御三云。
		《玉龟曲》	玉龟山，真长仙。九光耀，五云生。
		《金丹曲》	紫霜耀，绛雪飞。追以还，转复飞。
	简文帝《江南弄》	《江南曲》	清风吹人光照衣。光照衣，景将夕。掷黄金，留上客。
		《龙笛曲》	游子去还原莫疏。原莫疏，意何极，双鸳鸯，两相忆。
		《采莲曲》	莲疏藕折香风起。香风起，白日低，采莲曲，使君迷。
	沈约《江南弄》	《赵瑟曲》	玄鹤徘徊白云起。白云起，郁披香。离复合，曲未央。
		《秦筝曲》	迎歌度舞遏归风。遏归风，止流月。寿万春，欢无歇。

（续　表）

类别	曲　名		歌辞中连续叠用的三言节奏
清商曲辞	沈约《江南弄》	《阳春曲》	弦伤曲怨心自知。心自知，人不见。动罗裙，拂珠殿。
		《朝云曲》	云来云去长不息。长不息，梦来游。极万世，度千秋。
	李白《上云乐》		能胡歌，献汉酒，跪双膝，并两肘……拜龙颜，献圣寿，北斗戾，南山摧。
	谢燮《方诸曲》		望仙室，仰云光，绳河里，扇月傍。
	僧齐己《采莲曲》		越溪女，越江莲，齐菡萏，双婵娟。
	王维《迎神》		吹洞箫，望极浦。女巫进，纷屡舞。陈瑶席，湛清酤。风凄凄，又夜雨。
新乐府辞	白居易《立部伎》		立部伎，鼓笛喧。舞双剑，跳九丸。枭巨索，掉长竿。
	白居易《上阳白发人》		上阳人，苦最多。少亦苦，老亦苦，少苦老苦两如何。
	白居易《胡旋女》		胡旋女，胡旋女，心应弦，手应鼓。弦鼓一声两袖举。
	白居易《太行路》		君不见，左纳言，右内史，朝承恩，暮赐死。行路难，不在水，不在山。
	白居易《阴山道》		缣渐好，马渐多，阴山虏，奈尔何。

在以上这些乐府诗里都插入了四个或四个以上连续叠用的三言句，它们在曲辞中作为独立的结构单元与其他句型相组合。在内容上，主要用来叙述事理，如谢灵运《鞠歌行》、白居易《太行路》等，或描绘情形，如石崇《思归引》、王维《迎神》等，这些三言节奏词义浓缩而紧凑，通俗而明快。在节奏上，大量三字排偶的节奏型夹杂在齐整的韵语中，突破了曲辞上下文原有的五、七言句式，三字句一顿形成了一连串的堆垛句，具有非常鲜明的节奏动感。同时运用顶针、排比、重叠、对偶等修

辞手法在三字句内又分为齐整的一、二顿句式。如鲍照《北风行》："虑年至，虑颜衰。情易复，恨难追。"沈佺期《霹雳引》："驱千旗，制五兵，截荒虺，斮长鲸。"或二、一顿如陶弘景《寒夜怨》："寒日微，寒风紧。愁心绝，愁泪尽。"沈君攸《双燕离》："双入幕，双出帷。秋风去，春风归。"

（二）由"兮"字顿逗的三言节奏

据笔者统计，《乐府诗集》中"兮"字共出现644次，共有154首乐府诗用到以"兮"字为特征的楚辞体结构。关于楚辞中"兮"字的性质，林庚认为其作用近于一个逗号、一个音符，最有力量构成诗的节奏。①并指出楚辞采用三字节奏作为它的基本节奏单位，其中以"○○○兮○○○"最为典型。② 可见在诗歌中由"兮"字顿逗的三言节奏成为一种基本的节奏音组，是形成诗体节奏的基本要素。乐府诗中的楚辞体也是以三字节奏为主，见表3-2：

表3-2　《乐府诗集》中用到"三兮三"式的歌辞

类别	用到三兮三式的歌辞	曲名	作品
郊庙歌辞	《灵芝歌》，"唐祀圆丘乐章"《豫和》二首"唐祀昊天乐章"《豫和》，张说"唐封泰山乐章"《舒和》二首，"唐享太庙乐章"《舒和》，武后"唐大享拜洛乐章"《致和》、《归和》，"梁郊祀乐章"《庆融乐》，曹毗《四时祠祀歌》	7	11
鼓吹曲辞	僧齐己《巫山高》、卢仝《有所思》	2	2
相和歌辞	王叡《公无渡河》、刘孝威《乌生八九子》、谢灵运《鞠歌行》、元稹《决绝词》	4	4
清商曲辞	王维《祠渔山神女歌二首》（《迎神》、《送神》）	1	2

① 林庚：《楚辞里"兮"字的性质》，《诗人屈原及其作品研究》，第116—120页，上海：上海古籍出版社，1981。

② 林庚：《中国文学简史》，第72—73页，北京：北京大学出版社，1995。

（续　表）

类别	用到三兮三式的歌辞	曲名	作品
琴曲歌辞	唐尧《神人畅》、虞舜《思亲操》、鲍溶《湘妃列女操》、周成王《神凤操》、尹伯奇《履霜操》、犊沐子《雉朝飞操》、陵牧子《别鹤操》、荆轲《渡易水》、项籍《力拔山操》、汉高帝《大起风》、蔡琰《胡笳十八拍》(《第一拍》、《第二拍》、《第三拍》、《第四拍》、《第五拍》、《第九拍》、《第十拍》、《第十二拍》、《第十三拍》、《第十四拍》、《第十五拍》、《第十六拍》、《第十七拍》、《第十八拍》)、刘商《胡笳十八拍》(《第一拍》、《第三拍》、《第五拍》、《第十拍》)、僧皎然《风入松歌》、卢照邻《明月引》、李白《幽涧泉》、司马相如《琴歌》	15	32
杂曲歌辞	孟郊《出门行》、白居易《浩歌行》、车毂《车遥遥》、僧贯休《行路难》、白居易《生别离》、李白《远别离》、僧贯休《杞梁妻》、柳恽《芳林篇》	8	8
杂歌谣辞	孔子《获麟歌》、赵简子夫人《河激歌》、《越人歌》、《郧民歌》、傅玄《吴楚歌》、陆厥《京兆歌》、汉武帝《秋风辞》、《瓠子歌二首》、《李陵歌》、汉昭帝《黄鹄歌》、《燕王歌》、《广陵王歌》	12	13
新乐府辞	李贺《白虎行》、元结《补乐歌·网罟》、《大濩》、白居易《蛮子朝》、《骊宫高》、《八骏图》、《李夫人》、《紫毫笔》、《隋堤柳》、《黑潭龙》、《天可度》、《采诗官》	12	12

上表中共有61曲,84首乐府诗用到三兮三式,占“兮”字乐府诗总数的54%。此外,还有大量“四兮三”的句型,如武后“唐大享拜洛乐章”《致和》:“神功不测兮运阴阳。”《归和》:“言旋云洞兮蹑烟途。”王叡《公无渡河》:“浊波洋洋兮凝晓雾。”李白《胡无人行》:“安得猛士兮守四方。”陵牧子《别鹤操》:“将乖比翼兮隔天端。”《皇甫嵩歌》:“天下大乱兮市为墟。”张碧《野田行》:“野田之骨兮又成尘。”元结《补乐歌·大濩》:“万姓苦兮怨且哭。”《胡笳十八拍·第十一拍》:“不能捐身兮心有以。”《乌孙公主歌》:“吾家嫁我兮天一方。”《赵幽王歌》:“诸吕用事兮刘氏微。”马援《武溪深行》:“嗟哉,武溪兮多毒淫!”《徐人歌》:“延

陵季子兮不忘故。”这些曲辞中“兮”字以上四字往往可以看作三个拍节节奏，如“神功不测”，“神”和“功”为一字一拍，“不测”为二字一拍。“兮”字上、下均为三拍，其意义节奏和韵律节奏一致，因而实际上也属于由“兮”字顿逗的三言节奏。这说明乐府诗采用了由楚辞体发展而来的三字节奏，一般来说它们大都是楚调、楚辞系统的歌曲。[①]

（三）和、送声中的三言节奏

《乐府诗集》“相和曲辞”中有一些曲辞中间穿插着用作“和”的三言节奏。如卷三八“瑟调曲”魏文帝《上留田行》每句之后配有“上留田”三字，因其重复使用，与主辞明显有别，可判为和声辞：

> 居世一何不同，上留田。富人食稻与粱，上留田。贫子食糟与糠，上留田。贫贱亦何伤，上留田。禄命悬在苍天，上留田。今尔叹息将欲谁怨？上留田。[②]

谢灵运同题拟作，情形与此全同，每句之后皆有和唱“上留田”三字。又卷四〇陆机《日重光行》每句之前均配有“日重光”三字。《月重轮行》中第一、二、六句之后重复出现“月重轮”三字。此外，“杂曲歌辞”李白《悲歌行》中“悲来乎，悲来乎”间隔重复四次。“新乐府辞”李白《笑歌行》中“笑矣乎，笑矣乎”间隔重复四次。白居易《太行路》中“行路难”间隔重复三次。曲辞中间隔重复出现的语词皆为歌唱时和声或帮腔。可见汉魏以来一些乐府诗中的和声辞用到了独立的三言节奏。这种现象在六朝清商曲中的和、送声里表现得极为普遍，如表3-3所示：

---

① 《中国诗歌原理》，第115页。

② 《乐府诗集》卷三八，第563页。

表 3-3 用到独立三言节奏的乐府歌辞

<table>
<tr><th colspan="2">曲　名</th><th>和、送声</th><th>用到三言节奏的歌辞</th><th>出　处</th></tr>
<tr><td colspan="2">《石城乐》</td><td>妾莫愁</td><td></td><td></td></tr>
<tr><td colspan="2">《那呵滩》</td><td>那呵滩</td><td></td><td></td></tr>
<tr><td colspan="2">《子夜歌》</td><td>子夜来</td><td></td><td></td></tr>
<tr><td colspan="2">《长乐佳》</td><td>长乐佳</td><td></td><td></td></tr>
<tr><td colspan="2">《月节折杨柳歌》</td><td>折杨柳</td><td>月节折杨柳歌十三首</td><td></td></tr>
<tr><td colspan="2">《欢闻变歌》</td><td>阿不闻</td><td></td><td>《古今乐录》</td></tr>
<tr><td colspan="2">《白纻歌》</td><td>行白纻</td><td></td><td>《南齐书·乐志》</td></tr>
<tr><td colspan="2">《乌夜啼》</td><td>笼窗窗不开，乌夜啼，夜夜望郎来</td><td></td><td>《唐书·乐志》</td></tr>
<tr><td colspan="2">《三洲歌》</td><td>三洲断江口，水从窈窕河傍流。欢将乐，共来长相思。</td><td></td><td>《古今乐录》</td></tr>
<tr><td colspan="2">《子夜变歌》</td><td>前作“持子”送，后作“欢娱我”送。</td><td></td><td>《古今乐录》</td></tr>
<tr><td colspan="2">《欢闻歌》</td><td>“欢闻不”以为送声，后因此为曲名。今世用莎持乙子代之</td><td></td><td>《古今乐录》</td></tr>
<tr><td colspan="2">《团扇郎歌》</td><td>白团扇</td><td>张祐《白团扇》</td><td>《古今乐录》</td></tr>
<tr><td colspan="2">《督护歌》</td><td>丁督护</td><td></td><td>《宋书·乐志》</td></tr>
<tr><td colspan="2">《杨叛儿》</td><td>杨婆儿，共戏来所欢。</td><td></td><td>《唐书·乐志》</td></tr>
<tr><td colspan="2">《西乌夜飞》</td><td>和云：白日落西山，还去来。送声云：折翅乌，飞何处，被弹归。</td><td></td><td>《古今乐录》</td></tr>
<tr><td rowspan="4">《江南弄》</td><td>《江南弄》</td><td>和云：阳春路，娉婷出绮罗。</td><td rowspan="4">梁武帝《江南弄》七曲、沈约《江南弄》四首、《赵瑟曲》、《秦筝曲》、《阳春曲》</td><td>《古今乐录》</td></tr>
<tr><td>《龙笛曲》</td><td>和云：江南音，一唱值千金。</td><td>《古今乐录》</td></tr>
<tr><td>《采莲曲》</td><td>和云：采莲渚，窈窕舞佳人。</td><td>《古今乐录》</td></tr>
<tr><td>《凤笙曲》</td><td>和云：弦吹席，长袖善留客。</td><td>《古今乐录》</td></tr>
</table>

（续　表）

曲　名		和、送声	用到三言节奏的歌辞	出　处
《江南弄》	《采菱曲》	和云：菱歌女，解佩戏江阳。	《朝云曲》、王勃《江南弄》《采莲归》、僧齐己《采莲曲》、阎朝隐《采莲女》	《古今乐录》
	《游女曲》	和云：当年少，歌舞承酒笑。		《古今乐录》
	《朝云曲》	和云：徙倚折耀华。		《古今乐录》
《江南弄》	《江南曲》	和云：阳春路，时使佳人度。	简文帝《江南弄》三首	
	《龙笛曲》	和云：江南弄，真能下翔凤。		
	《采莲曲》	和云：采莲归，渌水好沾衣。		
《上云乐》	《凤台曲》	和云：上云真，乐万春。	梁武帝《上云乐》七曲、李白《上云乐》、谢燮《方诸曲》	《古今乐录》
	《桐柏曲》	和云：可怜真人游。		《古今乐录》
	《方丈曲》			《古今乐录》
	《方诸曲》	和云：方诸上，可怜欢乐长相思。		《古今乐录》
	《玉龟曲》	和云：可怜游戏来。		《古今乐录》
	《金丹曲》	和云：金丹会，可怜乘白云。		
	《金陵曲》			

表3-3中27曲的和、送声里用到三字语词，共计42首乐府诗用到三言节奏。据统计，在《乐府诗集》中有和送声记录的“清商曲辞”共有38曲，其中用到三言节奏的曲辞占到71%。此外，“清商曲辞”《懊侬歌》中“山头草”1曲，《华山畿》中“华山畿”、“夜相思，投壶不停箭”、“夜相思，风吹窗帘动”、“啼着曙”、“将懊恼”、“奈何许，所欢不在间”、“奈何许，天下何人限”、“隔津叹”、“啼相忆”、“摩可依”、“松上萝”、“长鸣鸡”等12曲，《读曲歌》中“思欢久”、“所欢子，莲从胸上度”、“所欢子，不与他人别”、“所欢子，问春花”、“揽裳踱”、“上知所”、“思难忍”、“折杨柳”、“坐起叹”、“百花鲜”、“奈何许，石阙生口中”、“白门前”、“欢相怜，今去何时来”、“欢相怜，题心共饮血”等14曲，以及“神弦歌”《白石

郎曲》、王维《祠渔山神女歌·迎神》中都用到三字节奏。其中“夜相思”、“奈何许”、“所欢子”、“欢相怜”皆有重复,可能也属于曲中的和声或者主要曲调。可见在具有送、和声结构的乐曲中,三言成为主要的节奏形式。和、送之声最初源于民间的谣曲,是以当时歌曲声调的主要构成因素,有稳定歌曲曲调的功能,代表了歌曲最显著的特点。[①] 由乐曲送、和声发展而来的三言节奏区别于由纯三言组成的庙堂颂词或民间谣谚以及三兮三式的骚体节奏,逐渐发展成为词调音乐中的一种。

(四)与五、七言组合的三言节奏

三言与其他诗型句式的组合主要通过一个或两个三言节奏引领五、七言句,这其中出现了一系列三言节奏的套词,如“君不见”、“行路难”、“长相思”等。[②] 在句型结构上,运用得比较广泛的是“三三七式”。陆机《鞠歌行》序:“三言七言,虽奇宝名器,不遇知己,终不见重。愿逢知己,以托意焉。”[③]陆机、谢惠连的《鞠歌行》《顺东西门行》,鲍照《雉朝飞操》等曲辞全由三三七式组成。可见魏晋以来,在与五、七言组合的三言节奏中三三七逐渐成为一种固定的体式,有了正式的名称“三言七言”。

表 3-4 《乐府诗集》各类歌辞中用到三三七式的乐府诗表

类别	古辞	文人辞	曲名	作品
横吹歌辞		顾况《洛阳陌》、温庭筠《雍台歌》、张祜《捉搦歌》	3	3
鼓吹曲辞	《将进酒》、《君马黄》、《圣人出》	魏文帝《临高台》,李贺《远如期》《上之回》,李贺、僧齐己《巫山高》,李白、元稹、李贺《将进酒》,何承天《有所思篇》《临高台篇》	8	13

① 参见王运熙《论六朝清商曲中之和送声》,《乐府诗述论》。

② 参见“乐府诗中的套语”一节。

③ 《乐府诗集》卷三三,第494页。

（续　表）

类别	古辞	文人辞	曲名	作品
相和歌辞	《薤露》、《平陵东》、《陌上桑》（楚辞钞）、《王子乔》	魏武帝《气出唱》，魏武帝、魏文帝《陌上桑》，陆机、谢灵运、谢惠连《鞠歌行》《顺东西门行》，顾野王《艳歌行》，僧贯休《胡无人行》，高允、宋之问《王子乔》	11	17
清商曲辞	《白石郎曲》	王勃《江南弄》、阎朝隐《采莲女》	3	3
舞曲歌辞	《淮南王篇》、《淮南王辞》、《晋杯盘舞歌》、《齐世昌辞》、《淮祥风》	鲍照《淮南王》、王建《独漉歌》、杨衡《白纻辞》、李白《白纻辞》、陆龟蒙《吴俞儿舞歌》	10	10
杂歌谣辞	《淮南王歌》、《上郡歌》、《廉叔度歌》、《荥阳令歌》、《束皙歌》、《雍州歌》、《始兴王歌》、《敕勒歌》、《历阳歌》（古辞）、《长安谣》、《阁道谣》、《楚昭王时童谣》、《王莽时汝南童谣》、《后汉灵帝末京都童谣》、《后汉献帝初童谣》、《吴孙亮初童谣》、《吴孙亮初白鼍鸣童谣》、《晋武帝太康后童谣》、《晋惠帝永熙中童谣》、《晋惠帝元康中京洛童谣》、《晋永嘉中童谣》、《后魏宣武孝明时谣》	宁戚《商歌》，张志和（五首）、和凝、欧阳炯、李珣（三首）《渔父歌》，李颀《郑樱桃歌》，李白《襄阳歌》，张籍《白鼍鸣》	27	36
琴曲歌辞	文人辞			
	韩愈《越裳操》，鲍照、李白《雉朝飞操》《飞龙引》（二首），石崇《思归引》，沈君攸《双燕离》，顾况《幽居弄》，僧皎然《风入松歌》，阎朝隐《明月歌》，百里奚妻、赵整《琴歌》		9	12

（续 表）

<table>
<tr><th>类别</th><th>古辞</th><th>文人辞</th><th>曲名</th><th>作品</th></tr>
<tr><td>杂曲歌辞</td><td colspan="2">曹植《桂之树行》、《妾薄命》，僧齐己《升天行》，傅玄《云中白子高行》，鲍照《北风行》，李白《前有一樽酒行》、《行行游且猎篇》、《鸣雁行》，白居易《潜别离》，王勃《秋夜长》，陶弘景《寒夜怨》，徐勉《迎客曲》、《送客曲》。张率、陈后主、徐陵、江总各二首，萧淳、陆琼、王瑳、李白、郎大家宋氏各一首《长相思》，顾况、僧贯休、僧齐己（二首）《行路难》</td><td>15</td><td>28</td></tr>
<tr><td rowspan="2">近代曲辞</td><td colspan="4">文人辞</td></tr>
<tr><td colspan="2">李贺《十二月乐辞》中《六月》、《闰月》</td><td>2</td><td>2</td></tr>
<tr><td>新乐府辞</td><td colspan="2">顾况《公子行》，杜甫《兵车行》，元稹《田家行》，张籍《湘江曲》、《雀飞多》，白居易《七德舞》、《二王后》、《海漫漫》、《立部伎》、《华原磬》、《上阳白发人》、《胡旋女》、《新丰折臂翁》、《太行路》、《司天台》、《昆明春水满》、《城盐州》、《道州民》、《驯犀》、《五弦弹》、《蛮子朝》、《骠国乐》、《缚戎人》、《西凉伎》、《牡丹芳》、《红线毯》、《杜陵叟》、《卖炭翁》、《母别子》、《阴山道》、《时世妆》、《李夫人》、《盐商妇》、《杏为梁》、《官牛》、《紫毫笔》、《草茫茫》、《古冢狐》、《黑潭龙》、《天可度》、《秦吉了》、《鸦九剑》</td><td>42</td><td>42</td></tr>
</table>

据表3-4统计，共有130题、166首乐府诗中用到三三七式。其中，古辞以“杂歌谣辞”最多。文人辞以白居易“新乐府”最多。这一现象表明三三七式的兴起与民间歌谣有着密切的关系，文人辞的广泛采用，强化了这种节奏型。据《乐府诗集》题解标注可知其中有些用到三三七式的乐府诗是入乐曲辞，如魏武帝《气出唱》、《平陵东》（古辞）、《王子乔》（古辞）等为魏、晋乐所奏，《淮南王辞》为齐乐所奏。① 可见三言两短句，七言一长句的组合形式便于曲辞配乐歌唱，曲辞的句式结构与乐曲的歌调节奏相同。随着三三七节奏的广泛流行，文人已经非常熟悉

① 《乐府诗集》“舞曲歌辞”《淮南王辞》题解引《南齐书·乐志》曰：“晋《淮南王舞歌》六解，齐乐所奏，前是第一解，后是第五解。”《乐府诗集》卷五五，第794页。

这种体式，并在各类乐府诗中采用。顾野王《艳歌行》、僧贯休《胡无人行》等在曲辞开头用三三七式，李白《飞龙引》、张籍《湘江曲》等在曲辞中间用三三七式，《敕勒歌》、白居易《海漫漫》等在歌辞末尾用三三七式。可见在诗歌中三三七式形成了固定的单元结构，成为歌辞的节奏构件可以自由组合。白居易 50 首新乐府诗中有 44 首使用了三言节奏，其中有 37 首曲辞加入了三三七式，应该说这完全属于一种有意识的句型节奏选择，以期达到新乐府诗"体顺而肆，可以播于乐章歌曲也"①的目的。源自民谣的通俗、流畅是这一类型三言节奏的特点。

二、三言节奏与音乐曲调之关系

汉语中每一个音节大体相等，而且都有独立性，节奏产生于语节的排列。何伟棠指出："节律要求这一个个时值相似而音长结构不尽相同的语节规律化地排列起来，从而使吟诵者心中引出一种平衡、稳定和有比例的感觉印象，一种感官印象上的对称与重复，一种我们习惯上称之为'节奏'的格律效应。"②一般来说，双音节和四音节具有均衡稳定感，单音节和三音节具有运动变化感。诗歌音乐性的一个重要表现，就是单双音节的搭配，如郭绍虞说："汉语的音乐性产生在单双的问题上。"③通过以上对乐府诗三言节奏的考察，我们发现人们往往采用连续三字格的叠用，"兮"字的顿逗，和、送声的结构形式，以及三三七的组合等方式来达到曲辞中三言节奏的均衡与和谐，使得语言格律与音乐节奏相适应，诉诸人们的听觉而产生美感。以下主要联系音乐曲调分别论述四种类型三言节奏的特点。

---

① 白居易：《新乐府序》，朱金城《白居易集笺校》卷三，第 136 页，上海：上海古籍出版社，1988。

② 何伟棠：《汉语诗歌格律结构新论——节律论》，《汉语修辞和汉文化论集》，第 231 页，南京：河海大学出版社，1996。

③ 郭绍虞：《汉语语法修辞新探》，第 244 页，北京：商务印书馆，1979。

（一）连续叠用的三言与民歌中的"三句赶"

乐府诗中连续叠用的三言节奏一般出现在八句以上的长诗中，三言垛句往往夹杂在上下文齐整的韵语中，如：

> 仙人玉女，下来翱游。骖驾六龙，饮玉浆，河水尽，不东流。解愁腹，饮玉浆。奉持行……来赐神之药。跪受之，敬神齐，当如此，道自来。
>
> ——（魏、晋乐所奏。"相和歌辞"魏武帝《气出唱》）
>
> 双燕双飞，双情想思……双入幕，双出帷。秋风去，春风归。幕上危，双燕离。衔羽一别涕泗垂，夜夜孤飞谁相知。
>
> （"琴曲歌辞"沈君攸《双燕离》）
>
> 老胡感至德，东来进仙倡……能胡歌，献汉酒，跪双膝，并两肘，散花指天举素手。拜龙颜，献圣寿，北斗戾，南山摧，天子九九八十一万岁，长倾万岁杯。
>
> （"清商曲辞"李白《上云乐》）

以上曲辞中使用一连串三言节奏的垛句排比铺陈，在曲辞中形成节奏型的突变。这种曲式结构类似于湖北民歌赶五句中的"三句赶"，即在第三句上赶板。在鄂中又称"赶句子"和"赶歌子"、"抢句子"，在鄂西一带有的叫"急古溜子"，在鄂东南某些地区称之为"急口令"和"数板山歌"。因在四句子山歌中夹有一段可长可短的叠句词（赶句），需快速地唱出而得名。乐曲一、二句与四、五句是山歌调子，节奏自由，中间的"赶句"是连念带唱的朗诵调。如湖北江陵《喊我情哥吃火烧》，此民歌前面两句为上下句自由体。到第三句时歌词突破原有的七言句式，代之而出现的是三言多叠句，一连串的垛句描绘了一个做火烧的全过程。曲调节奏与歌辞节律相配，乐曲中标明"赶句"部分的节奏相对于其他乐句有明显的变换，速度加快，层层罗列，而每个三言句的节奏形式

图 3-1　湖北江陵《喊我情哥吃火烧》乐谱①

相同形成排比的形式。以上所举的乐府诗在歌辞结构上类似于这首湖北民歌，在歌唱中或许也同于这种特殊的民歌唱法。由于赶句子的即兴性很强，可以随心所欲，要长则长，要短则短，可伸可缩，因而第三句作为赶五句的中间句，篇幅的容量就相当大，而歌手们可根据各自不同的修养、文采，大大加以发挥、创造。② 乐府诗中由三言节奏叠用而成的垛句结构在一定程度上同于乐曲中的“赶句”，是表达乐曲内容的乐句构件，其位置和长度适应歌者自由灵活的处理。

（二）由“兮”字顿逗的三言与楚声音乐

从原始古歌到《诗经》大多是由双音节组构成的“二言”，其句式的

---

① 《中国音乐词典》，“赶五句”条，第 111 页。

② 方妙英：《楚歌三唱》，《音乐爱好》1985 年第 2 期。

加长往往通过两字顿或二拍子节奏的组合，其节律并没有变化。同样，如果“顿”的时间延长，其音律节奏就被“逗”为两个二言句。松浦友久称这种节奏型为“二音一拍”的拍节节奏：

> 四言诗是以最单纯、最简朴的方式，对汉语本身所具备的基本‘拍节节奏’——亦即‘二音一拍’的拍节节奏——加以充分利用所得出的诗歌形式。例如：
>
> 1拍　2拍
>
> 关关　雎鸠，　在河之洲，　窈窕淑女，　君子好逑。
>
> （《诗经·关雎》）
>
> 四言诗是具有‘一句＝四言＝二拍＝无休音’，最单纯、安定且同质的节奏之结构。四言诗可说是一种以汉语所形成的诗型里，最基本且原始的诗型。①

然而在以楚辞体为代表的楚声音乐中，三音节的广泛使用打破了这种“二音一拍”的平衡。它以奇数结构组成新的句式如五言、六言、七言等。诗歌体式的新变源于音乐系统的流变。闻一多在论及古代的音乐与诗时曾指出：“郑卫之乐常用弦索与竹管，凡以鼓为节的配乐诗多是齐言，而配管弦的诗则以长短句为多。”②乐曲中不同的伴奏乐器在节奏型上有着鲜明的风格，诗经系统的钟鼓之乐容易形成均整时位律动有拍节奏形式，楚辞系统的管弦之乐容易形成非均整时位律动的无拍节奏形式。正是由于管弦乐器伴奏的节奏型为句末延长音的形成提供了条件，在歌诗中可以把奇数句中单字延长一拍，使得诗歌既在节奏型上有所变化又合于曲调的旋律节奏。楚辞体中由“兮”字顿逗的三言节奏成为新音乐的基本节奏型。如“山有木兮木有枝”（《越人

---

① 葛晓音：《关于诗型与节奏的研究——松浦友久教授访谈录》，《文学遗产》2002年第4期。

② 郑临川述评：《闻一多论古典文学》，第31页，重庆：重庆出版社，1984。

歌》),“若有人兮山之阿”(《山鬼》),“皇门开兮照下土”(《九怀》),“悲莫悲兮生别离”(《少司命》)等。

此类型节奏的特点表现为:“兮”字是一个节奏上的字,曲辞以三言节奏为核心,上下两部分是以虚字联结的中折结构。一方面,可以因“兮”字的感叹语调延长两个三言句之间的节拍,在文字和音节上充当一个字(半拍),加上句末韵脚字产生的相当于一字的休音,由此整首诗形成“上四下三”的基本结构,如项籍《力拔山操》:“力拔山兮气盖世,时不利兮骓不逝。”原则上每二字(二音节)为一拍,全诗为四拍子节奏,在这点上与后世七言诗节奏是相通的。所不同的是由于“兮”在意义上是与句末休音相同的零,故“兮”字上三字并不一定以二字为一拍,还有一字一音的音节节奏在律动的倾向。

另一方面,由“兮”字顿逗的后三字不仅在韵律节奏上独立且在词组构成(即意义节奏)上也具有相对的独立性。如《大风歌》:“大风起兮云飞扬,威加海内兮归故乡,安得猛士兮守四方。”《渡易水》:“风萧萧兮易水寒,壮士一去兮不复还。”其中“云飞扬”、“归故乡”、“守四方”、“易水寒”、“不复还”等除了第三个字是歌诗的句尾韵外,在意义上都是可以单独成立的。可以省略“兮”字变换为纯三言句。如《山鬼》中“杳冥冥兮羌昼晦”,在《陌上桑》中变为:“杳冥冥,羌昼晦”。语义不变,节奏紧凑。三言句中原则上第二字为小的节奏点,与五七言下三字中的情形同,其“意义节奏”与“韵律节奏”有差异,能呈现出多样的节奏变相,如《渡易水》“风萧萧兮易水寒”中“兮”字以下三字无论在韵律上还是意义上都可以分为“二一”,但在《大风歌》“大风起兮云飞扬”中韵律上分为“二一”,意义上分为“一二”。林庚认为“如果五七言从本质上说是‘三字节奏’的发展,那么大力发展‘三字节奏’最早的就是《楚辞》”①。五七言诗在诗型上最明显的特质是三字节奏,因为如果只是强调在歌诗韵尾部分可以产生延长一拍的句末休音,这在四

① 林庚:《诗人屈原及其作品研究》,第63—65页。

言诗隔句押韵的句尾韵以及首句入韵而后隔句押韵的句尾韵等格式中普遍存在。而在均质的二拍子节奏四言诗中缺乏由三音节产生的不稳定的下二拍。

以下是琴家王迪根据明清以来流传的琴谱《履霜操》的打谱①，我们大致可以看到由“兮”字顿逗三言节奏的曲、辞配乐情况：

履霜操

图 3-2 琴谱《履霜操》

在这首琴歌前三个乐句中“兮”字后三字所对应的乐曲节奏完全相同，都是第一个字对应一个附点节奏，第二个字对应一个四分音符，占一拍，第三个字对应一个二分音符，占两拍。除最后一句外，一般独立占一个小节，歌诗句尾押韵字延长一音实际上要唱成两拍，音律结构合于乐句句末音旋律延长音，产生悠扬婉转、余音袅袅的艺术效果。从

① 王迪、张淑珍、修良：《中国古代歌曲七十首》，北京：中国文联出版公司，1985。

而形成下三字特有的结构，歌诗韵律句度与音乐旋律节奏完满结合，可见由“兮”字顿逗的下三字在乐曲中很容易感觉到。

（三）三言节奏与和、送声结构

通过上文统计三言句是汉代《相和歌》与六朝《清商乐》和、送声中常见的节奏型，唐以来三言节奏的发展与这种乐曲结构仍然有着密切的关系。据王灼《碧鸡漫志》记载，唐时乐曲中的和声即是在每句齐言诗下各增一个三言句：

> 今黄钟商有《杨柳枝》曲，仍是七字四句诗，与刘、白及五代诸子所制并同。但每句下各增三字一句，此乃唐时和声，如《竹枝》、《渔父》，今皆有和声也。[①]

唐人裴諴有《新添声杨柳枝词》，题名中“添声”即指每句增加三言句的声诗体式。现存温庭筠《南歌子词》二首（一作《添声杨柳枝辞》），毛熙震、欧阳炯、孙光宪、张希复、张泌《南歌子》，温庭筠、顾敻《荷叶杯》等词曲皆以句末增添三言句作结。

歌辞中的和声一般由叠句或叠唱的方式表现出来，叠唱每句诗末三字是其中的一种演唱方法。据叶栋《唐代音乐与古谱译读》的研究，在遗存至今的唐代乐谱如《敦煌曲谱》、《五弦谱》（《五弦琴谱》）中尚有不少乐曲可据其谱式、谱字填同名唐诗入歌。我们发现其中有些乐府歌诗配曲用到末三字的叠唱，如唐教坊曲《如意娘》。《乐府诗集》“近代曲辞”引《乐苑》曰：“《如意娘》，商调曲。唐则天皇后所作也。”“如意”为武则天年号(692)，乐曲以武则天同名七言绝句（别名《如意曲》）相配。其曲、辞相配的结构关系如表3-5所示：[②]

---

① 唐圭璋：《词话丛编》，第117页，北京：中华书局，1986。

② 叶栋：《唐代音乐与古谱译读》，第78页，西安：陕西省社会科学院出版社，1985。

表 3-5　乐府歌辞末三字叠唱法例 1

句式	a　b　c　b_1
小节	4 + 6 + 5 + 6 (4+2)　(3+2)　(4+2)
七言绝句	看朱成碧思纷纷， 憔悴支离为忆君。 （为忆君） 不信比来长下泪， （长下泪） 开箱验取石榴裙。 （石榴裙）
曲式	单段体（起承转合四乐句）

其中第二、三、四句诗末三字叠唱。又如《三台》，《乐府诗集》题解注云："刘禹锡《嘉话录》曰：'三台送酒，盖因北齐高洋毁铜雀台，筑三个台。宫人拍手呼上台送酒，因名其曲为《三台》。'李氏《资暇》曰：'《三台》，三十拍促曲名。昔邺中有三台，石季龙常为宴游之所。乐工造此曲以促饮。'未知孰是……按《乐苑》，唐天宝中羽调曲有《三台》，又有《急三台》。"①填词选自韦应物七言绝句《突厥三台》（三台舞合突厥乐，故名）。其曲、辞相配的结构关系如表 3-6 所示：②

表 3-6　乐府歌辞末三字叠唱法例 2

句式	a　a_1　b　a_2
小节	3 + 3 + 3 + 3 (2+1)　(2+1)　(2+1)　(2+2)
七言绝句	雁门山上雁初飞， （雁初飞） 马邑栏中马正肥。 （马正肥） 日旰山西逢驿使， （逢驿使） 殷勤南北送征衣。 （送征衣）
曲式	单段体（起承转合四乐句）

① 《乐府诗集》卷七五，第 1057 页。

② 叶栋：《唐代音乐与古谱译读》，第 80 页。

每句末三字叠唱。歌诗句逗和乐曲乐汇皆合于原曲原调的板眼和小节,可见曲式结构与诗歌体式之间存在着相互对应的关系。三字节奏在诗型韵律上的特点便于用作乐曲中的和声(帮腔),同时乐曲中和声结构以及叠唱唱法形成了特殊的曲辞句度,末句三言的叠法、句法适应曲调的旋律、结构。这与词调音乐中所使用的添字法(即添声、摊字、摊破)有相似之处。

(四) 三言的组合与民谣及其歌唱方式

三言与五、七言的组合形成民谣中的一种特色句式。荀子《成相杂辞》十一篇,其辞为:

> 请成相,世之殃,愚暗愚暗堕贤良。人主无贤,如瞽无相何伥伥……请成相,道圣王。尧舜尚贤身辞让。许由善卷。重义轻利行显明……请成相,言治方。君论有五约以明。君谨守之。下皆平正国乃昌……臣谨修,君制变。公察善思论不乱。以治天下。后世法之成律贯。①

杨荫浏认为:

> 这个分为三大段的相当长篇的说唱本子,它包含着同一节奏形式的五十六次重复。这种节奏形式为:

① 《先秦汉魏晋南北朝诗》,第52—55页。

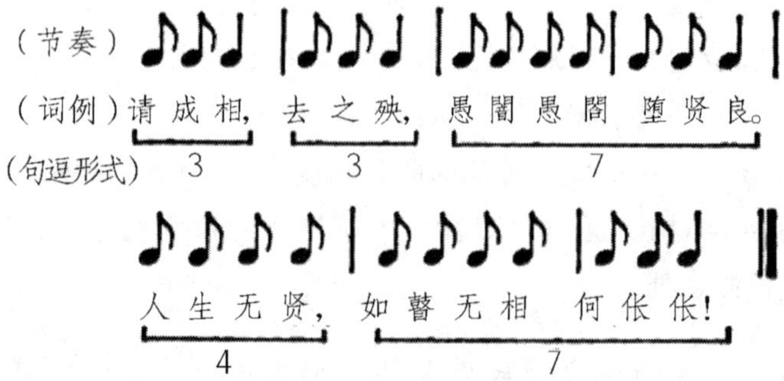

> 在五十六次重复中，除了偶然有极少数局部音节上的增减的特例以外，有五十次重复，都是与上引例子完全一致。①

《成相杂辞》以三三七节奏为主，间杂四七节奏，其中，三三七的句逗形式在节奏型上可以析为三三四三，第二个三言与第四个三言句（即三三七中的七言）押韵。通过韵位的关系，三三七的组合形成了歌诗章节的基本单元结构，其连续使用就很容易形成逻辑严整的长篇。宋元以后流行的“十不如”、“十可笑”、“十可怪”一类的民谣节奏型与此类似，它们一般是三言和七言结合而重复至十次。自战国的成相歌以来，三言的组合是民间歌谣常用的辞式。

民间歌谣中三言节奏的广泛流行影响了文人诗歌创作，其中以唐代白居易新乐府诗中三三七体最为显著。陈寅恪曾就新乐府诗这种句律的缘起作出推测：

> 至乐天之作，则多以重叠两三字句，后接以七字句，或三字句后接以七字句。此实深可注意。考三三七之体，虽古乐府中已不乏其例，即如杜工部《兵车行》，亦复如是。但乐天新乐府多用此体，必别有其故……初时颇疑其与当时民间流行歌谣之体制有关，

① 《中国古代音乐史稿》，第73页。

然苦无确据，不敢妄说。后见敦煌发现之变文俗曲殊多三三七句之体，始得其解……实则乐天之作，乃以改良当日民间口头流行之俗曲为职志……亦是以乐府古诗之体，改良当时民俗传诵之文学。①

他认为三三七式来自于佛经的“变文俗曲”，白居易新乐府诗改良了民间俗曲。吴相洲在《唐代歌诗与诗歌》中则认为元白等人作新乐府，要改良的不是民间俗曲，而是宫廷的乐曲，对民间“俗曲”是借鉴，而不是改造，并指出新乐府的这种形式，在当时可能是一种便于入乐的形式：“白居易有一首《山鹧鸪》……这首明确标明调式的歌诗三处插入三言句式。这样的句式也正是新乐府诗中常见的句式。所以说，新乐府所采用的形式，可能是便于入乐的一种形式……白居易的《花非花》、《长相思》等长短句歌词，也是采用这种三、三、七、五相间的句式。”②通过上文对《乐府诗集》中三三七式的统计，我们发现这种节奏在乐府诗各类歌辞中广泛运用。可见它并不是佛教歌唱所专有，而是民间歌唱常用的一种歌辞形式。三言的组合在诗歌中能够形成独立的结构单元，可供灵活组织篇章，其中间隔出现的三字句在诗歌中还可以起到“领起”的作用，如白居易《道州民》：“道州民，多侏儒，长者不过三尺余……道州民，老者幼者何欣欣……道州民，民到于今受其赐，欲说使君先下泪。”这些结构上的特点都意味着新乐府便于入乐歌唱。

乐歌中相连的三言二短句有着特殊的歌唱法，据毛奇龄《皇言定声录》：

按《白乐天集》有《听都子歌》是听歌《桂花曲》者，其诗云：“都子新歌有性灵，一声格转已堪听。更听唱到嫦娥字，犹有樊家旧典型。”此即唱法，其云：“一声格转”者，以其唱，试问二字是

① 陈寅恪：《元白诗笺证稿》第5章，第120—121页，上海：上海古籍出版社，1978。

② 吴相洲：《唐代歌诗与诗歌》，第142—143页，北京：北京大学出版社，2000。

“高”字已及领调字矣，故转到“嫦娥”字当如矩然折方而下，所谓“格转”也，此即《乐记》所云：倨中矩者也。又有《听唱〈桂华〉曲诗》：“桂花词意慢丁宁，唱到嫦娥醉复醒。”所云“词意丁宁”者以歌时多顿折，如丁宁然，然感人处仍在唱到“嫦娥”字，故又云：“唱到嫦娥醉复醒。”此亦最善道唱法者。①

所谓“一声格转”即是由领调字接下句时“如矩然折方”音调变化。这种歌唱手法同于《乐记》所描述的那样：“故歌者，上如抗，下如队，曲如折，止如槁木，倨中矩，句中钩，累累乎端如贯珠。”所谓“顿折”即是采用顿断唱法，其声音效果“如丁宁然”。《桂华曲》（又名《桂殿秋》），有齐言和杂言二体。如李白《桂殿秋》：

仙女下，董双成，汉殿夜凉吹玉笙。曲终却从仙官去，万户千门惟月明。

河汉女，玉炼颜，云軿往往在人间。九霄有路去无迹，袅袅香风生佩环。

李诗用到三三七式，故以上所提到的歌唱手法实际上很可能就是指诗歌中三言两短句在歌唱时的特点。又如白居易《竹枝》：“江畔谁人唱竹枝，前声断咽后声迟。怪来调苦缘词苦，多是通州司马诗。”其中“前声断咽后声迟”也是描写乐歌节奏变换时的声情意蕴，三言二短句，七言一长句的组合或许正有此歌唱特点。如《九宫大成北词宫谱》记载的马致远“百岁光阴”咏《秋兴》散套词曲谱。曲中起首两个三言句末皆有顿逗，后面的七言句基本一字一拍，节奏舒缓。在元散曲中《拨不断》皆是三三七七七体，此乐谱反映了其曲调节拍上的特点。以上对三言唱法的论述中虽有猜测的成分，但可以肯定的是这种诗歌体式与

① （清）毛奇龄：《皇言定声录》卷七，《西和合集》，乾隆间萧山陆氏刊本。

歌唱方式之间存在着紧密的联系，乐歌中三言的组合是非常具有表现力的节奏类型。

拨 不 断

元 马致远“百年光阴”咏《秋兴》散套词
《九宫大成北词宫谱》曲，六七·56

图 3-3　《九宫大成北词宫谱》六七·56

三、乐府诗中三言节奏的体式特征

乐府诗中三言节奏的体式特征主要表现在一般采用排比、对偶、顶针、重叠等修辞手法来组合三言句，歌辞中这些修辞法的使用起到了声调调和的作用，使节奏更流畅。松浦友久在谈到乐府诗对“乐曲的联想”时，特别注意到乐府诗的修辞：“在乐府题的诗中，不论近体、古体或各自的诗型如何，自然会产生出一种节奏感和流动感，以一种独特的气氛作用于整个作品。由于常常使用所谓‘蝉联体（前联结尾之词与次联开始之词相同）’和‘双拟对（一句中同一字眼重复出现的句中对）’而产生的歌谣效果，可以说是从修辞上进一步加强它的方法。”①

① 《中国诗歌原理》，第 274 页。

乐府诗的表现功能与音乐有着一定的关联,其三言节奏体现的音乐的效果具体表现在:

（一）反复

是指歌辞中同一三言句一而再、再而三地显现,形成回环往复的艺术效果,给人音节自然和谐、组织简明单纯的乐感。其中包括连接的和间隔的两种。如:

王少卿,王少卿,超升飞龙翔天庭。(“相和歌辞”高允《王子乔》)
桂之树,桂之树,桂生一何丽佳。(“杂曲歌辞”曹植《桂之树行》)
重罗黎,重罗黎,使君南上无还时。(“杂歌谣辞”《历阳歌》)
阿得脂,阿得脂,博劳旧父是仇绥。(“琴曲歌辞”赵整《琴歌》)
采莲女,采莲舟,春日春江碧水流。(“清商曲辞”阎朝隐《采莲女》)
七德舞,七德歌,传自武德至元和。(《七德舞》)
胡旋女,胡旋女,心应弦,手应鼓。(《胡旋女》)
五弦弹,五弦弹,听者倾耳心寥寥。(《五弦弹》)
骠国乐,骠国乐,出自大海西南角。(《骠国乐》)
缚戎人,缚戎人,耳穿面破驱入秦。(《缚戎人》)
西凉伎,西凉伎,假面胡人假师子。(《西凉伎》)
牡丹芳,牡丹芳,黄金蕊绽红玉房。(《牡丹芳》)
杜陵叟,杜陵居,岁种薄田一顷余。(《杜陵叟》)
母别子,子别母,白日无光哭声苦。(《母别子》)
阴山道,阴山道,纥逻敦肥水泉好。(《阴山道》,以上白居易“新乐府辞”)

在以上曲辞开头三言节奏连接反复,其中大多属于前两句完全相同的重叠,也有前两句只是一字不同的重叠,如《采莲女》、《七德舞》等。还有前两句是颠倒的重叠,如例《母别子》。三言节奏的反复歌咏,或有呼唤、叹惋之意，如《王子乔》、《琴歌》等，或有强调、突出之意，如“胡旋女”指当时康居国（今乌兹别克撒马尔罕城）贡献的舞女，“骠国乐”是指骠国（今缅甸境内）的音乐。它们在诗歌开头叠用，给人新奇的感觉，且这些重叠的三言句均成为曲辞的题名。如：

王子乔，参驾白鹿云中遨。参驾白鹿云中遨，下游来，王子乔。参驾白鹿上至云，戏游遨…… 圣主享万年。悲吟皇帝延寿命。——右一曲，魏、晋乐所奏。

（“相和曲辞”《王子乔》古辞）

北上太行山，艰哉何巍巍！太行山，艰哉何巍巍……树木何萧瑟，北风声正悲。何萧瑟，北风声正悲……溪谷少人民，雪落何霏霏。少人民，雪落何霏霏……我心何怫郁，思欲一东归。何怫郁，思欲一东归…… 迷惑失径路，暝无所宿栖。失径路，暝无所宿栖……悲彼东山诗，悠悠使我哀。——右一曲，晋乐所奏。

（“相和歌辞”魏武帝《苦寒行》）

驾六龙乘风而行……饮玉浆，河水尽，不东流。解愁腹，饮玉浆。奉持行，东到蓬莱山……常愿主人增年，与天相守。——右三曲，魏、晋乐所奏

（“相和歌辞”魏武帝《气出唱》）

燕姬妍，赵女丽，出入王宫公主第。倚鸣瑟，歌未央，调弦八九弄，度曲两三章。唯欣春日永，讵愁秋夜长。歌未央，倚鸣瑟。轻风飘落蕊，乳燕巢兰室。

（“相和歌辞”顾野王《艳歌行》）

百里奚，五羊皮。忆别时，烹伏雌，炊扊扅，今日富贵忘我为。百里奚，初娶我时五羊皮。临当别时烹乳鸡，今适富贵忘我为。

（“琴曲歌辞”百里奚妻《琴歌》）

拜新月，拜月出堂前。暗魄深笼桂，虚弓未引弦。拜新月，拜月妆楼上。鸾镜未安台，蛾眉已相向。拜新月，拜月不胜情。庭前

风露清，月临人自老。

（“近代曲辞”吉中孚妻张氏《拜新月》）

笑矣乎，笑矣乎。君不见曲如钩，古人知尔封公侯……笑矣乎，笑矣乎。君不见沧浪老人歌一曲，还道沧浪濯吾足……笑矣乎，笑矣乎。赵有豫让楚屈平，卖身买得千年名……笑矣乎，笑矣乎。宁武子，朱买臣，叩角行歌皆负薪。今日逢君君不识，岂得不如佯狂人。

（“新乐府辞”李白《笑歌行》）

在以上歌辞中，三言节奏间隔反复。配乐演唱的歌辞，如《王子乔》（古辞）、魏武帝《气出唱》标明为“魏、晋乐所奏”，魏武帝《苦寒行》标明为“晋乐所奏”。与本辞相比，乐辞体式有所增改。如《苦寒行》前五解在每个乐章中重复首句下三字，次句全句，形成错落的三、五言结构，各章重唱部分音位一致，且有定句、定字。这实际上是乐工根据乐曲要求增补的句度以配合音乐的旋律。在歌唱方式上，歌辞中三言节奏的间隔出现类似于和声，属于别人和唱或众人合唱的句子，或在歌前或在歌后，在同一曲中特定位置重复出现。

歌辞标明是众人和唱的部分，这种乐曲结构形式不仅给听者深刻的印象，且能形成倾听过程中的审美期待，整个歌诗显得流丽婉转、回味无穷。可见同一乐章中为重叠而重叠的三言节奏完全是声的关系。

江南好，风景旧曾谙。日出江花红胜火，春来江水绿如蓝，能不忆江南。

江南忆，最忆是杭州。山寺月中寻桂子，郡亭枕上看潮头，何日更重游。

江南忆，其次忆吴宫。吴酒一杯春竹叶，吴娃双舞醉芙蓉，早晚复相逢。

（“近代曲辞”白居易《忆江南三首》）

春过也，共惜艳阳年。犹有桃花流水上，无辞竹叶醉樽前，惟待见青天。

春去也，多谢洛城人。弱柳从风疑举袂，丛兰裛露似沾巾，独笑亦含嚬。

（“近代曲辞”刘禹锡《忆江南二首》）

以上歌辞是在同一曲调中采取相同或相近的三言节奏作为起句，且平仄、韵律相同，具有悠扬婉转之美。

（二）对偶

三言节奏成双作对的排列，它们往往是句法相似、结构相同、语气一致，内容相关的两组句子或词组，实际上也可以看成是一种句调上的反复。如：

出东门，不顾归。来入门，怅欲悲……平慎行，望君归。

（“相和歌辞”《东门行》古辞）

日苦短，乐有余。

（“相和歌辞”曹植《当来日大难》）

叔牙显，夷吾亲。郢既殁，匠寝斤。览古籍，信伊人。

（“相和歌辞”谢灵运《鞠歌行》）

人初生，日初出，上山迟，下山疾。

（“相和歌辞”王建《短歌行》）

当来日，大难行。前有坂，后有坑。大梁侧，小梁倾。

（“相和歌辞”元稹《当来日大难》）

高则亢，满则盈，亢必危，盈必倾。去危倾，守以平，冲则久，浊能清，混文武，顺天经。

（“舞曲歌辞”《穷武篇·安台行乱第四》）

双入幕，双出帷。秋风去，春风归。幕上危，双燕离。

（“琴曲歌辞”沈君攸《双燕离》）

颍水清，灌氏宁。颍水浊，灌氏族。

（“杂歌谣辞”《颍川歌》）

举秀才，不知书。察孝廉，父别居。

（“杂歌谣辞”《后汉桓灵时谣》）

直如弦，死道边。曲如钩，反封侯。

（“杂歌谣辞”《后汉顺帝末京都童谣》）

一尺布，尚可缝；一斗粟，尚可舂。兄弟二人，不相容。

（“杂歌谣辞”《淮南王歌》）

左纳言，右内史，朝承恩，暮赐死。

（“新乐府辞”白居易《太行路》）

以上歌辞中的三言节奏采用了对偶的方式排列，从内容上看，凝练、集中、缜密，常用相反的两件事物互相映衬，如“前”与“后”、“大”与“小”、“清”与“浊”、“朝”与“暮”等等。刘勰《文心雕龙·丽辞》：“反对为优。”①从形式上看，节奏鲜明，韵味和谐，协调匀称，便于记诵。因而在配乐曲辞或民间谣歌中常见。

（三）排比

用组织相似的句法逐一表出同范围同性质的三言节奏，对偶是事项成对的组织，排比是成串的组织。如：

磨尔牙，错尔爪，狐莫威，兔莫狡。

（“相和歌辞”僧齐己《猛虎行》）

吹洞箫，望极浦。女巫进，纷屡舞。陈瑶席，湛清酤。风凄凄，又夜雨。

（“清商曲辞”王维《祠渔山神女歌·迎神》）

---

① 詹锳：《文心雕龙义证》，第1304页。

能胡歌，献汉酒，跪双膝，并两肘，散花指天，举素手。拜龙颜，献圣寿。

（“清商曲辞”李白《上云乐》）

登云阁，列姬姜，拊丝竹，叩宫商，宴华池，酌玉觞。

（“琴曲歌辞”石崇《思归引》）

寒日微，寒风紧。愁心绝，愁泪尽。

（“杂曲歌辞”陶弘景《寒夜怨》）

虑年至，虑颜衰。情易复，恨难追。

（“杂曲歌辞”鲍照《北风行》）

不得哭，潜别离。不得语，暗相思。

（“杂曲歌辞”白居易《潜别离》）

何况玄元圣祖五千言，不言药，不言仙，不言白日升青天。

（《海漫漫》）

立部伎，鼓笛喧。舞双剑，跳九丸。袅巨索，掉长竿。

（《立部伎》）

上阳人，苦最多。少亦苦，老亦苦，少苦老苦两如何！

（“新乐府辞”白居易《上阳白发人》）

以上歌辞中三言节奏的意义相关、语气一致，在句式的排比中常常通过重复用字如“尔”、“莫”、“寒”、“愁”等形成齐整短促的节奏形式。个个项目之间的关系，有的是并列的，有的是承接的，有的是递进的。它们排列成串，整齐匀称，语势贯通，铿锵有力。

（四）顶针

又叫连珠，蝉联、顶针续麻，民间称咬字。任昉《文章缘起》：“历历如贯珠，易睹而可悦，故谓之连珠。”①指三言节奏的前一句结尾做后一

① （梁）任昉撰，（明）陈懋仁注：《文章缘起注》，第12页，《丛书集成初编》，第2625册，北京：中华书局，1985。

句起头,使邻接的句子头尾蝉联而有上递下接的趣味,如:

平陵东,松柏桐,不知何人劫义公。劫义公,在高堂下,交钱百万两走马。两走马,亦诚难,顾见追吏心中恻。心中恻,血出漉,归告我家卖黄犊。

("相和曲辞"《平陵东》古辞)

出西门,步念之。今日不作乐,当待何时?夫为乐,为乐当及时……贪财爱惜费,但为后世嗤。

("相和歌辞"《西门行》古辞)

连手躞蹀舞春心。舞春心,临岁腴,中人望独踟蹰。
婉爱寥亮绕红梁。绕红梁,流月台,驻狂风,郁徘徊。
为君侬歌世所希。世所希,有如玉。江南弄,采莲曲。
流速参差飞且停。飞且停,在凤楼,弄娇响,间清讴。
桂棹容与歌采菱。歌采菱,心未怡,翳罗袖,望所思。
珠佩婐姬戏金阙。戏金阙,游紫庭。舞飞阁,歌长生。
容光既艳复还没。复还没,望不来。巫山高,心徘徊。

("清商曲辞"梁武帝《江南弄七首》)

清风吹人光照衣。光照衣,景将夕。掷黄金,留上客。
游子去还原莫疏。原莫疏,意何极,双鸳鸯,两相忆。
莲疏藕折香风起。香风起,白日低,采莲曲,使君迷。

(《采莲曲》)("清商曲辞"简文帝《江南弄三首》)

玄鹤徘徊白云起。白云起,郁披香。离复合,曲未央。
迎歌度舞遏归风。遏归风,止流月。寿万春,欢无歇。
弦伤曲怨心自知。心自知,人不见。动罗裙,拂珠殿。
云来云去长不息。长不息,梦来游。极万世,度千秋。

("清商曲辞"沈约《江南弄四首》)

清风明月遥相思。遥相思,草徒绿,为听双飞凤皇曲。

("清商曲辞"王勃《江南弄》)

湘水无潮秋水阔，湘中月落行人发。行人发，送人归，白苹茫茫鹧鸪飞。

（“清商曲辞”张籍《湘江曲》）

歌宛转，宛转凄以哀。

（“琴曲歌辞”《宛转歌》）

胡姬貌如花，当垆笑春风。笑春风，舞罗衣，君今不醉欲安归。”

（“杂曲歌辞”李白《前有一樽酒行》）

秋夜长，夜长乐未央。

（“杂曲歌辞”王融《秋夜长》）

调砧乱杵思自伤。思自伤，征夫万里戍他乡。

（“杂曲歌辞”王勃《秋夜长》）

以上歌辞均使用了连珠格修辞法，下句中首字蝉联上句之尾，一章之中，三言节奏复沓重叠，节拍吃紧而缠绵委折。在同一曲调中各章往往复施其法，极尽声文之妙，形成回环婉转的旋律，表现绕绕相生的情思。我们仅靠吟咏也能感觉到其歌辞协律、美听的声音效果。顶针是歌曲中常用的手法，《西门行》、《平陵东》、《江南弄》等实际上是民间流传的乐歌。《乐府诗集》卷三七标明《西门行》古辞为“晋乐所奏”[①]，卷二八标明《平陵东》为“魏、晋乐所奏”[②]。又如《乐府诗集》卷五〇引《古今乐录》：“梁天监十一年冬，武帝改西曲，制《江南上云乐》十四曲，《江南弄》七曲。”[③]可见这些歌辞都是配乐歌唱的。其歌辞以顶针的方式连接三言节奏使得句子承接紧密，语气连绵，音律流畅。徐师曾《文体明辨序说》：“其体展转，或二，或三……义明而词净，事圆而音泽，磊磊自转。”[④]

① （宋）郭茂倩：《乐府诗集》卷三七，第549页。

② 同上书，卷二八，第410页。

③ 同上书，卷五〇，第726页。

④ 徐师曾、于北山：《文体明辨序说》，第139页。

歌辞中顶针格的使用有如明珠相串、圆活自如，灵巧美观。

有些乐府诗的三言节奏使用多种修辞手法，如僧贯休《上留田》“邻人歌，邻人歌，古风清，清风生”，白居易《城盐州》“城盐州，城盐州，城在五原原上头……城盐州，盐州未城天子忧”，《昆明春水满》“昆明春，昆明春，春池岸古春流新”，用到反复和顶针；白居易《华原磬》“华原磬，华原磬，古人不听今人听。泗滨石，泗滨石，今人不击古人击”，用到反复和对偶。

通过以上三言节奏类型流变以及体式特征的分析，我们发现虽然在汉语中三音节是奇数，相对双音节和四音节来说，缺乏均衡稳定感，所谓偶语易安，奇字难适。但人们往往通过在平行句式的相关部位使用对偶、排比等句法来组织词性、句式相同或相近的三言节奏，使各单元结构中的音节数（字数）相等，音组段（音步）相同，音组层（结构）一致，由此，曲辞表现出均衡对称之美。通过连珠格造成声韵的回环往复，使曲辞呈现出婉转流丽之美。黄庆萱说：“在美学上，对偶和排比都基于平衡与均称的原理。”①可见乐府诗中反复、对偶、排比、顶针等修辞格使三言节奏既保持了三字格的动态感、飞扬感，又具有双数的自足感、稳定感，从而在形式上达到了均衡美、和谐美、音乐美。三言节奏在乐府诗配乐歌辞以及后来词曲中的广泛应用表明它是非常富有音乐表现力的节奏形式。

第二节 乐府诗中的五言四句体

五言四句歌诗汉乐府中就已经存在。如《上留田行》：“里中有啼儿，似类亲父子。回车问啼儿，慷慨不可止。”《枯鱼过河泣行》：“枯鱼过河泣，何时悔复及！作书与鲂鲔，相教慎出入。”虽然汉以前诗歌很少是四句一首，但汉魏乐府中以“解”标识的乐段一般都是以五言四句

① 黄庆萱：《修辞学》，第470页，台北：三民书局，1975。

为一个单元，可以单独演唱。南朝乐府篇幅短小，情味隽永、继承了五言句的体式特点。五言四句体是吴声西曲的主要形式。如《吴歌》："夏口樊城岸，曹公却月戍。但观流水还，识是侬流下。"《子夜歌》："落日出前门，瞻瞩见子度。冶容多姿鬓，芳香已盈路。"这一时期文人乐府也多为五言四句。如汤惠休《江南思》、萧捴《日出行》、谢朓《玉阶怨》等，其体式特征对唐代近体诗中"绝句"的兴起有着重要的影响。吴讷《文章辨体》引杨伯谦语："五言绝句，盛唐初变六朝《子夜》体。"[①]此"五言绝句"即是指五言四句体，它们在唐代乐府诗中大多属于歌词。王士禛《唐人万首绝句选·序》："唐三百年以绝句擅场，即唐三百年之乐府也。"[②]五言四句的歌辞结构具有强大的艺术生命力，至今在民歌中仍有留存。流传于广西壮族地区的壮族山歌的一种——欢，歌词一般为五字四句，名"四句欢"。[③] 广西毛难族的"欢条"、"欢早"等歌辞也一般是五字四句。其诗歌两句组成一联，两联组成一首。句与句之间通过特殊的押韵方式结合，一种是腰脚韵，一种是头脚韵。[④] 本节主要通过研究乐府诗中五言四句体的演变轨迹，从方便入乐表演以及诗型特点等角度解释其形成和发展的原因。

一、乐府诗中五言四句体的演变

五言四句早在汉乐府中就已存在。到南北朝乐府，更是被人普遍采用的诗体，清商新声中最基本的歌诗体式是五言四句体。隋唐以后产生的近代曲辞也多为五言四句。这里可以把五言四句体在乐府诗中的发展演变大致分为三个阶段：1. 汉魏乐府古辞期，以相和歌辞的"解"为主，并包括部分杂舞歌辞和杂曲歌辞。2. 南北朝乐府期，以北

---

① 吴讷著，于北山校点：《文章辨体序说》，第 57 页。

② 王士禛：《唐人万首绝句选》，第 2 页，上海：商务印书馆，1933。

③ 按：由于每首歌的句数和结构不同，变化形式有"嵌句欢"、"勒脚欢"、"七言欢"等。

④ 按：头脚韵，就是每联前一句的脚和后一句的头互相押韵，两联之间的关系是：前联后句的脚和后联前句的脚互相押韵。

方的梁鼓角横吹曲和南方的江南吴声、荆楚西曲为主。3. 隋唐燕乐期，以近代曲辞为主。以下分别说明各时期五言四句体使用的情况：

（一）汉魏乐府古辞中以“解”为单位的五言四句体

孙楷第《绝句是怎样起来的》统计了《宋书·乐志》所录的《清商三调》歌诗，共得35篇181解：“其篇中诸解一律四句者，得十一篇六十九解。篇中诸解句数不一律，而中有以四句为一解者，在九篇中，得二十四解。如是共得九十三解。其杂言一般四句者，尚不在内。”①笔者据此统计《乐府诗集》汉魏乐府古辞中以五言四句为一“解”的歌辞，见表3-7所示：

表3-7 汉魏乐府古辞中的五言四句体

曲调名		篇名	体式	入乐说明
清调	《苦寒行》	《北上》	武帝词五言六解，每解四句	晋乐所奏
清调	《苦寒行》	《悠悠》	明帝词五言五解，除第五解外每解四句	晋乐所奏
瑟调	《善哉行》	《朝日》	文帝词五言五解，每解四句	魏、晋乐所奏
瑟调	《善哉行》	《朝游》	文帝词五言五解，每解四句	魏、晋乐所奏
瑟调	《善哉行》	《自惜》	武帝词五言六解，每解四句	魏、晋乐所奏
楚调	《怨诗》	《明月》	东阿王词五言七解，每解四句	晋乐所奏
大曲	《西门行》	《西门》	古词第四解、第六解五言，每解四句	晋乐所奏
大曲	《折杨柳行》	《默默》	古词五言四解，除第三解外每解四句	魏、晋乐所奏
大曲	《艳歌何尝行》	《白鹄》	古词第三解、第四解五言，每解四句	晋乐所奏
大曲	《棹歌行》	《王者布大化》	明帝词五言五解，后有趋，每解四句。	晋乐所奏
大曲	与《棹歌》同调	《白头吟》	古词第一解、第三解、第四解五言，每解四句	晋乐所奏

---

① 《学原》1947年第1卷第4期。

由上表可见汉魏古乐府中以五言四句为一解的曲辞有11篇,50解,分别占到《乐府诗集》现录出现四句一解的乐府诗总篇数的55%和总解数的54%,超过半数。可见在分解的汉魏乐府诗中五言四句体是主要的形式。这些曲辞都有入乐的记载,表明在当时它们都是用以歌唱表演的,歌诗的体式与表演的形式相关。同时文人的同题创作或由相和歌衍生曲题创作中也用到五言四句体。见表3-8所示:

表3-8　文人乐府诗中的五言四句体

曲　名	衍生曲题及文人拟作	篇数
《江南》	《江南思》7	7
《蒿里》	《蒿里》1	1
《鸡鸣》	《城上乌》1	1
《陌上桑》	《陌上桑》3《日出东南隅行》1《日出行》1	5
《王明君》	《王昭君》12《明君词》4《昭君叹》2《楚妃叹》1《楚妃曲》1	20
《短歌行》	《短歌行》2	2
《铜雀妓》	《铜雀妓》2	2
《猛虎行》	《猛虎行》1	1
《从军行》	《从军行》7《从军五更转》5《远征人》1	13
《相逢行》	《相逢行》1《长安有狭斜行》2《中妇织流黄》4	7
《难忘曲》	《难忘曲》2	2
《塘上行》	《塘上行》1	1
《步出夏门行》	《陇西行》2《却东西门行》2	4
《蜀道难》	《蜀道难》2	2
《棹歌行》	《棹歌行》1	1
《怨诗》	《怨诗》7《班婕妤》3《婕妤怨》1《玉阶怨》3《杂怨》1	15

据上表统计,共有31题,84首曲辞为五言四句体。可见汉魏乐府古辞中以“解”为单位的曲辞形式实际上已经影响到了文人乐府诗的体式创作。

（二）南北朝乐府中的五言四句体

从晋末开始，历经刘宋至齐永明以前这一历史时期，出现了大量以五言为主，多为两句的民间歌谣。如《世说新语·排调》：

> 晋武帝问孙皓："闻南人好作《尔汝歌》，颇能为不？"皓正饮酒，因举觞劝帝而言曰："昔与汝为邻，今与汝为臣。上汝一杯酒，令汝寿万春！"帝悔之。①

五言四句的《尔汝歌》不但为南人所喜作，而且流播于北方，故孙皓降晋后，晋武帝让他作《尔汝歌》。魏晋以后的南北朝时期，新声杂曲大量产生，并逐渐受到上流社会的垂青。五言四句的小诗成为南北朝民歌的主要形式。王运熙《六朝乐府与民歌》："现存吴声歌曲约三百三十首（指六朝人作品，唐代拟作不计在内），其体式大抵都是每首五言四句，例外的仅约六十首。现存西曲歌词，约一百四十首，其中约一百首都是五言四句，例外的约四十首。五言四句这一体制，在吴声、西曲中均占绝对优势，它可以说是吴声、西曲的基本形式。"②据郭茂倩《乐府诗集》所收录，南北朝乐府诗中五言四句体的情况统计如下：

表 3-9 梁鼓角横吹曲中的五言四句体

曲　名	体　式	入乐说明
《企喻歌辞》	四曲，曲四解	《古今乐录》曰："《企喻歌》四曲。"（《乐府诗集》卷二五）
《琅琊王歌辞》	八曲，曲四解	《古今乐录》曰："琅琊王歌八曲。"（《乐府诗集》卷二五）

① 徐震堮：《世说新语校笺》，第418页，北京：中华书局，1984。

② 王运熙：《乐府诗述论》，第30页。

（续　表）

曲　名	体　式	入乐说明
《紫骝马歌辞》	六曲，曲四解	《古今乐录》曰："（《紫骝马歌》）与前曲（《紫骝马歌辞》）不同。"（《乐府诗集》卷二五）
《紫骝马歌》	一曲	
《黄淡思歌辞》	四曲，曲四解	按李延年造《横吹曲》二十八解，有《黄覃子》，不知与此同否？（《乐府诗集》卷二五）
《地驱歌乐辞》	四曲，曲四解	《古今乐录》曰："'侧侧力力'以下八句，是今歌有此曲。"（《乐府诗集》卷二五）
《慕容垂歌辞》	三曲，曲四解	
《淳于王歌》	二曲，曲四解	
《折杨柳歌辞》	五曲，曲四解	
《折杨柳枝歌》	四曲，曲四解	
《幽州马客吟歌辞》	五曲，曲四解	
《慕容家自鲁企由谷歌》	一曲，曲四解	
《高阳乐人歌》	二曲，曲四解	《古今乐录》曰："魏高阳王乐人所作也，又有《白鼻䯄》，盖出于此。"（《乐府诗集》卷二五）
《白鼻䯄》		
《雍台》		
《横吹曲》		

共16题53首曲辞为五言四句体，其中48首为民间歌谣，5首为文人辞。

表3-10　吴声歌曲中的五言四句体

曲　名	入乐说明
《吴歌》	《晋书·乐志》曰："吴歌杂曲，并出江南。东晋已来，稍有增广。其始皆徒歌，既而被之管弦。盖自永嘉渡江之后，下及梁、陈，咸都建业，吴声歌曲起于此也。"（《乐府诗集》卷四四）

（续 表）

曲　名	入乐说明
《子夜歌》	晋宋齐辞。
《子夜四时歌》	晋宋齐辞。《乐府解题》曰："后人更为四时行乐之词，谓之《子夜四时歌》。又有《大子夜歌》、《子夜警歌》、《子夜变歌》，皆曲之变也。"（《乐府诗集》卷四四）
《大子夜歌》	
《子夜警歌》	
《子夜变歌》	《宋书·乐志》曰："六变诸曲，皆因事制歌。"（《乐府诗集》卷四五）
《上声歌》	晋宋梁辞。《古今乐录》曰："《上声歌》者，此因上声促柱得名。或用一调，或用无调名。"（《乐府诗集》卷四五）
《欢闻歌》	《古今乐录》曰："《欢闻歌》者，晋穆帝升平初歌，毕辄呼'欢闻不'？以为送声，后因此为曲名。今世用莎持乙子代之，语稍讹异也。"（《乐府诗集》卷四五）
《欢闻变歌》	《古今乐录》曰："《欢闻变歌》者，晋穆帝升平中，童子辈忽歌于道，曰'阿不闻'，曲终辄云：'阿子汝闻不？'无几而穆帝崩。褚太后哭'阿子汝闻不'？声既凄苦，因以名之。"（《乐府诗集》卷四五）
《前溪歌》	郗昂《乐府解题》曰："《前溪》，武曲也。"（《乐府诗集》卷四五）
《阿子歌》	《宋书·乐志》曰："《阿子歌》者，亦因升平初歌云'阿子汝闻不'？后人演其声为《阿子》、《欢闻》二曲。"（《乐府诗集》卷四五）
《丁督护歌》	《唐书·乐志》曰："《丁督护》，晋宋间曲也。今歌是宋武帝所制"云。（《乐府诗集》卷四五）
《团扇郎》	《古今乐录》曰："《团扇郎歌》者，晋中书令王珉，捉白团扇与嫂婢谢芳姿有爱，情好甚笃。嫂捶挞婢过苦，王东亭闻而止之。芳姿素善歌，嫂令歌一曲当赦之。应声歌曰：'白团扇，辛苦五流连。是郎眼所见。'珉闻，更问之：'汝歌何遗？'芳姿即改云：'白团扇，憔悴非昔容，羞与郎相见。'后人因而歌之。"（《乐府诗集》卷四五）

（续　表）

曲　名	入乐说明
《七日夜女歌》 《长乐佳》 《欢好曲》	又有《七日夜女歌》、《长史变》、《黄鹄》、《碧玉》、《桃叶》、《长乐佳》、《欢好》、《懊恼》、《读曲》，亦皆吴声歌曲也。（《乐府诗集》卷四四）
《长史变歌》	《宋书·乐志》曰："《长史变歌》者，晋司徒左长史王廞临败所制也。"（《乐府诗集》卷四五）
《黄生曲》	
《黄鹄曲》	《列女传》曰："鲁陶婴者，鲁陶明之女也。少寡，养幼孤，无强昆弟，纺绩为产。鲁人或闻其义，将求焉。婴闻之恐不得免，乃作歌明己之不更二庭也。其歌曰：'悲夫黄鹄之早寡兮……终不重行。'鲁人闻之，不敢复求。"按《黄鹄》本汉横吹曲名。（《乐府诗集》卷四五）
《碧玉歌》	《乐苑》曰："《碧玉歌》者，宋汝南王所作也。碧玉，汝南王妾名。以宠爱之甚，所以歌之。"（《乐府诗集》卷四五）
《桃叶歌》	《古今乐录》曰："《桃叶歌》者，晋王子敬之所作也。桃叶，子敬妾名，缘于笃爱，所以歌之。"（《乐府诗集》卷四五）
《懊侬歌》	《古今乐录》曰："《懊侬歌》者，晋石崇绿珠所作，唯'丝布涩难缝'一曲而已。后皆隆安初民间讹谣之曲。宋少帝更制新歌三十六曲。齐太祖常谓之《中朝曲》，梁天监十一年，武帝敕法云改为《相思曲》。"（《乐府诗集》卷四六）
《华山畿》	《古今乐录》曰："《华山畿》者，宋少帝时懊恼一曲，亦变曲也。"（《乐府诗集》卷四六）
《读曲歌》	《宋书·乐志》曰："《读曲歌》者，民间为彭城王义康所作也。其歌云'死罪刘领军，误杀刘第四'是也。"（《乐府诗集》卷四六）
《春江花月夜》 《玉树后庭花》	《唐书·乐志》曰："《春江花月夜》、《玉树后庭花》、《堂堂》并陈后主所作。后主常与宫中女学士及朝臣相和为诗，太常令何胥又善于文咏，采其尤艳丽者，以为此曲。"（《乐府诗集》卷四七）
《三阁词》	《三阁词》，刘禹锡所作吴声曲也。（《乐府诗集》卷四七）
《黄竹子歌》 《江陵女歌》	唐李康成曰："《黄竹子歌》、《江陵女歌》，皆今时吴歌也。"（《乐府诗集》卷四七）

据表3-10统计江南吴歌中有29题，共计332首曲辞为五言四句，其中民间歌辞273首，文人辞59首。

表3-11　神弦歌中的五言四句体

曲　名	体　式	入乐说明
《宿阿曲》	一曲，曲五言四句	《古今乐录》曰："《神弦歌》十一曲：一曰《宿阿》，二曰《道君》，三曰《圣郎》，四曰《娇女》，五曰《白石郎》，六曰《青溪小姑》，七曰《湖就姑》，八曰《姑恩》，九曰《采菱童》，十曰《明下童》，十一曰《同生》。"（《乐府诗集》卷四七）
《姑恩曲》	二曲，一曲五言四句	
《采莲童曲》	二曲，每曲五言四句	
《明下童曲》	二曲，每曲五言四句	
《同生曲》	二曲，每曲五言四句	

据表3-11统计神弦歌中有5题，8首民间歌辞为五言四句体。

表3-12　西曲歌中的五言四句体

曲名	入乐说明
《石城乐》	《古今乐录》曰："《石城乐》，旧舞十六人。"（《乐府诗集》卷四七）
《乌夜啼》	《古今乐录》："《乌夜啼》，旧舞十六人。"（《乐府诗集》卷四七）
《莫愁乐》	《古今乐录》曰："《莫愁乐》亦云蛮乐，旧舞十六人，梁八人。"（《乐府诗集》卷四八）
《估客乐》	《古今乐录》曰："《估客乐》者，齐武帝之所制也。帝布衣时，尝游樊、邓。登祚以后，追忆往事而作歌。使乐府令刘瑶管弦被之教习，卒遂无成。有人启释宝月善解音律，帝使奏之，旬日之中，便就谐合……齐舞十六人，梁八人。"（《乐府诗集》卷四八）
《贾客词》	
《襄阳乐》	《古今乐录》曰："《襄阳乐》者，宋随王诞之所作也。诞始为襄阳郡，元嘉二十六年仍为雍州刺史，夜闻诸女歌谣，因而作之，所以歌和中有'襄阳来夜乐'之语也。旧舞十六人，梁八人。"（《乐府诗集》卷四八）
《三洲歌》	《古今乐录》曰："《三洲歌》者，商客数游巴陵三江口往还，因共作此歌……旧舞十六人，梁八人。"（《乐府诗集》卷四八）
《襄阳蹋铜蹄》	《古今乐录》曰："襄阳蹋铜蹄者，梁武西下所制也。沈约又作……天监初，舞十六人，后八人。"（《乐府诗集》卷四八）

（续　表）

曲名	入乐说明
《采桑度》	《古今乐录》曰："《采桑度》旧舞十六人，梁八人，即非梁时作矣。"(《乐府诗集》卷四八)
《江陵乐》	《古今乐录》曰："《江陵乐》，旧舞十六人，梁八人。"(《乐府诗集》卷四九)
《青阳度》	《古今乐录》曰："《青阳度》，倚歌。凡倚歌悉用铃鼓，无弦有吹。"(《乐府诗集》卷四九)
《来罗》	《古今乐录》曰："倚歌也。"(《乐府诗集》卷四九)
《那呵滩》	《古今乐录》曰："《那呵滩》，旧舞十六人，梁八人。其和云：'郎去何当还。'多叙江陵及扬州事。那呵，盖滩名也。"(《乐府诗集》卷四九)
《孟珠》	一曰《丹阳孟珠歌》。《古今乐录》曰："《孟珠》十曲，二曲，倚歌八曲。旧舞十六人，梁八人。"(《乐府诗集》卷四九)
《翳乐》	《古今乐录》曰："《翳乐》一曲，倚歌二曲。旧舞十六人，梁八人。"(《乐府诗集》卷四九)
《夜黄》	《古今乐录》曰："《夜黄》，倚歌也。"(《乐府诗集》卷四九)
《夜度娘》	《古今乐录》曰："《夜度娘》，倚歌也。"(《乐府诗集》卷四九)
《长松标》	《古今乐录》曰："《长松标》，倚歌也。"(《乐府诗集》卷四九)
《双行缠》	《古今乐录》曰："《双行缠》，倚歌也。"(《乐府诗集》卷四九)
《黄督》	《古今乐录》曰："《黄督》，倚歌也。"(《乐府诗集》卷四九)
《平西乐》	《古今乐录》曰："《平西乐》，倚歌也。"(《乐府诗集》卷四九)
《攀杨枝》	《古今乐录》曰："《攀杨枝》，倚歌也。"《乐苑》曰："《攀杨枝》，梁时作。"(《乐府诗集》卷四九)
《寻阳乐》	《古今乐录》曰："《寻阳乐》，倚歌也。"(《乐府诗集》卷四九)
《白附鸠》 《白浮鸠》	《古今乐录》曰："《白附鸠》倚歌，亦曰《白浮鸠》，本拂舞曲也。"(《乐府诗集》卷四九)
《拔蒲》	《古今乐录》曰："《拔蒲》，倚歌也。"(《乐府诗集》卷四九)
《作蚕丝》	《古今乐录》曰："《作蚕丝》，倚歌也。"(《乐府诗集》卷四九)

（续 表）

曲名	入乐说明
《杨叛儿》	《唐书·乐志》曰："《杨伴儿》，本童谣歌也。"（《乐府诗集》卷四九）
《西乌夜飞》	《古今乐录》曰："《西乌夜飞》者，宋元徽五年，荆州刺史沈攸之所作也。攸之举兵发荆州，东下，未败之前，思归京师，所以歌。和云：'白日落西山，还去来。'送声云：'折翅乌，飞何处，被弹归。'"（《乐府诗集》卷四九）

据表3-12统计荆楚西曲中有29题，共计166首曲辞为五言四句，其中民间歌辞92首，文人辞60首。

表3-13 《江南弄》中的五言四句体

曲　名	入乐说明
《采莲曲》	《古今乐录》曰："梁天监十一年冬，武帝改西曲，制《江南上云乐》十四曲，《江南弄》七曲：一曰《江南弄》，二曰《龙笛曲》，三曰《采莲曲》，四曰《凤笛曲》，五曰《采菱曲》，六曰《游女曲》，七曰《朝云曲》。又沈约作四曲：一曰《赵瑟曲》，二曰《秦筝曲》，三曰《阳春曲》，四曰《朝云曲》，亦谓之《江南弄》云。"（《乐府诗集》卷五〇）
《采菱歌》	
《采菱曲》	
《阳春歌》	
《阳春曲》	
《箫史曲》	

据表3-13统计《江南弄》中有6题，共计14首曲辞为五言四句。

据以上诸表统计，在南北朝乐府民歌以及相关文人辞中共有82题，559首曲辞为五言四句体，其中民间歌辞421首，文人辞138首。可见南北朝乐府诗民歌中存在大量的五言四句体，其多数用于歌辞，在民间广为传唱。正因为如此，五言四句的基本形式在当时就引起了文人的注意，出现了大量同体诗歌拟作。如《南齐书》记载：

武陵昭王（萧）晔……与诸王共作短句，诗学谢灵运体，以呈上，报曰："见汝二十字，诸儿作中最为优者。但康乐放荡，作体不辨有首尾，安仁、士衡深可宗尚，颜延之抑其次也。”[①]

这里所说的“谢灵运体”、“短句”、“二十字”在体裁上实际是指五言四句体。虽然谢灵运的五言乐府多为长篇，但值得注意的是《玉台新咏》选录谢灵运模仿当时乐府的《东阳溪中赠答》二首，皆为五言四句。可见由于乐府的影响，文人诗中出现一些另依新曲的新题乐府诗创作，五言四句式已经开始进入文人的创作视野。刘跃进《门阀士族与永明文学》云：“魏晋以来，特别是东晋以来，江南民歌对五言四句诗的兴起似乎产生了比较重要的影响。晋宋以后，这种影响表现得日益明显。”[②]《玉台新咏》卷一〇所收全为五言四句体短诗，共计185首，其作品产生年代除古绝句四首、贾充三首以外均为东晋南朝时期的作品。梁武帝入选32首，萧纲入选26首，江洪、萧子显入选7首。五言四句体在这一时期已有“绝句”的名称。古绝句四首直接以“绝句”标题，吴均有《杂绝句四首》，刘孝威有《和定襄侯八绝·初笄》，江伯瑶有《和定襄侯八绝·楚越衫》。此外，当时诗人集子及《南史》中都有绝句这名称，用以指五言四句小诗。如《庾子山集》中有《和侃法师三绝》及《听歌一绝》；《南史》卷八《梁元帝本纪》：“（帝）在幽逼，求酒饮之。制诗四绝”[③]；《南史》卷五一曰：“（正德）顷之奔魏。初去之始。为诗一绝。内火笼中”[④]。后世亦认为这种五言四句的小诗与唐人的绝句有着密切的关联，如王夫之《古诗评选》卷三专选“小诗”，卷前小序云：“小诗之则，盛于唐人，非唐人之独造也。汉晋以来所可传者，迄于陈、隋，亦云富矣。世或谓之‘绝句’。绝者，为造句极简，必造其绝云尔。”[⑤]

---

① 《南齐书》卷三五，第625页。

② 《门阀士族与永明文学》，第109页，北京：三联书店，1996。

③ 《南史》卷八，第245页，北京：中华书局，1975。

④ 同上书，卷五一，第1279页。

⑤ （明）王夫之评选，张国星校点：《古诗评选》卷三，第53页。

（三）唐代近体诗中的五言四句体

唐代的四句体大多属于歌辞，有时是乐工取名家诗配合乐曲演唱，有时则是诗人倚声填词，是歌舞音乐中的重要构件。任半塘《唐声诗》云："四句体在歌谣中最普遍，在近体诗中又莫非绝句，因之，乃唐代各体诗歌中之重镇！其协乐、舞，盛声、容，复冠冕于他体，遂又成唐代伎艺中之重镇！"[①]四句体在唐代近体诗中称"绝句"，其分为五言和七言，在此主要研究五言。

表 3-14 大曲中的五言四句体

曲名	段数	序	中序	入破	彻	入乐说明
《水调》	11		歌第五		彻第六	《乐苑》曰："《水调》，商调曲也。"……唐又有新水调，亦商调曲也。（《乐府诗集》卷七九）
《凉州》	5	歌第三				《乐苑》曰："《凉州》，宫调曲。开元中，西凉府都督郭知运进。"（《乐府诗集》卷七九）
《伊州》	10		歌第三、第四、第五	入破第四、第五		《乐苑》曰："《伊州》，商调曲，西京节度盖嘉运所进也。"（《乐府诗集》卷七九）
《陆州》	7	歌第一、第二、第三	排遍第一、第二、第三、第四			别名《六州》、《六胡州》

以上歌辞在《乐府诗集》中有"歌"、"排遍"、"彻"、"入破"等乐段结构的划分，并标明了"第一"、"第二"、"第三"等歌辞序列。这些标号标

① 任半塘：《唐声诗》上编，第 132 页。

明它们都是大曲辞。大曲是综合器乐、歌唱和舞蹈，由多段结构有序组成的大型歌舞音乐。据白居易《霓裳羽衣曲》及其注、王灼《碧鸡漫志》、郭茂倩《乐府诗集》等相关材料，可知唐大曲的基本结构大体上分为“散序”、“中序”和“破”等三大部分。散序是节奏自由的散板，器乐独奏、轮奏或合奏。中序又名排序或歌头，为节奏固定的慢板和中板，以歌为主，器乐伴奏。破，由散板进入固定节奏，逐渐加快，以至极快，节奏数易。歌舞并作，以舞为主。以上各部分均分“遍”，遍数多少不等。王国维《宋元戏曲史》曰：“大曲遍数，多至一二十。其各遍之名，则唐时有排遍、入破、彻。而排遍、入破，又各有数遍。”[①]“遍”即“叠”，“变”，“更奏”。王国维《唐宋大曲考》：“大曲皆舞曲，乐变而舞亦变，故以遍名各叠。”“中序一名拍序，即排遍。”“彻即入破之末一遍也。”“排遍又谓之‘歌头’，《水调歌头》即《新水调》之排遍。”[②]

正是由于不同乐段的音乐在曲调与节奏上具有多样化的特点，音乐对歌辞产生了一定的影响。因而大曲的歌辞既有五、七言的齐言诗，也有长短句的杂言诗，歌诗体式通常要做到与音乐曲调相配合。据上表所示，五言四句体在大曲中出现的位置并不一致。如在《水调》十一段歌辞中的歌第五即中序末遍和“彻”即入破的末遍为五言四句体，《凉州》的歌第三即序歌末遍为五言四句体，《伊州》的排遍辞后三遍和入破辞后二遍为五言四句体。《陆州》，辞七段，分“歌”与“排遍”两部分，全为五言四句体。可见大曲中的五言四句体经常出现在每一乐段的末尾。明代申时行在《校刻万首唐人绝句序》中曾提道：“乐有卒章，赋有乱，歌曲有尾声，而绝句似之，如曰‘诗之终篇’云耳。……当其意之所极，辞之所穷，则为之挈其纲要，撮其指归，束之以短章，收之以急节。故绝句者，断章而取节者也。以之为乐府则不纯，以之为律则不

---

① 王国维：《宋元戏曲史》，第 46 页。

② 《王国维文集》卷二，第 221—222 页。

类，故曰乐府之遗，而律之变。”[①]其所谓“诗之终篇”、“断章取节”等对“绝句”的音乐性能的论断，不知是否与四句体在大曲中出现的位置相关。

不管怎样，我们知道大曲的音乐结构实际上是慢曲与急曲顺序结合，而五言四句体歌辞正是常用于过渡的乐段，用以适应乐曲节奏和曲调的变化。据《乐府诗集》中《水调》题解：“按唐曲凡十一叠，前五叠为歌，后六叠为入破。其歌，第五叠五言调，声最为怨切。故白居易诗云：‘五言一遍最殷勤，调少情多似有因。不会当时翻曲意，此声肠断为何人！’”[②]大曲中五言四句体被称为“五言调”。在《水调》全辞十一叠中，五言调处于“歌”的第五叠，也就是位于与后六叠的“入破”相过渡的乐段中。它的音乐风格凄凉婉转，表现为“怨切”；它的节奏悠扬缓慢，表现为“调少情多”。五言调有着鲜明的曲调节奏特点，它有效地形成并增强了乐曲由缓慢进行为急促的变换。可见五言四句体是大曲歌辞中重要的音乐构件。

任半塘《唐声诗》中列五言四句四十九调，其乐调不限于《乐府诗集》，为了研究方便，下表仅列出《乐府诗集》中唐代的五言四句体：

表 3-15 《乐府诗集》中唐代的五言四句体

<table>
<tr><th>曲　名</th><th>篇数</th><th>入乐说明</th></tr>
<tr><td>《堂堂》</td><td>2</td><td>《乐苑》曰：“《堂堂》，角调曲，唐高宗朝曲也。”按《堂堂》本陈后主所作，唐为法曲，故白居易诗云“法曲法曲歌堂堂”是也。（《乐府诗集》卷七九）</td></tr>
<tr><td>《破阵乐》</td><td>1</td><td rowspan="3">《唐书·乐志》曰：“唐制，凡命将出征，有大功献俘馘，其凯乐用铙吹二部，乐器有笛筚篥箫笳铙鼓歌七种，迭奏《破阵乐》等四曲：一《破阵乐》，二《应圣期》，三《贺圣欢》，四《君臣同庆乐》。”（《乐府诗集》卷二〇）</td></tr>
<tr><td>《君臣同庆乐》</td><td>1</td></tr>
<tr><td>《贺圣欢》</td><td>1</td></tr>
</table>

① （明）申时行：《校刻万首唐人绝句序》，第 205 页，赐闲堂集卷一〇，《四库全书存目丛书》，集 134，济南：齐鲁书社，1997。

② 《乐府诗集》卷七九，第 1114—1115 页。

（续 表）

曲　名	篇数	入乐说明
《春江曲》	1	唐郭元振曰："《春江》，巴女曲也。"（《乐府诗集》卷七〇）
《舍利弗》	1	梵竺四曲：舍利弗、法寿乐、阿那瑰、摩多楼子。（《通志》卷四九）
《摩多楼子》	1	
《扶南曲》	5	扶南乐，舞二人，朝霞衣，朝霞行缠，赤皮鞋。隋代全用天竺乐，今其存者有羯鼓、都昙鼓、毛员鼓、箫、横笛、筚篥、铜钹、贝。（《通典》卷一四六）
《玉树后庭花》	1	陈后主又于清乐中造《黄骊留》及《玉树后庭花》、《金钗两须垂》等曲。（《隋书》卷一三）《教坊记》"曲名"内列《后庭花》，"大曲名"内列《玉树后庭花》。
《三台》	1	按《乐苑》，唐天宝中羽调曲有《三台》，又有《急三台》。（《乐府诗集》卷七五）
《乌夜啼》	1	《新唐书》卷二三仪卫志载鼓吹五部之曲，第三为大横吹部，有节鼓二十四曲，八曰《乌夜啼》。
《墙头花》	2	《教坊记》"曲名"内列《墙头花》。唐开元间盖嘉运编此曲入《乐府词》。
《山鹧鸪》	3	《历代歌辞》曰："《山鹧鸪》，羽调曲也。"（《乐府诗集》卷八〇）
《纪南歌》	1	《荆州乐》盖出于清商曲江陵乐，荆州即江陵也。有纪南城，在江陵县东。梁简文帝《荆州歌》云"纪城南里望朝云，雉飞麦熟妾思君"是也。又有《纪南歌》，亦出于此。
《于阗采花》	1	蕃胡四曲：于阗采花、高句丽、纪辽东、出蕃曲。（《通志》卷四九）
《平蕃曲》	3	《教坊记》"大曲名"内列《平蕃》，曲名内列《定西蕃》。此曲可能为大曲之一遍。
《思君恩》	3	又见《万首唐人绝句》卷一二。
《三阁词》	4	《三阁词》，刘禹锡所作吴声曲也。（《乐府诗集》卷四十七）

（续　表）

曲　名	篇数	入乐说明
《昆仑子》	1	此调作始不详。（一）可能有昆仑大曲，此其摘遍。（二）古以马来种人为“昆仑”，其族有乐传至中国。（三）昔时于珍异之物中，有昆仑子，于物之可宝者，亦泛曰“昆仑子”，曲名或取于此。（四）中唐有琵琶名手康昆仑，此曲可能为康所制，遂以为名。（任半塘《唐声诗》，下编，第156页）
《祓禊曲》	3	《西京杂记》曰“汉宫三月上巳张乐于流水”是也，晋宋已后皆因之，至唐传以为曲。（《乐府诗集》卷七九）
《穆护砂》	1	《历代歌辞》曰：“《穆护砂》曲，犯角。”（《乐府诗集》卷八〇）
《思归乐》	2	《乐苑》曰：“《思归乐》，商谓曲也。后一曲犯角。”（《乐府诗集》卷八〇）唐开元间盖嘉运编此曲入《乐府词》。
《金殿乐》	1	《教坊记》“曲名”内列《金殿乐》，唐开元间盖嘉运编此曲入《乐府词》。
《胡渭州》	1	《乐苑》曰：“《胡渭州》，商谓曲也。”（《乐府诗集》卷八〇）
《戎浑》	1	唐开元间盖嘉运编此曲入《乐府词》。
《墙头花》	2	唐开元间盖嘉运编此曲入《乐府词》。
《杨下采桑》	1	《教坊记》“曲名”内列《杨下采桑》，于“大曲名”内列《采桑》。
《战胜乐》	1	《乐府诗集》八〇，列于《破阵乐》之后，示二者意义相同。（任半塘《唐声诗》下编，第154页）
《征步郎》	1	《教坊记》“曲名”内列《征步郎》。
《叹疆场》	1	《乐苑》曰：“《叹疆场》，宫调曲也。”（《乐府诗集》卷八〇）
《浣沙女》	2	唐元间盖嘉运编此曲入《乐府词》。
《长命女》	1	《乐苑》曰：“《长命西河女》，羽调曲也。”（《乐府诗集》卷八〇）
《醉公子》	1	《教坊记》“曲名”内列《醉公子》。

（续　表）

曲　名	篇数	入乐说明
《一片子》	1	无名氏《一片子》……《教坊记》有此名，《乐府解题》所不详者。（沈雄《古今词话》"词话上"）按今传本《教坊记》失此名。唐开元间盖嘉运编此曲入《乐府词》。
《甘州》	1	《乐苑》曰："《甘州》，羽调曲也。"（《乐府诗集》卷八〇）
《濮阳女》	1	《乐苑》曰："《濮阳女》，羽调曲也。"（《乐府诗集》卷八〇）
《相府莲》	1	《古解题》曰："《相府莲》者，王俭为南齐相……今号莲幕者自俭始。其后语讹为'想夫怜'，亦名之丑尔。又有《簇拍相府莲》。"《乐苑》曰："《想夫怜》，羽调曲也。"（《乐府诗集》卷八〇）
《何满子》	1	《杜阳杂编》曰："文宗时，宫人沈阿翘为帝舞《何满子》，调辞风态，率皆宛畅。"然则亦舞曲也。（《乐府诗集》卷八〇）
《圣明乐》	3	《乐苑》曰："《圣明乐》，开元中太常乐工马顺儿造。又有《大圣明乐》，并商调曲也。"（《乐府诗集》卷八〇）
《大酺乐》	1	《乐苑》曰："《大酺乐》，商调曲，唐张文收造。"（《乐府诗集》卷八〇）
《纥那曲》	2	刘禹锡《竹枝》："楚水巴山江雨多，巴人能唱本乡歌。今朝北客思归去，回入纥那披绿罗。"
《太平乐》	4	《乐苑》曰："《太平乐》，商调曲也。"（《乐府诗集》卷八二）
《拜新月》	1	《教坊记》"曲名"内列《拜新月》。
《宫中乐》	10	宫中乐之诸词，在当时实均有声。（任半塘《唐声诗》下编，第145页）
《天长地久词》	3	《天长地久词》，卢纶所作也。其和云："天长久，万年昌。"（《乐府诗集》卷八二）

通过表3-15统计可知，《乐府诗集》中除大曲以外，共收录了唐代的45个曲调82首五言四句体的乐府诗。这些曲调与大曲大多存在着密切的联系，有的就是大曲的"摘遍曲"。有如下几种证据：

1. 来自大曲的文献记载。如《破阵乐》，据《旧唐书》、《新唐书》记载，又名《秦王破阵乐》，秦王李世民平定刘武周叛乱后，就当地的民间乐调编成题为《破阵乐》的歌曲，以庆祝凯旋而归。即位后，李世民令乐臣吕才改编其音乐，让李百药、虞世南、褚亮、魏徵等撰写歌辞，并更名为《七德舞》，由一百二十人披甲持戟，表演各种作战阵法。形成一部包括三变，十二阵，五十二遍的歌舞大曲。[①] 又如，《甘州》，据《碧鸡漫志》记载，王灼所见《甘州》为"仙吕调"，有曲、破，"有八声慢，有令"。所谓"八声"，王灼云："凡大曲就本宫调制引、序、慢、近、令，盖度曲者常态，若象《甘州》八声，即是用其法于中吕调，此例甚广，伪蜀毛文锡有《甘州遍》，顾敻、李珣有《倒排甘州》，顾敻又有《甘州子》，皆不著宫调。"[②]可见《甘州遍》、《倒排甘州》、《甘州子》等乐调都是《甘州》大曲的摘遍体。又如，《胡渭州》又称《大渭州》。据《碧鸡漫志》："世所行《伊州》、《胡渭州》、《六么》皆非大遍全曲。"[③]这些材料表明《乐府诗集》中存录的五言四句体《破阵乐》、《甘州》、《胡渭州》等曲调都只是大曲中的一遍。

2. 来自《教坊记》"大曲名"和"曲名"的证据。如《教坊记》"大曲名"内列《平蕃》，曲名内列《定西蕃》；"大曲名"内列《采桑》，"曲名"内列《杨下采桑》；"大曲名"内列《玉树后庭花》，"曲名"内列《后庭花》。这些现象表明《乐府诗集》中存录的五言四句体《平蕃曲》、《杨下采桑》、《玉树后庭花》等曲调很可能都是大曲的摘遍曲。

---

① 按："《破阵乐》，太宗所造也。太宗为秦王之时，征伐四方，人间歌谣《秦王破阵乐》之曲。及即位，使吕才协音律，李百药、虞世南、褚亮、魏徵等制歌辞。"（《旧唐书》卷二九，第1059—1060页。）"《七德舞》者，本名《秦王破阵乐》。太宗为秦王，破刘武周，军中相与作《秦王破阵乐》曲。及即位，宴会必奏之……乃制舞图，左圆右方，先偏后伍，交错屈伸，以象鱼丽、鹅鹳。命吕才以图教乐工百二十八人，被银甲执戟而舞，凡三变，每变为四阵，象击刺往来，歌者和曰：'秦王破阵乐'。"（《新唐书》卷二一，第467—468页，北京：中华书局，1975）

② 岳珍：《碧鸡漫志校正》，第82—83页，成都：巴蜀书社，2000。

③ 同上书，第84页。

3. 来自同名大曲的信息。如《后庭花》、《后庭花破子》之于《玉树后庭花》。《三台令》(《调笑令》)、《宫中调笑》、《转应曲》之于《三台》等，皆是大曲与摘遍曲的关系。

4. 来自曲名本身的信息。如《穆护砂》，曲名“砂”即“煞”之讹，为大曲的彻声。可见其乐调摘遍自大曲《穆护》。又如《昆仑子》、《何满子》、《一片子》、《南歌子》、《甘州子》等曲调皆以“子”为名，表明这些曲调很可能是同名大曲的摘遍。

从表 3-14 可见大多数乐调都有入乐的记载，这些大曲的摘遍小令通过唐代的歌妓演唱，从而在社会上广为流传。如有孟才人曾歌《河满子》，张祜《孟才人叹》诗云：“偶因歌态咏娇嚬，传唱宫中十二春。却为一声河满子，下泉须吊旧才人。”[①]有女伎唱《鹧鸪》，许浑《听歌鹧鸪辞》序云：“余过陕州，夜燕将罢，妓人善歌鹧鸪者，词调清怨，往往在耳。因题是诗。”诗云：“南国多情多艳词，鹧鸪清怨绕梁飞。甘棠城上客先醉，苦竹岭头人未归。响转碧霄云驻影，曲终清漏月沈晖。山行水宿不知远，犹梦玉钗金缕衣。”[②]即是唐代社会上艺人演唱《何满子》、《山鹧鸪》的情形。此外，有何勘、耿家善歌《渭城曲》，张红红善歌《长命女》，南不嫌、盛小丛善歌《突厥三台》，多美善歌《想夫怜》等等，均见于任半塘《唐声诗》下编五言四句四十九调考证。[③] 可见乐工歌妓对民间曲调往往非常熟悉，在选诗入乐时，自然容易选择四句的形式与民歌曲调相配合。这也是五言四句体在民歌中大量存在的原因。

唐开元间，部分五言四句体歌辞就被边将进献入音乐机关。如《万首唐人绝句》载“盖嘉运编入乐府词十四首”，其中三首入《水调歌》、《伊州歌》、《陆州歌》大曲，其余十一首为《浣纱女》、《墙头花》、《杨下采桑》、《思归乐》、《穆护砂》、《于阗采花》、《破阵乐》、《贺朝

---

① 《全唐诗》卷五一一，第 5850 页。

② 同上书，卷五三四，第 6097—6098 页。

③ 任半塘：《唐声诗》下编，第 1—158 页。

欢》、《君臣同庆乐》、《祓禊曲》。这些五言四句体乐府诗都是作为曲子辞编进的，它们具有声乐的特性。可见由于大曲摘遍曲的影响，五言四句体也是唐代曲子中常见的歌诗体式。

二、乐府诗中五言四句体演变的原因

从汉魏古辞中的"解"，到南北朝乐府中的"曲"，至唐代大曲中的"遍"，最终发展成为近体诗中的一类——五言绝句。五言四句体在乐府诗中的演变始终受到音乐体制影响，同时也受文学承传、诗歌技巧等诗体内部诸因素的影响，具体来说：

（一）是乐辞拼凑或分割的单位构件

主要运用于乐工歌妓采诗入乐的过程中。从上文的统计可见汉魏乐府诗中的分解习惯上以四句诗为一解，多数解为五言四句。关于"解"，《乐府诗集》云：

> 凡诸调歌词，并以一章为一解。《古今乐录》曰："伧歌以一句为一解，中国以一章为一解。"王僧虔启云："古曰章，今曰解，解有多少。当时先诗而后声，诗叙事，声成文，必使志尽于诗，音尽于曲。是以作诗有丰约，制解有多少，犹诗《君子阳阳》两解，《南山有台》五解之类也。"①

这里讲的是乐府分解方式，以一章或者一句为一解。长篇乐府古辞不是直接拿来表演，乐工为演唱方便，把一首诗歌分为若干"解"，摘取其中文字最精彩，声音最优美的一二解歌唱。"解"即是音乐段落，为了使一首诗入乐可唱，一定要根据乐曲需要，把全诗断开，分为若干片段，以适应音乐的段落，这在音乐上就叫做"解"。杨荫浏认为："汉代的

---

① 《乐府诗集》卷二六，第376页。

《大曲》已是歌舞曲；它有歌唱部分，所以有歌词，但它又有只须用器乐演奏或器乐伴奏的舞蹈部分，那就是'解'——'一解'就是第一次奏乐或跳舞，'二解'是第二次奏乐或跳舞，余类推。"①他虽然不谈诗歌的段落，但对歌唱部分和奏乐或跳舞部分的划分实际上仍然是讲音乐与诗歌中间的分段。而"解"的使用正是音乐分段的方式，歌舞大曲表演中到一解时，歌诗可以告一段落，音乐也告一段落。从这个意义上来说"解"可以看成是乐曲、诗歌的章节。而当时的分解，习惯上以四句为常，如果这一解恰好是五言，那么这一组五言四句体诗就能以乐曲"解"的形式被乐工歌妓选取歌唱了。

由于汉魏以来乐府中的"解"具有组合不同乐章的功用，在实际的音乐表演中歌者可以任意摘取乐曲中某一"解"来歌唱。如《南齐书》卷一一云："《俳歌》辞……侏儒导舞人自歌之。古辞俳歌八曲，此是前一篇。二十二句，今侏儒所歌，擿取之也。"②古辞《俳歌》前一篇共有二十二句，侏儒所歌只有十句，所以称之为"擿取"。又如"《济济》辞……右一曲，晋《济济舞歌》，六解，此是最后一解。"③"《独禄》辞……右一曲，晋《独鹿舞歌》，六解，此是前一解。"④又如《乐府诗集》卷五五云："晋《白鸠舞歌》七解，齐乐所奏，是最前一解。"⑤皆表明乐府诗中的"解"可以单独表演。所以在相和歌辞大曲中，乐工大量采集曹魏文人诗入辞，为了讲求声情谐美，并适应歌场表演的需要，歌辞常常出现分割、拼凑的现象。

我们把《乐府诗集》中为"晋乐所奏"的曹植《怨诗行》的乐辞和它的本辞相比较，发现乐辞中如"北风行萧萧，烈烈入吾耳。心中念故人，泪堕不能止"，"我欲竟此曲，此曲悲且长。今日乐相乐，别后莫相

---

① 《中国古代音乐史稿》，第 116 页。

② 《南齐书》卷一一，第 195 页。

③ 同上书，第 193 页。

④ 同上。

⑤ 《乐府诗集》卷五五，第 793 页。

忘”等诗句是本辞中没有的。同样的情况在“为晋乐所奏”的《白头吟》中也存在,第三解“郭东亦有樵,郭西亦有樵,两樵相推与,无亲为谁骄”,第五解“齿玄如马啖萁,川上高士嬉。今日相对乐,延年万岁期”,也是本辞中没有的。这些很可能是乐工演奏时插入的“解”。又如乐府诗《陇西行》前四句“天上何所有,历历种白榆。桂树夹道生,青龙对道隅”,与《步出夏门行》古辞后四句“天上何所有,历历种白榆。桂树夹道生,青龙对伏趺”几乎完全相同。这些都可以看作是乐辞的拼凑,即根据实际演唱的需要把内容并不十分连贯的乐辞和本辞连,甚至使用所谓“陈词滥调”的套语和成语。而《西门行》的第四解和第六解,分别采用《古诗十九首》“生年不满百”的前四句和后四句。又如曹植《怨诗行》“明月照高楼”共七解,最后一解是:“我欲竟此曲,此曲悲且长。今日乐相乐,别后莫相忘。”这一解完全截取《怨歌行》“为君既不易”的末四句。这些可以看作是乐辞之间的分割,即截取诗歌中的一段或几段入乐歌唱。

汉魏乐府古辞中的相和歌以“解”为音乐单位,联合艳、曲、趋、乱等多种风格的曲调为一体。这种歌辞的编排方式在以后的乐曲中仍然沿用。清商曲辞以五言四句体居多,它在音乐上与相和歌辞有着继承关系。王运熙认为相和歌辞的‘解’与清商曲辞的‘首’或‘曲’在音乐上的地位是相等的。清商的“曲”有采用古辞的“解”者。如《神弦歌·同声曲》“人生不满百”一曲,采用《瑟调·西门行》古辞第四解。《西曲·来罗》“君子防未然”一曲,采用《平调·君子行》古辞前四句(当是第一解)。又《梁鼓角横吹曲》系蒙受吴歌影响的产物,其中《紫骝马歌辞》六曲,后四曲采用《十五从军征》古诗。[1]

同理,魏晋大曲的采诗方式在唐大曲中得到继承。王国维《宋元戏曲史》曰:“而(大曲)散序与排遍,均不止一遍,排遍且多至八九,故

---

① 王运熙:《乐府诗述论》,第35—36页。

大曲遍数，往往至于数十，唯宋人多裁截用之。”[①]唐大曲结构宏大，动辄十几遍，数十遍。大曲的歌唱部分、载歌载舞部分都需要选择名诗配以演唱，在选诗入乐时，除采诗人绝句入曲外，大曲中最为悠扬动听的片段，唐代乐工歌妓往往采用“摘遍”的方式，摘引其中一段配诗演唱，即是根据曲调的大致要求，对原诗随意加以截取。《四库全书总目》称唐时：“采诗入乐者，仅五七言绝句，或律诗割取其四句。”[②]乐工歌妓每每从律诗中切割四句作为歌词，大曲以摘遍曲的方式在民间广泛流传。以下则为上文表格中大曲之五言四句体歌辞的来源情况：

1.《水调》彻第六“闺烛无人影”，截用乐府辞《簇拍相府莲》后四句。其与歌第五“双带仍分影”，又见《万首唐人绝句》卷二〇，为盖嘉运《编入乐府词十四首》的《水调二首》。

2.《凉州》歌第三(“开箧泪霑襦”)，用高适《哭单父梁九少府》诗，原诗二十四句，此处截用前四句，见《全唐诗》卷二一二。又见《万首唐人绝句》卷二一。

3.《伊州》歌第三(“闻道黄花戍”)与入破第五(“君住孤山下”)《全唐诗》卷五四八，题为薛逢《凉州词》。据《全唐诗》卷二四四，《伊州》歌第三(“闻道黄花戍”)原为沈佺期《杂诗》之一，原为八句，此处截用前半。歌第四(“千里东归客”)为韩翃七律诗《送张儋水路归北海》的前半部分。以上《伊州》三首歌辞加上歌第五(“桂殿江乌对”)，入破第四(“行乐三阳早”)均又见《万首唐人绝句》卷二〇列入盖嘉运《编入乐府词十四首》中的《伊川歌五首》。

4.《陆州》歌第一(“分野中峰变”)截用王维五律《终南山》后半部分。歌第三(“香气传空满”)截用王维《扶南曲歌词》第三首的前四句。排遍第一(“树发花如锦”)，《全唐诗》卷五六五作题为韩琮《凉州词》，《全唐诗》卷五四八，题为薛逢《凉州词》。排遍第四(“曙月当窗

---

① 王国维:《宋元戏曲史》，第 38 页，北京:东方出版社 1996。

② (清)永瑢等:《四库全书总目》卷二〇〇，第 1843 页，北京:中华书局，1965。

满”）截用李商隐五律《清夜怨》后半部分。以上四首曲辞加上歌第二“共得烟霞径”，排遍第二“明月照秋叶”，排遍第三“坐对银釭晓”，均又见《万首唐人绝句》卷二〇列入盖嘉运《编入乐府词十四首》中的《陆州歌七首》。

不仅如此，大曲中的摘遍曲也采用截诗入乐的方式，如《长命女》是截取岑参的《云送关西雨》五言律的前半，《昆仑子》是截取王维《从岐王过杨氏别业应教》五言律前半，《戎浑》是截取王维《观猎诗》五言律前四句。唐代大曲以及摘遍曲中截律句入乐的现象表明讲究格律的五言四句体是便于歌唱的。胡应麟《诗薮·内编》卷六云：

> 唐乐府所歌绝句，多节取名士篇什，如“开箧泪沾臆”，乃高适五言古首四句。又有截律诗半首者，如《陆州歌》取王维“太乙近天都”后半首，《长命女》取岑参“云送关西雨”前半首，与题面全不相涉，岂但取其声调耶？[①]

事实上，我们也注意到唐代大多数以五言四句体为曲辞的曲调并不咏调名本意，如《破阵子》、《叹疆场》均女子口吻，不咏“破阵”、“疆场”。《摩多楼子》均征人口吻，不涉仙佛。可见调名与歌辞之间只有音乐的关联，并没有内容的关联，这表明其曲子当时已作普通歌曲传唱了。

总而言之，从汉魏乐府古辞到唐代大曲，在乐辞的拼凑或分割过程中，五言四句体经常成为乐辞组合的单位构件。汉魏大曲中以五言四句为一解的乐辞较多，唐代大曲中的歌唱部分亦多用五言四句，这些都与曲子的用度有关，歌妓当筵所唱一般为篇幅短小的只曲，所谓“艳曲不须长”。乐工歌妓在采诗入乐时习惯取四句诗，表明其诗歌字句与声韵平仄都和乐曲的音数与旋律相接近，方便入乐歌唱。乐府歌辞以

---

① 《诗薮》内编卷六，第112页。

此为构件的截取和拼合也是为了适应演唱的需要。

（二）是曲子联章的主要构件

曲子联章与拼凑、分割一样仍然是讲乐辞的组合，所不同的是它主要关注于同一乐调中众多歌辞的组合方式。曲子联歌化的表演形式在民间广泛流行，即所唱同一曲调的不同歌辞，而且是反复咏唱。我们看到上文表格中有许多五言四句体曲调拥有三首或三首以上同题同体的曲辞，尤其在吴声、西曲中，大量五言四句体出现在同一曲调中，如《懊侬歌》十二首，《读曲歌》六十七首，《子夜歌》四十二首，《子夜四时歌》七十五首，《孟珠》十首等等。这些乐府诗都是由若干首五言四句体诗歌组成一个长大的篇章，它们总是相互牵连，形成组歌，不一定密切关联，但大体上围绕同一主题。五言四句体实际上是乐府诗句数和字数的规模，由于它在形式上具有独立价值，方便成为曲子联章的构件，因而笔者认为五言四句体联章的乐辞体式与乐曲演唱方式之间有着密切的关联。

曲子联章跟截诗入乐一样，也是一种重要的表演形式。由于歌场演唱的需要，歌者除了单曲只唱外，也有同个曲子配上多节歌辞连续歌唱的。如我们发现在汉魏古辞中，作为“解”的五言四句体实际上是相和大曲的组成单元。歌曲联章的演唱方式可能在相和歌中就存在，如《宋书·乐志》谓：“《相和》，汉旧歌也……本十七曲，朱生、宋识、列和等复合之为十三曲。”[①]杨荫浏《中国古代音乐史稿》亦指出：“在魏、晋时代，在《相和歌》中可能已有转调的应用，也可能已把若干个歌曲连接起来唱奏，而构成了一种组曲的形式。”[②]

而吴声、西曲中的每首五言四句体歌辞也不是孤立的，若干不同歌曲可以连接起来歌唱，构成组曲的形式。如《乐府诗集》卷四五在《子

---

① 《宋书》卷二一，第603页。

② 杨荫浏：《中国古代音乐史稿》，第143—144页。

夜变歌》序引《宋书·乐志》曰："六变诸曲，皆因事制歌。"又引《古今乐录》曰："《子夜警歌》无送声，仍作变，故呼为变头，谓六变之首也。"[①]可见"六变"是连续歌唱的。

在唐代乐曲中，曲子联章在齐唱、联唱、竞歌、踏歌等风俗歌唱中也是常用的体制。如刘禹锡《纥那曲》："踏曲兴无穷，调同词不同"，即是说在踏曲中不同的乐辞系于同一乐调。又如苏鹗《杜阳杂编》卷下："（李）可及善转喉舌，对至尊弄媚眼，作头脑，连声作词，唱新声曲，须臾即百数方休。时京城不调少年相效，谓之拍弹。"[②]可见连声著辞在当时形成了一种社会风气，其歌唱形式使得同一调名下产生大量歌辞。又如刘禹锡《竹枝词序》云：

> 四方之歌，异音而同乐。岁正月，余来建平。里中儿联歌《竹枝》，吹短笛，击鼓以赴节。歌者扬袂杂舞，以曲多为贤。聆其音，中黄钟之羽，卒章激昂如吴声。虽伧伫不可分，而含思宛转，有淇澳之艳音。昔屈原居沅湘间，其民迎神，词多鄙陋，乃为作《九歌》。到于今荆楚鼓舞之，故余亦作《竹枝词》九篇，俾善歌者扬之。附于末，后之聆巴歈，知变风之自焉。[③]

所谓"联歌竹枝"，即用同一"竹枝"调，一个接一个地唱，将多段不同的即兴编就的歌辞连缀起来，轮转地边歌边舞，以唱得多者为佳。

民间歌场中风俗歌曲的联章形式有助于曲调规范的形成。裴铏《传奇》："钟陵有西山，山有游帷观，即许仙君逊上升地也。每岁至中秋上升日……时钟陵人万数，车马喧阗，士女栉比，数十里若阛阓。其间有豪杰，多以金召名姝善讴者，夜与丈夫间立，握臂连踏而唱。其调

① 《乐府诗集》卷四五，第655页。

② （唐）苏鹗：《杜阳杂编》，第28页，《丛书集成初编》本。

③ 《刘禹锡全集编年校注》，第317页。

清，其词绝，惟对答敏捷者胜。”[①]在中秋祈禳时歌手们的对歌比赛，产生了相同性质的歌辞集合。可见由内容相关的许多篇章构成长大的歌诗作品，是民歌结构体制的一个特点。直至现代，这种歌谣结构还在许多民族传统歌谣中有所表现，如侗族的“大歌”是一种非常古老的歌谣种类，大多由不同氏族或不同村寨的男歌队与女歌队在村寨鼓楼中演唱，无论是男队还是女队，每次都要连唱内容相关的三首歌，侗语称之为“格”。现存侗族的《情人歌》，其中就包括《旧情人》、《新情人》、《远路的情人》、《本寨的情人》《漂亮的情人》、《聪明的情人》、《有病的情人》、《离散的情人》等若干篇章。这些篇章可以独立成篇，也可以组合起来形成鸿篇巨制。布依族的《恋歌》也是如此，其中有《初识歌》、《试探歌》、《赞美歌》、《迷恋歌》、《起誓歌》、《送别歌》、《相思歌》、《逃婚歌》和《苦情歌》等。这些作品相牵相连，既可从头到尾联唱，形成组歌，也可根据恋情变化选唱其中的部分篇章。[②]

曲子联章的演唱方式形成了乐府诗中五言四句体特殊的篇章体制，并影响到文人乐府诗创作。如《乐府诗集》中《子夜变歌》的第二首云：“岁月如流迈，春尽秋已至。荧荧条上花，零落何乃驶。”第三首云：“岁月如流迈，行已及素秋。蟋蟀吟堂前，惆怅使侬愁。”类似的情况还出现在《桃叶歌》（“桃叶复桃叶”）、《碧玉歌》（“碧玉小家女”）、《吴歌》（“夏口樊城岸”）、《丁督护歌》（“督护北征去”）等曲调中。

除了以重句形式联结各篇唱词以外，有的乐调以时序和事序联章。如《子夜四时歌》中的《春歌》二十首，《夏歌》二十首，《秋歌》十八首，《冬歌》十七首等以四季为序。伏知道《从军五更转》之“一更刁斗鸣”、“二更愁未央”、“三更夜警新”、“四更星汉低”、“五更催送筹”等五章构成一组，每章四句，以时间为序，章章相连，成为一个循环整体。

---

① （唐）裴铏著，穆公校点：《传奇》，第 1151 页，《唐五代笔记小说大观》，上海：上海古籍出版社，2000。

② 邓敏文：《南方民族文学关系史》，第 311 页，北京：民族出版社，2001。

这种歌体形式本身就非常有利于抒情主体的郁结情绪弥漫开来，形成一个没有终结的连续体。

这些叠咏诗歌的基本构成实际上都是五言四句体诗，皆偶句用韵，既可以独立成篇，也可以联合成曲。著名的《西洲曲》长篇即是由曲子联章体演变而成，全诗长三十二句，连起来看是一篇五言长诗叙述江南少女对江北情郎的无限相思，但也可以把它看成是男女对唱的八首五言绝句的组合。沈德潜《古诗源》："续续相生，连跗接萼，摇曳无穷，情味愈出。似绝句数首，攒簇而成，乐府中又生一体，初唐张若虚、刘希夷七言古发源于此。"[①]张若虚《春江花月夜》、刘希夷《白头吟》等诗歌，其场景变幻，意绪相连的体式即受到了《西洲曲》的影响。文人还依据同调名创作数首不同曲辞，如《乐府诗集》卷二六《江南》古辞云："唐陆龟蒙又广古辞为五解云。"[②]检《乐府诗集》陆龟蒙《江南曲》，实为五绝五首。

曲子联歌的乐调中有相当一部分都是以五言四句为基本单位相连成组。这种形式也影响到文人五言联句诗的创作。王士禛《池北偶谈》曰："联句，有人各赋四句，分之自成绝句，合之仍为一篇，谢朓、何逊、江革辈多有此体。"[③]罗根泽在《绝句三源》中统计两晋南北朝人所作的联句，共得三十八篇，其中三十四篇都是每人写五言四句。[④] 南朝文人联句唱和之风甚炽，且带有比赛性质，容易就同一乐调，同一主题，同一形式作诗。由于当时联句多属五言，数人合作，每人作四句连缀而成的诗为"联句"或"连句"。单独的五言四句的小诗可以称之为"联句不成"，如江革有《赠何记室联句》，何逊有《答江革联句不成》。在联句不成或唱和无继的情况下，诗只做成四句而不会续下去就叫做"断句"

---

① 《古诗源》卷一二，第 246 页。

② 《乐府诗集》卷二六，第 384 页。

③ （清）王士禛：《池北偶谈》，第 339 页，北京：中华书局，1982。

④ 罗根泽：《绝句三源》，《罗根泽古典文学论文集》，第 218—224 页，上海：上海古籍出版社，1985。

或“绝句”。在这个意义上，“绝句”成为五言四句的一个体名。实际上在这个过程中，联句和绝句都是五言四句诗中的一种，虽不能断定究竟是绝句起源于联句，还是联句来自于绝句，但可以肯定的是五言四句是曲子联章的主要构件。

（三）具有作为独立诗型的表现感觉

五言四句作为诗句的最小单位，从形式上具有可续可联的特性，但它之所以能够从乐歌构件独立出来成为古代诗歌文体之一种，还在于其固有的诗型表现力。

1. 在节拍上五言句的二二一结构或者上二下三的结构使得五言四句体的节拍有奇有偶，奇偶相配，有变化，不单调。以单音步收尾，便于句末适当拖长或停顿换气，比双音步要从容得多。这也是它较早在六朝民歌中盛行的原因。松浦友久在《中国诗歌原理》中通过与七绝的比较指出其诗型优越性：“一般来说，五绝较之七绝更多地具备了古典的、传统的、古雅、厚重、庄重……一系列的表现感觉。其原因有两个。其一是韵律本身的原因，即五言诗的拍节（上一拍，下二拍的三拍 = ）与七言诗的拍节（上二拍，下二拍的四拍 = ）相比，易于产生头重脚轻的庄严典雅的节奏感。其二是历史上、社会上的原因，即类似五绝的‘五言四句’开始实际创作的时期（六朝前期）要远远早于类似七绝的‘七言四句’。”①

2. 在韵律上讲究声调、对偶有助于增强五言四句体的音乐性，从而更加方便入乐。永明年间产生的新体诗基本是在乐府歌词创作中完成的，此后五言四句体与其他诗歌创作一样逐渐更加注重诗歌的声调和对偶。颜之推《颜氏家训·文章篇》云：“近世音律谐靡，章句偶对。”②乐府诗五言四句体中两句相连，偶对适切，平仄调协的例子较多，如王

① 孙昌武、郑天刚译：《中国诗歌原理》，第 247 页。

② 《诸子集成》，第 8 册，第 21 页。

融《江皋曲》:“林断山更续,洲尽江复开。”张正见《煌煌京洛行》:“凌云霞上起,鳷鹊月中生。”王筠《杂曲》:“丹霞映白日,细雨带轻虹。”宗夬《荆州乐》:“迢递楼雉悬,参差台观杂。”等皆用工整的对仗写自然风光。沈约《永明乐》:“联翩贵游子,侈靡千金客。”江洪《胡笳曲》:“红颜征戍儿,白首边城将。”等皆以骈丽的对偶写社会人物。从六朝到唐代的乐府诗五言四句体中对偶的形式有多种多样,遍照金刚在《文镜秘府论》东卷中提到二十九种对,大部分都可以从这些诗歌中找到。任半塘《唐声诗》指出:“五言四句本应为绝诗体,但四十九调中用对句者竟达二十七调,占一半以上。且有以仄句起,全首作二联者,殊出意外。”[①]他认为这种“对句”体式与诗歌的音乐性有着密切的联系,并影响到以后的词曲:“正因对句并非纯粹文律,兼与音律有关。词中对句所在,宋人指为精髓部分,制谱之时每每系以美声。自后填其词者,于此等处,乃不能疏略而不对;犹之金、元南北曲中‘务头’所在,四声必严也。”[②]可见歌诗讲究声律、对偶有助于演唱时谐畅流美之艺术效果的形成,故此二项为各种音乐文学所追求。语汇上的对偶有助于诗歌结构的圆合与紧密,从而促使诗歌篇制缩短,虽小却好。同时大多数对偶词汇在声调上也是平仄相对的,如李渔《笠翁对韵》中的:“天对地,雨对风,大陆对长空。山花对海树,赤日对苍穹。雷隐隐,雾蒙蒙,日下对天中。”[③]而声调中的平仄相对有助于字声之和谐亦必能助乐律之美听。其平仄相间的诗律形式,有效地保证了诗歌与旋律的结合,因为平仄相间实际上是“平”与“不平”的交替,而音乐旋律实际上也是依靠“平”与“不平”的抑扬顿挫给人以和谐之感。

3. 在句式、词汇等方面形成了五言四句体断续无迹的篇章结构。在句法组合中问答体出现得比较多,如江洪《渌水曲》“谁能别渌水?

---

① 任半塘:《唐声诗》上编,第 152 页。

② 同上。

③ (清)李渔:《笠翁对韵》,第 1 页,济南:齐鲁书社,1998。

全取浣罗衣”，吴均《绿竹》“何当逢采拾？为君笙与篪”，陈后主《饮马长城窟行》“何以酬君子？马革报疆场”，王胄《敦煌乐》“心期在何处？望望崦嵫晚”，梁元帝《吴趋行》“莲花逐床返，何时乘艑归”，王融《王孙游》“春草行已歇，何事久佳期”，阴铿《蜀道难》“蜀道难如此，功名讵可要”，邢劭《思公子》“思君君未归，归来岂相识”，张正见《长安有狭斜行》“相沟夹绣毂，借问是谁家”，崔颢《长干曲》“君家定何处？妾住在横塘”等，这与汉魏及六朝以来歌谣乐府写法相似，如《长歌行》（古辞）“百川东到海，何时复西归”，《饮马长城窟行》（古辞）“长跪读素书，书中竟何如”，《子夜歌》“谁能思不歌？谁能饥不食”等。它们一般以“何”、“讵”、“岂”、“借问”等语词助成，使得上下句连成一串，一意贯之，具有口语化的特点。文人通过模拟歌谣乐府的这些手法，其五言四句体创作也具备了篇幅短小、意味深长的形式特点，从而成为独立的诗歌体裁。

（四）具有起承转合的结构特征

五言四句能够发挥四句体起承转合的优势。古代诗歌以韵为通则，一首诗起码要有两个韵脚。董文焕《声调谱图说》云：“单句为句，句不能成诗。双句为联，联则生对。双联为韵，韵则生粘。句法平仄各不相重，无论古、律，粘、对、联、韵必四句而后备，故谓之绝……诚以诗必和声，独句不能为联，独联不能为韵，故必四句为准也。”①乐府诗中从汉魏古辞到南北朝乐府，五言诗的句数皆是为双，起句多半不入韵，隔句用韵。由于句法平仄各不相重，无论律古，粘对联韵，必四句而后备，故四句成为最小的单位。

我国传统民歌惯用的曲式也是起承转合型的四句体。由于起承转合符合艺术作品呈示、展开、结束的表现逻辑，因此无论诗歌与民歌都常用到这种结构。田青《禅与中国音乐》一文指出：“在中国绝大多数

① （清）董文焕：《声调谱图说》，清同治三年（1864）洪洞董氏刻本。

的民歌和戏曲中，一种只有两个乐句组成的‘上下句’结构是常见、最基本的结构。比如陕北‘信天游’，内蒙‘爬山调’及京剧的‘西皮’、‘二黄’的原版唱腔，都只有上下两句。就是在这基本的结构中，发展出诸如‘起承转合’的四句结构或首尾呼应、与中间乐段对比的三段结构等等曲体。”[①]这即是说起承转合性结构是在对应性结构的基础上发展起来的。对于诗歌体式来说，诗歌的节奏，通过反复的唱叹形成，体现在句子上，就是出句与对句的配合。有呼必有吸，有唱必有叹，有出句必有对句。一个出句，一个对句就构成联。单句是不能成诗的，一联就可以成诗了。前一部分有引发、提示、推进、展开的性质，后一部分具有对答、应和、承受、收束的性质。

四句体构成了民歌旋律起承转合性乐段的基本结构形态，每一句为一个结构部分。“起”部具有提示、启引的性质，是音乐开始的陈述部分。“承”部具有承继、对应的性质，是起部的继续陈述。“转”部具有变化、对比的性质，“合”部具有收束性和较强的稳定结构功能。如黄翔鹏据《魏氏乐谱》所译的《思归乐》[②]：

其歌辞即是收录于《乐府诗集》卷八〇“近代曲辞”中的五言四句体作品。四个乐句差别不大，很像平叙性结构。但它的句幅有差异：3+3+4+2。第二句承接第一句，第三句最长，节奏型与前后都不同，旋律低回进入中低音区落在最不稳定的音级上（羽音），这与所表现的伤春哀怨之感密切相连，使得全曲在进入第二层时向更深沉、更委婉的感情抒咏方向深化。第四句最短，语调凄切，直接表达客子思家的哀愁，尾句

---

① 田青：《净土天音：田青音乐学研究文集》，第199页，济南：山东文艺出版社，2002。

② 黄翔鹏：《明末清乐歌曲八首》，《黄钟》1987年第4期。

旋律引向高音区与首句一样回落到主音(角)上,全曲具有起承转合的性质,词、曲在结构上吻合。

作为歌辞,乐府诗由于受到音乐曲调的制约,所以诗歌的结构依附音乐的结构。我们看到人们在谈到绝句作法时都强调四句之间的起承转合关系,如马鲁《南苑一知集・论诗》:“绝句四句,内自有起承转合,大抵以第三句开宕气势,第四句发挥情思。”①杨载《诗法家数》:“绝句之法,要婉曲回环,删芜就简,句绝而意不绝。多以第三句为主,而第四句发之。有实接,有虚接。承接之间,开与合相关,反与正相依,顺与逆相应,一呼一吸,宫商自谐。大抵起承二句固难,然不过平直叙起为佳,从容承之为是,至如宛转变化,工夫全在第三句,若于此转变得好,则第四句如顺流之舟矣。”②在起承转合的四句体结构中,“转”部是这个整体中区别于其他结构性质的重要标志,也是进入第二个表现层次的关键部位,它的具体形式特征与内容表现的深化关系很大。造成“转”的功能的具体手法很多,民歌作者也往往把精彩之笔用于转句。同样我们在五言四句体中经常转折性的词汇,如《读曲歌》:“下帷掩灯烛,明月照帐中。无油何所苦,但使天明侬。”《淳于王歌》:“百媚在城中,千媚在中央。但使心相念,高城何所妨。”《胡渭州》:“杨柳千寻色,桃花一苑芳。风吹入帘里,唯有惹衣香。”《高阳乐人歌》:“可怜白鼻䯄,相将入酒家。无钱但共饮,画地作交赊。”简文帝《桃花曲》:“但使新花艳,得间美人簪。何须论后实,怨结子瑕心。”无名氏《吴趋行》:“茧满盖重帘,唯有远相思,藕叶清朝钏,何见早归时。”以上所举乐府诗使用“但使”、“唯有”之类的虚词,四句之中,语意跌宕起伏,或顺流泻下,如《胡渭州》、《高阳乐人歌》;或回波倒卷,如《读曲歌》、《淳于王歌》。转换有力,若断而续。前后相应,有含蓄不尽之意。

总而言之,五言四句体在字数齐整协韵之外,运用平仄变化与双声

---

① 马鲁:《南苑一知集・论诗》,清同治十二年(1873)刻本。

② (元)杨载:《诗法家数》,(清)何文焕辑《历代诗话》,第732页。

叠韵，追求抑扬顿挫之音乐美和骈句对仗之形式美，从而在节拍、句式、韵律、结构上逐渐具备与音乐接近的特性，更加方便入乐。《四库全书总目提要·集部·词曲类》谓："乐府之歌法至唐不传，其所歌者皆绝句也。"[①]在乐府歌诗的影响下，文人创作对格律形式的讲究使得歌谣中的五言四句体发展成为近体诗中一类——五言绝句。

① （清）永瑢等：《四库全书总目》卷一九九，第1828页。

第四章　乐府诗的声律研究

乐府诗作为音乐文学作品，必然讲究歌辞与旋律的和谐搭配。“诗律和乐律之间存在着相互规定、相互制约的关系，诗乐在形式上有一致性。音乐是讲究旋律的，旋律是音乐的生命。而诗歌讲究韵律，这种韵律与乐的旋律一样，都是为了审美的需要，从本质上说，都是为了适应人生理上对节奏的需求。诗的韵律和乐的旋律之间这种一致性是诗、乐最本质的联系。”[①]乐府诗作为入乐的歌诗，在声律上有着自己明显的特性。乐府诗因入乐歌唱而在声律上表现出来的特点如何，这些特点和音乐之间有着怎样的关系，是我们本章主要讨论的内容。

在近体诗形成过程中，齐梁诗人讲究声律有着重大的意义。南齐永明年间周颙创立“四声”名目，沈约、谢朓等把它运用到诗文写作中，称之为“永明体”。吴相洲认为永明体的出现是诗乐结合的产物：“永明声律说提出的巨大意义在于为那些不擅长音乐的人找到了一种简单的便于合乐的作诗方法，即通过音韵的合理组合便可写出达到合乐要求的诗歌，从而受到人们的广泛欢迎；永明体的创立与诗歌入乐有着密切的联系，它的创立和完善从某种程度上说是在歌词的创作中完成的。”[②]这为我们重新认识诗歌声律与音乐关系提供了新的思路。同时齐梁以来那些热衷于新体诗写作的文人都有大量的乐府诗创作。那么永明体的出现与乐府诗之间的是一种什么样的关系？在唐代律体形成

① 吴相洲：《永明体与音乐关系研究》，第 1 页。

② 同上书，第 221 页。

过程中，乐府诗在哪些方面受到声律理论的影响？为了进一步说明从永明到初唐之间如徐、庾等人探索新体诗与音乐关系的情形，以下我们主要通过研究萧齐永明迄初唐声律理论在文人乐府诗中的实践情况，试图阐明新体诗是从乐府歌辞里得来了声调与训练，这一时期文人乐府诗创作是在方便入乐的要求下永明声律说具体化和作品化的产物，它们在近体诗声律规范形成过程中起着桥梁的作用。

第一节　永明到初唐之间乐府诗的可歌性

永明以来文人的乐府诗创作与其提倡的新体诗在形式上有着相同的特点，其律化倾向越来越明显，更加方便入乐。“新体诗”是齐梁诗人尝试的新的诗歌样式，为唐代近体诗的出现打下了基础。王闿运《八代诗选》卷一二至一四，专选自齐永明以后至隋百余年中微有格律的五言诗，名曰“新体诗”，陆侃如、冯沅君《中国诗史》中亦有此用例。以下主要考察永明新体诗与乐府的关系以及具体的入乐情况。

一、永明新体诗的出现与乐府歌诗的关系

永明新体诗的出现与南朝社会的文化环境有着密切的关系。据《南齐书·良政传序》：“永明之世，十许年中，百姓无鸡鸣犬吠之警，都邑之盛，士女富逸，歌声舞节，袨服华妆，桃花绿水之间，秋月春风之下，盖以百数。”①这一时期，江南明丽的自然风光以及由富庶的经济所提供的物质与文化孕育了歌舞音乐的发展，使得当时的上层士族对南方乐府民歌产生浓烈的兴趣，士人们所经常观看的其实就是流行于民间的那些“吴声”和“西曲”。据《南史·王俭传》记载：

(齐高帝)幸华林宴集，使各效伎艺。褚彦回弹琵琶，王僧虔、

---

① 《南齐书》卷五三，第913页。

柳世隆弹琴,沈文季歌《子夜来》,张敬儿舞。[①]

沈文季所歌的《子夜来》正是清商曲辞中的歌曲,可见在当时帝王的宴乐活动中清商新声成为娱乐项目之一,并有皇室成员对民间歌谣的模拟和改造。据《宋书·乐志》记载:"《鞞舞》……宋明帝自改舞曲哥词,并诏近臣虞龢并作……随王诞在襄阳,造《襄阳乐》;南平穆王为豫州,造《寿阳乐》;荆州刺史沈攸之又造《西乌飞哥曲》,并列于乐官。哥词多淫哇不典正。"[②]这种行为推动了吴歌西曲在上层社会的渗透。据《南史·徐勉传》记载梁武帝赏赐徐勉以女乐:

普通末,(梁)武帝自算择后宫《吴声》、《西曲》女妓各一部,并华少,赉勉,因此颇好声酒。[③]

清商新声成为帝王奖赏臣下的礼物,由此可见民间音乐在上流社会受欢迎的程度。士人们日常接触的既然是这些歌舞音乐,在诗歌创作中便会注意从乐府民歌中汲取营养。

(一)永明声律论来自民间歌曲

江南吴歌、荆楚西曲等清商新声成为齐、梁诗歌的音乐母体。李百药《北齐书·文苑传序》云:"原夫两朝叔世,俱肆淫声,而齐氏变风,属诸弦管,梁时变雅,在夫篇什。"[④]选词配乐是他们创作乐歌的一种方式,即懂音乐的人根据歌辞句数句式而创制乐调的旋律节奏。如《宋书·乐志》记载清商乐的情况:

---

① 《南史》卷二二,第593页。

② 苏晋仁、萧炼子:《宋书乐志校注》,第81页,济南:齐鲁书社,1982。

③ 《南史》卷六〇,第1485页。

④ 《北齐书》卷四五,第602页,北京:中华书局,1972。

> 《六变》诸曲，皆因事制哥。《长史变》者，司徒左长史王廞临败所制。《读曲哥》者，民间为彭城王义康所作也。……凡此诸曲，始皆徒哥，既而被之弦管。[①]

《六变》中的《长史变》、《读曲哥》都是南朝著名的吴声歌曲，它们起先都是没有乐器伴奏的清唱，后来通过乐工的采撷改制成为入乐的音乐曲调。

选词以配乐在乐府诗南朝乐府诗创作中尤为盛行。《南齐书·乐志》云：

> 《永平乐歌》者，竟陵王子良与诸文士造奏之。人为十曲，道人释宝月辞颇美，上常被之管弦，而不列于乐官也。[②]

释宝月辞今不存，今存者有谢朓、王融各十首，沈约残存一首。均见《乐府诗集》卷七五。《永明乐》十章，章四句，句五言，体式俱同。释宝月辞在当时因其华美被选中"被之管弦"。而现存谢朓辞中也有"清歌留上客，妙舞送将归"[③]，"瑞此永明曲，千载今为皇"[④]等对乐舞音乐的描绘。故知永明年间文人的乐府诗创作有着配乐歌唱的目的。

据《古今乐录》载，正是这一时期释宝月还曾与齐武帝作《估客乐》：

> 《估客乐》者，齐武帝之所制也。……使乐府令刘瑶管弦被之教习，卒，遂无成。有人启释宝月善解音律，帝使奏之，旬日之中，便就谐合。[⑤]

---

① 《宋书乐志校注》，第 69—71 页。

② 《南齐书》卷一一，第 196 页。

③ 曹融南：《谢宣城集校注》，第 185 页，上海：上海古籍出版社，2001。

④ 同上书，第 188 页。

⑤ 《乐府诗集》卷四八，第 699 页。

齐武帝把自己创作的乐辞让朝廷的乐府令刘瑶谱曲配乐，并教授乐工，不幸的是刘瑶去世了。这时有人举荐精通音乐的释宝月，释宝月受命后在很短的时间内就使得辞曲和谐搭配。可见选诗配乐并不是一件容易的事情，一般需要由在辞曲配制方面有着高超技艺的人来完成。宋、齐僧人有不少在仿作民歌，如《南史·颜延之传》载，颜延之评汤惠休诗："惠休制作，委巷中歌谣耳，方当误后生。"[①]

声律理论来自于民间歌曲，启功在《古代诗歌、骈文的语法问题》中论及："古典诗文中那些声调的旋律，或称'格律'，是哪里来的？我认为也有生活中的基础，而不是某些文人、作家凭空制造出来的。"谈到汉魏以下的乐府民歌，他指出《西洲曲》、《木兰诗》中有许多成段的律句。他认为："'清商曲'是'巷陌歌谣'，也就是民歌。歌唱的方法是徒歌，也就是不用什么音乐伴奏的。……徒歌既没有管弦伴奏，那么在句调中就必须求其本身和谐，才能使听者悦耳。这大概是古代徒歌读着格外顺口的原因。这种民间徒歌的歌手探索出来的旋律，被文人借鉴吸取，就是六朝诗中那些律调诗句和不完整的律调诗篇的来源。这类声调抑扬的旋律，被移用到骈体文中，就是六朝赋中那些声调和谐的小赋，以及唐人的律赋。"[②]虽然启功关注的是不入乐的"徒歌"，但总体上也认为声调和声律来自闾里歌谣。实际上相对于"徒歌"，入乐的歌诗更加需要讲究声律。

就诗歌形式而论，齐梁以后"声病说"的流行，应该说和江南民歌的影响大有关系，声律是在音乐歌诗的发展中孕育和形成的。虽然有许多江南民歌在当时已被于管弦，但它们"始皆徒哥"[③]。这就需要文士把没有器乐伴奏的那些"徒歌"改制成配合乐府诗曲调演唱的声诗。在选诗以配乐的歌诗创作中，文人希望能写出配合新音乐歌唱的歌诗。

---

① 《南史》卷三四，第881页。

② 启功：《汉语现象论丛》，第20—22页，北京：中华书局，1997。

③ 《宋书乐志校注》，第69—71页。

但并不是人人都像释宝月那样谙熟梵音或者具有特殊的音乐才能，于是出现了沈约、谢朓等人运用四声制韵，调节宫商，以声律的规范模拟音乐的结构，并运用于诗文写作，由此大大提高了歌诗音乐化的程度。沈约《宋书·谢灵运传论》云："欲使宫羽相变，低昂互节，若前有浮声，则后须切响。一简之内，音韵尽殊；两句之中，轻重悉异。妙达此旨，始可言文。"①"浮声"指平声，"切响"指仄声，这也就是后来近体诗中所强调的句内平仄相间和句、联之间的对粘规律。平声与仄声，相互配合，从而产生抑扬顿挫的声韵美。如在谢朓诗中，多有两句相连，偶对适切，平仄调协的例子。如《入朝曲》："逶迤带绿水。迢递起朱楼。"②《从戎曲》："红尘朝夜合。黄沙万里昏。"③《登山曲》："风荡飘莺乱。云行芳树低。"④《永明乐》："络络结云骑。奕奕泛戈船。"⑤清代万树《词律·发凡》就说："自沈吴兴分四声以来，凡用韵乐府，无不调平仄者。至唐律以后，浸淫而为词，尤以谐声为主。倘平仄失调，则不可入调。周柳、万俟等制腔造谱，皆按宫调，故协于歌喉，播诸弦管，以迄白石、梦窗，各有所创，未有不悉音理而可造格律者。"⑥可见永明新体诗讲究格律正是为了达到歌曲演唱中诗与乐的自觉结合。

（二）永明声律论在歌辞创作中的实践

永明声律说提出来以后，许多新体诗作者又自觉地把兴起的四声运用于乐府歌辞，其特点是体式短小，以五言四句、八句居多，讲求四声协律，更是方便了入乐演唱。他们或选新词以配乐，或改旧曲而创新调。据《通典》卷一四二记载"永明体"的倡导者沈约曾与梁武帝合作

---

① 《宋书》卷六七，第1779页。

② 曹融南：《谢宣城集校注》，第149页。

③ 同上书，第155页。

④ 同上书，第157页。

⑤ 同上书，第184页。

⑥ （清）万树：《词律》，第15页，上海：上海古籍出版社，1984。

西曲《襄阳白铜蹄》：

> 初，武帝之在雍镇，有童谣云："襄阳白铜蹄，反缚扬州儿。"……果如谣言。故即位之后，更造新声，帝自为之词三曲，又令沈约为三曲，以被管弦。[①]

三曲皆为当时流行之五言四句体，其形式和内容皆与民歌没有很大的差异。梁武帝还曾与沈约合作《四时白纻歌》，词见《乐府诗集》卷五六。诗前郭茂倩引《古今乐录》说："沈约云：'《白纻》五章，敕臣约造。武帝造后两句。'"[②]按《四时白纻歌》五首为七言八句，每首末四句皆同。可见是沈约写了前四句，武帝写了后四句（两韵）。入乐诗歌的体式受到音乐曲调的影响。又如天监十一年（512）冬，武帝还与沈约等改制西曲。《乐府诗集》卷五〇引《古今乐录》云：

> 梁天监十一年冬，武帝改西曲，制《江南上云乐》十四曲，《江南弄》七曲：一曰《江南弄》，二曰《龙笛曲》，三曰《采莲曲》，四曰《凤笛曲》，五曰《采菱曲》，六曰《游女曲》，七曰《朝云曲》。又沈约作四曲：一曰《赵瑟曲》，二曰《秦筝曲》，三曰《阳春曲》，四曰《朝云曲》，亦谓之《江南弄》云。[③]

在《乐府诗集》同卷中，《江南弄》梁武帝有七首，简文帝有三首，沈约有四首，歌诗体式完全相同，可知这是一种定格。梁启超云："凡属于'江南弄'之调，皆以七字三句三字四句组织成篇。七字三句，句句押韵；三字四句，隔句押韵。第四句即复叠第三句之末三字……似此严格的

---

① （唐）杜佑：《通典》卷一四二，第737页，北京：中华书局，1984。

② 《乐府诗集》卷五六，第806页。

③ 同上书，卷五〇，第726页。

一字一句，按谱填词，实与唐末之'倚声'新词无异。"[1]可见这种乐府诗创作实际上很有可能是根据一定的乐谱制作出来的，歌辞体式严格遵守音乐曲调的规范。元稹《乐府古题序》云："在音声者，因声以度词，审调以节唱。句度短长之数，声韵平上之差，莫不由之准度。"[2]这就是说，诗的句数长短和句子中平仄的运用与能否歌唱有着直接的关系。

（三）文人从歌辞创作中得来了声调与训练

正是由于声律说的发展，提高了文人创作入乐诗歌的能力。在选诗以配乐的同时又出现了新乐章新曲辞的创制，如据《乐府诗集》记载《携手曲》"梁沈约所制也"[3]，《夜夜曲》"梁沈约所作也"[4]。其后又有《隋书·音乐志》云：

> （陈后主）于清乐中造《黄鹂留》及《玉树后庭花》、《金钗两臂垂》等曲，与幸臣等制其歌词，绮艳相高，极于轻薄。男女唱和，其音甚哀。[5]

《黄鹂留》及《玉树后庭花》、《金钗两臂垂》等皆为陈后主造曲，并与群臣作诗，选诗以入乐。陈后主所制的乐调还有《临春乐》[6]、《春江花月

---

① 梁启超：《中国之美文及其历史》，第200页，北京：东方出版社，1996。

② （唐）元稹：《元氏长庆集》卷二三，第335页。

③ 《乐府诗集》卷七六，第1068页。

④ 同上书，卷七六，第1070页。

⑤ 《隋书》，卷一三，第309页，北京：中华书局，1973。

⑥ 《南史·张贵妃传》："后主每引宾客，对贵妃等游宴，则使诸贵人及女学士与狎客共赋新诗，互相赠答。采其尤艳丽者，以为曲调，被以新声。选宫女有容色者以千百数，令习而歌之，分部迭进，持以相乐。其曲有《玉树后庭花》、《临春乐》等。"《南史》卷一二，第348页。

夜》、《堂堂》[1]等。后来隋炀帝大制艳篇，令乐正白明达造新声，创《万岁乐》、《藏钩乐》、《七夕相逢乐》、《投壶乐》、《舞席同心髻》、《玉女行觞》、《神仙留客》、《掷砖续命》、《斗鸡子》、《斗百草》、《泛龙舟》、《还旧宫》、《长乐花》及《十二时》等曲。[2] 到初唐裴神符作《胜蛮奴》、《火凤》、《倾杯乐》[3]等曲。以上这些现象表明从齐梁到初唐文人乐府诗创作与新声音乐有着密不可分的关系，文人竞相创制方便入乐入舞的诗歌，并有乐工依诗谱曲。频繁的入乐歌辞的写作训练了文人运用声律理论的能力。

随着声律说在歌辞创作中的实践，文人的乐府诗创作既对字声的平仄比较讲究，句与句之间都有一定的规格，甚至对诗歌的长短也有一定的限制。乐府诗韵的句数以及韵的转换也呈现出一定的规律，如吴均《小垂手》（舞女出西秦），柳恽《独不见》（别岛望云台）、《江南曲》（汀洲采白蘋），陈后主《杨叛儿》（青春上阳月），徐陵《折杨柳》（袅袅河堤树）等歌辞皆为五言八句。平仄、对仗、粘贴，渐趋严谨，可以视为五言律体之滥觞。其五言四句换韵，受到南朝乐府的影响，叠两首为一首。因为太长的诗不但字词容易重复，而且类似的声调格式一再重复亦会流于单调。永明年间文人采用江南新声创作乐府歌诗时，对声律的讲究以及句度的限制都是与诗歌入乐有关。

永明新体诗不仅仅讲究声律，而且其平易流转的文学风格与新音乐清丽婉转的艺术特点相关。吴歌的乐器早期有篪、琵琶、箜篌等，后来也添用笙、筝。西曲主要是无弦乐器，只用管器铃和鼓。这些乐器大

---

① 《旧唐书·音乐志》：“《春江花月夜》、《玉树后庭花》、《堂堂》，并陈后主所作。叔宝常与宫中女学士及朝臣相和为诗，太乐令何胥又善于文咏，采其尤艳丽者以为此曲。《泛龙舟》，隋炀帝江都宫作。”（《旧唐书》卷二八，第1041页。）

② 《隋书》卷一五，第288页。

③ 按：郭茂倩引《唐会要》曰：“贞观中，有裴神符者，妙解琵琶。初唯作《胜蛮奴》、《火凤》、《倾杯乐》三曲，声度清美，太宗深爱之。”据此以为“则《火凤》盖贞观已前曲也”。《乐府诗集》卷八〇，第1136页。

多用于楚声，其风格不同于雍容华贵的仪式音乐，而尽倾阴柔缱绻之美。《大子夜歌》："歌谣数百种，子夜最可怜。慷慨吐清音，明转出天然。"[①]江南民歌这种讲究声调清亮、语言自然的艺术风格与永明声律说创导者的审美理想有着相通之处，如谢朓论诗时说："好诗圆美流转如弹丸。"[②]诗歌造语精圆、音调圆润，既包括诵读时的音韵和谐，也包括配乐歌唱时的平易流美，其字正腔圆的唱诵效果有如弹丸一般圆美流转。沈约《伤谢朓》诗："调与金石谐，思逐风云上。"[③]即是称赞谢朓诗的音乐美。从沈约后来提倡的"三易"来看，新体诗的创作者除了讲究声调和谐、平仄相间以外，还要求语言平易流畅、易于理解。通常情况下，歌辞以省净明朗为贵。换句话说，歌词语言讲究通俗性，忌晦涩。从永明到初唐的乐府诗以短篇小幅居多，清朗浅易，易诵易记，容易成为配合音乐演唱的歌辞。入乐歌诗不仅要求清晰流畅，以便人们听得懂，还要求靡丽，从而动听。据《梁书·庾肩吾传》记载："永明中，文士王融、谢朓、沈约文章始用四声，以为新变，至是转拘声韵，弥尚丽靡，复逾于往时。"[④]又如沈约《答甄公论》云："作五言诗者，善用四声，则讽咏而流靡；能达八体，则陆离而华洁。"[⑤]可见诗歌通过讲究声律而形成讽咏上谐畅流美的艺术效果。"靡"有柔顺华美之意，在诗歌中主要体现为偶对，颜之推《颜氏家训·文章篇》云："近世音律谐靡，章句偶对。"[⑥]在很大程度上，我们可以认为有关新体诗的这些主张的形成显然受到了南朝民歌的影响。

正是因为永明新体诗的出现使得平仄相对、平易流转等要求在广

---

① 《乐府诗集》卷四五，第 654 页。

② 《南史》卷二二，第 609 页。

③ 逯钦立：《先秦汉魏晋南北朝诗》，第 1653 页。

④ 《梁书》卷四九，第 690 页，北京：中华书局，1973。

⑤ 《文镜秘府论·天卷·四声论》引，王利器《文镜秘府论校注》，第 102 页，北京：中国社会科学出版社，1983。

⑥ 《诸子集成》，第 8 册，第 21 页。

大诗人中得到普遍的承认，其后又经过梁、陈以来许多文人在乐府歌诗创作中的实践，声律说不断得到充实和完善，逐渐形成了唐人所谓的“近体诗”。

二、从永明到初唐之间乐府新体诗中入乐作品的具体考察

从上文的研究可以看出永明新体诗与乐府诗有着直接关联，从永明到初唐的文人或借汉魏乐府古题，或借吴声西曲等新兴曲调写作新体诗。据《乐府诗集》转引的南朝三部重要的音乐文献：张永《元嘉正声技录》、王僧虔《大明三年宴乐技录》以及陈沙门智匠的《古今乐录》，可知这个时期的乐府大都是入乐演唱的，相当数量的新体诗本身就是入乐的歌辞，永明诸家的新体诗是在歌辞写作中完成的。为了进一步说明这一问题，以下主要考察从永明到初唐之间文人乐府诗的入乐情况以及其中新体诗的数量。[①]

（一）鼓吹曲辞

“鼓吹曲辞”是仪仗乐歌。永明诗人曾集体创作鼓吹曲辞，其中以谢朓为中心的文士集团较为引人注目。有谢朓《齐随王鼓吹曲》十首，皆为五言十句；有沈约《梁鼓吹曲》十二首。谢朓、沈约还精通音乐，是宫廷乐辞的写手。谢朓集中还有《同沈右率诸公同赋鼓吹曲名先成为次》，所列诗依次是沈约《芳树》、范云《当对酒》、谢朓《临高台》、王融《巫山高》、刘绘《有所思》，为谢朓居京时作。永明九年（491），谢朓与沈约、王融等同赋鼓吹曲之作，总标“同前再赋”。所列诗依次是谢朓《芳树》、王融《芳树》、沈约《临高台》、王融《有所思》、刘绘《巫山高》、范云《巫山高》，为谢朓去京前会聚之作[②]。这些乐府诗皆为五言八句的新体诗。

---

① 按：此统计不包括郊庙歌辞、燕射歌辞以及雅舞曲辞。因性质不同。

② 曹融南：《谢宣城集校注》卷二，第160—173页。

表 4-1 《乐府诗集》所收永明至初唐文人作鼓吹曲辞

<table>
<tr><th>曲名</th><th>同题创作</th><th>入乐说明</th></tr>
<tr><td>《朱鹭》</td><td>王僧孺 1 裴宪伯 1 陈后主 1 张正见 1 苏子卿 1</td><td rowspan="8">《同沈右率诸公同赋鼓吹曲名先成为次》</td></tr>
<tr><td>《艾如张》</td><td>苏子卿 1</td></tr>
<tr><td>《上之回》</td><td>简文帝 1 张正见 1 萧悫 1 陈子良 1 卢照邻1</td></tr>
<tr><td>《战城南》</td><td>虞羲 1 吴均 1 张正见 1 卢照邻 1</td></tr>
<tr><td>《巫山高》</td><td>王融 1 刘绘 1 梁元帝 1 范云 1 费昶 1 王泰 1 陈后主 1 萧诠 1 郑世翼 1 沈佺期 2卢照邻 1</td></tr>
<tr><td>《将进酒》</td><td>昭明太子 1</td></tr>
<tr><td>《君马黄》</td><td>蔡君知 1 张正见 2</td></tr>
<tr><td>《芳树》</td><td>谢朓 1 王融 1 梁武帝 1 梁元帝 1 费昶 1 沈约 1 丘迟 1 李爽 1 顾野王 1 张正见 1 卢照邻 1 沈佺期 1 徐彦伯 1</td></tr>
<tr><td>《有所思》</td><td>谢朓 1 王融 1 梁武帝 1 简文帝 1 昭明太子 1 王筠 1 庾肩吾 1 王僧孺 1 吴均 1 沈约 1费昶 1 陈后主 3 顾野王 1 张正见 1陆系 1 裴让之 1 卢思道 1 沈佺期 1</td><td rowspan="7"></td></tr>
<tr><td>《雉子斑》</td><td>吴均 1 陈后主 1 张正见 1 毛处约 1 江总 1</td></tr>
<tr><td>《临高台》</td><td>谢朓 1 王融 1 简文帝 1 沈约 1 陈后主 1 张正见 1 萧悫 1 褚亮 1 王勃 1</td></tr>
<tr><td>《远期》</td><td>张率 1 庾成师 1</td></tr>
<tr><td>《玄云》</td><td>张率 1</td></tr>
<tr><td>《钓竿》</td><td>沈约 1 戴暠 1</td></tr>
<tr><td>《钓竿篇》</td><td>张正见 1 刘孝绰 1 李巨仁 1 沈佺期 1</td></tr>
</table>

（续　表）

曲名	同题创作	入乐说明
《齐随王鼓吹曲》	谢朓 10	齐永明八年,谢朓奉镇西随王教于荆州道中作:一曰《元会曲》……十曰《泛水曲》。《钧天》已上三曲颂帝功,《校猎》已上三曲颂藩德。(《乐府诗集》卷二〇)
《梁鼓吹曲》	沈约 12	《隋书·乐志》曰:"梁高祖制鼓吹新歌十二曲:一曰《木纪谢》……十二曰《惟大梁》。"(《乐府诗集》卷二〇)

据上表统计,《乐府诗集》共收录了 14 题,111 首曲辞。其中,五言新体诗 97 首,占 87%。

(二)横吹曲辞

横吹曲本为胡乐,于军中马上奏之,自汉武帝时输入中土,李延年因《摩诃兜勒》一曲更造新声二十八解,魏晋以来,仅存《黄鹄》、《陇头》、《出关》、《入关》、《出塞》、《入塞》、《折杨柳》、《黄覃子》、《赤之扬》、《望行人》等十曲。后有《关山月》、《洛阳道》、《长安道》、《梅花落》、《紫骝马》、《骢马》、《雨雪》、《刘生》等八曲属于南朝新兴曲目。梁鼓角横吹曲实际上就是北朝乐府,有《企喻》等歌三十六曲。其中二十五曲有歌有声,十一曲有歌。乐府胡吹旧曲有《雍台》等十四曲。三曲有歌,十一曲亡。又有《隔谷》等歌二十七曲,合前三曲,凡三十曲,总六十六曲。[1]

---

① 曹融南:《谢宣城集校注》卷二五,第 362 页。

表 4-2　《乐府诗集》所收从永明到初唐文人作横吹曲辞

曲名	同题创作	入乐说明
《陇头》	陈后主 1	
《陇头水》	陈后主 2 徐陵 1 顾野王 1 谢燮 1 张正见 2 江总 2 杨师道 1 卢照邻 1	
《入关》	吴均 1	《晋书·乐志》曰："《出塞》、《入塞》曲，李延年造。"曹嘉之《晋书》曰："刘畴尝避乱坞壁，贾胡百数欲害之，畴无惧色，援笳而吹之，为《出塞》、《入塞》之声，以动其游客之思，于是群胡皆垂泣而去。"按《西京杂记》曰："戚夫人善歌《出塞》、《入塞》、《望归》之曲。"则高帝时已有之，疑不起于延年也。唐又有《塞上》、《塞下》曲，盖出于此。（《乐府诗集》卷二一）
《出塞》	刘孝标 1 王褒 1 杨素 1 薛道衡 2 虞世基 2 窦威 1 陈子昂 1 张易之 1沈佺期 1	
《入塞》	王褒 1 何妥 1 刘希夷 1	
《紫骝马》	简文帝 1 梁元帝 1 陈后主 2 李燮 1 徐陵 1 张正见 1 陈暄 1 祖孙登 1 独孤嗣宗 1 江总 1 卢照邻 1	《古今乐录》曰："《紫骝马》古辞云……又梁曲曰：'独柯不成树，独树不成林。念郎锦裲裆，恒长不忘心。'盖从军久戍，怀归而作也。"（《乐府诗集》卷二四）
《骢马》	车歉 1 刘孝威 1 王由礼 1	
《骢马驱》	梁元帝 1 刘孝威 1 徐陵 1 江总 1	
《折杨柳》	梁元帝 1 简文帝 1 刘邈 1 陈后主 2 岑之敬 1 徐陵 1 张正见 1 王瑳 1 江总 1 卢照邻 1 乔知之 1 刘宪 1 沈佺期 1 崔湜 1 韦承庆 1 欧阳瑾 1	《唐书·乐志》曰："梁乐府有胡吹歌云：……此歌辞元出北国，即鼓角横吹曲《折杨柳枝》是也。"（《乐府诗集》卷二二）
《关山月》	梁元帝 1 陈后主 2 陆琼 1 张正见 1 徐陵 2 贺力牧 1 阮卓 1 江总 1 王褒 1卢照邻 1 崔融 1 沈佺期 1	
《洛阳道》	简文帝 1 梁元帝 1 沈约 1 庾肩吾 1 车歉 1 陈后主 5 徐陵 2 岑之敬 1 张正见 1 陈暄 1 王瑳 1 江总 2	

(续 表)

曲名	同题创作	入乐说明
《长安道》	简文帝 1 梁元帝 1 庾肩吾 1 陈后主 1 顾野王 1 阮卓 1 萧贲 1 徐陵 1 陈暄 1 江总 1 王褒 1 何妥 1	
《梅花落》	吴均 1 陈后主 1 徐陵 1 苏子卿 1 张正见 1 江总 3 卢照邻 1 沈佺期 1	《梅花落》,本笛中曲也。按唐大角曲亦有《大单于》、《小单于》、《大梅花》、《小梅花》等曲,今其声犹有存者。(《乐府诗集》卷二四)
《刘生》	梁元帝 1 陈后主 1 张正见 1 柳庄 1 江晖 1 徐陵 1 江总 1 弘执泰 1 卢照邻 1	按《古今乐录》曰:"梁鼓角横吹曲,有《东平刘生歌》,疑即此《刘生》也。"(《乐府诗集》卷二四)
《雨雪》	陈后主 1	
《雨雪曲》	江晖 1 张正见 1 江总 1 陈暄 1 谢燮 1	
《雍台》	梁武帝 1 吴均 1	《梁鼓角横吹曲》
《白鼻䯄》	温子昇 1	
《横吹曲》	江总 1	

据表 4-2 统计,《乐府诗集》共收录了 19 题,137 首曲辞。其中,五言新体诗 135 首,占 98%。

(三)相和歌辞

"相和"作为曲名见于《宋书·乐志》:"相和,汉旧曲也,丝竹更相和,执节者歌。本一部,魏明帝分为二,更递夜宿。本十七曲,朱生、宋识、列和等复合之为十三曲。"①此外,平调曲、清调曲、瑟调曲也属于"相和曲辞"。《旧唐书·音乐志》曰:"平调、清调、瑟调,皆周房中曲之遗声也。汉世谓之三调。"②以后又有楚调、侧调。与前三调总谓之相和调。由此可见,《乐府诗集》将相和歌辞分为十项:相和六引、相和

① 《宋书》卷二一,第 603 页。

② 《旧唐书》卷二九,第 1063 页。

曲、吟叹曲、四弦曲、平调曲、清调曲、瑟调曲、楚调曲、侧调曲、大曲。相和歌中，乐章古辞及汉世街陌讴谣，其始皆徒歌，后渐“被于弦管”①，魏晋之世，三祖大量拟作相和诸曲，这些曲辞大多也配合音乐演唱。② 中朝旧音后来虽遭西晋永嘉之乱散落江左，但从南朝文人的同题创作来看，仍然有相当一部分相和旧曲在民间传唱。以下分别说明从永明到初唐文人所作相和曲辞的情况：

1. 相和六引。

相和六引，据《乐府诗集》卷二六引《古今乐录》说，张永《技录》载相和四引，一曰《箜篌》，二曰《商引》，三曰《徵引》，四曰《羽引》。又说古有六引，即前四引加上《宫引》、《角引》。这些曲调在南朝有所保存，《乐府诗集》卷二六引《古今乐录》：“《箜篌引》歌瑟调，东阿王辞……宋为《箜篌引》有辞，三引有歌声，而辞不传。梁具五引，有歌有辞。其器有笙、笛、节歌、琴、瑟、琵琶、筝七种。”③《箜篌引》一曰《公无渡河》，及至刘宋仍然传唱，“梁具五引”表明梁代刘孝威、沈约、萧子云等人所作的梁相和五引正是指的这五引。可见都是入乐的曲辞。

表 4-3 《乐府诗集》所收永明至初唐文人作相和六引

曲名	同题创作	入乐说明
《公无渡河》	刘孝威 1 张正见 1	《箜篌引》一曰《公无渡河》。崔豹《古今注》曰：“《箜篌引》者，朝鲜津卒霍里子高妻丽玉所作也。子高晨起刺船，有一白首狂夫，被发提壶，乱流而渡，其妻随而止之，不及，遂堕河而死。于是援箜篌而歌曰……声甚凄怆，曲终亦投河而死。子高还，以语丽玉。丽玉伤之，乃引箜篌而写其声，闻者莫不堕泪饮泣。丽玉以其曲传邻女丽容，名曰《箜篌引》。”(《乐府诗集》卷二六)

① 《乐府诗集》卷二六，第 376 页。

② 按：《宋书·乐志》：“又有因弦管金石，造哥以被之，魏世三调哥词之类是也。”(《宋书乐志校注》，第 69—71 页。)

③ 《乐府诗集》卷二六，第 377 页。

（续　表）

曲名	同题创作	入乐说明
《宫引》	沈约 1 萧子云 1	
《商引》	沈约 1 萧子云 1	
《角引》	沈约 1 萧子云 1	
《徵引》	沈约 1 萧子云 1	
《羽引》	沈约 1 萧子云 1	

2. 相和曲。

据《古今乐录》：张永《元嘉技录》记载相和有十五曲，一曰《气出唱》，二曰《精列》，三曰《江南》，四曰《度关山》，五曰《东光》，六曰《十五》，七曰《薤露》，八曰《蒿里》，九曰《觐歌》，十曰《对酒》，十一曰《鸡鸣》，十二曰《乌生》，十三曰《平陵东》，十四曰《东门》，十五曰《陌上桑》。又说古有十七曲，即是亡逸的《武陵》、《鹍鸡》加上前十五曲。其中，十三曲有辞，《觐歌》、《东门》二曲无辞。但瑟调曲有古辞《东门行》，《陌上桑》有文帝《弃故乡》一曲，亦在瑟调。[①] 这些曲调大多为魏晋乐人所奏。

表 4-4　《乐府诗集》所收永明至初唐文人作相和曲

曲名	同题创作	入乐说明
《江南思》	简文帝 2	《江南》（古辞）魏、晋乐所奏。《乐府解题》曰："江南古辞，盖美芳晨丽景，嬉游得时。若梁简文'桂楫晚应旋'，唯歌游戏也。"按梁武帝作《江南弄》以代西曲，有《采莲》、《采菱》，盖出于此。（《乐府诗集》卷二六）
《江南曲》	柳恽 1 沈约 1 宋之问 1 刘慎虚 1 丁仙芝 1 刘希夷 8	
《江南可采莲》	刘缓 1	
《度关山》	简文帝 1 戴暠 1 柳恽 1 刘遵 1 王训 1 张正见 1	魏乐所奏。《乐府解题》曰："魏乐奏武帝辞。"（《乐府诗集》卷二七）
《挽歌》	祖孝徵 1	

① 《乐府诗集》卷二六，第 382 页。

（续　表）

<table>
<tr><th>曲名</th><th>同题创作</th><th>入乐说明</th></tr>
<tr><td>《对酒》</td><td>范云 1 张率 1 张正见 1 岑之敬 1 庾信 1</td><td>魏乐所奏。《乐府解题》曰:“魏乐奏武帝所赋《对酒歌》,太平其旨……若梁范云‘对酒心自足’,则言但当为乐,勿徇名自欺也。”(《乐府诗集》卷二七)</td></tr>
<tr><td>《鸡鸣篇》</td><td>刘孝威 1</td><td rowspan="3">《鸡鸣》(古辞)魏、晋乐所奏。《乐府解题》曰:“古词云……与《相逢狭路间行》同。若梁刘孝威《鸡鸣篇》,但咏鸡而已。”又有《鸡鸣高树巅》、《晨鸡高树鸣》,皆出于此。(《乐府诗集》卷二八)</td></tr>
<tr><td>《鸡鸣高树巅》</td><td>简文帝 1</td></tr>
<tr><td>《晨鸡高树鸣》</td><td>张正见 1</td></tr>
<tr><td>《乌生八九子》</td><td>刘孝威 1</td><td rowspan="2">《乌生》(古辞)魏、晋乐所奏。一曰《乌生八九子》。(《乐府诗集》卷二八)</td></tr>
<tr><td>《城上乌》</td><td>吴均 1 朱超 1</td></tr>
<tr><td>《陌上桑》</td><td>吴均 1 王台卿 1 王筠 1 无名氏 1</td><td rowspan="6">《陌上桑三解》(古辞)魏、晋乐所奏。一曰《艳歌罗敷行》。《古今乐录》曰:“《陌上桑》歌瑟调。古辞《艳歌罗敷行》、《日出东南隅篇》。”(《乐府诗集》卷二八)</td></tr>
<tr><td>《采桑》</td><td>简文帝 1 姚翻 1 吴均 1 刘邈 1 沈君攸 1 陈后主 1 张正见 1 贺彻 1 傅縡 1 刘希夷 1</td></tr>
<tr><td>《艳歌行》</td><td>张正见 1</td></tr>
<tr><td>《罗敷行》</td><td>萧子范 1 顾野王 1 高允 1</td></tr>
<tr><td>《日出东南隅行》</td><td>沈约 1 张率 1 萧子显 1 陈后主 1 徐伯阳 1 殷谋 1 王褒 1 卢思道 1</td></tr>
<tr><td>《日出行》</td><td>萧捴 1</td></tr>
</table>

3. 吟叹曲。

吟叹曲古有八曲:《大雅吟》,《王明君》,《楚妃叹》,《王子乔》。《小雅吟》、《蜀琴头》、《楚王吟》、《东武吟》。其中《小雅吟》、《蜀琴头》、《楚王吟》、《东武吟》四曲阙。《王子乔》一首古辞存,为魏、晋乐所奏。《大雅吟》、《王明君》、《楚妃叹》古辞无存，晋乐所奏为石崇辞。《古今乐录》转引张永《元嘉技录》称："《王明君》一曲，今有歌。《大雅吟》、《楚妃叹》二曲，今无能歌者。"①表明这些曲调在刘宋时期仍然演唱，但《大雅吟》、《楚妃叹》到了陈代或许就不再歌唱了。

表 4-5 《乐府诗集》所收永明至初唐文人作吟叹曲

曲名	同题创作	入乐说明
《王昭君》	施荣泰 1 庾信 1 卢照邻 1 骆宾王 1 沈佺期 1 上官仪 1 骆宾王 1 卢照邻 1 上官仪 1 沈佺期 1	石崇《王明君》晋乐所奏。一曰《王昭君》。《唐书·乐志》曰："《明君》，汉曲也……汉人怜其远嫁，为作此歌。晋石崇妓绿珠善舞，以此曲教之，而自制新歌。"按此本中朝旧曲，唐为吴声，盖吴人传授讹变使然也。《古今乐录》曰："《明君》歌舞者，晋太康中季伦所作也……晋、宋以来，《明君》止以弦隶少许为上舞而已。梁天监中，斯宣达为乐府令，与诸乐工以清商两相间弦为《明君》上舞，传之至今。"（《乐府诗集》卷二九）
《明君词》	简文帝 1 武陵王纪 1 沈约 1 张正见 1 王褒 1 庾信 1 何妥 1 薛道衡 1	
《昭君叹》	范静妇沈氏 2	
《楚王吟》	张率 1	
《楚妃叹》	简文帝 1	晋乐所奏。按谢希逸《琴论》有《楚妃叹》七拍。（《乐府诗集》卷二九）
《楚妃吟》	王筠 1	
《楚妃曲》	吴均 1	
《王子乔》	江淹 1 高允生 1 高允 1 宋之问 1	《王子乔》（古辞）魏、晋乐所奏。（《乐府诗集》卷二九）

4. 四弦曲。

"四弦曲"在相和曲之后演奏，可能主要是器乐合奏，辞曲所存甚少。《古今乐录》曰："张永《元嘉技录》有《四弦》一曲，《蜀国四弦》是也，居相和之末，三调之首。古有四曲，其《张女四弦》、《李延年四弦》、《严卯四弦》三曲，阙《蜀国四弦》。节家旧有六解，宋歌有五解，今亦阙。"②

① 《乐府诗集》卷二九，第 424 页。

② 同上书，卷三〇，第 440 页。

表 4-6 《乐府诗集》所收永明至初唐由文人作四弦曲

曲 名	同题创作
《蜀国弦》	简文帝 1 卢思道 1

5. 平调曲。

《乐府诗集》"平调曲"题解："其器有笙、笛、筑、瑟、琴、筝、琵琶七种，歌弦六部。张永《录》曰：'未歌之前，有八部弦、四器，俱作有高下游弄之后。凡三调，歌弦一部，竟辄作送，歌弦今用器。'"①可见这些曲调在当时是实际表演的，是非常精美的演奏、歌唱形式。据王僧虔《大明三年宴乐技录》记载，平调有七曲：一曰《长歌行》，二曰《短歌行》，三曰《猛虎行》，四曰《君子行》，五曰《燕歌行》，六曰《从军行》，七曰《鞠歌行》。西晋荀勖整理清商三调歌诗时，所著《荀氏录》所载十二曲，至南朝传唱的有五曲。即《短歌行》、《燕歌行》两调。

表 4-7 《乐府诗集》所收永明至初唐文人作平调曲

曲名	同题创作	入乐说明
《长歌行》	梁元帝 1 沈约 2	
《短歌行》	张率 1 徐谦 2 辛德源 1	晋乐所奏。《古今乐录》曰："王僧虔《技录》云：'《短歌行》"仰瞻"一曲，魏氏遗令，使节朔奏乐，魏文制此辞，自抚筝和歌。歌者云"贵官弹筝"，贵官即魏文也。此曲声制最美，辞不可入宴乐。'"（《乐府诗集》卷三十）
《铜雀妓》	谢朓 1 何逊 1 刘孝绰 1 江淹 1 王勃 2 乔知之 1 沈佺期 1	《铜雀台》一曰《铜雀妓》。
《铜雀台》	张正见 1 荀仲举 1	
《当置酒》	简文帝 1	

① 《乐府诗集》卷三〇，第 441 页。

（续　表）

曲名	同题创作	入乐说明
《双桐生空井》	简文帝 1	
《君子行》	简文帝 1 沈约 1 戴暠 1	
《燕歌行》	梁元帝 2 萧子显 1 王褒 1 庾信 1	晋乐所奏。《乐府解题》曰："晋乐奏魏文帝'秋风''别日'二曲，言时序迁换，行役不归，妇人怨旷无所诉也。"《广题》曰："燕，地名也，言良人从役于燕，而为此曲。"（《乐府诗集》卷三二）
《从军行》	简文帝 2 沈约 1 戴嵩 1 吴均 1 江淹 2 萧子显 1 刘孝仪 1 张正见 2 赵王 1 庾信 1 王褒 2 卢思道 1 明馀庆 1 虞世南 2 骆宾王 1 乔知之 1 刘希夷 1	《乐府解题》曰："晋乐奏魏文帝'秋风''别日'二曲。"《广题》曰："燕，地名也，言良人从役于燕，而为此曲。"（《乐府诗集》卷三二）
《从军五更转》	伏知道 5	《乐苑》曰："《五更转》，商调曲。"按伏知道已有《从军辞》，则《五更转》盖陈以前曲也。（《乐府诗集》卷三三）
《远征人》	王褒 1	

6. 清调曲。

《乐府诗集》"清调曲"题解："其器有笙、笛（下声弄、高弄、游弄）、篪、节、琴、瑟、筝、琵琶八种。歌弦四弦。张永《录》云：'未歌之前，有五部弦，又在弄后。晋、宋、齐，止四器也。'"①可见其表演形式略同于平调曲。据王僧虔《大明三年宴乐技录》记载，清调有六曲：一《苦寒行》，二《豫章行》，三《董逃行》，四《相逢狭路间行》，五《塘上行》，六《秋胡行》。《荀氏录》所载九曲，至南朝传唱的有五曲，即武帝"北上"《苦寒行》，"上谒"《董逃行》，"蒲生"《塘上行》，"晨上"、"愿登"《秋胡

① 《乐府诗集》卷三三，第 495 页。

行》等,在晋、宋、齐时都是入乐演唱,直到陈时不再歌唱。其余四曲即明帝“悠悠”《苦寒行》,古辞“白杨”《豫章行》,武帝“白日”《董逃行》,古辞《相逢狭路间行》失传,王僧虔《技录》中已经失载了。

表 4-8 《乐府诗集》所收永明至初唐文人作清调曲:

曲名	同题创作	入乐说明
《豫章行》	沈约 1 薛道衡 1	豫章行(古辞)晋乐所奏。(《乐府诗集》卷三四)
《相逢行》	张率 1	《相逢行》(古辞)晋乐所奏。一曰《相逢狭路间行》,亦曰《长安有狭斜行》。《乐府解题》曰:“古词文意与《鸡鸣曲》同。晋陆机《长安狭斜行》云:‘伊、洛有岐路,岐路交朱轮。’则言世路险狭邪僻,正直之士无所措手足矣。”唐李贺有《难忘曲》,亦出于此。(《乐府诗集》卷三四)
《相逢狭路间》	昭明太子 1 沈约 1 刘孺 1 刘遵 1 李德林 1	
《长安有狭斜行》	梁武帝 1 简文帝 1 沈约 1 庾肩吾 1 王冏 1 徐防 1 张正见 1 王褒 1	
《三妇艳诗》	王融 1 昭明太子 1 沈约 1 王筠 1 吴均 1 刘孝绰 1 陈后主 11 张正见 1	
《中妇织流黄》	简文帝 1 徐陵 1 卢询 1 虞世南 1	
《塘上行苦辛篇》	刘孝威 1	晋乐所奏。《歌录》曰:“《塘上行》,古辞。或云甄皇后造。”《乐府解题》曰:“前志云:晋乐奏魏武帝《蒲生篇》,而诸集录皆言其词文帝甄后所作……若晋陆机‘江蓠生幽渚’……行于塘上而为此歌,与古辞同意。”(《乐府诗集》卷三五)
《蒲生行》	谢朓 1	
《江蓠生幽渚》	沈约 1	
《秋胡行》	王融 7	魏武帝《秋胡行四解》魏、晋乐所奏。(《乐府诗集》卷三六)

7. 瑟调曲。

《乐府诗集》载,瑟调曲其乐器有笙、笛、节、琴、瑟、筝、琵琶七种,歌弦六部。据王僧虔《大明三年宴乐技录》记载,瑟调曲有《善哉行》、《陇西行》、《折杨柳行》、《西门行》、《东门行》、《东西门行》、《却东西门行》、《顺东西门行》、《饮门行》、《上留田行》、《新成安乐宫行》、《妇病行》、《孤子生行》、《放歌行》、《大墙上蒿行》、《野田黄爵行》、《钓竿行》、《临高台行》、《长安城西行》、《武舍之中行》、《雁门太守行》、《艳歌何尝行》、《艳歌福钟行》、《艳歌双鸿行》、《煌煌京洛行》、《帝王所居行》、《门有车马客行》、《墙上难用趋行》、《日重光行》、《蜀道难行》、《棹歌行》、《有所思行》、《蒲阪行》、《采梨橘行》、《白杨行》、《胡无人行》、《青龙行》、《公无渡河行》等三十八曲。《荀氏录》载十五曲，至南朝传唱的有九曲，即武帝《善哉行》中的"朝日"、"自惜"、"古公"三篇，文帝《善哉行》中的"朝游"、"上山"两篇，明帝《善哉行》"赫赫"、"我徂"两篇，古辞"来日"(《善哉行》)，古辞《罗敷艳歌行》。"五岳"《善哉行》，武帝"鸿雁"《却东西门行》，"长安"《长安城西行》，"双鸿"、"福钟"并《艳歌行》，"墙上"《墙上难用趋行》六曲在陈时失传。①

表 4-9　《乐府诗集》所收永明至初唐文人作瑟调曲

曲名	同题创作	入乐说明
《善哉行》	江淹 1	《善哉行六解》(古辞)魏、晋乐所奏。(《乐府诗集》卷三六)
《陇西行》	简文帝 3 庾肩吾 1	一曰《步出夏门行》。魏、晋乐所奏。王僧虔《技录》云:"《陇西行》歌武帝'碣石'、文帝'夏门'二篇。"(《乐府诗集》卷三七)
《东西门行》	刘威孝 1	《古今乐录》曰:"王僧虔《技录》云:《东西门行》今不歌。"(《乐府诗集》卷三七)
《却东西门行》	沈约 1	魏、晋乐所奏。《古今乐录》曰:"王僧虔《技录》云:《却东西门行》,荀录所载。武帝《鸿雁》一篇,今不传。"(《乐府诗集》卷三七)

① 按:郭茂倩标注相和曲辞的入乐时间只标到晋。实际上,许多曲调在南朝依然入乐。凡张永《元嘉正声技录》、王僧虔《大明三年宴乐技录》中著录的曲目表明其在刘宋仍然传唱,《古今乐录》转引王僧虔《技录》称"今不歌"、"今不传"表明这些曲调直到陈代才或不再歌唱或声辞已经失传。

（续 表）

曲名	同题创作	入乐说明
《饮马长城窟行》	沈约 1 陈后主 1 张正见 1 王褒 1 尚法师 1 隋炀帝 1 唐太宗 1 虞世南 1 袁朗 1 王翰 1	一曰《饮马行》。《古今乐录》曰："王僧虔《技录》云：'《饮马行》，今不歌。'"（《乐府诗集》卷三八）
《青青河畔草》	王融 1 沈约 1 何逊 1 梁武帝 1 荀昶 1	
《泛舟横大江》	简文帝 1 张正见 1	魏文帝《饮马长城窟行》曰"泛舟横大江"，因以为题也。（《乐府诗集》卷三八）
《上留田行》	简文帝 1	《古今乐录》曰："王僧虔《技录》有《上留田行》，今不歌。"（《乐府诗集》卷三八）
《新城安乐宫》	简文帝 1 阴铿 1	《古今乐录》曰："王僧虔《技录》有《新城安乐宫行》，今不歌。"（《乐府诗集》卷三八）
《妇病行》	江总 1	
《野田黄雀行》	萧毂 1	曹植《野田黄雀行四解》晋乐所奏。《古今乐录》曰："王僧虔《技录》有《野田黄雀行》，今不歌。"《乐府解题》曰："晋乐奏东阿王'置酒高殿上'。"《空侯引》亦用此曲。按汉鼓吹铙歌亦有《黄雀行》，不知与此同否？（《乐府诗集》卷三八）
《置酒高殿上》	张正见 1 江总 1	
《雁门太守行》	简文帝 1 褚翔 1	《雁门太守行八解》（古辞）晋乐所奏。《古今乐录》曰："王僧虔《技录》云：'《雁门太守行》歌古洛阳令一篇。'"（《乐府诗集》卷三八）
《飞来双白鹤》	陈后主 1 梁元帝 1 虞世南 1	《艳歌何尝行四解》一曰《飞鹄行》。晋乐所奏。《古今乐录》曰："王僧虔《技录》云：《艳歌何尝行》，歌文帝《何尝》、《古白鹄》二篇。"（《乐府诗集》卷三九）
《今日乐相乐》	江总 1	
《艳歌行》	简文帝 2 顾野王 3 张正见 1	《古今乐录》曰："《艳歌行》非一，有直云'艳歌'，即《艳歌行》是也。若《罗敷》、《何尝》、《双鸿》、《福钟》等行，亦皆'艳歌'。"（《乐府诗集》卷三九）

（续　表）

曲名	同题创作	入乐说明
《煌煌京洛行》	简文帝1 戴暠1	晋乐所奏。《古今乐录》曰："王僧虔《技录》云：'《煌煌京洛行》，歌文帝园桃一篇。'"（《乐府诗集》卷三九）
《门有车马客行》	张正见1 何妥1 虞世南1	《古今乐录》曰："王僧虔《技录》云：'《门有车马客行》歌东阿王置酒一篇。'"（《乐府诗集》卷四〇）
《墙上难为趋》	王褒1	《古今乐录》曰："王僧虔《技录》云：'《墙上难用趋行》，荀录所载，墙上一篇，今不传。'"（《乐府诗集》卷四〇）
《月重轮行》	戴暠1	崔豹《古今注》曰："《日重光》，《月重轮》，群臣为汉明帝作也。明帝为太子，乐人作歌诗四章，以赞太子之德。"（《乐府诗集》卷四〇）
《蜀道难》	简文帝2 刘孝威2 阴铿1 张文琮1	《古今乐录》曰："王僧虔《技录》有《蜀道难行》，今不歌。"（《乐府诗集》卷四〇）
《棹歌行》	简文帝1 刘孝绰1 阮研1 王籍1 魏收1 萧岑1 卢思道1 骆宾王1	晋乐所奏。《古今乐录》曰："王僧虔《技录》云：《棹歌行》歌明帝'王者布大化'一篇，或云左延年作，今不歌。梁简文帝在东宫更制歌，少异此也。"（《乐府诗集》卷四〇）
《蒲阪行》	陆厥1 刘遵1	《古今乐录》曰："王僧虔《技录》有《蒲阪行》，今不歌。"（《乐府诗集》卷四〇）
《胡无人行》	徐摛1 吴均1 徐彦伯1	《古今乐录》曰："王僧虔《技录》有《胡无人行》，今不歌。"（《乐府诗集》卷四〇）

8. 楚调曲。

《乐府诗集》载，"楚调曲"乐器有笙、笛、节、琴、筝、琵琶、瑟七种。楚调有五曲：《白头吟行》、《泰山吟行》、《梁甫吟行》、《东武琵琶吟行》、《怨诗行》。

表 4-10 《乐府诗集》所收永明至初唐文人作楚调曲

曲名	同题创作	入乐说明
《白头吟》	张正见 1 刘希夷 1	晋乐所奏。《古今乐录》曰:“王僧虔《技录》曰:《白头吟行》歌古‘皑如山上雪’篇。”(《乐府诗集》卷四一)
《梁甫吟》	沈约 1 陆琼 1	《古今乐录》曰:“王僧虔《技录》有《梁甫吟行》,今不歌。”(《乐府诗集》卷四一)
《东武吟行》	沈约 1	
《怨诗》	简文帝 1 刘孝威 1 张正见 1 江总 1	晋乐所奏。《古今乐录》曰:“《怨诗行》歌东阿王‘明月照高楼’一篇。”王僧虔《技录》曰:“荀录所载‘古为君’一篇,今不传。”(《乐府诗集》卷四一)
《怨歌行》	简文帝 1 江淹 1 沈约 1 庾信 1 虞世南 1	
《明月照高楼》	梁武帝 1	
《长门怨》	柳恽 1 费昶 1 徐贤妃 1 沈佺期 1	
《班婕妤》	梁元帝 1 刘孝绰 1 孔翁归 1 何思澄 1 王叔英妻沈氏 1 阴铿 1 何楫 1 徐彦伯 1	
《婕妤怨》	崔湜 1	
《蛾眉怨》	谢朓 1 虞炎 1	

据以上相和歌辞各表统计,《乐府诗集》共收录了 87 题 305 首曲辞。其中,五言新体诗 262 首,占 86%。

(四)清商曲辞

郭茂倩将《乐府诗集》中的“清商曲辞”分为六类:吴声歌、神弦歌、西曲歌、江南弄、上云乐、雅歌。主要是六朝的乐府民歌,相对于汉魏相和歌辞来说属于清商新乐。《隋书·音乐志》:“清乐,其始即清商三调是也,并汉来旧曲。乐器形制,并歌章古辞,与魏三祖所作者,皆被于史籍。”①这里说的汉魏古辞以及曹魏三祖的作品属于清商旧乐。北魏以

① 《隋书》卷一五,第 377 页。

来把江南新歌称之为清商乐,《乐府诗集》卷四四:“后魏孝文讨淮汉,宣武定寿春,收其声伎,得江左所传中原旧曲,《明君》、《圣主》、《公莫》、《白鸠》之属,及江南吴歌、荆楚西声,总谓之清商乐。”①

表 4-11　《乐府诗集》所收永明至初唐文人作的清商曲辞

<table>
<tr><th colspan="3">曲　名</th><th>同题创作</th><th>入乐说明</th></tr>
<tr><td rowspan="10">《吴声歌曲》</td><td rowspan="4">《子夜四时歌》</td><td>《春歌》</td><td>梁武帝 1 王金珠 3</td><td rowspan="4">晋宋齐辞。《唐书・乐志》曰:“《子夜歌》者,晋曲也。晋有女子名子夜,造此声,声过哀苦。”《乐府解题》曰:“后人更为四时行乐之词,谓之《子夜四时歌》。又有《大子夜歌》、《子夜警歌》、《子夜变歌》,皆曲之变也。”(《乐府诗集》卷四四)</td></tr>
<tr><td>《夏歌》</td><td>梁武帝 3 王金珠 2</td></tr>
<tr><td>《秋歌》</td><td>梁武帝 2 王金珠 2</td></tr>
<tr><td>《冬歌》</td><td>梁武帝 1 王金珠 1</td></tr>
<tr><td colspan="2">《子夜变歌》</td><td>王金珠 1</td><td>《宋书・乐志》曰:“六变诸曲,皆因事制歌。”(《乐府诗集》卷四五)</td></tr>
<tr><td colspan="2">《上声歌》</td><td>王金珠 1</td><td>《古今乐录》曰:“《上声歌》者,此因上声促柱得名。或用一调,或用无调名,如古歌辞所言,谓哀思之音,不及中和。梁武因之改辞,无复雅句。”(《乐府诗集》卷四五)</td></tr>
<tr><td colspan="2">《欢闻歌》</td><td>王金珠 1</td><td rowspan="2">《古今乐录》曰:“《欢闻歌》者,晋穆帝升平初歌,毕辄呼‘欢闻不’?以为送声,后因此为曲名。今世用莎持乙子代之,语稍讹异也。”(《乐府诗集》卷四五)</td></tr>
<tr><td colspan="2">《欢闻变歌》</td><td>王金珠 1</td></tr>
<tr><td colspan="2">《前溪歌》</td><td>包明月 1</td><td>郗昂《乐府解题》曰:“《前溪》,舞曲也。”(《乐府诗集》卷四五)</td></tr>
<tr><td colspan="2">《阿子歌》</td><td>王金珠 1</td><td>《宋书・乐志》曰:“《阿子歌》者,亦因升平初歌云‘阿子汝闻不’?后人演其声为《阿子》、《欢闻》二曲。”(《乐府诗集》卷四五)</td></tr>
</table>

① 《乐府诗集》,卷四四,第 638 页。

（续 表）

曲 名		同题创作	入乐说明
《吴声歌曲》	《丁督护歌》	王金珠 1	一曰《阿督护》。《宋书·乐志》曰："《督护歌》者，彭城内史徐逵之为鲁轨所杀……逵之妻……每问辄叹息曰：'丁督护'！其声哀切，后人因其声广其曲焉。"《唐书·乐志》曰"《丁督护》，晋宋间曲也。今歌是宋武帝所制"云。（《乐府诗集》卷四五）
	《团扇郎》	梁武帝 1	《古今乐录》曰："《团扇郎歌》者，晋中书令王珉，捉白团扇与嫂婢谢芳姿有爱，情好甚笃。嫂捶挞婢过苦，王东亭闻而止之。芳姿素善歌，嫂令歌一曲当赦之。应声歌曰：'白团扇，辛苦五流连。是郎眼所见。'珉闻，更问之：'汝歌何遗？'芳姿即改云：'白团扇，憔悴非昔容，羞与郎相见。'后人因而歌之。"（《乐府诗集》卷四五）
	《玉树后庭花》	陈后主 1	《隋书·乐志》曰："陈后主于清乐中造《黄骊留》及《玉树后庭花》、《金钗两须垂》等曲，与幸臣等制其歌词，绮艳相高，极于轻荡，男女唱和，其音甚哀。"（《乐府诗集》卷四七）
	《春江花月夜》	隋炀帝 2 诸葛颖 1	《唐书·乐志》曰："《春江花月夜》、《玉树后庭花》、《堂堂》并陈后主所作。后主堂与宫中女学士及朝臣相和为诗，太常令何胥又善于文咏，采其尤艳丽者，以为此曲。"（《乐府诗集》卷四七）
	《泛龙舟》	隋炀帝 1	《隋书·乐志》曰："炀帝大制艳篇……令乐正白明达造新声，创……《泛龙舟》……曲。"（《乐府诗集》卷四七）

（续　表）

曲　名		同题创作	入乐说明
《西曲歌》	《乌夜啼》	简文帝 1 刘孝绰 1 庾信 1	《古今乐录》:“《乌夜啼》,旧舞十六人。”《乐府解题》曰:“亦有《乌栖曲》,不知与此同否。”(《乐府诗集》卷四七)
	《乌栖曲》	简文帝 1 梁元帝 6 萧子显 1 徐陵 2 岑之敬 1 陈后主 3 江总 1	
	《估客乐》	齐武帝 1 释宝月 4 陈后主 1	《古今乐录》曰:“《估客乐》者,齐武帝之所制也……齐舞十六人,梁八人。”《唐书·乐志》曰:“梁改其名为《商旅行》。”(《乐府诗集》卷四八)
	《贾客词》	庾信 1	
	《三洲歌》	陈后主 1	《唐书·乐志》曰:“《三洲》,商人歌也。”《古今乐录》曰:“《三洲歌》者,商客数游巴陵三江口往还,因共作此歌……旧舞十六人,梁八人。”(《乐府诗集》卷四八)
	《雍州曲》《大堤》	简文帝 1	《古今乐录》曰:“《襄阳乐》者,宋随王诞之所作也。”旧舞十六人,梁八人。又有《大堤曲》,亦出于此。简文帝雍州十曲,有《大堤》《南湖》《北渚》等曲。(《乐府诗集》卷四八)
	《雍州曲》《南湖》	简文帝 1	
	《雍州曲》《北渚》	简文帝 1	
	《襄阳蹋铜蹄》	梁武帝 3 沈约 3	
	《白附鸠》	吴均 1	《古今乐录》曰:“《白附鸠》倚歌,亦曰《白浮鸠》,本拂舞曲也。”(《乐府诗集》卷四九)
	《白浮鸠》	吴均 1	
	《杨叛儿》	梁武帝 1 陈后主 1	《唐书·乐志》曰:“《杨伴儿》,本童谣歌也……童谣云:‘杨婆儿,共戏来所欢。’语讹,遂成杨伴儿。”《古今乐录》曰:“《杨叛儿》送声云:‘叛儿教侬不复相思。’”(《乐府诗集》卷四九)

（续　表）

曲　名		同题创作	入乐说明
《江南弄》	《江南弄》	梁武帝1 简文帝1 王勃1	《古今乐录》曰："梁天监十一年冬，武帝改西曲，制《江南上云乐》十四曲，《江南弄》七曲：一曰《江南弄》，二曰《龙笛曲》，三曰《采莲曲》，四曰《凤笛曲》，五曰《采菱曲》，六曰《游女曲》，七曰《朝云曲》。又沈约作四曲：一曰《赵瑟曲》，二曰《秦筝曲》，三曰《阳春曲》，四曰《朝云曲》，亦谓之《江南弄》云。"（《乐府诗集》卷五〇）
	《龙笛曲》	梁武帝1 简文帝1	
	《采莲曲》	梁武帝1 简文帝3 梁元帝1 刘孝威1 朱超1 沈君攸1 吴均2 陈后主1 卢思道1 殷英童1 徐彦伯1	
	《采莲归》	王勃1	
	《凤笙曲》	梁武帝1 沈佺期1	
	《采菱曲》	梁武帝1 简文帝1 陆罩1 费昶1 江淹1 江洪2 徐勉1	
	《游女曲》	梁武帝1	
	《朝云曲》	梁武帝1 沈约1	
	《赵瑟曲》	沈约1	
	《秦筝曲》	沈约1	
	《阳春曲》	沈约1 无名氏1	
	《阳春歌》	吴均1 顾野王1 檀约1 柳顾言1	
《上云乐》	《凤台曲》	梁武帝1	《古今乐录》曰："《上云乐》七曲，梁武帝制，以代西曲。一曰《凤台曲》，二曰《桐柏曲》，三曰《方丈曲》，四曰《方诸曲》，五曰《玉龟曲》，六曰《金丹曲》，七曰《金陵曲》。"按《上云乐》又有老胡文康辞，周舍作，或云范云。《隋书·乐志》曰："梁三朝第四十四，设寺子导、安息、孔雀、凤皇、文鹿、胡舞、登连、上云乐、歌舞伎。"（《乐府诗集》卷五一）
	《桐柏曲》	梁武帝1	
	《方丈曲》	梁武帝1	
	《方诸曲》	梁武帝1 谢爕1	
	《玉龟曲》	梁武帝1	
	《金丹曲》	梁武帝1	
	《金陵曲》	梁武帝1	
	《上云乐》	周舍1	
	《箫史曲》	江总1	

据上表统计,《乐府诗集》共收录了 48 题 117 首曲辞。其中,五言新体诗 73 首,占 62%。

(五)舞曲歌辞

舞曲分雅舞和杂舞,雅舞用之郊庙朝飨,杂舞用之宴会。《乐府诗集》云:"杂舞者,《公莫》、《巴渝》、《槃舞》、《鞞舞》、《铎舞》、《拂舞》、《白纻》之类是也。始皆出自方俗,后浸陈于殿庭。"①

表 4-12　《乐府诗集》所收永明至初唐文人作杂舞歌辞

<table>
<tr><th colspan="2">曲　名</th><th>同题创作</th><th>入乐说明</th></tr>
<tr><td colspan="2">《梁鞞舞歌》</td><td>沈约 7 周舍 3</td><td rowspan="2">《隋书·乐志》曰:"梁三朝乐第十七设《鞞舞》。"《唐书.乐志》曰:"《明君》,本汉世《鞞舞曲》。梁武帝时改其辞以歌君德。"(《乐府诗集》卷五四)</td></tr>
<tr><td colspan="2">《梁铎舞曲》</td><td>周舍 1</td></tr>
<tr><td colspan="2">《临碣石》</td><td>沈约 1</td><td rowspan="2"></td></tr>
<tr><td colspan="2">《小临海》</td><td>沈约 1</td></tr>
<tr><td colspan="2">《梁白纻辞》</td><td>梁武帝 2</td><td rowspan="2">《古今乐录》曰:"梁三朝乐第二十,设《巾舞》,并《白纻》,盖《巾舞》以《白纻》四解送也。"(《乐府诗集》卷五五)</td></tr>
<tr><td colspan="2">《白纻歌》</td><td>张率 9</td></tr>
<tr><td rowspan="8">四时白纻</td><td>《春白纻》</td><td>沈约 1</td><td rowspan="8">《古今乐录》曰:"沈约云:'《白纻》五章,敕臣约造。武帝造后两句。'"(《乐府诗集》卷五六)</td></tr>
<tr><td>《夏白纻》</td><td>沈约 1</td></tr>
<tr><td>《秋白纻》</td><td>沈约 1</td></tr>
<tr><td>《冬白纻》</td><td>沈约 1</td></tr>
<tr><td>《夜白纻》</td><td>沈约 1</td></tr>
<tr><td>《东宫春》</td><td>隋炀帝 1</td></tr>
<tr><td>《江都夏》</td><td>隋炀帝 1 虞茂 1</td></tr>
<tr><td>《长安秋》</td><td>虞茂 1</td></tr>
</table>

① 《乐府诗集》卷五三,第 766 页。

（续 表）

曲　名	同题创作	入乐说明
《齐明王歌辞》	王融 7	《齐明王歌辞》七曲，王融应司徒教而作也。（《乐府诗集》卷五六）
《唐功成庆善乐舞辞》	唐太宗 1	一曰《九功舞》，殿庭朝会所奏文舞也。《旧书·乐志》曰："《庆善乐》，太宗所造也，名《九功之舞》。舞蹈安徐，以象文德洽而天下安乐也。冬正享宴及国有大庆，与《七德舞》偕奏于庭。"（《乐府诗集》卷五六）

据上表统计，《乐府诗集》共收录了 16 题 41 首曲辞。其中，五言新体诗 18 首，占 44%。

（六）琴曲歌辞

《乐府诗集》说："古琴曲有五曲、九引、十二操……自是已后，作者相继，而其义与其所起，略可考而知。"①可见乐府诗中一直存在文人创作琴歌的传统。琴乐还具有保存古乐的功能，《通典》卷一四六称"唯弹琴家犹传楚、汉旧声"。②

表 4-13 《乐府诗集》所收永明至初唐文人作琴曲歌辞

曲名	同题创作	入乐说明
《白雪歌》	朱孝廉 1	高宗显庆二年，太常言《白雪》琴曲本宜合歌，今依琴中旧曲，以御制《雪诗》为《白雪》歌辞。又古今乐府奏正曲之后，皆别有送声，乃取侍臣许敬宗等和诗以为送声，各十六节。六年二月，吕才造琴歌《白雪》等曲，帝亦制歌辞十六章，皆著于乐府。（《乐府诗集》卷五七）
《湘夫人》	沈约 1 王僧孺 1	

① 《乐府诗集》卷五七，第 822 页。

② 《通典》卷一四六，第 761 页。

（续　表）

曲名	同题创作	入乐说明
《霹雳引》	简文帝1 辛德源1 沈佺期1	《乐府解题》曰："楚商梁游于雷泽，霹雳下，乃援琴而作之，名《霹雳引》。"(《乐府诗集》卷五七)
《雉朝飞操》	简文帝1 吴均1	一曰《雉朝雊操》。崔豹《古今注》曰："《雉朝飞》者，犊沐子所作也……见雉雄雌相随而飞，意动心悲……因援琴而歌，以明自伤。其声中绝。魏武帝时，宫人有卢女者，七岁入汉宫，学鼓琴，特异于馀妓，善为新声，能传此曲。"(《乐府诗集》卷五七)
《思归引》	刘孝威1	晋石崇《思归引序》曰："崇少有大志，晚节更乐放逸。因览乐篇有《思归引》，古曲有弦无歌，乃作乐辞。"(《乐府诗集》卷五八)
《猗兰操》	辛德源1	一曰《幽兰操》。《古今乐录》曰："孔子自卫反鲁，见香兰而作此歌。"(《乐府诗集》卷五八)
《双燕离》	简文帝1 沈君攸1	《琴集》曰："《独处吟》、《流澌咽》、《双燕离》、《处女吟》四曲，其词俱亡。"《琴历》曰："河间新歌二十一章，此其四曲也。"(《乐府诗集》卷五八)
《贞女引》	简文帝1 沈约1	
《别鹤》	简文帝1 吴均1	《琴谱》曰："琴曲有四大曲，《别鹤操》其一也。"(《乐府诗集》卷五八)
《走马引》	张率1	一曰《天马引》。崔豹《古今注》曰："《走马引》，樗里牧恭所作也。……援琴而鼓之，为天马之声，故曰《走马引》也。"(《乐府诗集》卷五八)
《龙丘引》	简文帝1	一曰《楚引》。《琴操》曰："《楚引》者，楚游子龙丘高所作也。龙丘高出游三年，思归故乡，望楚而长叹，故曰《楚引》。"(《乐府诗集》卷五八)
《渡易水》	吴均1	一曰《荆轲歌》。按《琴操》商调有《易水曲》，荆轲所作，亦曰《渡易水》是也。(《乐府诗集》卷五八)
《荆轲歌》	阳缙1	
《昭君怨》	王叔英妻刘氏1 陈后主1	

（续　表）

曲名	同题创作	入乐说明
《渌水曲》	吴均 1 江洪 1	《琴历》曰："琴曲有《蔡氏五弄》。"《琴集》曰："《五弄》,《游春》、《渌水》、《幽居》、《坐愁》、《秋思》,并宫调,蔡邕所作也。"(《乐府诗集》卷五九)
《胡笳曲》	陶弘景 1 江洪 1	
《飞龙引》	萧悫 1	
《宛转歌》	江总 1	
《秋风》	江洪 3	
《绿竹》	吴均 1	
《绿竹引》	宋之问 1	
《成连》	辛德源 1	

据上表统计,《乐府诗集》共收录了 22 题 36 首曲辞。其中,五言新体诗 33 首,占 92%。

（七）杂曲歌辞

郭茂倩把内容庞杂、来源不一、曲调不明的乐府诗归为"杂曲歌辞"。《乐府诗集》云："杂曲者,历代有之,或心志之所存……或出自夷虏。兼收备载,故总谓之杂曲。自秦、汉已来,数千百岁,文人才士,作者非一。干戈之后,丧乱之余,亡失既多,声辞不具,故有名存义亡,不见所起。"①

表 4-14 《乐府诗集》所收永明至初唐文人作杂曲歌辞

曲名	同题创作	入乐说明
《悲哉行》	沈约 1	《歌录》曰："《悲哉行》,魏明帝造。"(《乐府诗集》六二)
《出自蓟北门行》	徐陵 1 庾信 1	

① 《乐府诗集》卷六一,第 884—885 页。

（续　表）

曲名	同题创作	入乐说明
《妾薄命》	简文帝1 刘孝威1 刘孝胜1 李百药1 杜审言1	
《当垆曲》	简文帝1 范静妻沈氏1	
《美女篇》	简文帝1 萧子显1 魏收2 卢思道1	《歌录》曰："《名都》、《美女》、《白马》，并《齐瑟行》也。"（《乐府诗集》六三）
《白马篇》	沈约1 王僧孺1 徐悱1 王胄1 辛德源1	
《升天行》	刘孝胜1 卢思道1	
《神仙篇》	王融1 戴暠1 张正见1 卢思道1 鲁范1	
《齐讴行》	沈约1	《礼乐志》曰："齐古讴员六人。"梁元帝《纂要》曰，"齐歌曰讴"是也。（《乐府诗集》六四）
《吴趋行》	梁元帝1	崔豹《古今注》曰："《吴趋行》，吴人以歌其地。陆机《吴趋行》曰：'听我歌吴趋。'趋，步也。"（《乐府诗集》六四）
《苦热行》	简文帝1 任昉1 何逊1 庾信1	
《前有一樽酒行》	陈后主1 张正见1	
《结客少年场行》	刘孝威1 庾信1 孔绍安1 虞世南1 虞羽客1 卢照邻1	按结客少年场，言少年时结任侠之客，为游乐之场，终而无成，故作此曲也。（《乐府诗集》六六）
《少年子》	王融1 吴均1 李百药1	
《长安少年行》	何逊1 沈炯1	
《轻薄篇》	何逊1 张正见1	
《游侠篇》	王褒1 陈良1	
《东飞伯劳歌》	简文帝2 刘孝威1 陈后主1 陆瑜1 江总1 辛德源1	
《晨风行》	王循1 范静妻沈氏1	

（续 表）

曲名	同题创作	入乐说明
《自君之出矣》	王融2 虞羲1 范云1 陈后主6 贾冯吉1 陈叔达1	
《长相思》	昭明太子1 张率2 陈后主2 徐陵2 萧淳1 陆琼1 王瑳1 江总2	
《行路难》	吴均4 费昶2 王筠1 卢照邻1	
《从军中行路难》	骆宾王2	
《古别离》	江淹1 沈佺期1	
《荆州乐》	宗夬1	《荆州乐》盖出于清商曲江陵乐。（《乐府诗集》卷七二）
《舞媚娘》	陈后主3 庾信1	《乐苑》曰："《舞媚娘》、《大舞媚娘》，并羽调曲也。《唐书》曰：'高宗永徽末，天下歌《舞媚娘》。未几，立武氏为皇后。'按陈后主已有此歌，则永徽所歌，盖旧曲云。"（《乐府诗集》卷七三）
《爱妾换马》	简文帝1 刘孝威1 庾肩吾1 僧法宣1	
《枣下何纂纂》	简文帝1 王胄2	
《武溪深行》	刘孝胜1	一曰《武陵深行》。崔豹《古今注》曰："《武溪深》，马援南征之所作也。援门生爰寄生善吹笛，援作歌，令寄生吹笛以和之。名曰《武溪深》。"（《乐府诗集》卷七四）
《思公子》	王融1 费昶1 邢劭1	
《王孙游》	谢朓1 王融1	
《阳翟新声》	王融1	《隋书·乐志》曰："西凉乐曲《阳翟新声》、《神白马》之类。皆生于胡戎歌，非汉、魏遗曲也。"（《乐府诗集》卷七四）

（续　表）

曲名	同题创作	入乐说明
《金乐歌》	简文帝 1 梁元帝 1 房篆 1	
《济黄河》	谢微 1 江总 1 萧悫 1	
《陵云台》	谢举 1 王褒 1	
《永明乐》	谢朓 10 王融 10 沈约 1	《南齐书·乐志》曰："《永明乐歌》者，竟陵王子良与诸文士造奏之。人为十曲。道人释宝月辞颇美，武帝常被之管弦，而不列于乐官。"按此曲永明中造，故曰永明乐。（《乐府诗集》卷七五）
《永世乐》	魏收 1	《隋书·乐志》曰："后魏太武平河西，得西凉乐，其歌曲有《永世乐》。"（《乐府诗集》卷七五）
《起夜来》	柳恽 1	《乐府解题》曰："《起夜来》，其辞意犹念畴昔思君之来也。"唐聂夷中又有《起夜半》。（《乐府诗集》卷七五）
《独不见》	柳恽 1 沈佺期 1	
《携手曲》	沈约 1 吴均 1	《携手曲》，梁沈约所制也。（《乐府诗集》卷七六）
《邯郸行》	陆厥 1	《乐府广题》曰："《邯郸》，舞曲也。"（《乐府诗集》卷七六）
《邯郸歌》	梁武帝 1	
《大垂手》	吴均 1	《乐府解题》曰："《大垂手》、《小垂手》，皆言舞而垂其手也。"（《乐府诗集》卷七六）
《小垂手》	吴均 1	
《夜夜曲》	沈约 2 简文帝 1	《夜夜曲》，梁沈约所作也。（《乐府诗集》卷七十六）
《春江行》	简文帝 1	唐郭元振曰："《春江》，巴女曲也。"（《乐府诗集》卷七七）
《喜春游歌》	隋炀帝 2	

（续 表）

曲名	同题创作	入乐说明
《杂曲》	王筠 2 傅縡 1 徐陵 1 江总 3	
《古曲》	陈后主 1 王褒 1	
《敦煌乐》	温子昇 1 王胄 2	
《高句丽》	王褒 1	唐亦有《高丽曲》，李勣破高丽所进，后改《夷宾引》者是也。（《乐府诗集》卷七七）
《法寿乐》	王融 12	
《步虚词》	庾信 10 隋炀帝 2	《乐府解题》曰："《步虚词》，道家曲也，备言众仙缥缈轻举之美。"（《乐府诗集》卷七八）

表中只列入了《乐府诗集》题解中有入乐说明的以及同题有两首或二人以上同作的歌辞，共计 53 题 197 首。此外，《乐府诗集》中还收录有王融《望城行》、《秋夜长》、《江皋曲》，谢朓《邯郸才人嫁为厮养卒》、《曲池水》、《江上曲》，鲍机《伍子胥》，车敫《车遥遥》，范静妻沈氏《映水曲》、《登楼曲》，费昶《发白马》，高孝纬《空城雀》，纪少瑜《建兴苑》，简文帝《升仙篇》、《采菊篇》、《生别离》、《茱萸女》、《独处愁》、《桃花曲》、《树中草》，江从简《采荷调》，李镜远《蛱蝶行》，李元操《鸣雁行》，梁元帝《半路溪》，梁武帝《闾阖篇》，刘孝威《斗鸡篇》、《行行游且猎篇》、《雀乳空井中》、《半渡溪》，柳恽《芳林篇》，陆琼《还台乐》，沈君攸《薄暮动弦歌》、《羽觞飞上苑》，沈约《君子有所思行》、《缓歌行》、《乐未央》，陶弘景《寒夜怨》，江总《内殿赋新诗》、《燕燕于飞》，王筠《侠客篇》，吴均《夹树》、《秦王卷衣》、《妾安所居》、《送归曲》、《城上麻》，吴迈远《长别离》，萧子显《南征曲》，萧捴《霜妇吟》，谢燮《明月子》，徐勉《迎客曲》、《送客曲》，张率《沧海雀》、《清凉》，张嵊《短箫》，张正见《应龙篇》，昭明太子《上林》，宗夬《遥夜吟》，辛德源《芙蓉花》、《浮游

花》，温子昇《结袜子》《安定侯曲》，王褒《远游篇》，隋炀帝《锦石捣流黄》，王胄《西园游上才》，卢思道《河曲游》《城南隅宴》等38人创作的67题、67首杂曲歌辞。在这120题、264首杂曲歌辞中，五言新体诗213首，占81%。

（八）近代曲辞

郭茂倩将隋唐的杂曲称作近代曲。《乐府诗集》近代曲辞序云："近代曲者，亦杂曲也，以其出于隋、唐之世，故曰近代曲也。"隋自开皇初，隋文帝置七部乐，至大业中，隋炀帝立九部乐，增加了《康国伎》、《疏勒伎》。唐武德初，因隋旧制，用九部乐。唐太宗增高昌乐，又造宴乐，而去礼毕曲。立宴乐、清商、西凉、天竺、高丽、龟兹、安国、疏勒、高昌、康国等十部乐，总谓之燕乐。可见近代曲辞多为唐世新声演唱的乐府诗。《乐府诗集》："凡燕乐诸曲，始于武德、贞观，盛于开元、天宝。其著录者十四调二百二十二曲。又有梨园，别教院法歌乐十一曲，云韶乐二十曲。"

表4-15　《乐府诗集》所收隋唐以来文人作近代曲辞

曲名	同题创作	入乐说明
《纪辽东》	隋炀帝2王胄2	
《昔昔盐》	薛道衡1	《乐苑》曰："《昔昔盐》，羽调曲，唐亦为舞曲。"（《乐府诗集》卷七九）
《堂堂》	李义府2	《乐苑》曰："《堂堂》，角调曲，唐高宗朝曲也。"（《乐府诗集》卷七九）
《火凤辞》	李百药2	《乐苑》曰：《火凤》，羽调曲也。又有《真火凤》。《唐会要》曰："贞观中，有裴神符者，妙解琵琶。初唯作《胜蛮奴》、《火凤》、《倾杯乐》三曲，声度清美，太宗深爱之。"则《火凤》盖贞观已前曲也。（《乐府诗集》卷八〇）

据上表统计,《乐府诗集》共收录了4题,9首曲辞。其中,五言新体诗5首,占56%。

(九) 杂歌谣辞

郭茂倩把乐府诗中那些未曾入乐但曾付诸歌唱的徒歌作品归为"杂歌谣辞",《乐府诗集》云:"《尔雅》曰:'徒歌谓之谣。'《广雅》曰:'声比于琴瑟曰歌。'《韩诗章句》曰:'有章曲曰歌,无章曲曰谣。'梁元帝《纂要》曰:'齐歌曰讴,吴歌曰歈,楚歌曰艳,浮歌曰哇,振旅而歌曰凯歌,堂上奏乐而歌曰登歌,亦曰升歌。'"其中主要收录了歌讴和谣谶。"历世已来,歌讴杂出。今并采录,且以谣谶系其末云。"①

表4-16 《乐府诗集》所收永明至初唐文人作杂歌谣辞

曲　名	同题创作
《独酌谣》	陈后主4 陆瑜1 沈炯1
《挟琴歌》	范静妻沈氏1
《百里奚歌》	高允生1
《淫豫歌》	简文帝1
《行幸甘泉宫》	简文帝1 刘孝威1
《鹳谣》	孔仲智1
《河中之水歌》	梁武帝1
《京兆歌》	陆厥1
《左冯翊歌》	陆厥1
《李夫人及贵人歌》	陆厥1
《临江王节士歌》	陆厥1
《中山王孺子妾歌》	陆厥2
《古歌》	沈佺期1

① 《乐府诗集》卷八三,第1165页。

（续　表）

曲　名	同题创作
《云歌》	王台卿 1
《东征歌》	王通 1
《挟瑟歌》	魏收 1
《劳歌》	萧捴 1

据上表统计，《乐府诗集》共收录了 17 题 24 首曲辞。其中，五言新体诗 10 首，占 42%。

综上所述，《乐府诗集》以上九类曲辞共计 347 题，1044 首曲辞中，五言新体诗 846 首，占 81%。可见新体诗在永明至初唐时期的乐府诗创作中具有绝对优势，其中大多数都有入乐的记载，讲究声律的新体诗很有可能是非常适合入乐的歌辞形式。永明到初唐人们在乐府诗创作中大量使用新体诗的意图在于方便入乐歌唱。

第二节　永明到初唐之间乐府诗的格律化趋势及进程

诗歌格律化包括篇制、声律、对偶三大成分。本节以其中几个具体的格律化标准为基准，通过调查它们在乐府诗作品中的使用情况，探索在唐代近体诗形成以前文人在乐府诗创作中的律化意识，进而论述唐代近体诗形成过程中，乐府诗在律化方面所处的历史地位。在对汉字音韵进行调查时，依据《广韵》。

一、从永明到初唐乐府诗的篇制

这一时期的乐府诗在诗歌句式上明显的特征即是以五言为主，兼用七言以及其他句式。萧子显《南齐书·文学传论》："五言之制，独秀众品。"[①]

① 《南齐书》卷五二，第 908 页。

同时七言创作在永明以来发展迅速,成为仅次于五言的第二大体裁。这里我们通过统计《乐府诗集》中收录的从齐永明到初唐乐府诗的体式,作具体的数量分析。

表 4-17 从永明到初唐乐府诗句式统计表

句式 朝代	三言	四言	五言	六言	七言	杂言	总计
齐永明以后			154			10	164
梁	3	1	350		51	48	453
北魏			7			1	8
北齐			7		1		8
北周			38	4	3	3	48
陈	1		182		22	15	220
隋			47		8	5	60
初唐			68		9	14	91
总计	4	1	853	4	94	96	1052
比例			82%		9%	9%	

从表 4-16 的统计中我们可以得出这样的结论:从永明以来到初唐乐府诗的主要体裁是五言、七言和杂言,其中五言乐府诗中占有绝对优势,达到 82%。如从单个朝代来考察,从梁到初唐各朝代的乐府诗也均以五言居多。七言、杂言尽管也是这一时期的主要体裁,数量仅次于五言,但它们与五言之间的差距较大,只占了五言体近八分之一的比例,其发达程度不如五言,而其他句式在这一时期乐府诗总量中的比例更低,基本可以忽略不计。

既然从永明到初唐之间乐府诗主要是五言体,那么我们对其句数的考察也就限定在五言的范围内。为了对永明以来乐府诗的篇制有一个更为确切的把握,下表统计了《乐府诗集》中收录的从梁到初唐乐府诗句数。

表 4-18　从齐永明到初唐五言乐府诗句数统计表

句数 朝代	4	6	8	10	12	14	16	18	20	22	24	26	28	30	32	34	36	38	88	总计
永明后	45	2	56	15	12	7			14								3			154
梁	81	35	119	39	18	10	9	2	17	8	4	2	1		2		1	2		350
北魏	4		2		1															7
北周	4	1	11	8	6	2	3	2		1										38
北齐	2	1	2		1	1														7
陈	21	12	119	11	9	2	1	2	2		1			1		1				182
隋	9	1	17	6	4	1	3		2					3		1				47
初唐	1		44	5	4	1	3	2	3	2	1		1						1	68
总计	167	52	370	84	55	24	19	8	38	11	6	2	2	4	2	2	4	2	1	853
比例	19%	6%	43%	10%	6%	3%	2%	1%	4%	1%										

由表 4-17 可见从永明到初唐人们的乐府诗基本上是采取五言四句和五言八句的形式，二者占到总数量的 62%，诗歌篇制趋短。相对而言，五言八句是其中最主要的一种形式。永明以来文人的乐府诗创作多用五言八句的新体，如王融、刘绘、萧绎、沈佺期的《巫山高》，谢朓、王融、萧衍、萧绎、沈约、沈佺期的《芳树》，刘绘、王融、谢朓、萧衍、萧纲、沈约、张正见、沈佺期的《有所思》，谢朓、沈约、萧纲、张正见的《临高台》等。这一现象表明，乐府诗与新体诗的形式有着某种特殊的关联。刘跃进认为："到了永明以后，五言八句诗突然振起，以一种不可阻挡之势，一跃而成为文坛主流。"①这是人们对诗歌体式的一种有意识的选择。在诗歌格律化的进程中，乐府诗在句数上逐渐接近于近体诗。有鉴于此，对于乐府诗的声律考察主要以永明年间即具体声律理论形成时期的五言八句体乐府诗为研究对象。

---

① 刘跃进：《门阀士族与永明文学》，第 111 页。

二、从永明到初唐乐府诗的声律

乐府诗在音声层面上的特征,包括声、韵、调等三个方面的内容。永明声律论的主要是指四声、八病。所谓四声为平、上、去、入,指汉语中每个音节的声调。所谓八病,即平头、上尾、蜂腰、鹤膝、大韵、小韵、正纽(又名小纽)、旁纽(又名大纽)等八种声音运用上的病患。其中平头、上尾、蜂腰、鹤膝关注的是声调,大韵、小韵关注的是韵母,正纽、旁纽关注的是声母。永明声律理论反映了人们对诗歌声音和谐、美听等艺术效果的追求。刘勰《文心雕龙·声律》:"凡声有飞沉,响有双迭。双声隔字而每舛,迭韵杂句而必睽;沉则响发而断,飞则声飏不还,异音相从谓之和,同声相应谓之韵。韵气一定,故余声易遣。"①这就是说,在诗句中合理安排字调,"异音相从"即是指四声更替使用,也就是"前四病"对于声调不得重复的规定。"同声相应"即是指韵位均匀得当,也就是"后四病"对于韵母、声母不得重复的规定。由于声律说的核心是声调,而"前四病"中最能集中反映声律理论的即是上尾、鹤膝两病,故我们以此作为诗歌作品声律调查时的基准。

为了更好地说明永明体诗人从乐府歌词里得来了声调与训练,首先,我们来看吴声西曲等民间曲辞在使用四声和讲究上尾、鹤膝等声病的情况。根据吴相洲师《永明体与音乐关系研究》对《子夜歌》、《子夜四时歌》、《懊侬歌》、《读曲歌》、《石城乐》、《乌夜啼》、《估客乐》、《杨叛儿》、《西乌夜飞》等226首作品四声情况的具体考察,统计结果是:"犯平头者为65.9%(226首,452组,犯298次),犯上尾者为21.2%(226首,452组,犯96次),犯蜂腰者为21.7%(226首,904组,犯196次),犯鹤膝者29.7%(226首,226组,犯67次)。在这些统计当中,犯平头的比率较其他病犯高出许多,这是因为平头讲的是上一句与下一句两个字之间的关系,因此一组当中可能犯两个平头病,所以在统计中

---

① 《文心雕龙义证》,第1228页。

有时出现超过100%的现象,但总的说来,除了犯平头的比例略高以外,70—80%的歌词是能够避免上尾、蜂腰、鹤膝三种声病的。这说明,在晋宋齐流行的吴声和西曲当中人们已经注意到了字声的运用。"①钟嵘《诗品下·序》云:"至如平上去入,则余病未能;蜂腰、鹤膝,闾里已具。"②此言不虚。

按照同样的基准统计永明时期文人的乐府诗创作。吴相洲《永明体与音乐关系研究》对谢朓集中所存永明诸家几次乐府组诗的集体创作——《同沈右率诸公赋鼓吹曲名先成为次》(第一组包括沈约《芳树》、范云《当对酒》、谢朓《临高台》、王融《巫山高》、刘绘《有所思》,第二组包括谢朓《芳树》、王融《芳树》、沈约《临高台》、王融《有所思》、刘绘《巫山高》、范云《巫山高》)四声考察的统计结果是:"犯平头者为52.3%(11首,44组,犯23次),犯上尾者为4.5%(11首,44组,犯2次),犯蜂腰者为17%(11首,88组,犯15次),犯鹤膝者50%(11首,22组,犯11次)。"③这些例证清楚地表明了永明体的创立与诗歌入乐歌唱之间的关系。

再把以上调查结果与永明体诸家乐府诗以外的五言徒诗避免声病的情况进行比较,则可以看到乐府诗在声律理论运用过程中的地位。以下我们对王融、谢朓、沈约五言徒诗的四声声病做统计分析:

表4-19　王融、谢朓、沈约五言徒诗的调查结果

作家	犯上尾			犯鹤膝		避开两病
	基本单位数	实数(个)	比例(%)	实数(个)	比例(%)	比例(%)
王融	45	1	2	18	40	58
谢朓	101	5	5	76	75	22
沈约	118	2	2	42	36	64

① 《永明体与音乐关系研究》,第80页。

② 曹旭:《诗品集注》,第340页,上海:上海古籍出版社,1994。

③ 《永明体与音乐关系研究》,第90页。

以上结果清楚地表明，在永明诸家五言徒诗中，同时特别注意到了回避上尾这一声病，这与我们前面分析的格律化趋势相一致。

通过上述情况的比较，可以确认永明诸家的五言诗和乐府诗创作都注意到了声律理论的运用。源于南朝民歌的乐府诗中回避声病的作品比例较高，这表明在格律化的进程中，南朝流行歌曲的声调和声律特点影响了永明声律论提倡者的诗歌创作。其中对上尾的强烈声律意识证明永明诸家的乐府诗创作正是学习了民歌的声调，并在大量的诗歌创作中不断地运用和训练自己实践声律理论的能力，使得回避声病的作品明显居多。

诗歌讲究音律声韵实际上就是讲究四声变化。启功指出："从他们实际注意声调抑扬这现象上看，可知沈约等人在音理上虽然发现了'四声'，但在写作运用上却只是要求高低相间和抑扬相对……沈约等人对抑扬声调的安排，是主张一句中须有变化，两句间不许雷同；在部位上是头、尾、腰、膝处不要生病。"[①]他们之所以这么做，是因为来自民间歌谣的声调变化形式即是方便诗歌入乐的声律形式，永明声律论的提倡者正是把民间歌者的歌唱经验以四声八病的声律理论固定下来，从而又在诗歌创作中实践这种诗句和句联之间的声律调和规则，最终走向律诗之路。启功还认为："永明时代的声律学说，是诗歌方面走向律化的几项探索归纳。蜂腰、鹤膝等，原是南朝闾里之间通行的口诀。沈约等人把它提高到理论上，便是'前有浮声，后须切响'等等说法。各'病'中与律调关系最切的或者说最摸到关键处的，只是头、尾、腰、膝四项问题。"[②]实际上，我们看到严格遵守了声律规则的近体诗也成为唐代入乐歌诗的基本形式，如清初冯班《钝吟杂录》三曰：

唐人律诗，亦是乐府……唐人律诗亦有不必古题而入乐者，大

① 《汉语现象论丛》，第215—216页。

② 同上书，第219页。

概只不犯八病，便可歌之，以被管弦。[1]

可见讲究声律，回避八病便能有效地实现入乐歌唱。

总之，从乐府诗与南朝民歌以及新体诗的关系来看，可以说正是源于民间歌曲的乐府诗创作使得人们知道什么样的诗歌声律适合入乐，也正是在入乐歌诗的创作实践中人们逐渐探索出声律理论中的各个层面上的声律规范。可以说，从永明到初唐文人的乐府诗创作很可能正是在方便诗歌入乐的要求下，声律理论具体化的产物，它们在近体诗声律规范形成过程中起着“桥梁”的作用。

三、从永明到初唐乐府诗的对句

从永明体开始，诗人更为讲究字义与声律的对仗。颜之推《颜氏家训·文章篇》：“今世音律谐靡，章句偶对。讳避精详，贤于往昔多矣。”[2]这一时期的五言八句乐府诗创作对偶精工、声韵和谐。大多数对偶句中注重声韵的协调。以下例举从永明到初唐文人乐府诗中出现的对偶句，并标识它们的四声使用情况。

山无一春草（平平入平上），谷有千年兰（入上平平平）。
（江淹《王子乔》）

五历鱼丽阵（上入平去去），三入九重围（平入上上平）。
（吴均《战城南》）

散雨收夕台（去上平入平），行云卷晨帐（平平上平去）。
（刘绘《巫山高》）

岩悬兽无迹（平平去平入），林暗鸟疑飞（平去上平平）。
（范云《巫山高》）

---

① 丁福保编，郭绍虞校订：《清诗话》，第42页，上海：上海古籍出版社，1963。

② 《诸子集成》，第8册，第21页。

兰荫犹自短(平平平去上),柳叶未能长(上入上平平)。

(檀秀才《阳春曲》)

桂棹及晚风(去去入上平),菱影映初月(平上去平入)。

(江朝请《渌水曲》)

四面动春风(去去去平平),朝夜起寒色(平去去平入)。

(谢朓《临高台》)

叶密鸟飞碍(去入上平去),风轻花落迟(平平平入平)。

(简文帝《折杨柳》)

寒沙逐风起(平平入平上),春花犯雪开(平平去入平)。

(梁元帝《关山月》)

雾浓山后暗(去平平去去),日落云傍开(入入平平平)。

(陈后主《临高台》)

轮摧九折路(平平去入去),骑阻七星桥(去上入平平)。

(阴铿《蜀道难》)

飞栋临黄鹤(平去平平入),高窗度白云(平平去入平)。

(张正见《临高台》)

龙媒蹑影驶(平平入上入),玉辇御云轻(入上去平平)。

(张正见《上之回》)

拂匣看离扇(入入去平去),开箱见别衣(平平去入平)。

(庾肩吾《有所思》)

枝交陇底暗(平平上上去),石碍坡前响(入去平平上)。

(徐陵《陇头水》)

月桂临樽上(入去平平去),山云影盖来(平平上去平)。

(沈约《西园游上才》)

影亏同汉阵(上平平去去),轮满逐胡兵(平上入平平)。

(王褒《关山月》)

落絮缘衫袖(入去平平去),垂条拂髻鬟(平平入去平)。

(崔湜《折杨柳》)

金钿明汉月(平去平去入),玉箸染胡尘(入去上平平)。

(骆宾王《王昭君》)

雾掩临妆月(去上平平入),风惊入鬓蝉(平平入去平)。

(上官仪《王昭君》)

电影江前落(去上平平入),雷声峡外长(平平入去平)。

(沈佺期《巫山高》)

攀荷爱圆水(平平去平上),折藕弄长丝(入上去平平)。

(卢思道《采莲曲》)

影入含风扇(上入平平去),声飞照日梁(平平去入平)。

(李百药《火凤辞》)

这些对偶句都出自五言八句体乐府诗的中间两联。我们看到两联间对句的对偶化大多实现了声律的对仗。我们上面所说的声病实际上大都能在对偶句中避免,比如“上尾”,即是上句末的声调不能同下句末的声调重复。“平头”即是上、下句同一部位的声调不能重复。可见对偶技法与声调运用互相促进,遍照金刚在《文镜秘府论》东卷中即对二十九种对句形式的标准尺度做了说明,其中就包括平仄、双声、叠韵等要素。对偶的修辞方法实际上也起到了调和声调的作用。明人胡震亨云:“自古诗渐作偶对,音节亦渐叶而谐。宫体而降,其风弥盛。徐、庾、阴、何,以及张正见、江总持之流,或数联独调,或全篇通稳,虽未有律之名,已寖具律之体。”[①]可见对偶与声律的结合使得诗歌接近于律体。人们在乐府诗创作中有意识地运用对句表明他们发现这也是方便入乐的要素,在格律化进程中有着重要的意义。

总而言之,从以上的数据统计和分析可见,从永明到初唐之间乐府诗在句数、声律、对句等方面逐渐走向了格律化的道路,这些讲究声律对偶的诗歌实为五律之前身。《乐府诗集》卷二二载有徐陵《折杨柳》一诗:

---

① (明)胡震亨:《唐音癸签》卷一,第5页,上海:上海古籍出版社,1981。

袅袅河堤柳，依依魏主营。江陵有旧曲，洛下作新声。妾对长杨苑，君登高柳城。春还应共见，荡子太无情。[①]

萧涤非论此诗说："对仗、平仄、粘贴，无一不与唐人五律吻合。……然则视为五律之鼻祖，固无不可也。与前梁简文帝一首相较，则知此时四声之用愈严密。"[②]这首被称为"五律之鼻祖"的诗正是乐曲《折杨柳》的歌辞。综上所述，我们认为在唐代律体形成和完善的过程中，人们大量入乐歌诗的创作有着不容忽视的作用和意义。

① 《乐府诗集》卷二二，第275页。

② 《汉魏六朝乐府文学史》，第257页。

参考文献

《十三经注疏》,上海:上海古籍出版社,1997。

《史记》,(汉)司马迁撰,北京:中华书局,1959。

《汉书》,(汉)班固等撰,北京:中华书局,1962。

《后汉书》,(南朝宋)范晔撰,北京:中华书局,1965。

《三国志》,(晋)陈寿撰,北京:中华书局,1959。

《晋书》,(唐)房玄龄等撰,北京:中华书局,1974。

《宋书》,(南朝梁)沈约撰,北京:中华书局,1974。

《梁书》,(唐)姚思廉撰,北京:中华书局,1973。

《陈书》,(唐)姚思廉撰,北京:中华书局,1974。

《南齐书》,(南朝梁)萧子显撰,北京:中华书局,1972。

《魏书》,(北齐)魏收撰,北京:中华书局,1974。

《周书》,(唐)令狐德棻等撰,北京:中华书局,1971。

《北齐书》,(唐)李百药撰,北京:中华书局,1972。

《南史》,(唐)李延寿撰,北京:中华书局,1975。

《隋书》,(唐)魏徵、令狐德棻撰,北京:中华书局,1973。

《旧唐书》,(五代后晋)刘昫撰,北京:中华书局,1975。

《新唐书》,(宋)欧阳修、宋祁撰,北京:中华书局,1975。

《宋书乐志校注》,苏晋仁、萧炼子著,济南:齐鲁书社,1982。

《历代乐志律志校释》,第一、二分册,丘琼荪著,北京:人民音乐出版社,1999。

《通典》,(唐)杜佑撰,北京:中华书局,1984。

《初学记》,(唐)徐坚等著,北京:中华书局,2004。
《通志》,(宋)郑樵撰,北京:中华书局,1995。
《太平御览》,(宋)李昉等撰,北京:中华书局,1960。
《文献通考》,(元)马端临撰,北京:中华书局,1986。
《汉书补注》,(清)王先谦撰,北京:中华书局,1983。
《四库全书总目》,(清)永瑢等撰,北京:中华书局,1965。
《诸子集成》,上海:上海书店,1986。
《吕氏春秋注疏》,(战国)吕不韦等撰,王利器注疏,成都:巴蜀书社,2002。
《西京杂记校注》,(汉)刘歆撰,(晋)葛洪集,向新阳、刘克任校注,上海:上海古籍出版社,1991。
《杜阳杂编》,(唐)苏鹗著,丛书集成初编本,北京:中华书局,1985。
《元刊梦溪笔谈》,(宋)沈括,北京:文物出版社,1975。
《南越笔记》,(清)李调元著,丛书集成初编本,北京:中华书局,1985。
《岭表纪蛮》,(清)刘锡番著,上海:商务印书馆,1934。
《广东新语》,(清)屈大均著,北京:中华书局,1998。
《唐五代笔记小说大观》,上海:上海古籍出版社,2000。
《文选》,(南朝梁)萧统撰,(唐)李善注,北京:中华书局,1977。
《乐府诗集》,(宋)郭茂倩编,北京:中华书局,1979。
《全唐诗》,(清)彭定求等编,北京:中华书局,1960。
《古诗源》,(清)沈德潜编,北京:中华书局,1963。
《万首唐人绝句》,(宋)洪迈辑,北京:北京文学古籍刊行,1955。
《敦煌歌辞总编》,任半塘撰,上海:上海古籍出版社,2006。
《先秦汉魏晋南北朝诗》,逯钦立撰,北京:中华书局,1998。
《谢宣城集校注》,(南朝齐)谢朓撰,曹融南校注,上海:上海古籍出版社,2001。
《卢照邻集笺注》,(唐)卢照邻撰,祝尚书笺注,上海:上海古籍出版社,1994。
《白居易集笺校》,(唐)白居易撰,朱金城笺注,上海:上海古籍出版社,1988。
《元氏长庆集》,(唐)元稹撰,北京:文学古籍刊行社,1956。
《刘禹锡全集编年校注》,(唐)刘禹锡撰,陶敏、陶红雨校注,长沙:岳麓书社,2003。
《历代诗话》,(清)何文焕辑,北京:中华书局,1981。
《历代诗话续编》,丁福保辑,北京:中华书局,1983。
《清诗话》,丁福保编,郭绍虞校订,上海:上海古籍出版社,1963。
《清诗话续编》,郭绍虞编,上海:上海古籍出版社,1993。
《明诗话全编》,吴文治主编,南京:江苏古籍出版社,1997。
《词话丛编》,唐圭璋编,北京:中华书局,1986。
《文心雕龙义证》,詹锳撰,上海:上海古籍出版社,1989。
《诗品集注》,(南朝梁)钟嵘著,曹旭集注,上海:上海古籍出版社,1994。
《文镜秘府论校注》,王利器校注,北京:中国社会科学出版社,1983。
《全唐五代诗格校考》,张伯伟著,西安:陕西人民教育出版社,1996。
《沧浪诗话校释》,(宋)严羽著,郭绍虞校释,北京:人民文学出版社,1961。
《古诗评选》,(明)王夫之评选,张国星校点,北京:文化艺术出版社,1997。
《升庵诗话笺证》,(明)杨慎著,王仲镛笺证,上海:上海古籍出版社,1987。
《文体明辨序说》,(明)徐师曾撰,于北山、罗根泽校点,北京:人民文学出版社,1998。
《文章辨体序说》,(明)吴讷撰,北京:人民文学出版社,1962。
《诗薮》,(明)胡应麟撰,上海:上海古籍出版社,1979。
《唐音癸签》,(明)胡震亨撰,上海:上海古籍出版社,1981。
《说诗晬语》,(清)沈德潜撰,北京:人民文学出版社,1979。
《乐府正义》,(清)朱乾撰,乾隆五十四年(1789)刻本。
《唐人万首绝句选》,(清)王士禛撰,上海:商务印书馆,1933。

《池北偶谈》,(清)王士禛撰,北京:中华书局,1982。
《古诗赏析》,(清)张玉穀著,许逸民点校,上海:上海古籍出版社,2000。
《古诗别解》,徐仁甫撰,上海:上海古籍出版社,1984。
《教坊记笺订》,任半塘撰,北京:中华书局,1962。
《碧鸡漫志校正》,岳珍撰,成都:巴蜀书社,2000。
《中国之美文及其历史》,梁启超撰,北京:东方出版社,1996。
《乐府通论》,王易著,上海:中国文化服务社,1946。
《诗言志辩》,朱自清著,北京:古籍出版社,1956。
《中国歌谣》,朱自清著,上海:复旦大学出版社,2004。
《中国诗史》,陆侃如、冯沅君著,北京:作家出版社,1956。
《六朝乐府与民歌》,王运熙著,北京:古典文学出版社,1957。
《观堂集林》,王国维著,北京:中华书局,1959。
《沧州集》,孙楷第著,北京:中华书局,1965。
《元白诗笺论稿》,陈寅恪著,上海:上海古籍出版社,1978。
《汉魏六朝文学论集》,逯钦立著,西安:陕西人民出版社,1984。
《闻一多论古典文学》,郑临川述评,重庆:重庆出版社,1984。
《汉魏六朝乐府文学史》,萧涤非撰,北京:人民文学出版社,1984。
《郭沫若古典文学论文集》,郭沫若著,上海:上海古籍出版社,1985。
《罗根泽古典文学论文集》,罗根泽著,上海:上海古籍出版社,1985。
《陆侃如古典文学论文集》,陆侃如著,上海:上海古籍出版社,1987。
《古代文学杂论》,余冠英著,北京:中华书局,1987。
《乐府文学史》,罗根泽著,上海:上海书店,1991。
《诗人屈原及其作品研究》,林庚著,上海:上海古籍出版社,1981。
《乐府诗史》,杨生枝著,西宁:青海人民出版社,1985。
《汉乐府研究》,张永鑫著,南京:北京:江苏古籍出版社,1992。
《乐府诗述论》,王运熙著,上海:上海古籍出版社,1996。
《南朝文学与北朝文学研究》,曹道衡著,南京:江苏古籍出版社,1999。

《宋元戏曲史》,王国维著,上海:华东师范大学出版社,1995。
《白话文学史》胡适著,北京:东方出版社,1996。
《中国俗文学史》,郑振铎著,北京:东方出版社,1996。
《中国文学简史》,林庚著,北京:北京大学出版社,1995。
《先秦文学史》,储斌杰、谭家健主编,北京:人民文学出版社,1998。
《八代诗史》,葛晓音著,西安:陕西人民出版社,1989。
《话本小说概论》,胡士莹著,北京:中华书局,1982。
《南方民族文学关系史》,邓敏文著,北京:民族出版社,2001。
《汉魏六朝文学考论》,许云和著,上海:上海古籍出版社,2006。
《诗选与校笺》,闻一多著,北京:古籍出版社,1956。
《修辞学发凡》,陈望道著,上海:上海教育出版社,1976。
《民间文艺丛话》,钟敬文著,广州:国立中山大学语言历史研究会,1928。
《修辞学》,黄庆萱著,台北:三民书局,1975。
《汉语修辞和汉文化论集》,何伟棠著,南京:河海大学出版社,1996。
《汉语语法修辞新探》,郭绍虞著,北京:商务印书馆,1979。
《中国古代文体概论》,褚斌杰著,北京:北京大学出版社,1990。
《唐声诗》,任半塘著,上海:上海古籍出版社,1982。
《隋唐五代燕乐杂言歌辞研究》,王昆吾撰,北京:中华书局,1996。
《诗国高潮与盛唐文化》,葛晓音著,北京:北京大学出版社,1998。
《汉族民歌概论》,江明惇著,上海:上海文艺出版社,1982。
《汉语诗律学》,王力著,上海:上海教育出版社,1979。
《中国诗歌原理》,〔日〕松浦友久著,孙昌武、郑天刚译,沈阳:辽宁教育出版社,1990。
《汉语现象论丛》,启功著,北京:中华书局,1997。
《玉台新咏研究》,刘跃进著,北京:中华书局,2000。
《口头诗学帕里-洛德理论》,〔美〕约翰·迈尔斯·弗里(John Miles Foley)著,朝戈金译,北京:社会科学文献出版社,2000。

《汉魏乐府的音乐与诗》，钱志熙著，郑州：大象出版社，2000。

《唐代歌诗与诗歌》吴相洲著，北京：北京大学出版社，2000。

《诗文声律论稿》，启功著，北京：中华书局，2002。

《中国古代歌诗研究——从〈诗经〉到元曲的艺术生产史》，赵敏俐等著，北京：北京大学出版社，2005。

《永明体与音乐关系研究》，吴相洲著，北京：北京大学出版社，2006。

《钟与鼓——诗经的套语及其创作方式》，王靖献著，谢谦译，成都：四川人民出版社，1990。

《语言与音乐》，杨荫浏等撰，北京：人民音乐出版社，1983。

《词与音乐》，刘尧民撰，昆明：云南人民出版社，1982。

《词乐曲唱》，洛地著，北京：人民音乐出版社，1995。

《吴歌·吴歌小史》，顾颉刚等辑，王煦华整理，南京：北京：江苏古籍出版社，1999。

《情歌对答》，丘峻撰，南京：国立中央大学语言历史学研究所，1928。

《中国古代歌曲七十首》，王迪、张淑珍、修良撰，北京：中国文联出版公司，1985。

《壮族民歌古籍集成》，张声震主编，南宁：广西民族出版社，1997。

《中国上古出土乐器综论》，李纯一著，北京：文物出版社，1996。

《中国音乐史图鉴中国艺术研究院音乐研究所》，北京：人民音乐出版社，1988。

《追寻逝去的音乐踪迹——图说中国音乐史》，吴钊著，北京：东方出版社 1999。

《唐代音乐与古谱译读》，叶栋著，西安：陕西省社会科学院出版社，1985。

《汉代乐舞百戏艺术研究》，萧亢达著，北京：文物出版社，1991。

《中国音乐考古学》，王子初著，福州：福建教育出版社，2003。

《中国古代音乐史料辑要第一辑》，中央音乐学院中国音乐研究所编，北京：中华书局，1962。

《中国戏曲发展史纲要》,周贻白著,上海:上海古籍出版社,1979。
《中国古代音乐史稿》,杨荫浏著,北京:人民音乐出版社,1981。
《中国古代剧场史》,廖奔著,郑州:中州古籍出版社,1997。
《新定九宫大成南北词宫谱校译》,刘崇德校译,天津:天津古籍出版社1998。
中国音乐词典,北京:人民音乐出版社,1984。
《中国舞蹈发展史》,王克芬著,上海:上海人民出版社,1991。
《中国曲艺艺术论》,汪景寿著,北京:北京大学出版社,1994。
《中国文学家大辞典》(先秦汉魏晋南北朝卷),曹道衡、沈玉成编,北京:中华书局,1996。
《中国大百科全书》(戏曲曲艺卷),北京:中国大百科全书出版社,1983。
《中国曲学大辞典》,杭州:浙江教育出版社,1997。
《论诗经中所录全为乐歌》,顾颉刚,(《古史辨》,上海:上海古籍出版社,1982。)
《汉巾舞歌辞句读及研究》,杨公骥,《光明日报》1950年7月19日。
《汉魏六朝曲唱文本的破译及其在乐府文学研究中的意义》,姚小鸥,《文艺研究》2002年第4期。
《乐府音乐中的"解"与歌辞中的"拼凑分割"》,李济阻,《天水师范学院学报》1985年第1期。
《古乐府艳歌之演变》,齐天举,《阴山学刊》1989年第1期。
《从六朝民歌看原始阿注婚残迹》,洪顺隆,《许昌师专学报》1998年第3期。
《从六朝新体诗向唐代近体诗的演变》,〔日〕松浦友久撰,刘维治译,《南阳师范学院学报》2004年第3卷第7期。
《汉乐府歌诗演唱与语言形式之关系》,赵敏俐,《文学评论》2005年第5期。
《厅堂说唱与汉乐府艺术特质探析——兼论古代文学传播方式对文本

的制约和影响》，廖群，《文史哲》2005 年第 3 期。
《论汉魏三言体的发展及其与七言的关系》，葛晓音，《上海大学学报》2006 年第 3 期。
《关于建构乐府学的思考》，吴相洲，《北京大学学报》2006 年第 3 期。
《汉铙歌〈战城南〉考——并论汉铙歌与后代鼓吹曲的关系》，〔日〕户仓英美，《乐府学》2007 年第 2 辑。
《汉代乐府与戏剧》，钱志熙，北京大学学报 2007 年第 4 期。